해를 품은 달 ①

해를 품은 달 1
ⓒ 정은궐 2011

초판1쇄　　2011년 10월 15일
초판77쇄　　2012년 2월 25일

지은이　　정은궐

펴낸이　　박대일
편집　　　이문영 · 임수진 · 임유리
교정　　　박준용
마케팅　　송재진
디자인　　김은희(표지) · 류미라(본문)

펴낸곳　　파란미디어
출판등록　2004년 9월 14일 제313-2004-00214호

주소　　　121-886 서울시 마포구 합정동 387-18 현화빌딩 2층
전화　　　02. 3141. 5589(영업부) 070. 7798. 5589(편집부)
팩스　　　02. 3141. 5590
전자우편　paranbook@gmail.com
블로그　　paranbook.egloos.com
트위터　　@paranmedia

ISBN　978-89-6371-034-1(04810)
　　　　978-89-6371-033-4(전2권)

*이 책의 판권은 지은이와 파란미디어에 있습니다.
 이 책 내용의 전부 또는 일부를 재사용하려면 반드시 양측의 서면 동의를 받아야 합니다.

*잘못된 책은 구입하신 서점에서 바꾸어 드립니다.

해를 품은 달 ❶

정은궐 장편소설

— 목차 —

初　章	젖은 달	007
第一章	봄날	037
第二章	열리는 문	195
第三章	매듭	305

初章
젖은 달

소리를 죽인 발걸음들이 부산하게 뛰어다녔다. 외진 담벼락 아래의 그늘 속에는 가끔씩 숨죽인 속삭임이 들리기도 하였다.

"거기도 아니 계시오?"

"네!"

"손바닥보다 작은 이 온양행궁을 이리도 뒤졌는데 찾지 못하다니……."

또 다른 걸음이 뛰어와서 소리 죽여 말했다.

"저기도 아니 계십니다. 운검도 없는 걸로 봐서는 기어이……."

"쉿! 말이 새어 나가지 않게 조심하시오."

하지만 행궁에 있는 사람들 모두 침묵 속에서도 이미 눈빛으로 말이 돌고 있음을 모르지 않았다.

"차 내관, 이 일을 어찌하올지요?"

절룩거리며 한동안 갈팡질팡하던 걸음이 결심한 듯 멈춰 섰다.
"상감마마께오선 지금 잠시 침수에 드셨소. 아시겠소?"
내내 마음에 걸렸었다. 한양을 떠나 이곳으로 내려오는 동안, 왕의 표정은 줄곧 언짢은 상태였다. 행차를 보기 위해 모여든 백성의 숫자가 많지 않아서만은 아니었다. 드물게 모여든 이들 모두가 말끔하고 정돈된 차림이었기 때문이다. 주린 배를 움켜쥔 백성 하나 없고, 병들어 비틀거리는 백성 하나 없음에, 왕의 높은 은덕을 칭송하느라 들르는 고을 수령들마다 입이 부르틀 지경이었건만, 그때마다 왕의 입은 비틀어지기만 하였다. 차 내관은 긴 한숨을 내뱉으며 성치 않은 걸음을 옮겼다.

"으으, 차 내관 한숨 소리가 예까지 들리는 듯하구나."
훤은 걱정이라고는 묻어나지 않은 투로 말하고 이내 저잣거리에 정신을 팔았다. 눈동자가 힘없이 걷는 사내아이를 따라 움직였다. 온몸이 지저분하고 정강이와 팔꿈치에는 고름 맺힌 상처가 있는 아이였다. 찢어진 옷은 헐벗은 거와 마찬가지였다. 그런데 같은 모양의 아이들이 한둘이 아니다. 눈을 돌리면 어김없이 그런 아이들이 있었다. 간간이 나이만 많을 뿐 모양은 다르지 않은 노인도 보였다. 이들 모두 평범한 모습이라고는 각자 하나씩의 그림자를 끌고 다닌다는 것뿐이다.
훤은 달랐다. 그는 언제나 두 개의 그림자를 거느렸다. 하나는 땅에 길게 누워 그와 움직임을 같이하였고, 또 다른 하나는 한 발짝 뒤에 서서 나무보다 움직임이 없었다. 서 있던 검은 그림자가 발을 옮겨 디뎌 돌아가야 한다는 뜻을 전했다. 훤이 목소리 없는 말을 알아듣고 대답했다.

"괜찮다. 지금쯤 잠이라도 자고 있다고 둘러대 놓았을 터이니."

목소리에서 일렁임이 느껴졌다. 이곳의 광경으로 인한 것임을 알기에 검은 그림자는 두 번의 재촉은 할 수 없었다.

훤은 대부분 문이 닫힌 가게들 사이에 몇 안 되는 물건이나마 내어놓은 가판으로 걸어가 허리를 숙였다. 꼼꼼하게 짜인 물건들이 듬성듬성 널려 있다. 며칠을 굶은 듯 축 늘어진 장사꾼은 장사할 마음이 없는지 무성의하게 힐끔 쳐다보고는 자신의 더러운 다리 쪽으로 시선을 내렸다. 그 다리 아래쪽에는 낡은 포대기 등을 팔기 위해 쪼그려 앉은 아낙이 있었다.

훤의 시선이 비쩍 마른 아낙의 손등에 머물 무렵, 그들 뒤로 무언가가 지나갔다. 그와 동시에 역한 냄새들 사이로 투명한 향기가 마치 물이 흐르듯 지나갔다. 훤이 놀란 눈으로 고개를 번쩍 들었다. 가판 위를 다시 보았다. 대나무로 엮은 바구니에서 났을 것 같지 않은 향기였다. 급하게 돌아서서 주위를 둘러보았다. 달라진 광경이라곤 아무것도 없었다. 검은 그림자가 옆으로 비켜서며 무슨 일인지를 말없이 물었다.

"운아, 방금 지나간 것이 무엇이냐? 향이 느껴졌는데……."

제운과 장사꾼이 동시에 훤을 보았다. 그 눈들은 아무것도 느끼지 못한 듯하였다. 훤이 오른손으로 왼쪽 가슴을 움켜쥐었다. 그리고 무언가에 홀린 듯 향기가 지나간 곳으로 빠르게 걸기 시작했다. 제운이 급히 앞을 막아섰다.

"자, 잠깐, 저쪽을 확인만 해 보고……."

모퉁이 뒤로 사라지는 여인의 하얀 옷자락이 보이는 듯하였다. 훤은 제운을 밀쳐 내고 뛰다시피 걸었다. 모퉁이 뒤에는 아무도 없었다. 인기척도 없었다. 처음부터 여인의 옷자락 같은 건 없었던 것만 같았다. 하지만 멈추지 못하고 무언가에 이끌린 듯 계속 나아갔다. 그의 뒤를 검은 그림자가 따랐고, 이들 뒤를 비를 뿌리는 먹구름이 따랐다. 그리고 마을을 벗어났을 때쯤 보슬비에 발목을 잡히고 말았다.

훤과 제운은 큰 나무 아래로 비를 피해 들어갔다. 하지만 잎이 반쯤 져 버린 가을 나무였기에 별 효력은 없었다. 제운의 날카로운 눈이 마을 쪽으로 향했다. 이미 상당히 멀어져 돌아가는 것은 무리일 듯하였다. 제운의 눈이 다시 훤에게로 돌아왔다. 연청색 도포의 어깨 색깔이 진해져 있었다. 커다란 갓 덕분에 다행히 얼굴은 젖지 않았지만, 내려가는 기온은 마음을 무겁게 하였다.

"상감마마, 어떤 향이었사옵니까?"

"너는 느끼지 못하였느냐?"

움직임 없는 표정이건만 훤은 그에게서 어떤 향기도 느끼지 못하였다는 대답과 되풀이되는 질문을 들었다. 제운이 느끼지 못하는 것을 훤이 느낄 리가 없었다. 그러니 그 기척은 헛것일 터이다.

"모르겠구나, 어떤 향이었는지. 가슴 저미도록 그리운 향이었는데…….."

훤은 물기로 일그러진 표정을 떨치고 제운을 보았다. 등에는 주홍색 긴 환도를 짊어지고, 허리에는 검은색 긴 환도를 차고 있는 검은 그림자였다. 상투를 틀지 않고 허리까지 드리운 긴 머리카락이, 갓을 쓰고 있는 자신과는 다르게 보슬비에 조금씩 젖어 가고 있었다.

"아무래도 내 고집으로 또 너를 곤혹케 만들었나 보구나."

훤은 손바닥으로 내리는 비를 받으며 어두워진 하늘을 보았다. 떨어지는 느낌은 없건만 손바닥에 금세 물기가 돌았다.

"보슬비라 가벼이 여겼더니……. 운아, 쉬이 그칠 비가 아닌 듯싶다."

제운은 아랑곳없이 눈을 감은 채 고개를 숙이고 주위의 움직임을 읽었다. 먼 곳을 보던 훤이 산자락에 있는 희미한 불빛을 발견하고 반갑게 말했다.

"아! 잠시 저기서 비를 피하자꾸나."

그러고는 뒤도 돌아보지 않고 빠른 걸음으로 불빛을 향해 오르기 시작했다. 제운의 짙고 날카로운 눈썹이 치켜 올라갔다. 하지만 만류하지 못하고 주위를 경계하며 뒤따랐.

한참 만에 가까워진 집은 이상한 형상을 하고 있었다. 허리 높이의 돌담이 둘러진 작고 깔끔한 초가집과는 어울리지 않게, 높은 대문은 기와 처마까지 갖추고 있었던 것이다. 훤이 작은 목소리로 말했다.

"운아, 주인을 청하거라."

하지만 제운은 말 대신 눈을 들어 대문 처마 위로 삐죽이 솟아 있는 대나무를 보았다. 메말라서 황토색으로 변한 나뭇가지와 잎에는 붉은 천 한 가닥과 흰 천 한 가닥이 길게 매달려 있었다. 그의 눈길을 따라 훤도 눈길을 주었다.

"저것이 무엇이냐?"

"여기는 무당이 사는 집이옵니다. 드시면 아니 되옵니다."

검으로 자른 듯한 목소리 때문에 훤은 더 이상 집 안으로 들어가자고 조를 수 없었다. 반면에 피곤하고 추운 기색이 만연한 훤의 모습을 어찌할 수 없었던 제운은 더욱 고개만 숙였다.

안에서 사람의 기척이 느껴졌다. 하지만 그보다 먼저 제운의 왼손이 오른쪽 허리에 찬 환도의 칼자루를 잡았다. 안쪽에서 터덜거리는 발소리가 가까워졌다. 이윽고 대문 바로 앞에서 인기척이 멈췄다. 칼자루를 잡은 손에 힘이 들어갔다. 대문 안쪽에 멈춰 선 자에게서 검의 기운이 느껴졌기 때문이다. 제운의 목소리가 대문을 가르고 들어갔다.

"누구냐!"

"객이 누구냐고 묻는 경우도 있사옵니까? 그 물음은 이쪽의 것이옵니다."

퉁명스러운 여인의 목소리였다. 제운이 다시 입을 열었다.

"여인이 어찌 검을 지녔는가?"

안쪽의 목소리는 질문을 무시하고 나왔다.

"우리 아가씨가 안으로 드시라고 하였사옵니다."

"어찌 검을 지녔는가!"

다시 다잡아 묻는 그에게 여인이 투박한 답을 던졌다.

"별 시답잖은 질문을 다 하시옵니다. 이런 외진 곳에 여인 둘만 살고 있사옵니다. 그러니 검이라도 지니고 있어야지요. 그나저나 안 들어오실 것이옵니까?"

훤이 제운의 눈치를 슬쩍 보며 말했다.

"잠시 이러고 있다가 갈 것이니 괘념치 마라."

들어가고는 싶지만 버티고 선 제운 때문에 포기하는 마음이 담겨져 있는 목소리였다. 그런데 안쪽에서는 마치 그 말이 당연히 나오리라고 예상한 듯이 준비되어 있던 말을 던졌다.

"우리 아가씨가 객께서 천한 집이라 드시지 않을 것이니 이렇게 여쭈라고 하였사옵니다. 천한 집 방 안의 따뜻한 아랫목과 천한 집 대문 처마 아래 중 어디가 더 상석인지요?"

훤의 얼굴에 호기심 어린 미소가 일었다. 이미 머리 위에 대문 처마를 이고 있는 상황이기에 아가씨가 여쭈라고 한 말이 더 이상 집 안으로 들지 않을 수 없게 만들었기 때문이다.

"분명 처마 아래보다야 아랫목이 더 상석이지. 그럼 신세를 지마."

훤은 더 이상 망설이지 않았다. 대문을 열고 안으로 성큼 들어섰다. 제운도 하는 수 없이 집 안으로 걸음을 옮겼다. 안에 있던 여종은 이미 뒷모습을 보이며 좁은 마당을 지나고 있었다. 다른 여인들에 비해 훨씬 키가 크고, 걷는 모양도 선머슴처럼 털털했다. 여종은 열린 방문을 가리킨 뒤에 모습을 감췄다.

두 나그네는 방으로 들어갔다. 그곳 아랫목의 소박한 소반 위에 간단한 술과 안주가 차려져 있었다. 그리고 그 옆에는 아직 겨울철도 아닌데 화로가 놓여 있었다. 적당히 데워진 화로는 타닥타닥 소리를 내며 두 사람을 반갑게 맞이했다.

"아! 이 향은?"

훤의 짧은 외침에 제운은 몸을 경직시켰다. 방 안 가득히 은은한 난향이 차 있었다. 훤이 고개를 갸웃하였다. 아까 저잣거리에서 느꼈던 그 향이 이곳에 있는 게 귀신의 소행인 듯 요상하지 않은가. 훤은 의아함을 떨치고 아랫목을 차지하고 앉았다. 그 사선으로 제운이 무릎 꿇고 앉았다. 훤이 화로를 보며 목소리를 낮췄다.

"마치 우리가 올 것을 미리 알고 있었던 것 같구나. 그런데 보통 무당의 방이 이러한가?"

제운도 가능한 한 목소리를 낮춰 말했다.

"흔한 방울 하나 없는 것이 여느 민가와 다른 점이 없사옵니다."

"음……, 여기는 여인의 방이라기보다는 청렴한 선비의 방인 듯하구나. 방 안 가득 차 있는 난향이 그러하거니와 책들 또한 그러하다."

훤은 손을 뻗어 책장에 빼곡하게 꽂힌 책들 중에 한 권을 꺼내 보았다. 『오경천견록五經淺見錄』[1]이란 책이었다. 그 아래에는

---

1. 오경천견록(五經淺見錄) 고려 말에서 조선 초까지의 학자인 권근(權近)이 쓴 다섯 가지 유교 경전에 대한 주석서.

『대학大學』이 보였다. 다시금 고개가 갸웃해졌다.

"무당의 집에 사서오경이라……. 여인 둘만 사는 집이라고 하지 않았느냐? 그런데 어찌 이런 책들이?"

인기척이 들리자 책을 얼른 제자리에 꽂아 놓았다. 네 폭 방문이 가로막은 건넛방으로 아가씨란 여인이 들어온 듯하였다. 이윽고 가운데 두 폭의 문이 양쪽으로 소리도 없이 갈라졌다. 하지만 열린 방과 방 사이에는 발 하나가 가로놓여 여전히 건넛방은 잘 보이지 않았다. 양쪽 방에 등잔불이 켜져 있기는 하였지만 어둠이 그 불빛을 삼켜 제 기능을 하지는 못하였다. 그나마 보이는 거라고는 하얀 소복 차림의 기품 있는 자태뿐이다.

"소녀, 인사 여쭙사옵니다."

짧은 말을 흘리는 목소리는 천상의 것인 양 마음속을 울리며 방 안 가득 난향과 더불어 퍼졌다가 사라졌다. 길게 댕기를 드린 머리 모양새가 언뜻 보였다. 발 너머의 여인이 두 손으로 이마를 받치고 큰절을 올렸다. 천천히 절을 하는 자태가 넋을 빼앗는 춤사위와도 같았다. 그런데 절은 한 번에 그치지 않고 두 번째로 이어졌다. 여인의 우아한 몸짓에 현혹되었던 두 남자의 인상이 동시에 굳어졌다. 이배란 자고로 죽은 자에게 올리는 절이 아닌가. 훤이 무례하다고 외치려는 순간 삼배가 이어졌다.

잠시 숨을 죽인 틈으로 절은 네 번째에 이르렀다. 훤이 놀라기도 전에 제운의 왼손은 재빨리 오른쪽 허리에 찬 환도의 손잡이를 잡아 반쯤 빼내었다. 네 번의 절은 천자, 즉 임금에게 올리는 것이기 때문이다. 여인의 눈앞에 앉은 이는 스물세 살의 젊은 임금, 이훤李暄! 그러니 주인을 제대로 찾은 절이다.

절을 끝낸 여인은 고개를 바닥에 붙이고 몸을 낮추었다. 훤은 놀란 감정을 숨기고 미소로 말했다.

"얼굴을 들어라."

여인은 천천히 몸을 일으켜, 세운 왼쪽 무릎 위에 두 손을 다소곳이 포개 얹고는 그림처럼 앉았다. 성긴 발이지만 여전히 얼굴은 잘 보이지 않았다. 훤이 다시 물었다.

"어이하여 사배를 하였느냐? 수를 셀 줄 모르는 것이냐?"

"태양에 대한 예를 갖추었을 뿐이옵니다."

다시 들어도 아름다운 음성이다. 훤은 더 이상 아무 말도 하지 못하였다. 이 여인은 왕이란 것을 확실하게 알고 있었다. 아름다운 음성이 말을 이었다.

"가진 것이 없는 세간이라 초라하기 그지없는 소반이옵니다. 하오나 소녀의 정성으로 준비한 것이니 한 모금이라도 음하여 주시옵소서."

훤은 여인의 얼굴이 궁금했다. 음성과 자태의 아름다움으로 인해 그 궁금함이 더해졌다.

"얼굴을 보여 예를 올려라. 얼굴도 모르는 자가 올린 술을 어찌 마시겠느냐."

"엷게 내리는 비라 할지라도 성체의 온기를 앗아 가나이다. 온주이오니 부디……."

"운아, 발을 치워라."

제운의 칼날이 눈 깜짝할 사이에 방 안을 크게 횡행하고 허리의 칼집으로 돌아갔다. 그와 동시에 방과 방을 가로막고 있던 발이 싹둑 잘려 바닥으로 떨어져 내렸다. 제운의 칼날에 베인 것은 비단 발 하나만은 아니었다. 하늘의 먹구름도 칼날에 두 동강이 났는지 순간 비를 흩뿌리던 먹구름이 물러가고 달빛을 방 안 가득 불러들였다. 훤은 눈앞으로 칼날이 지나갔음에도 눈썹 하나 꿈쩍하지 않는 여인이 놀라웠다. 하지만 더욱 놀란 것은 아름다운 용모였다. 훤은 놀라움을 역정으로 대신했다.

"아무리 미천한 객이라 하더라도 집 안으로 들였으면 안면을 보여 인사하는 것이 주인의 도리거늘, 어찌하여 명을 받들지 아니한 것이냐!"

"소녀 비록 세상이 정한 신분이란 굴레에 얽매인 비천한 몸이오나, 또한 하늘이 정한 여인네이옵니다. 하여 주인 된 도리는 생각지 아니하고 여인 된 도리만 생각하였사옵니다. 내외법을 따른 소녀의 어리석음을 탓하시옵소서."

"사대부가가 아님에도 내외법을 따르느냐?"

"비천한 자는 내외법을 따르면 안 된다는 법 또한 여태껏 들어 본 적이 없사옵니다."

태도는 공손한데 의사는 그렇지 않았다. 훤은 빙그레 웃으며 술병을 잡았다. 손에 잡힌 술병이 따뜻했다. 훤은 소반 위에 놓인 두 개의 잔에 각각 술을 부었다. 한 잔을 제운에게 밀었으나 그는 술잔에 눈을 두지 않고 방바닥만 보고 있었다. 현재 왕을 호위 중이니 입에 술을 댈 수 없다는 뜻이다. 비에 젖은 것은 제운도 마찬가지였으므로 휜은 걱정되어 한 번 더 잔을 밀어 보았다. 하지만 제운은 뜻을 굽히지 않았다. 가만히 그 모습을 보고 있던 여인이 휜을 거들었다.

"참으로 불충한 분이시옵니다. 소녀가 어떤 자인지도, 또 그 술에 뭐가 들었는지도 모르면서 기미氣味를 마다하시옵니까? 호위를 검으로만 하실 것이옵니까?"

여인의 말은 제운을 옴짝달싹못하게 만들었다. 제운은 하는 수 없이 왕에게서 몸을 돌려 한 잔을 마셨다. 돌린 고개로 인해 여인과 눈이 마주쳤다. 마치 여인의 향기가 몸속에 들어온 듯 난향이 따뜻함과 더불어 온몸에 퍼졌다. 그리고 여인의 기지에 만족한 휜의 웃음소리도 방 안에 퍼졌다.

휜은 술잔을 입에 기울이다 말고 멈칫했다. 향기 때문이었다. 눈을 감고 그 향을 몇 번이나 음미하며 말했다.

"난향이 나는 술이라……."

"난향이 아니옵고 울금초로 향을 낸 온주이옵니다. 울금 향이 난향과 비슷하지요."

"이 술은 울금 향인지 모르겠으나 방 안 가득한 것은 분명 난향이다. 그나저나 다시 묻겠다. 무슨 연유로 나에게 사배를 올렸느냐?"

"어리석은 소녀가 먼저 여쭙겠사옵니다. 태양이 밤하늘에 걸린다면 그것은 태양이옵니까, 달이옵니까?"

휜은 답하지 않고 술을 마신 뒤 빈 잔에 다시 술을 채웠다.

"태양은 그 어디에 있어도 태양이듯이 상감마마께옵서도 그러하옵니다. 그 광채에 어찌 눈이 부시지 않겠사옵니까."

"마을 사람 그 누구도 알아보지 못하던 것을 너는 어찌 알아보느냐?"

여인의 대답이 없자 훤은 술잔을 들고 따뜻함을 손으로 느끼면서 혼자 중얼거렸다.

"준비되어 있는 술상과 화로, 그리고 이 향……. 귀신에 홀리고 있는 것인가?"

여인은 한참을 생각하더니 흔들림 없이 말했다.

"그러면 이렇게 아뢰면 되올는지요. 붉은색 운검雲劍2과 검은색 별운검別雲劍3을 보고 알았노라고……."

훤이 놀란 눈으로 제운을 쳐다보았다. 제운은 왕이 아닌 여인을 보았다. 흐트러진 데 없이 다소곳한 모습이건만 제운의 눈에 보이는 여인의 옆얼굴은 운검을 말하고 있는 것보다 더 수수께끼 같았다. 훤이 다시 여인을 보며 물었다.

"이리 외진 곳에 사는 여인이 어찌 운검을 아느냐?"

"조금 전 환도를 지니고 있던 여인이 검을 조금 알고 있사온데, 칼집은 어피魚皮로 싸고, 색은 주홍색에, 백은白銀 장식이 있으며, 홍도수아紅絛穗兒로써 드리우고, 띠는 가죽을 사용하고, 칼자루에 구름 문양이 새겨져 있으며, 일반 환도 길이보다

---

2. 운검(雲劍) ① 왕의 보검을 뜻하는 말. ② 왕의 최측근 호위 무사의 관직명.

3. 별운검(別雲劍) ① 운검의 환도. ② 의례 시 임시로 부여하는 운검 직명.

한 자는 더 긴 것은 세상에 단 하나밖에 없는 운검이라 하였나이다."

훤과 제운은 놀라지 않을 수가 없었다. 운검의 존재를 한양도 아닌 이런 지방에서, 더군다나 사내가 아닌 여인이 알고 있는 것은 이해가 되지 않았다. 훤은 시치미를 떼어 보기로 하였다.

"그런 것 정도면 얼마든지 가짜로 만들어 가지고 다닐 수가 있는 것 아니더냐."

변함없는 단아한 모습 그대로 여인이 답을 올렸다.

"백은 장식과 환도의 길이는 국법으로 금지되어 있다 들었사옵니다. 어느 누구도 운검 길이의 환도는 패용할 수 없는 것 아니옵니까."

"법을 어기는 자도 있지 않느냐."

"하오나 가짜일지언정 절대 흉내 내지 못하는 것이 있사옵니다."

"그것이 무엇이냐?"

방바닥을 향해 있던 여인의 눈동자가 천천히 일어나 제운을 향해 멈췄다.

"바로 그 운검을 등에 짊어진 자, 지금의 운검이옵니다."

눈이 마주쳤다. 큰 눈동자, 그리고 그 안에 있는 낯익은 신비감이 제운의 시선을 끌어당겼다.

"그렇지, 나의 운만큼은 어느 누구도 흉내 내지 못하지. 하하하."

훤은 고개를 끄덕이며 호탕하게 웃은 뒤 술 한 모금을 더 마셨다.

왕을 가장 가까이에서 호위하는 스물세 살의 젊은 무사, 운검, 김제운金霽雲! 조선 팔도에서 헛으로라도 검을 쥐어 본 자들 중에 운검 김제운을 모르는 이는 없었다. 따를 자가 없는 검술도 유명했지만 그 수려한 외양 또한 검술만큼이나 유명했다. 왕을 호위하는 운검의 자격 요건에는 뛰어난 무예 실력과 문과에 급제할 정도의 지적 수양, 병법 지략, 6척이 넘는 키, 단려한 외모 등이 있는데, 이 모든 자격 요건을 갖춘 사내는 김제운만이 유일했다. 단 하나 요건에서 어긋나는 것이 있다면 서얼 출신이라는 것뿐이다.

훤이 다시 혼자 중얼거리듯 말했다.

"참으로 대단한 눈을 가졌구나. 이 거리와 이 어둠 속에서 운검의 칼자루에 새겨진 구름 문양까지 볼 수 있다니. 아니, 보기도 전에 알다니. 역시 귀신에 홀리고 있는 것인가……."

한참 동안 손에 든 술잔을 들여다보고 있던 훤은 눈동자만 들어 여인을 차근차근 살펴보았다. 왕의 시선이 느껴짐에도 여인은 미동조차 하지 않았다.

"이리 가까이 다가와 앉으라. 건넛방에 앉아 있으니 치마 아래에 뭘 숨기고 있는지 알 수 없지 않느냐."

"운검 앞에서 검을 감춰 둘 만큼 어리석지 않사옵니다."

"검을 숨기고 있다고는 생각하지 않는다. 꼬리 아홉 개라면 모를까."

잠시 망설이던 여인은 살며시 일어나 문지방 너머로 발을 들였다. 치마 아래로 살짝 모습을 보이고 금세 숨어 버린 하얀 버선발이 여인의 젖가슴인 양 봉긋하여 훤은 애써 술잔을 비우는 것으로 눈길을 접었다. 여인은 문지방만을 넘어온 거리에 다시금 다소곳하게 자리 잡고 앉았다. 다가온 거리만큼 난향도 짙어졌고, 달빛도 짙어졌고, 또한 여인의 미색도 짙어졌다. 좁은 방이라 가까이에 마주하고 앉은 셈이지만 조금 전보다 더 멀어진 것만 같았다. 그의 마음을 대신해 등잔불 빛이 파르르 떨렸다.

"참으로 요기스러운 미색이구나. 이것은 어둠의 조화냐, 달빛의 조화냐?"

"보이는 것만이 전부라 생각하는 어리석은 눈의 조화이옵니다."

여인의 말에서 알 수 없는 원망이 느껴졌다. 훤이 다시 사람 같지 않은 그 미색에 의문을 던졌다.

"귀신이냐……, 사람이냐?"

"뭇사람들은 소녀를 일컬어 사람이 아니라 하더이다."

여인의 말은 바람 한 점 섞임 없이 단정했다. 그래서 무엇을 생각하는지, 어떤 마음으로 말하는지 감을 잡을 수가 없었다.

"정녕 귀신이란 말이냐?"

"한 맺힌 넋이 바로 소녀이옵니다."

"나를 농락함이더냐. 세상천지에 그림자가 있는 귀신도 있다더냐."

"거짓을 아뢰지는 않나이다. 노비보다 비천한 무녀를 어느 누가 사람이라 하더이까. 하여 감히 사람이라 답 올리지 못하오옵니다."

스스로 사람이 아니라 말하는 차분한 음성에도 감정은 실려 있지 않았다. 오히려 가슴 한구석이 무너질 것 같은 야릇한 감정을 목소리에 실은 건 훤이었다.

"무녀……, 무녀가 맞긴 하였구나. 그래서 내가 올 것을 미리 알고 있었느냐?"

"소녀는 비록 무녀이나 예지하는 신력도, 사람을 읽는 신력도 없사옵니다."

"그런 무녀도 있느냐?"

"송구스럽게도 그러하옵니다. 단지 이곳에 이리 사는 것만이 소녀가 할 수 있는 신력의 전부이옵니다."

"도통 알 수 없는 말만 하는구나."

의아함을 담은 훤의 눈이 제운에게로 옮겨 갔다. 제운은 여인을 힐끔 본 후 고개를 숙였다. 그도 이해하지 못하겠다는 뜻이다.

"정녕 무녀가 맞단 말이냐?"

"끊을 수 없는 질긴 목숨으로 이렇게 무녀로 살고 있사옵니다. 무녀로나마 아니 살 수 없기에……, 이리 사옵니다."

여인은 담담하기 그지없는데 훤은 그만큼 더 서글퍼졌다. 그녀에게 다가가는 마음으로 물었다.

"네 이름이 무엇이냐?"

"아무개라 하옵니다."

"이름이 무어냐고 물었느니."

"지엄한 법도가 있사옵니다. 상감마마의 안전에 어느 것인들 미물이 아니오리까. 아무개라고만 아뢰올 수 있도록 윤허하여 주시옵소서."

답답해진 훤이 기어이 목소리를 높이고 말했다.

"어허, 고약한 여인이로고! 왕의 물음에 답하지 않는 것은 그럼 어디의 법도더냐! 다시 한 번 묻겠다. 이름이 무엇이냐? 사람이면 성과 이름이 있을 것이다. 네가 정녕 귀신이 아니라면 이름을 고하라."

여인은 달빛에 눈이 시린 듯 고운 눈동자에 짙푸른 설움을 담더니 목소리만은 더없이 평온하게 말했다.

"본디 성이라 하오면 아비가 있는 자가 받는 것이옵고, 이름이라 하오면 어미가 있는 자가 받는 것이옵니다. 소녀, 아비도 없고 어미도 없사와 그 어느 것도 받지 못하였나이다."

"이름이 없더란 말이냐?"

"이름 없이 살았나이다."

"어허, 답답하다! 나를 또 농락하는 것이냐?"

"소녀, 거짓을 아뢰지는 않는다고 하였사옵니다."

훤이 갑갑한 심정을 술 한 잔으로 진정시키고 다시 물었다.

"무녀에게는 반드시 신모神母가 있다 들었다. 그대의 신모는 무어라고 이름 하였느냐?"

"소녀의 신모는 단 한 번도 이름 하지 않았나이다."

"어찌 그럴 수 있단 말이냐?"

"이름 하여 묶이는 인연이 무섭다 하여 그리하였나이다."
"네 나이는 그럼 어찌 되었느냐?"
"햇수를 헤아려 본 적이 없으매, 그 또한 알지 못하옵니다."
"이곳에서 산 지는 오래되었느냐?"
"기나긴 세월이었던 듯하옵니다. 기나긴······."
"기나긴?"
"아니, 어쩌면 짧았을지도 모르지요."
"네 말은 이 고을에서 들은 방언이 아니다. 한양의 말이니 필시 이곳 사람이 아닐 터! 이곳으로 오기 전에는 어디의 누구였느냐?"

여인은 왕에게 아뢸 수 없는 슬픔을 달님에게 아뢰듯 긴 눈길을 들어 창밖의 둥그런 달을 보았다. 이어진 목소리는 변함없이 담담했다.

"그것은 이미 전생이 되어 버렸을 만큼 먼 이야기인지라 소녀, 기억치 못하옵니다."

훤이 화를 담아 술잔을 소반 위에 사정없이 쾅 내려놓았다.

"그리도 많은 질문을 하였는데 어찌 내가 들은 답은 하나도 없는 것이냐!"

"많은 답을 하였사온데, 상감마마께옵선 아무것도 수렴치 아니하셨사옵니다."

"대체 무엇을 답하였느냐! 이름을 답하였느냐, 나이를 답하였느냐? 정녕 무녀이기는 한 것이냐?"

"답을 답이 아니라 하오시면 거짓을 아뢰어 드리리까? 거짓을 아뢰면 답을 들었다 수긍해 주시겠사옵니까?"

 훤은 어떤 말도 하지 못하고 술잔만 입에 기울였다. 한동안 세 사람 사이에는 어둠만이 켜켜이 자리하였다. 훤은 그 어둠의 틈도 허락하고 싶지 않았다.

 "그 자리도 멀다. 가까이 다가와 앉으라."

 여인이 두어 걸음 당겨 앉자 다시 말했다.

 "그 자리도 멀다. 더 가까이 다가와 앉으라."

 결국 여인은 훤이 손을 뻗으면 닿을 거리까지 와서 자리를 잡고 앉게 되었다. 그의 마음에는 그 거리도 멀었지만 더 이상 당겨 앉을 공간이 없었기에 더 가까이 오라고 하지 못하였다. 눈앞에 백옥보다 하얀 여인의 얼굴이 있었다. 짙고 긴 속눈썹이 있었고, 그 아래에는 깊이 있는 새까만 눈동자가 있었다. 아무것도 담지 않은 표정이 있었다.

 반면, 제운의 눈앞에는 여인의 그늘진 옆얼굴이 있었다. 사람의 앞모습은 거짓을 말해도 옆모습은 마음의 표정을 담는다고 했기에, 금방이라도 눈물이 떨어질 것만 같은 옆모습은 마음의 표정이다. 제운은 여인의 슬픔에서 도망치듯 고개를 숙이고 눈을 감았다. 하지만 여인의 슬픈 옆얼굴은 감은 눈을 뚫고 제운의 가슴을 잠식해 들어왔다. 훤이 긴 숨을 삼키며 말했다.

 "너에게로 흐르는 내 마음이 보이느냐?"

 "달 여울에 어른거려 보이지 않사옵니다."

 "보이지 않는다는 말이냐, 아니면 아니 보겠다는 말이냐? 너를……, 안으면 아니 되는 것이냐?"

"남겨 두고 가시는 걸음이 무거우실까 저어되어 옷고름을 여미겠나이다."

"남겨 두고 가지 않을 것이다. 너를 데려갈 것이다. 그럼 안 게 해 줄 것이냐?"

"소녀는 이곳을 떠나면 아니 되는 몸이옵니다. 정박령碇泊靈의 처지이옵니다."

"주상인 내가 널 데려간다고 하였다. 떠날 수 없어도 나를 따르라."

"하늘 아래엔 서로 섞일 수 있는 것이 있고, 섞일 수 없는 것이 있고, 섞이면 안 되는 것이 있사옵니다. 주상과 무녀는 너무나 멀리 있기에 섞이면 아니 되는 것이옵니다."

훤이 거부하는 여인을 질책하듯 소리를 높였다.

"섞이면 안 되는 이유를 말하라! 내가 되게 하겠다!"

"하늘은 존엄하고 땅은 가까우니 건乾과 곤坤이 생기고, 존엄하고 가까운 것이 위아래로 배열되니 귀함과 천함이 생긴다고 하였사옵니다. 그 귀함은 귀함으로 어우러지고 천함은 천함으로 어우러져야 천지가 평온하다 하였사옵니다."

제운의 차가운 눈이 여인을 향했다. 한낱 무녀가 『주역周易』을 자연스럽게 말하는 것이 이상했다. 상식적이지 않은 공간과 상식적이지 않은 여인이다. 하지만 훤은 내용만 생각하느라 거기까지 신경 쓸 겨를이 없었다.

"나는 그리 배우지 않았느니라. 하늘이 곧 건이라 존엄하여 귀하고, 땅이 곧 곤이라 단지 가깝다고 하여 천한 것이 아니라 친근히 여겨야 하는 것이니, 땅이 어찌 천한 것이냐고 배웠느니라. 귀하고 친근함이 서로 변화를 주고받음으로 자연의 질서가 돌아간다고 배웠느니라. 그러니 백성도 친근하고 존엄하다 배웠느니라."

"하늘이 존귀하고 땅이 비천한 것은 영특한 자연의 계급이라 하였사옵니다. 봄과 여름이 먼저 오고 가을과 겨울이 뒤에 오는 것이 사계절의 순서이듯, 대저 하늘과 땅 모두 가장 신령한 것임에도 존귀함과 비천함, 앞서고 뒤짐의 서열이 있는데, 하물며 인간이야 말해 무엇하랴 하였사옵니다."

제운의 눈이 한층 더 차가워졌다. 마치 흘러가는 대화 같아서 여인의 말이 『장자莊子』에 있는 내용임을 알아차리는 데 시간이 걸렸다. 잘못되어 있었다. 분명 이 집은 정상이 아니다. 지금 이렇게 앉아 있는 이 공간은 어쩌면 현실이 아닌지도 모른다. 이런 제운의 생각 틈으로 난향이 비집고 들어왔다. 이번에도 훤은 이상함을 느끼지 못하고 여인의 거절을 받았다.

"나의 스승은 내게 그리 가르치지 않았다. 앞서는 것이 군주고 뒤서는 것이 백성이나 앞서는 군주가 본보기로 모범을 보여야 뒤따른 백성이 더불어 어질어진다 배웠느니라. 내가 어질어지면 백성도 어질어지고 내가 존귀해지면 백성도 존귀해지니 그것이 서열이라 배웠느니라. 내가 너를 안는다 하여 내가 비천해지는 것이 아니라 너도 나와 더불어 존귀해질 것이니라. 그것이 도의 질서라 알고 있느니라."

"참된 도를 말하면서 그 질서를 말하지 않으면 도가 아니라고 하였사옵니다. 소녀를 품지 않으시는 것이 신분의 질서이며 백성의 모범이시옵니다. 그것이 참된 도이옵니다. 이 몸은 상감마마와 교합해선 안 되는 신기를 담은 그릇이옵니다. 이름조차 없는 천것이옵니다."

여인이 담담하게 받아치는 거절에 훤은 더 애가 타서 말했다.

"나 또한 이름 없기는 마찬가지다. 태어나자마자 원자로 책봉되었기에, 이름이 내려졌으나 그 순간부터 어느 누구도 그 이름을 입에 담아선 안 되는 것이 되었다. 나는 훤이라 불러 주는 이 없이 단지 원자로만, 세자로만 불리었다. 왕이 된 지금은 훤이란 내 이름은 글로도 써서는 안 되는 이름이 되었다. 이러하니 너와 나의 처지가 이름이 없기는 매한가지가 아니더냐."

"같지 않사옵니다. 천지가 다른 것보다 더 다르옵니다."

흔들림 없는 돌 같은 느낌이었다. 더 이상 이을 말이 없었던 훤은 한참을 고심하던 끝에 무릎을 탁 쳤다.

"그렇다! 너의 신모가 묶이는 인연이 무섭다 하여 이름 하지 않았다면, 내가 너에게 이름을 명하면 너와 인연이 묶인다는 말이렷다. 그러하면 내가 너에게 이름을 명하겠노라."

이번만큼은 여인도 적잖이 놀랐는지 단정하게 포개 얹은 손끝이 꿈틀했다.

"세상 인연이 어찌 좋은 인연만 있다 하더이까. 찰나에 불과한 인연에 이름을 명하시면 아니 되옵니다. 거두어 주시옵소서."

"무어라 하는 것이 좋을까……."

"이어져서는 아니 되는 인연이옵니다. 찰나의 인연이어야 하옵니다."

훤은 간곡한 말을 외면하고 창밖의 달을 보았다. 이번에는 그가 돌이 되기로 한 모양인지 흔들림 없이 여인의 이름을 명했다.

"네가 달을 닮았느냐, 달이 너를 닮았느냐……. 내 너를 월月이라 이르겠노라."

훤이 이름을 명한 순간, 여인은 월이 되었다. 월이 되어 버린 그녀의 깊이 있는 눈동자를 떨리는 눈꺼풀이 덮었다. 감정을 담은 눈동자가 가려졌기에 그 눈동자에 기쁨을 담았는지 슬픔을 담았는지, 아니면 두려움을 담았는지 구분할 수가 없었다. 이름을 입 밖으로 내뱉은 훤은 그것만으로도 월과의 인연이 이어진 듯하여 안심이 되었다. 그래서 손을 뻗어 얼굴을 쓰다듬고자 하였다. 하지만 그녀의 볼에 차마 닿지 못하고 손을 거두었다. 왠지 손이 닿으면 그 즉시 그녀의 몸이 재로 변해 폭삭 내려앉을 것만 같은 느낌이 들었기 때문이다. 그래서 단정한 손목 한번 취하지 못하고 술잔만 잡았다.

"오늘만 날이겠느냐. 내 너의 이름을 알고 이곳을 떠나지 못하는 너의 신세를 아는데, 다음도 있지 않겠느냐."

훤은 술잔을 비우고 월의 앞으로 그 술잔을 내밀어 술을 채웠다. 월은 그의 마음을 보지 않겠다는 의지인지 감은 눈을 뜨지 않았다. 훤은 월이 건드리지도 않은 술잔을 들어 입속에 넣었다. 월이 눈을 감은 채 입을 열었다.

"이곳은 여廬일 뿐이옵니다. 비는 그치었고, 술병이 비워지매 온기는 채워졌으니 이제 행궁으로 돌아가셔야 하옵니다."

훤은 갑자기 밀어내는 월이 서운했다. 그녀에게 서운하다기보다는 헤어지기 싫은 마음에 마주한 짧은 시간이 서운했다.

"날이 밝거든 나와 같이 가자."

"지금 가지 않으시면 운검께 어떤 화가 미치게 될지 여쭙고 싶사옵니다."

이번에도 월의 말은 틀린 데가 없었다. 몰래 행궁을 빠져나와 미행을 한 것이기에 일이 잘못되면 훤에게 책임이 가는 것이 아니라 그 모든 책임이 제운에게 날아갈 것이기 때문이다. 그 공격은 언제나처럼 그의 신분인 서출에 맞춰져 곤혹을 당할 것이다.

"비와 달이 함께 있는 밤이옵니다. 채워진 온기를 빼앗기지 않게 조심하여 가시오소서."

"월아, 내 너를 반드시 다시 찾을 것이다! 기다려 다오."

"오늘 밤이 인연의 마지막이라 아뢰었사옵니다."

"나는 우리 인연의 시작이라 하였다. 그러니 그냥 갈 수는 없다. 너에게 정표를 받아 가고 싶으니."

월이 정표라는 말에 감고 있던 눈을 떠, 알 수 없는 서글픈 미소를 보였다. 훤은 비록 반쪽짜리일망정 처음으로 미소를 보인 월이 반가워 바짝 다가앉았다. 그녀에게서 흘러나오는 것은 울금 향이 아니었다. 난향이었고, 달의 향이었고, 가슴 저리도록 그리운 향이었다. 변함없는 목소리로 월이 답했다.

"소녀는 가진 것이 아무것도 없사옵니다. 상감마마께옵서 이름으로 하사하신 저 달이 전부이옵니다."

훤은 고개를 들어 밝아진 달을 보며 미소로 말했다.

"그러면 정표로 그대의 전부인 저 하늘의 달을 받아 가겠노라."

힘들게 끊어 내는 인연을 끊임없이 이어 대는 왕이 야속한 듯 월이 간곡하게 말했다.

"아니 되옵니다. 부디……, 거두어 주시옵소서."

힘들게 잇는 인연을 끊임없이 끊어 대는 월이 야속한 듯 훤은 단호하게 말했다.

"나에게는 아니 될 것이 없다! 너에게 받아 가는 저 달에, 너에 대한 나의 마음을 묶어 두겠노라."

"하오면……, 소녀도 정표를 청하겠사옵니다."

훤은 얼굴을 환하게 밝히며 조급하게 말했다.

"무엇이든 말하라. 다 들어주겠노라."

"청컨대 오늘 밤의 짧은 기억을 베어서 주시옵소서."

"베어서 두고 가면……, 너는 나의 기억까지 품겠다는 말이냐?"

훤은 오늘 밤 일을 잊으라 말하는 월이 원망스러웠다. 아주 잠시 마주하고 앉았을 뿐인데 감정의 길이가 길어져 감도 원망스러웠다. 재빨리 자리를 옮겨 다니는 달은 더 원망스러웠다.

"알 수가 없구나. 정말 알 수가 없어. 어이하여 내 마음이 이리도……."

"가시옵소서."

"야속한 여인이구나. 무정한 여인이야. 들어오라 하여 들어왔거늘 이젠 가지 않겠다는데 밀어내는 심보는 무엇이냐. 내 오늘은 이리 가나 이 인연을 이어갈 것이다."

"아무것도 없었던 인연이옵니다."

"몸을 섞은 인연만이 인연이던가. 마음을 섞은 우리의 인연도 인연이니라. 너의 입으로 거짓을 아뢰지는 않는다 말하였다. 그러니 우리의 마음 간에 아무것도 섞이지 않았다 하지는 못할 것이다. 너를 지금 취하지 않는 것은 그만큼 귀이 여기기 때문이니 앞으로 비천하다 입에 담지 말라. 글을 아는 이는 신분이 천해도 그 인품까지 천하지는 않다 하였다. 그러니 오늘은 이대로 달만 품고 가겠노라."

아무 말도 하지 않는 그녀를 두고 훤은 천천히 일어섰다. 침묵한 채 고개 숙이고 있던 제운이 그보다 한발 늦게 이 이상한 공간을 떨치며 일어섰다. 월은 돌로 빚은 것처럼 아무 미동도 없이 그대로 앉아만 있었다.

훤과 제운이 대문을 나설 때 헐레벌떡 뛰어 나온 것은 부엌에 있던 여종이었다. 떠나가는 그들을 지켜보던 여종은 황망한 표정으로 발만 동동 굴렀다.

산자락을 무거운 걸음으로 내려온 훤이 달만 보고 걸으며 제운에게 말했다.

"운아, 마음이 아려 차마 돌아보지 못하겠구나. 대신 보아다오. 혹여 월이 나를 보고 있느냐?"

제운은 왕의 명령 때문인지, 아니면 자신의 마음에 의해서인지 알 수 없는 감정으로 돌아보았다. 멀리 낮은 담 안으로 여종만이 이쪽을 원망스럽게 보고 있었다.
"보고 있지 않사옵니다."
휜이 조용히 탄식하듯 말했다.
"그래, 그래야지. 그래야 내 마음이 덜 아리지. 운아, 달빛이 이리도 눈부신 줄 예전에는 미처 몰랐구나."
여전히 돌처럼 앉아 있던 월이 여종에게 물었다.
"설아, 가시는 것이 보이느냐?"
"네, 가셨습니다! 가시고야 말았습니다!"
"혹여 이쪽을 한 번쯤은 돌아봐 주시더냐?"
"아뇨! 단 한 번도 돌아보시지 않고 그대로 가 버리셨습니다!"
월이 조용히 탄식하듯 말했다.
"그래, 그러셔야지. 그래야 내 마음이 덜 서글프지. 설아, 달빛이 이리도 눈부신 줄 예전에는 미처 몰랐구나."
"왜 배웅조차 하시지 않으십니까! 왜 그렇게 앉아만 계시는 겁니까! 왜……."
월이 무표정과도 같은 미소로 말했다.
"그분을 이리로 인도한 촉촉한 보슬비가 풀 위에 쉬다가, 땅 위에 쉬다가, 바람결에 묻혀 쉬다가 그분의 도포 자락이 스칠 때마다 어복御服에 스며들고, 어혜御鞋에 스며들고, 어립御笠에 스며들어 행궁까지 내 마음을 실어 배웅할 것이니……."

第一章

봄날

8년 전.

훤은 젓가락을 상 위에 내려놓았다. 낮것상은 원래 가벼운 것이라 서너 가지의 반찬과 밥이 고작인데, 그나마도 거의 줄지가 않았다.

"세자저하, 조금만 더 하저下箸하시옵소서."

차 내관의 간청에도 불구하고 훤은 휘건으로 입을 닦았다.

"이만 됐다. 물리도록 해라."

혼자서 하는 식사가 이골이 날 만도 하건만 한 번씩 텅 빈 주위를 의식하게 되면 목으로 넘어가지 않는 날이 있었다. 오늘이 그날인 듯하였다. 며칠 전 대비전에서 어울려 했던 식사의 여파였다.

"네, 하오나 석수라까지 이러시면 아니 되옵니다."

훤은 대답하지 않고 휘건을 상 위에 던지듯 놓았다. 차 내관의 눈짓을 받은 젊은 내관이 상을 가지고 나갔다. 차 내관이 조심스럽게 세자의 안색을 살폈다. 가까이에서 모시면서 늘 느끼지만 작고 예쁜 얼굴이다. 그렇지만 먼 거리에서 보면 주위의 얼굴 큰 이들은 흐릿하게 보여도, 이처럼 작은 세자의 얼굴은 신기할 정도로 또렷하게 보이는 생김이었다. 키와 덩치도 또래에 비하면 작은 편이다. 열다섯 살이 되었는데도 성장이 더딘지 사내 티가 날 기미가 없었다. 이것은 왕의 큰 근심거리여서 요사이 세자의 입에 들어가는 음식까지 간섭받고 있었다.

"조금 쉬신 후에……."

"알고 있느니! 주강이 있지. 그리고 바로 이어 스승만 바뀐 석강이 있지. 소대니 야대니 하는 것들도 있고. 말만 다르지 전부 공부, 공부, 공부밖에 없고, 매일매일이 언제나 똑같이 반복되는데 왜 굳이 말을 하느냐!"

"마마, 고정하시옵소서."

훤은 짜증스런 얼굴로 자리를 박차고 일어나 밖으로 나갔다. 예상치 못한 행동에 당황한 차 내관이 엉거주춤 몸을 일으켜 뒤늦게 따라 나갔다.

"마마, 어디로 가시려고……."

"어디도 가지 않는다. 어차피 난 이 궐을 벗어나서는 아니 되잖느냐. 그러니 어디도 못 가는 것이지."

훤은 동궁 주위만 맴돌더라도 잠시나마 바람을 쏘이고 싶었다. 그래서 내관이 신겨 주는 신을 발에 꿰고 자선당資善堂을 벗어났다. 줄줄이 따르는 내관과 궁녀가 귀찮기 짝이 없지만 이들을 떼어 내는 건 불가능한 일이다. 잠깐이라고 생각했던 훤의 산책은 동궁에서 점점 멀어져 갔다.

"세자저하, 더 이상은 아니 되옵니다."

차 내관의 말에 정신을 차리고 보니 어느덧 후원 근처까지 다다라 있었다. 허전한 마음이 걸음을 멈추지 못한 탓이다. 여기서 조금만 지체하면 주강에 늦어질 것이고, 그렇게 되면 주위를 보좌하는 내관에게 피해가 갈 것이다. 훤은 애써 발길을 돌리려고 하였다. 그런데 후원 쪽에서 들리는 아이들의 웃음소리가 이를 멈춰 세웠다. 간혹 귀에 익은 목소리도 섞였다. 훤이 환해진 얼굴로 소리 나는 곳을 향해 부리나케 달려갔다.

후원에는 또래의 친인척 아이들이 어울려 놀고 있었다. 그중에는 훤과 배다른 형제인 양명군陽明君도 섞여 있었다. 대비전에 인사 왔다가 또래들끼리 이쪽에서 뭉치게 된 모양이었다. 검은 천으로 눈을 가린 아이 하나가 피해서 달아나는 아이들을 잡으려고 안간힘을 쓰는 것이 보였다. 술래 주위는 손뼉을 치거나 소리를 내어 유인을 하는 아이들로 떠들썩했다.

이러한 떠들썩함은 훤의 등장과 동시에 찬물이 끼얹어진 듯 딱 멎었다. 소리와 움직임이 있는 건 눈을 가린 술래뿐이다. 갑자기 찾아온 적막에 당황한 술래는 더욱 세차게 팔을 휘저었다. 훤이 그들에게로 다가갔다. 멈춰 있던 동작들이 잽싸게 움직였다. 허리를 숙인 채로 일사불란하게 뒤로 물러난 것이다. 훤이 한 발짝 다가갔다. 그러자 그들은 한 발짝 뒤로 물러났다. 훤이 두 발짝 다가갔다. 그러자 그들은 두 발짝 뒤로 물러났다.

"다들 어디 있어? 무슨 일이야!"

술래의 외침만 들렸다. 이윽고 손에 누군가가 잡히자 술래는 반갑게 소리쳤다.

"잡았다!"

하지만 아무런 반응이 없었다. 술래는 이상하여 잡힌 이를 손으로 더듬어 보았다.

"누구야? 내가 제대로 잡은 거 맞아? 이거 풀어도 돼?"

여전히 조용한 반응이 이상하여 술래가 제 손으로 천을 풀었다. 그리고 자신이 잡은 이를 쳐다보았다.

"헉! 요, 용서해 주시옵소서, 세자저하!"

"아니, 괜찮……."

훤이 말을 끝내기도 전에 술래 또한 다른 이들 틈으로 멀찌감치 달아나 섰다.

"괜찮으니까 지금 하던 놀이 계속하라. 나도 함께……."

"아, 아니옵니다. 이제 막 끝내려던 참이었사옵니다."

한 명이 대표로 말하자 옆에서도 일제히 '그렇사옵니다.'를 외쳤다. 훤은 친근하게 보이도록 웃어 보였다. 하지만 아무도 고개를 들지 않았기에 얼굴은 이내 일그러졌다. 그래서 아예 입꼬리를 한쪽으로 삐딱하게 올리고 팔짱을 낀 채로 빈정거렸다.

"그럴 줄 이미 알고 있었다. 내가 오면 모든 놀이는 언제나 끝이 나거든. 마치 내게 역병이라도 묻어 있는 것처럼 슬금슬금 피하는 꼴들도 항상 똑같고."

훤은 그들로부터 등을 돌렸다. 단 한 번도 또래의 무리 속으로 들어가 본 적이 없었다. 멀리서 노는 모습을 지켜보며 부러워해 본 것이 전부였다. 어울려 놀다가 실수로라도 세자의 몸에 상처가 생기는 날에는 그들 부모까지 연좌를 당한다는 사실을 모르지 않았다. 그렇기에 억지로 그들 틈으로 들어갈 수가 없었다. 양명군이 허리를 들어 훤을 보았다. 많은 수행관을 이끌고 사라져 가는 아우의 외로운 등이 얼굴에 안타까운 표정을 만들었다.

"세자저하."

소리가 퍼져 나가지 않게 조심하여 부르는 양명군의 속삭임이 어둠 속에서 들렸다. 훤은 주위 사람들이 움직이기도 전에 자선당의 문을 활짝 열고 뛰어나갔다. 그리고 월대를 한달음으로 내려가 양명군의 손부터 덥석 잡았다.

"형님, 오셨습니까!"

아무리 어두운 밤이어도 반가워서 어쩔 줄 몰라 하는 아우의 마음은 환하게 보였다. 양명군은 주위를 에워싸는 감시자들을 의식하여 의례적인 인사부터 하였다.

"혹여 소인이 세자저하의 예학에 방해가……."

"무슨 그런 서운한 말씀을 하십니까. 어서 안으로 들어가시죠."

"아니옵니다. 달빛도 아깝고 이 넓은 마당도 아까우니 여기서 잠시만 뵈옵고 가겠사옵니다."

잠깐 마당을 둘러본 훤은 양명군의 배려를 알아차리고 살며시 미소 지었다. 낮의 일이 마음에 걸려 찾아온 것이리라.

"낮에 잡힌 채로 끝이 났으니 제가 먼저 술래를 하겠습니다. 한데 봉사놀이는 둘이서 하기에는……."

"그럼 그건 두고, 잡기놀이는 어떠하시옵니까? 소인이 달아날 터이니 세자저하께오서 잡아 보시옵소서. 숨 가쁘게 뛰고 나면 기분도 좋아지실 것이옵니다."

양명군이 앞서서 신을 벗어던지고 뛰기 시작하였다. 훤도 따라서 신을 벗어던지고 뛰었다. 내관들이 일제히 당황하여 안절부절못한 채 월대 아래에 모여 섰다. 세자의 큰 웃음소리가 들렸다. 오랜만에 들어 보는 듯하였다. 그래서 차마 만류는 못 하고 넘어질 듯 비틀하면 같이 비틀하고, 기우뚱하면 같이 기우뚱하고, 힘차게 몸을 앞으로 하여 손을 뻗으면 같이 몸을 뻗었다.

양명군은 날렵하게 몸을 피해 달렸다. 훤의 손에 잡힐 듯 잡힐 듯 감질나게 하면서도 교묘하게 빠져나갔다. 어느새 훤은 익선관도 벗어던지고 용포도 벗어던졌다. 땀까지 흘려 가며 마당을 뛰어다녔다. 뛰어다니는 시간이 길어질수록 점점 숨이 차올랐다. 그런데 양명군의 말처럼 기분은 점점 좋아졌다.

"이게 대체 뭐 하는 짓들이냐!"

자선당 마당을 쩌렁쩌렁하게 울리는 목소리에 놀라 훤과 양명군은 그 자리에 우뚝 멈춰 섰다. 내관들은 사색이 되어 허리를 숙였다. 훤은 갑작스럽게 들이닥친 부왕 앞으로 다가가 섰다.

"아, 아바마마……."

양명군도 달려와 훤의 뒤에 허리를 숙였다. 부왕의 마뜩찮은 표정이 잠시 양명군에게 머물다가 엄한 표정으로 바뀌며 훤에게로 옮겨 갔다. 흐트러진 옷매무새와 땀에 젖은 얼굴에 부드러운 불호령이 떨어졌다.

"너의 신분을 잊었느냐? 어디서 경박하게 뜀박질을 한단 말이냐."

차 내관이 주워 두었던 익선관을 씌우고 용포를 팔에 끼워 넣었다. 손이 훤의 눈에도 보일 정도로 떨고 있었다. 부왕의 부드러운 불호령이 양명군에게는 살벌하게 떨어졌다.

"네가 불경한 마음을 먹지 않고서야 어찌 이런 일을 저지른단 말이냐! 세자가 다치기라도 하면 어쩌려고!"

"아바마마, 형님은 소자가 청해서 이곳에 온……."

"세자는 닥쳐라!"

양명군은 언제나처럼 땅을 향해 입술만 깨물 뿐 아무런 변명도 하지 않았다. 단지 불끈 쥔 두 주먹에만 원망을 담았을 뿐이다.

"이 자선당은 네가 있을 곳이 아니다. 물러나라!"

양명군이 고개를 들어 부왕을 노려보았다.

"알겠사옵니다, 상감마마. 소신은 그만 물러나 드리지요."

그러더니 원망의 눈길을 거두며 몸을 휙 돌려 뛰어나갔다.

"저, 저, 괘씸한 놈 같으니!"

부왕은 양명군이 사라져 간 곳을 한참 동안 쏘아보았다. 훤은 그 뒤의 얼굴을 바라보았다. 보이지는 않았지만 어떤 표정인지는 알고 있었다. 마음을 감춘 부왕의 눈이 훤에게로 돌아왔다. 훤은 부왕을 노려보려고 애썼으나 가슴속에서 일어난 쓸쓸함을 감추지는 못하였다. 그 눈빛을 향해 부탁하듯 부왕이 말했다.

"믿지 마라, 아무도! 너와 피를 나눈 자라 하더라도!"

"소자를 위해 이곳까지 와 준 형님의 마음은 믿사옵니다!"

"그렇게 안일하게 굴었다가는 네 목숨을 부지하기 힘들 것이다."

부왕의 등 뒤로 참혹한 고문 끝에 죽임을 당한 혼령들이 하나둘씩 엉겨 붙었다. 지금 이 자리는 끊임없이 목숨을 노리는 자들을 자신의 손으로 죽여 가며 지켜 온 것이다. 그리고 그렇게 죽인 이들 모두가 피를 나눈 형제들이었다.

"너의 몸은 너 하나만의 것이 아니다. 그러니 한 번만 더 오늘처럼 식사를 남긴다거나, 수업에 늦는다거나, 잠 잘 시간에 깨어 있다거나 하였다가는 이곳 동궁에 있는 내관들의 목숨부터 죽어 나갈 것임을 명심해라! 늦었다. 자라."

부왕은 훤의 눈에 맺히는 원망에서 등을 돌려 어둠 속으로 걸어갔다. 그의 발밑으로 검은 혼령들도 덩어리져서 따라갔다.

부왕은 다 읽은 상소문을 서안에 펼쳐 놓았다. 성수청星宿廳[4]과 소격서昭格署[5] 철폐를 요구하는 유림의 글이었다. 골치 아픈 일을 접할 때마다 나오는 버릇대로 자연스럽게 이마를 괴었다. 성수청은 왕실 중에서도 대비전의 비호 아래 있는 관청이라 손

---

4. 성수청(星宿廳) 국가와 왕족의 무속(巫俗)을 관장하던 관청.

5. 소격서(昭格署) 도교의 제천의식을 거행하기 위해 설치한 관서.

을 댈 경우 대비 윤씨와 맞서야 하는 사태가 벌어지고 만다. 그런데 이번 상소는 제일 앞에 홍문관 대제학인 허민규의 이름이 쓰여 있어 외면할 수가 없었다.

허민규는 사림파의 구심점이라 할 수 있는 인물로서 대비를 주축으로 하는 외척 세력인 훈구파가 득세하고 있는 지금의 조정에 왕이 나서서 힘들게 끌어들인 인물이었다. 그러니 부왕의 어깨를 짓누르는 무게감은 심할 수밖에 없었다.

"전하, 세자시강원世子侍講院의 보덕輔德이 들었사옵니다."

부왕은 상소문을 반으로 접으며 말했다.

"들라 하라."

보덕이 휘청거리는 걸음으로 들어왔다. 가까워진 얼굴에는 새파랗게 질린 기색이 엿보였다. 그리고 가슴을 움켜쥐고 있는 모양새가 보란 듯이 과장되어 있었다. 부왕의 소리 없는 한숨이 더욱 깊어졌다. 어제부터 다시 시작된 세자의 장난에 열 명 남짓한 세자시강원 관원들이 혼쭐이 나고 있다는 보고를 들어 알고 있었기 때문이다. 그들은 차기 왕을 가르치는 것만으로도 임무의 막중함에 두려움을 느끼는 것이 다반사인데, 거기에 세자의 장난까지 보태졌으니 정신적인 고통은 짐작하고도 남았다. 눈앞에 앉은 보덕도 오늘 아침에 있었던 친림청강 자리에서 망신을 당한 참이었다.

평소의 세자는 외로울 때마다 한 번씩 투정을 부리는 것을 제외하고는 사랑스런 미소를 잃지 않는 아이였다. 어떨 때는 철없이 느껴질 정도로 천진한 표정으로 웃어른과 조정 대신들을 대했다. 그래서인지 열다섯 살이나 된 세자를 경계하는 이가 적었다. 친모인 왕비는 당연하거니와 조모인 대비 윤씨조차 세자를 아끼고 가까이하였다. 대비 윤씨의 마음이 이러하니 현재 외척 세력인 훈구파도 자연스럽게 세자의 세력이 되어 주고 있었다.

그런 세자가 드물게 골탕을 먹이는 이들이 있었는데 그것이 바로 세자시강원의 스승들이었다. 이것은 세자의 유일한 낙이자 탈출구였다. 한동안 뜸했던 장난이 다시 시작된 건 얼마 전에 양명군을 자선당에서 쫓아 버린 부왕에 대한 복수가 목적일 터이다. 머리를 조아린 보덕의 입에서 부왕이 짐작한 말이 나왔다.

"……하여 쇠로해진 이 천신은 이만 낙향하고자 하옵니다. 부디 통촉하여 주시옵소서, 전하!"

"아침에 있었던 청강에서 세자가 훌륭하게 대답한 건 자네의 덕이 아닌가."

"하, 하오나 이 천신은 세자저하께오서 그리 잘 알고 계신 걸 살피지도 못했거니와, 전하께 감히 세자저하께오서 강의를 듣지도 않고 알지도 못한다고 거짓을 고했으니……."

"그건……."

세자의 장난일 뿐이라고 말하고 싶었지만 부왕은 입을 다물었다. 세자가 수업 중에 한두 번 딴 짓을 하고 강의를 듣지 않은 척 대답을 틀리게 하였다고, 그것이 장난이라는 걸 간파하지 못한 채 왕에게 쪼르르 일러바친 경솔한 스승을 세자 곁에 두는 건 위험한 일이다.

"허 참, 이번 장난은 그나마 양호한 편이었는데."

부왕은 문득 손바닥 아래 있는 상소문을 깨달았다. 홍문관 대제학! 부왕의 입가에 미소가 올라왔다.

"알았네, 자네의 뜻이 그러하다면 어쩔 수 없지. 물러가게."

훤은 비현각조顯閣 마루에 걸터앉아 다리를 까딱거리고 있었다. 낙향한 보덕의 빈자리에 아래에 있던 필선弼善과 문학文學이 차례로 승진하고 새로운 스승이 온다는 소문을 들었다. 직함조차 없이 외부에서 초청된 인사라는 소문 외에는 그 스승의 정체에 대해 알려진 바가 없었다. 훤은 궁금하기도 했지만, 골탕 먹일 것을 대비해서 사전 조사가 필요했다. 그래서 수소문을 해 오라고 사령을 보내 놓은 참이었다.

오랫동안 기다렸던 사령이 달려왔다. 하지만 훤 앞에 다가와 선 그는 말하기를 꺼리며 우물거렸다.

"왜 말하지 않는 것이냐? 어떤 자가 오는지 못 알아낸 것이냐?"

"그, 그것이 아니옵고……."

"어서 말하라! 어디서 뭐 하던 자냐?"

한참을 머뭇거리던 사령이 기어들어 가는 목소리로 말했다.

"그게……, 홍문관 대제학의 아들로, 이번 과거에서 장원급제한 허염許炎이란 자라 하옵니다."

"잠깐만, 이게 어떻게 돌아가는 거지?"

훤은 제 머리를 양손으로 잡고 골몰했다. 아무리 장원이라고는 해도 갓 급제한 자를 스승으로 데리고 오다니. 게다가 세자시강원의 관리들은 다른 관직에 비해 선발 기준이 훨씬 엄격하지 않은가. 재야에 묻힌 학자를 모시고 오는 경우가 없었던 건 아니었기에 휜은 머리를 잡았던 양손을 놓았다. 그 순간 다시 이상한 점을 깨달았다.

"자, 잠깐만. 홍문관 대제학의 아들이라고? 대제학이 품계에 비하면 썩 젊은 걸로 아는데, 그렇게 늙다리 아들이 있다고?"

"그, 그러니까……, 허염이란 자의 나이가, 그게……."

"갑갑하구나! 어서 말하지 못할까!"

"……올해로 열일곱이라 하옵니다."

휜이 놀라움과 분노로 앉아 있던 자리에서 벌떡 일어나며 소리쳤다.

"뭐라고! 열일곱 살이라면 나보다 겨우 두 살 많은 거잖아! 아바마마께옵서 나를 어찌 보시고 그런 애송이를!"

"마마, 고정하시옵소서."

"장원급제? 고작 열일곱에? 완전히 미친놈 아니냐?"

"미, 미친놈이 아니옵고 천재라고 하는 게 맞는……."

"아무튼 정상은 아니잖아!"

"그, 그러하옵니다. 그 나이에 장원급제를 하는 건 상당히 비정상이기는 하옵지요. 하여 아직 관직에 나오기는 이르니 처음에는 독서당讀書堂6에 거하라 명했었다 하옵니다."

---

6. 독서당(讀書堂) 국가의 중요한 인재를 길러 내기 위해 세운 전문 수양·독서 연구 시설.

"아하! 그런데 갑자기 이곳 시강원으로 오게 했다? 천재라니 재미있군. 어디 못생긴 면상 한번 구경해 보자고."

훤은 이런저런 이유로 해서 새 스승의 수업을 손꼽아 기다렸다. 수업 시작한 날로부터 단 며칠 만에 쫓아내고야 말리라는 의욕을 불태웠다.

첫 수업 날이 되었다. 훤은 비현각에 들어서는 스승을 뻬딱한 자세로 앉아 얼굴도 돌리지 않고 맞았다. 아무리 세자라고 해도 스승에 대한 예를 따진다면 자리에서 일어나 맞아야 하지만 골탕을 먹이기 위해 일부러 그렇게 하였다. 염이 세자와 떨어진 스승의 자리에서 세 번의 절을 마치고 앉았다. 난향이 느껴졌다. 하지만 훤은 아무런 반응을 보이지 않았다. 염에게서도 아무런 반응이 돌아오지 않았다.

어색한 시간이 길게 흐르고 난 뒤, 훤은 염의 얼굴을 힐끗 쳐다보았다. 순간 훤의 눈이 그의 얼굴에 박힌 채 넋이 나가고 말았다. 비정상적이리만큼 아름다운 청년이었다. 그의 이름인 '염炎'이라는 글자에는 '불꽃'이라는 의미뿐만이 아니라 '아름다움'이라는 의미도 함께 있다는 것을 깨닫는 순간이었다. 훤은 그 아름다움에 현혹되어 나이 어린 스승을 내쫓고 말겠다는 원대한 포부를 잠시 내려놓았다.

하지만 이내 정신을 차렸다. 그리고 삐뚤어진 익선관을 바로 쓰지도 않고 서안에 턱을 괴고 앉아 있기만 하였다. 스승이 먼저 절을 했으니 이번에는 세자가 절을 세 번 해야 되는 차례였지만 꼼짝하지 않았다. 훤은 이대로 있다가 그가 입만 열면 세자의 권위로 호통을 쳐서 기를 죽여 놓겠다는 심산이었다.

그런데 염의 반응은 다른 스승들과는 확연히 달랐다. 바른 자세로 정좌한 채 부드러운 눈웃음을 지을 뿐 아무런 말이 없었다. 아무리 기다려도 바로 앉으라든가, 아니면 스승에 대한 예를 갖추라든가 하는 요구가 없었다. 꼼짝도 않고 정좌하고 있는 염보다 삐딱하게 앉아 있는 훤이 먼저 지쳐 갔다. 하지만 훤도 고집이라면 일가견이 있었기에 허리가 아프고 팔이 아파도 상대가 먼저 입을 열기만을 기다리며 끝까지 버텼다.

그러고 있는 사이 삼각三刻이라는 수업 시간이 지났음을 알리는 북소리가 비현각 바깥에서 울렸다. 북이 울리기가 무섭게 염은 단 한마디도 없이 눈웃음 그대로 인사하고는 물러났다. 훤은 기가 막혔지만 한편으로는 앞으로 재미있을 것 같다는 생각이 들었다. 이전까지의 스승들은 감히 세자 앞이라 제대로 꾸짖지도 못하고 의도한 대로 함정에 빠졌는데, 염처럼 아름다운 미소만 남발하다 가는 경우는 전무후무한 일이었다.

이런 신경전이 이날 하루로 끝난 것이 아니었다. 다음 날도, 그다음 날도 염은 그저 아름다운 눈웃음만을 보일 뿐 그 어떤 말도 하지 않았다. 그래서 오히려 훤이 지치고 심심해졌다. 그리고 차츰 염의 목소리가 궁금하기도 하였다.

며칠을 삐딱한 자세로 초지일관하던 훤은 결국 염에게 스승의 삼배를 올린 뒤 자세를 바로 하고 앉았다. 그렇다고 스승으로 받아들인 것은 아니었다. 단지 다른 공격 방법을 모색하기 위해서였다. 바로 이전까지 배우고 있던 『중용』을, 염의 코를 납작하게 하기 위해 미리 예습까지 해서 공격할 준비를 해 두었다. 그런데 염의 입에서 예상하지도 못한 말이 튀어나왔다.

"이제부터 천자문을 익히겠사옵니다."

훤은 물결같이 아름다운 목소리에 잠시 매료되었다가 얼른 정신 차리고 말을 되새겨 보았다. 어이가 없었다. 천자문은 네 살 원자 시절, 강학청에서 이미 다 배운 것이 아닌가. 그래서 화를 버럭 내려고 하였지만 그 전에 염이 책색서리를 불러 『천자문』 책을 가져오라고 시켰다. 우물쭈물하며 세자의 눈치를 살피던 그는 염의 미소에 화들짝 놀라 책을 가지러 나갔다. 참다못한 훤이 소리쳤다.

"감히 나를 욕보이려 하느냐! 난 지금 『중용』을 배우고 있는 몸이다! 그런데 천자문이라니!"

화가 나서 소리치는 훤과 달리 염은 차분한 미소로 말했다.

"아뢰옵기 송구하오나, 소인은 이제껏 누군가를 가르쳐 본 적이 없사옵니다. 하여 상감마마께 이 자리를 고사하였사온데, 이를 물리치며 제가 배운 대로만 가르치라 윤언을 내리시었사옵니다."

"대체 그 일과 천자문이 무슨 상관이란 말이냐?"

"학문을 시작하면서 제일 처음 배우는 것은 천자문이 아니옵니다. 학문을 하기 전의 마음가짐과 자세이지요. 세자저하께 옵서는 그 자세를 며칠 동안에 걸쳐 이제야 익히셨으니 그다음은 천자문을 하실 차례이옵니다. 소인은 배운 대로만 행하라는 어명을 받잡을 뿐이옵니다."

훤의 입이 멍하니 벌어졌다. 화가 났지만 대꾸조차 하지 못했다. 그사이 책색서리가 『천자문』을 가져다 서안에 올려 두었다. 염이 조용히 책을 펼쳐 음부터 읽었다.

"천지현황天地玄黃."

하지만 훤은 분노로 인해 입을 다물었다. 염이 다시 미소 띤 얼굴로 음을 읽었다.

"천지현황."

이번에도 훤은 입을 다물고 화를 담은 눈빛만 보냈다. 염이 조용히 말했다.

"세자저하께옵서는 이 한자들을 익히셨다 하시었는데, 그러면 천天은 무엇이옵니까?"

어처구니없는 질문이었다. 천은 서당 근처에 가 보지도 못한 천하의 무식쟁이가 들어도 아는 글자 아닌가.

"감히 그따위 질문을 하다니, 네가 정녕코 나를 욕보이고자 하는 것이렷다!"

세자의 노여움 앞에서도 염의 부드러움은 사라지지 않았다.

"하늘이옵니다. 그럼 하늘은 무엇이옵니까?"

숨이 턱 막혔다. 훤은 선뜻 답할 말을 찾지 못하고 가만있었다. 갑작스런 질문에 하늘을 정의하기가 힘들었다. 게다가 그의 코를 납작하게 해 줄 말만 생각하느라 쉽게 머릿속이 정리되지 않았다. 생각의 폭을 좁혀 준 건 염이었다.

"이제껏 『중용』을 배우고 계셨다 하셨사옵니다. 그럼 『중용』에 나오는 하늘은 무엇이옵니까?"

배운 것이다. 그런데 배웠다는 사실만 떠오를 뿐 머릿속에서는 수많은 한자들이 뒤죽박죽으로 엉키기만 했다. 결국 좁혀 준 폭에도 불구하고 답할 말을 찾지 못한 훤에게 염이 말했다.

"하늘은 곧 도道의 근원이라고 하였사옵니다. 하늘이 명한 것을 성性이라 하고, 성을 따르는 것을 도라 하고, 도를 닦는 것을 가르침이라 한다 하였사옵니다. 그렇게 중中과 화和를 지극히 하면 천지가 제자리를 평안히 하고 만물이 육성된다 하였사옵니다."

이로써 바닥이 드러나고 말았다. 훤은 천자문의 첫 글자인 하늘조차 제대로 모르고 있었고, 지금껏 배우고 있던 『중용』 또한 제대로 이해하지 못하고 있었다. 염은 야단 한번 없이 훤으로 하여금 이러한 사실을 깨닫게 해 주었다. 그렇다고 이렇게 주저앉을 수는 없었다. 훤은 골몰한 끝에 반격할 말을 겨우 찾아냈다.

"『중용』은 됐고, 그럼 너는 하늘과 땅이 뭐라고 생각하느냐?"

"그것은 소인이 답을 드려서는 아니 되는 것이옵니다. 세자 저하께옵서 앞으로 학문을 하면서 차차 배워 가셔야 하는 것이옵니다."

"너도 제대로 설명을 못 하는 것이 아니고?"

훤의 비아냥거림은 염에게 전혀 영향을 미치지 않았다. 오히려 고개를 끄덕이며 수긍하는 미소를 지었다.

"소인 또한 알고자 계속해서 학문을 하는 것이옵니다. 책은 읽으면 읽을수록 또 다른 하늘이 보이고, 또 다른 땅이 보이옵니다."

"아는 거 있으면 한 가지라도 말해 보라니까, 응?"

의기양양해진 훤의 재촉에 힘입어 염은 비로소 수업을 시작하게 되었다.

"『열자列子』에 따르면 맑고 가벼운 기운은 올라가 하늘이 되고, 흐리고 무거운 기운은 내려가 땅이 되고, 하늘과 땅이 화합한 기운이 사람이라 하였사옵니다. 그러므로 하늘과 땅의 정기를 품어 만물이 변화, 생성하는 것이라 하였사옵니다."

『열자』는 처음 들어 보는 것이다. 훤은 자신도 모르게 귀가 솔깃해서 들었다.

"하늘과 땅이 화합한 인간의 정신은 하늘에서 받은 것이고, 육체는 땅에서 나누어 받은 것이라 하옵니다."

"그래서 인간이 죽으면 정신은 하늘로 돌아가고 육체는 땅으로 돌아가는 것인가?"

염이 환하게 웃었다. 훤은 자신의 어투가 누그러진 걸 깨닫지 못하고 완전히 몰입해서 듣고 있었다. 어쩌면 염의 차분한 음성이 귀를 기울이도록 만드는 마력을 지니고 있는지도 몰랐다.

"방금 세자저하께옵서 하신 말씀이 바로 『열자』 안에 있사옵니다."

훤의 어깨가 모처럼 으쓱해졌다.

"그런가? 흠흠, 그 책을 구해서 읽어 봐야겠군."

"그리고 『육도삼략六韜三略』에는 하늘을 임금으로, 신하를 땅으로 설명하고 있사옵니다. 하늘은 골고루 미치게 하는 것이고, 땅은 정하여진 대로 하는 것이라 하였기에……."

이렇게 시작된 천天·지地, 두 글자에 대한 수업은 수많은 책에 담긴 내용들을 설명하며 흘러갔다. 눈 깜짝할 사이에 삼각이 지났다. 염을 골탕 먹이겠다는 생각은 그러는 사이 저절로 잊혔다.

이렇게 염의 부드러움에 휘말린 세자는 매일 반복되던 생활에서 조그마한 재미를 찾게 되었다. 염의 입에서 나오는 말들은 대부분 생소한 것이었고, 알고 있던 것이라고 해도 새롭게 와 닿았다. 그리고 그를 골탕 먹이기에는 모르는 것이 많았다. 그래서 어떻게 해서든 한 번쯤은 염을 곤혹스럽게 만들어 보겠다는 일념으로 그 어느 때보다 열심히 공부하게 되었다.

세자는 천자문을 배우면서 모르는 사이에 많은 책을 같이 익혔다. 천지현황에서는 왕과 신하, 왕과 백성의 도를, 일월영측日月盈仄에서는 우주의 생성과 변화를 배워 갔다. 그러는 사이 훤은 자신도 모르게 염을 좋아하게 되었고, 그 어떤 스승보다 따르게 되었다. 그리고 수업이 짧게만 느껴져, 퇴궐하려는 그를 잡아 저녁을 같이 하는 것을 즐거움으로 삼게 되었다.

2

"아바마마!"

민화敗花공주가 넘어질 듯 아버지를 부르며 달려갔다. 그러자 부왕은 왕의 체통도 내던지고 몸을 구부정하게 숙인 채 두 팔을 앞으로 뻗으며 딸에게 달려왔다. 부왕이 하늘 높이 민화를 안아 올렸다. 그러면 민화는 왕을 아래로 내려다볼 수 있는 유일한 사람이 되었다. 같은 자식이라도 세자와 양명군은 꿈도 꿀 수 없는 일이었다.

민화는 태어나서부터 지금까지 방바닥에 앉아 본 기억이 별로 없었다. 왕의 허벅지가 당연하다시피 되어 있는 그녀의 자리였기 때문이다. 왕은 아무리 상심한 일이 있어도 딸의 얼굴만 보면 기분이 좋아졌고, 방긋 웃는 애교 있는 미소를 보면 어느새 같이 웃고 있었다. 민화는 그렇게 왕의 허벅지에 앉아 엉덩이를 들썩거리며 춤을 추고 노래를 불렀다. 그리고 왕비가 왕의 뽀뽀에 민화의 볼이 닳는다고 할 만큼 부왕의 사랑을 받았다.

이렇듯 주위에 있는 모든 사람은 민화를 중심으로 움직였다. 민화는 자신이 떠받들어져 살아가는 것에 대해 특별히 생각해 본 적이 없었다. 태어날 때부터 그렇게 살아왔기에 지극히 당연한 일이었다. 그리고 무엇인가에 욕심을 내어 본 적도 없었다. 욕심을 내어 보기도 전에 이미 민화의 손에 어떤 것이든 들어와 있었기 때문이다.

열세 살이 된 어느 날이었다. 민화는 뒤를 따르는 궁녀와 함께 깡충깡충 뛰어 자선당으로 놀러 갔다. 훤을 귀찮게 하는 건 그녀가 즐기는 놀이 중 하나였다. 그런데 깡충거리던 민화의 걸음이 뚝 멈췄다. 동시에 시선도 한곳에 멈췄다. 비현각에서 아름다운 사내가 나오고 있었다. 염이었다. 추한 걸 볼 틈도 없이 세상의 아름다움만 죄다 봐 오던 민화조차 눈을 뗄 수 없는 모습이었다. 민화의 눈에는 서책을 앞으로 나란히 들고 월대 아래로 내려서는 염의 모습이 마치 하늘의 구름에서 내려서는 듯했다. 관복을 입기에는 턱없이 어려 보이는 사내였지만, 그 어떤 자들보다 관복이 잘 어울렸기에 천신의 아들이 그녀에게 전할 말이 있어서 내려왔을지도 모른다는 상상에 빠질 정도였다.

염이 민화와 그 뒤의 궁녀들을 발견하고는 몸을 숙이며 등을 돌려 섰다. 공주를 보아서는 안 되는 신하였기 때문이지만, 민화는 등을 돌리고 선 그에게 다가갔다. 그리고 염의 주위를 천천히 돌았다. 막상 얼굴을 보자니 부끄럽고, 안 보자니 보고 싶은 마음에 그저 빙글빙글 돌기만 하였다. 민화를 따라 궁녀들도 어쩔 줄 몰라 하며 같이 돌았다. 염의 옆과 뒤에서는 눈을 들어 그를 보고, 앞에서는 차마 보기 부끄러워 눈을 내리깔아 땅을 보던 긴 시간이 흘렀다. 염이 말했다.

"어지럽사옵니다."

목소리조차 외모처럼 아름다웠다. 민화는 그의 목소리에 놀라 빙글빙글 돌던 걸음을 우뚝 멈춰 섰다. 겨우겨우 용기 내어 염의 얼굴을 보았다. 부끄러움! 처음으로 느껴 본 감정이었다. 염을 보고 있는 얼굴은 더운 열기가 화르르 뿜어져 나와 새빨갛게 변했다. 민화는 자신의 뛰는 가슴에 놀라 뒤에 서 있던 민 상궁의 가슴팍에 안겨 들며 심장 소리가 파묻혀 버릴 만큼 큰 소리로 까르르거리며 웃어 버렸다. 그리고 가슴팍에 얼굴을 묻은 채 염의 얼굴을 곁눈질로 자꾸만 훔쳐보았다.

이 이후부터 민화는 간간이 이상야릇한 표정을 하였다. 밥 숟가락을 들다가도 멍하니 있기가 일쑤였고, 실없는 웃음을 참지 못하고 배시시 미소 짓곤 했다. 눈을 떠도 눈을 감아도 염의 모습은 눈앞에서 사라지지 않았다. 민화는 염의 얼굴을 볼 궁리를 하기 시작했다. 염이 자신의 얼굴을 보아 주지 않는 이유도 연구했다. 이윽고 자신이 공주라는 신분이기 때문임을 어렵지 않게 파악했다.

민화가 궁녀들의 눈을 따돌리고 자신이 기거하는 건물인 숙영재를 빠져나갔다. 도중에 만난 생각시를 협박하여 옷도 빼앗아 입었다. 나름대로 변장을 한 것이지만 완전하지는 않았다. 정수리에 있는 옥으로 깎은 배씨 댕기와 금실로 수놓아진 댕기, 화려한 온혜만으로도 누가 봐도 공주임을 단박에 알 수 있었지만, 민화는 속일 수 있으리라 믿어 의심치 않았다.

그렇게 설렘을 안고 비현각으로 숨어들어 갔다. 그리고 비현각 벽에 귀를 붙이고 염의 목소리를 훔쳐 들었다. 알아들을 수 없는 어려운 말뿐이었지만 민화에게는 노랫가락과도 같았다.

"난 너와 같이 있고 싶은데 왜 밤에는 곁에 머물러 주지 않느냐?"

훤의 서운한 목소리가 염을 잡았다. 시강원 관원에게는 교대로 직숙을 하며 밤에도 세자를 지도하는 임무가 있는데 염은 이 임무에서 제외되었다. 염이 미안한 마음으로 말했다.

"그 또한 소인의 본분이기는 하나, 아직 나이가 어려서 오랫동안 입궐해 있기 힘들고, 또……."

"또? 또 다른 이유가 있느냐?"

"소인에게는 누이가 하나 있사옵니다. 그 아이 때문에……."

"양친이 다 생존해 있는 것으로 아는데, 누이를 굳이 네가 돌봐야 하느냐?"

"그것이 아니옵고, 소인이 그 아이와 있고 싶어서이옵니다."

성가신 민화를 떠올린 훤의 인상이 찌푸려졌다. 여동생과 있고 싶다니, 별 해괴한 말도 다 있다는 생각이 들었다. 염이 누이를 떠올렸는지 얼굴 한가득 미소가 번졌다.

"소인은 누이와 같이 책을 읽는 것이 즐겁사옵니다."

"책을 읽다니? 누이가 책을 읽는다는 말이냐? 너와 같이?"

"네, 그러하옵니다. 소인이 가르치는 것이지만……."

"누군가를 가르치는 것은 내가 처음이라 하지 않았느냐?"

염은 한동안 당황한 표정을 하더니 머뭇거리며 말했다.

"그 아이는 다르옵니다. 소인이 가르치는 것은 맞지만 한편으로는 오히려 배우고 있기 때문이옵니다."

"누이가 올해 몇인가?"

"소인보다 네 살 아래로 열셋이옵니다."

"그렇다면 나보다도 두 살이나 아래가 아니냐. 그런데 너 같은 조선 제일의 천재가 되레 배운다니, 도무지 이해가 되지 않는군."

"보통은 하나를 가르치면 열을 안다고 하는데, 그 아이는 하나를 가르치면 열 가지 의문을 제기하옵니다. 그 아이의 질문에 대답하기 위해 공부를 하게 되고, 그것이 즐겁사옵니다. 누이는 소인에게 가장 소중한 스승이옵니다."

훤은 기를 쓰고 상상해 보려고 해도 머리에 그려지지 않았다. 학문을 하는 여자란 도깨비만큼이나 신기한 존재였다.

"내게도 누이가 있는데, 민화공주라고. 너는 본 적이 없겠지만……."

"아! 얼마 전 바로 이 앞에서 뵈온 적이 있사옵니다. 면부面膚까지 뵈옵진 못하였지만……."

"그래? 그 민화공주도 나보다 두 살 아래인데 어찌나 떼쟁이에다 제멋대로인지. 아는 글자라고는 하늘 천 따 지밖에 없고. 동갑내기라면 하는 짓이 비슷할 터인데……."

이때였다. 갑자기 밖에서 여자아이의 울음소리가 들렸다. 그리고 이내 비현각 문이 벌컥 열렸다. 문밖에는 민화가 당의가 아닌 생각시 옷차림으로 울면서 훤을 노려보고 있었다. 내관들이 일제히 당황하여 우왕좌왕했다. 놀란 훤이 호통을 쳤다.

"너, 그 꼴이 무엇이냐? 그리고 이곳이 어디라고 감히 들어온단 말이냐!"

"오라버니마마, 미워요! 미워!"

민화는 엉엉 울면서 훤에게 다가오더니 작은 주먹으로 사정없이 때리기 시작했다.

"왜 이러는 거냐? 뭐 하는 짓이야! 아야!"

"우왕! 날 험담했어! 어떻게 다른 사람도 아니고 이 사람 앞에서 저를 험담할 수 있어요? 미워! 미워! 미워!"

"대체 왜 이래!"

훤이 화를 내도 민화는 계속해서 울면서 때리기만 하였다. 뒤늦게 공주가 사라진 걸 알아차린 민 상궁이 혼비백산하여 달려왔다. 민화가 얼른 염에게 다가갔다. 염은 예의를 차리느라 재빨리 고개를 숙였지만, 민화가 그의 양 볼을 손으로 감싸 쥐고 강제로 자기 쪽으로 얼굴을 돌렸다.

"아니다! 세자오라버니 말씀은 모두 엉터리다. 난 떼쟁이가 아니라 정숙한 여인이니라. 천자문도 다 배워 간다. 그러니……."

민 상궁이 민화를 끌어냈다. 민화는 결국 염에게 하던 말을 미처 끝내기도 전에 엉엉 울면서 상궁들 손에 질질 끌려가고 말았다. 그렇게 멀어질수록 울음소리는 더욱 커지는 듯하였다. 염과 훤은 놀라서 어안이 벙벙한 상태로 한동안 앉아 있었다. 겨우 정신을 차린 훤이 옆의 차 내관에게 물었다.

"대체 왜 저러는 것이냐? 생각시 옷은 어디서 훔쳤으며 여기에는 또 뭐하러 온 것인지. 하여간 철이라고는 없다니까."

차 내관은 아무 말 없이 염을 흘깃 본 뒤 의미심장한 미소만 지었다. 민화의 난입으로 인해 염의 누이에 대한 대화는 끊어졌지만, 며칠 지나지 않아 다시 그에 대한 대화가 이어졌다.

수업을 시작하기 전에 나오는 세자의 간식이 있었다. 원자 시절에는 수업 시작 전에 반드시 조청 두 숟가락을 먹었고, 나이가 들어서는 주로 당분이 많이 들어간 간식을 먹었다. 이번에는 중국에서 들여온 검은엿이 간식으로 나왔다. 단연 최고급품 간식이다. 훤은 염과 같이 먹기 위해 먹지 않고 기다렸다. 그런데 먹으라고 준 엿을 염이 물끄러미 보고만 있었다.

"왜 먹지 않느냐? 좋아하지 않는 것인가?"

"그게 아니옵고……, 누이가 생각나서……."

"아, 그때 말했던 그 누이? 여자아이라는 건 성가셔서 짜증나는 건데, 네 누이만 다른 건가?"

염은 멋쩍은지 웃기만 하였다. 그의 아름다운 미소를 본 훤은 갑자기 그 누이가 궁금해졌다.

"혹시 너를 많이 닮았느냐? 그럼 굉장히 예쁠 거야."

여전히 아무 말 없이 웃기만 하는 염의 표정에서 누이의 사랑스러움이 묻어났다. 왠지 누이의 얼굴을 본 것처럼 훤의 마음이 이상야릇하게 설레었다. 처음 느껴 보는 사춘기 소년의 감정이다.

"누이의 이름이 어찌 되느냐?"

"네? 그건 아뢸 수가 없사옵니다. 그 아이는 아직 당호도 없사옵고……."

비록 아직 어린 여자아이라고 하더라도 사대부가의 여식 이름은 함부로 입에 담아서는 안 되었다. 굳이 이름을 불러야 한다면 당호를 대신 부르는 것이 법도였다. 더군다나 세자 앞에서 미혼 처자의 이름을 말하는 건 염이 아는 예법 안에서는 있을 수 없는 일이다.

"고작 이름 하나 대답하는 것인데 뭐가 그리 까다로워? 너의 성이 허가이니 앞은 허일 테고, 이름은?"

염은 입을 꾹 다물고 아무 말이 없었다. 훤은 어쩐 일인지 꼭 알고 싶어졌다.

"흠! 너를 통하지 않고도 누이의 이름을 알아내려고 하면 얼마든지 알아낼 수가 있어. 그러면 오히려 일이 더 커지지 않겠느냐."

엄연한 협박이다. 훤의 엉뚱한 고집을 염이라고 모르지 않았기에 마지못해 입을 열었다.

"연……, 연우煙雨라고 하옵니다."

"연우라……. 글자는 어찌 되느냐?"

"연기 연에, 비 우를 쓰옵니다."
"혹여 보슬비란 뜻이냐?"
"네, 그러하옵니다."
"연우……."

훤은 마음속으로도 몇 번이나 그 이름을 되뇌어 보았다. 이상한 일이었다. 이름을 알게 되니 이번에는 외모가 궁금했다. 왠지 이름뿐만 아니라 생김 또한 어여쁠 것 같았다. 눈앞에 보이는 염의 아름다움을 보니 더욱 그런 생각이 들었다.

염이 수업을 시작하려고 하자 훤은 얼른 옆의 내관에게 귓속말을 하였다. 그는 바깥으로 나가더니 수업이 끝나자 작은 죽통을 들고 들어와 염에게 전해 주었다. 염은 눈으로 죽통의 정체를 물었다.

"네가 먹지 않아 따로 검은엿을 준비했느니라. 가져가서 누이와 함께 먹도록 해라."

이때까지만 해도 엿을 보내는 훤이나 가져가는 염이나 심각하게 생각하지 않았다. 그래서 염도 거절하지 않고 죽통을 챙겼다.

그런데 막상 엿을 보내 놓고 밤에 곰곰이 생각하니 기분이 묘했다. 이 나라 세자의 몸으로 한 여인에게 선물을 보낸 것이 아닌가. 그것도 둘 다 혼기가 찬 나이였다. 훤은 연우라는 여인이 자기가 보낸 선물을 보고 어떤 반응을 보일지 궁금해서 잠을 이룰 수가 없었다. 그렇게 사춘기 시절의 훤은 얼굴도 모르는 여인으로 인해 밤잠을 설쳤다.

"그래, 뭐라고 하였느냐?"

염은 자리에 앉다 말고 멈칫했다. 눈을 반짝이며 다급하게 물어 오는 훤의 질문이 뜬금없었다. 훤이 답답해하며 답을 재촉했다.

"어제 검은엿 말이다. 맛있게 먹었느냐?"

"아! 네, 맛있게 먹었사옵니다."

뒷말을 기다렸지만 염은 별다른 말을 덧붙이지 않고 책을 펼쳤다. 답에 주어가 생략되어 있어서 염만 맛있었다는 건지, 아니면 연우도 맛있었다는 건지 애매모호했다.

"연……, 아니, 누이도 맛있게 먹었느냐?"

"네, 무척이나 좋아하였사옵니다."

훤의 입꼬리가 저절로 올라갔다. 하지만 이것으로 만족한 것은 아니었다. 진짜 궁금한 것은 연우가 엿을 맛있게 먹었다는 사실이 아니라, 엿을 통해 그녀에게 전해진 자신의 모습이었다. 염이 자신을 연우에게 어떻게 말했는지에 대한 궁금함, 그리고 연우가 자신을 어떻게 생각하는지에 대한 궁금함이었다. 하지만 무턱대고 물어봤다가는 경망스럽게 보일지도 모른다는 생각이 들었다. 심지어 처음 염을 만났을 때 왜 점잖게 행동하지 않았는지 이제 와서 후회스러웠다.

"어흠! 저기, 혹여 날 험담하지는 않았겠지?"

"예? 무슨 말씀이온지……."

"그러니까 연우 낭자에게 나에 대해 별말 없었는가 그 말이야."

염이 자신 있게 말했다.

"네, 세자저하에 대한 그 어떤 말도 하지 않았으니 걱정하지 마옵소서."

"뭐라!"

훤이 화가 나서 소리치자 염은 의아한 눈길로 보았다. 훤은 얼른 목소리를 가다듬고 최대한 점잖게 말했다.

"어흠! 그러니까 내 말인즉슨……, 어제 가져간 엿은 누가 준 것이라 말하였느냐?"

"그냥 궁에서 얻어 온 것이라고만 하였사옵니다. 혹여 소인이 잘못한 것이옵니까?"

기운이 쫙 빠졌다. 그의 말이 틀린 것은 아니지만 결국 자신이 준 선물은 허공에 떠 버린 격이다. 한동안 인상을 구기고 앉아 있던 훤이 억울함을 참지 못하고 우물거렸다.

"그런 것 정도는 말하여도 되느니. 엿을 보내 준 이가 나라는 것쯤은 말해도 되는데……."

그의 속상함을 알 길이 없는 염은 그대로 수업을 시작했다. 훤은 이대로 물러나기 싫었다. 그래서 수업이 끝나기가 무섭게 이번에도 내관을 시켜 죽통 하나를 가져오게 하였다. 오늘 간식인 콩강정과 호두강정이었다. 호두는 세자의 간식으로 자주 나오는 것이지만, 일반 민가에서는 귀한 음식이기에 보내도 초라하지는 않을 터이다.

"흠! 별것 아니니 가져가라. 그리고……, 음, 내가 주더라는 말은 해도 돼. 이왕이면 이 나라의 세자에 대해 좋은 말만 해 주는 것이 좋지 않겠느냐? 그래야 백성들이 안심할 터이고.

에, 그리고……, 내가 처음에 너, 아니, 그대에게 예를 갖추지 않은 것은 내 인품이 못나서가 아니라 그, 그대가 스승으로서 자격이 있는지 시험한 것뿐이니 곡해하여 말하지는 말라, 아니, 마시오. 흠흠!"

염은 말없이 환한 미소만 지었다. 하지만 세자의 속마음까지 헤아린 미소는 아니었다. 갑자기 훤이 생각난 듯 말했다.

"아차! 내 비록 지금 너, 아니, 그대에게 천자문을 배우고는 있지만 이는 글자를 몰라서가 아니라 그대가 독특해서요. 난 분명 어릴 때 천자문은 익혔다, 아니, 익혔소. 이는 분명히 하시오."

"네, 소인도 익히 알고 있사옵니다."

훤은 염의 미소에 안심이 되었지만 그것으로는 부족했다. 좀 더 그럴듯한 모습을 보여 주고 싶었다.

"다른 스승에게서는 현재 『대학연의大學衍義』를 배우고 있소. 꼭 전하도록 하오."

"네? 전하다니, 그 뜻이 무엇이옵니까?"

훤은 눈치 없는 염 때문에 속이 탔다. 그렇다고 연우에게 전해 달라는 말임을 자기 입으로 이야기하기도 민망했다.

"그냥 그렇다는 것을 알아 두라는 말이오. 그리고 난 학문을 사랑하는 세자라오. 거기다 선비가 익혀야 하는 육예六藝도 두루 익히고 있고. 아! 오늘 활쏘기에서 총 열 발 중 다섯, 아니, 여섯 발을 명중한 것도 빠뜨려서는 안 되고……."

염은 겉으로는 변함없이 미소를 지었지만 어리둥절했다. 세자가 왜 갑자기 이런 말들을 장황하게 늘어놓는지 감을 잡을 수가 없었다. 훤은 자기 입으로 자화자찬을 계속하자니 멋쩍고 경박하게 느껴졌다. 그래서 옆의 차 내관을 찌릿하고 째려보았다. 그는 바로 눈치를 채고 훤을 도왔다.

"네, 참으로 훌륭한 솜씨였사옵니다. 세조대왕께옵서도 울고 가실 명궁이었사옵니다."

세조가 명궁 중의 명궁이었다는 건 모르는 이가 없었다. 그런 왕에 비교해서 말해 주자 훤은 어깨가 으쓱해졌다.

"뭐, 아직 그 정도까지는 아니고. 하하하. 아! 그리고 또 그거 있잖느냐, 그거……."

훤이 눈과 입을 삐죽여 가며 눈치를 보냈다. 하지만 차 내관은 알아듣지 못하고 눈만 둥그렇게 떴다. 답답했던 훤은 염의 눈에는 보이지 않도록 서안 아래로 손을 내려서 손가락을 꼼지락거렸다. 그제야 차 내관이 환한 얼굴로 말했다.

"세자저하의 거문고 솜씨야말로 자랑 중의 자랑이지요. 장악원의 악공들조차 감탄을 하곤 한답니다."

"그것은 익히 들어 알고 있사옵니다."

"그래? 알고 있었소? 조금 켜는 정도인데 소문까지 나다니. 하하하! 아! 내 작금은 시문 또한 즐기고 있다오. 들어 보오. 어흠! '날이 새는 빛이 다락 모서리를 밝히는데, 봄바람은 버들가지에 눈을 틔운다. 첫 새벽을 알리는 소리, 이미 왕의 침소로 문안하러 가고 없네.' 혹여 아는 시요?"

"네, 김부식이 지은 「동궁춘첩자東宮春帖子」가 아니오니까."

"아, 이미 알고 있구나. 음……."

자랑하고 싶었던 마음에 풀이 죽었다. 하지만 그 정도로 꺾일 훤이 아니었기에 오히려 더 과장해서 말했다.

"이 시에서 세자가 모두 잠든 이른 새벽에, 임금께 자식으로서 누구보다 먼저 일어나 문안을 드리러 간 모습이 참으로 아름답지 않소. 아마도 옛날 김부식이 지금 나의 모습을 보았음이야."

"정녕 훌륭하시옵니다. 늘 그러기는 쉬운 일이 아니온데."

훤은 심장이 뜨끔했다.

"뭐, 늘은 아니고……. 아바마마께옵서 워낙에 공무로 바쁘시니 자주는 못 하지만, 이제부터 매일 새벽에 일어나 문안을 드릴 생각이오. 그것이 바로 효가 아니겠소."

차 내관부터 시작하여 주위의 귀가 있는 모든 이들은 터져 나오려는 웃음을 참느라 진땀을 흘렸다. 어떻게 해서든 멋진 모습을 말하려는 세자의 모습도 귀엽고, 그 의도를 짐작조차 하지 못한 채 진지하게 듣고 있는 염의 모습도 재미있었다. 훤은 연우에 대한 이야기를 조금이라도 더 듣고 싶어서 은근슬쩍 말을 보탰다.

"그대가 이 시를 알고 있다면 혹여 누이도 알고 있소? 같이 글을 읽는다 하였으니……."

"네, 그 아이는 시를 좋아하옵니다. 그래서 소인보다 더 많은 시를 알고 있사옵니다. 예전에 그 시를 읽고 모든 세자저하가 그러한지 궁금해한 적이 있었사옵니다."

훤의 눈이 반짝하고 빛났다. 그리고 몸이 저절로 염 쪽으로 쏠렸다.

"그래서 뭐라 하였소?"

"그때는 소인이 과거에 급제하기 전이라 세자저하를 뵈옵기 전이었사옵니다. 그래서 잘 모르겠다고만 답하였사옵니다."

훤의 어깨가 축 처졌다. 만나기 전이라니 뭐라고 할 수도 없지 않은가. 그 시를 먼저 읽은 것에 대해서도 괜히 원망스러웠다. 훤이 풀죽은 목소리로 다시 말을 이었다.

"그래? 그러면 어떤 시를 좋아하오?"

"시라면 대부분 좋아하는 것 같사옵니다만……. 얼마 전 그 아이에게 작은 시책을 선물하였는데, 그것을 보면서 눈물을 흘리고 있었사옵니다."

"어떤 시였는데?"

"'새벽 등불이 정인의 지워진 화장을 비추는데, 이별을 말하려니 애가 먼저 끊어지네. 차마 말 못 하고 지는 달이 반쯤 비추는 뜰로 문 열고 나오니, 살구꽃 성긴 그림자만이 옷에 가득하구나.' 이런 시였습니다."

훤은 처음 들어 보는 시였다. 그렇지만 연우가 슬퍼했다니 자기도 슬퍼해야만 할 것 같았다. 시를 읽고 눈물을 흘리는 여인이라니 상상만으로도 아리따워, 시가 아닌 그 모습에 가슴이 뭉클해졌다.

"슬프구나. 연우 낭자에게 나 또한 그 시에 슬퍼하더란 말을 전해 주시오. 꼭 전해 줘야 하오."

"네? 아, 네."

염은 영문을 몰랐지만 같은 시를 같은 감정으로 공유한다는 것을 전하라는 단순한 뜻으로 받아들였다. 그는 비록 학문은 남들보다 월등히 빨랐지만 인간의 연정에 관해서만큼은 상당히 뒤떨어졌기에, 훤이 연우에게 보이는 관심에도 특별한 의미를 두지 못하였다.

"그런데 누구의 시요?"

"고려조 정포란 사람의 「양주객관별정인梁州客館別情人」이옵니다."

"음……. 참! 시를 즐기는 세자라는 것도 꼭 말해야 하오."

염이 인사하고 나가자 훤의 마음은 급해졌다. 얼른 책색서리에게 시책이란 시책은 다 가져오라 이르고 없는 것은 구해 오라는 명까지 내렸다. 그리고 연우가 어떤 시를 읽었는지를 가늠할 수가 없어서 가져오는 족족 모조리 읽었다. 연우에 대한 궁금함은 훤으로 하여금 놀라울 만큼의 집중력을 가져다주었다. 그리하여 눈에 스치는 시들은 대부분 머리로 옮겨 와서 자리 잡았다.

다음 날, 새벽부터 자선당의 움직임은 여느 날과 달리 분주했다. 세자가 새벽 파루의 북소리가 울리기 전에 꼭 일어나야 한다고 명했기 때문이다. 차 내관이 조심스럽게 훤을 깨웠다. 훤은 힘겹게 몸을 일으키기는 하였다. 하지만 정신까지 잠에서 쉬이 깨어나지는 못하였다. 비몽사몽 헤매는 훤을 보좌하여 궁녀와 내관은 양치와 세수를 시켰다. 그동안에도 훤은 꾸벅꾸벅 졸았다. 차 내관이 걱정되어 물었다.

"다시 주무실 것이옵니까, 아니면……."

여전히 눈을 못 뜨고 잠 속을 헤매면서도 훤은 굽히지 않았다.

"아니다. 아바마마께 문안드리러 갈 것이다. 말을 했으니 행해야 한다. 그러지 않으면 거짓말이 돼."

차 내관은 마지못해 옷을 갈아입혔다. 훤은 의관을 정제할 때도 내내 졸았다. 모든 준비를 끝내고 왕의 침전으로 출발했다. 가는 길조차 술 취한 사람인 양 졸면서 걸었다. 뒤를 따르는 내관들과 궁녀들은 훤이 비틀거릴 때마다 가슴이 조마조마했다.

세자가 침전에 나타나자 왕을 모시는 내관이 나와 왕의 침소로 훤을 안내했다. 부왕은 이미 일어나 의관을 갖추고 앉아 책을 읽고 있었다. 훤이 절을 올리고 앉아 문안 인사까지 마쳤다. 그제야 부왕이 기쁜 표정으로 말했다.

"웬일로 우리 세자가 이리 일찍 문안을 나선 것이냐?"

"효를 다하기 위해서이옵니다. 그동안 아침마다 문안을 드리지 못한 마음이 무거웠사옵니다. 이제부터 마음을 다해 이리할 것이옵니다."

여전히 눈은 게슴츠레한 상태였지만 목소리만큼은 또렷했다. 부왕은 주위 사람들에게 보란 듯이 흡족한 표정을 감추지 않았다.

"우리 세자가 이리 기특하니 모든 대소 신료들에게 자랑해도 될 것 같구나. 아니 그런가, 서 내관?"

"네, 그러하옵니다."

옆의 서 내관까지 맞장구를 치자 훤의 어깨는 더욱 으쓱해졌다. 게다가 대소 신료들에게 자랑을 한다는 것은 염뿐만 아니라 홍문관 대제학으로 있는 그의 부친에게도 말하겠다는 의미가 아닌가. 여러모로 연우에게 자신의 좋은 모습이 전해질 방도가 많아지리라는 생각이 들었다. 훤은 신이 나서 한술 더 떴다.

"아바마마, 초조반은 드셨사옵니까?"

"아니다, 아직 전이다. 혹여 초조반까지 살피려는 것이냐?"

"네, 시선視膳 또한 효이기 때문이옵니다."

훤의 생글거리는 얼굴을 물끄러미 보던 왕은 차 내관에게 초조반을 들이라고 일렀다. 그리고 세자의 몫도 같이 가져오라고 말했다. 잠이 덜 깬 훤의 얼굴을 보며 왕이 말했다.

"요즘 예학은 어찌 되어 가느냐? 혹여 허염이 마음에 안 드는 점은 없느냐? 네가 원한다면 바꿔 주겠노라."

"아니옵니다! 절대 아니옵니다. 많은 것을 배우고 있사옵니다."

"회강會講[7] 때 보니 허염과의 진도는 따로 없다 하여 걱정되었느니라. 그가 알아서 하리라 생각하고 더 이상 묻지는 않았다만."

"허염은 뛰어난 사람이옵니다. 그러니 염려하지 마시옵소서."

훤은 마치 앞에 연우가 있는 것처럼 부왕 앞에서 갖은 의젓한 척은 다 한 뒤에 물러 나왔다. 이번에는 대비전으로 목적지

---

7. 회강(會講) 한 달에 두 번, 왕과 세자시강원 관리가 모두 참석하여 세자가 배운 것을 복습·평가하는 강의.

를 정했다. 하지만 얼마 가지 않아 걸음을 멈췄다. 훤은 주위의 어리둥절한 눈빛에 아랑곳하지 않고 긴 시간을 고민했다.

"마마……."

"할마마마께오선……, 그래, 지금 이 시간은 아직 기침하지 않으셨을 거야. 그래, 맞아! 지금 대비전으로 가면 오히려 내가 불효가 되는 거지, 그렇지 않느냐?"

차 내관은 세자가 무슨 의도인지는 짐작할 수 없었지만, 어떤 답을 듣고자 하는지는 알 수 있었다. 그래서 원하는 답을 들려주었다.

"네, 그러하옵니다."

"그럼 바로 중궁전으로 가서 어마마마부터 뵈옵도록 하자. 대비전에는 세자의 이러한 효심을 꼭 전하도록 하고."

차 내관이 세자의 표정을 보았다. 여느 때와 다름없이 천진난만한 미소로 웃고 있었다.

같은 시각, 부왕은 서안에 턱을 괴고 깊은 생각에 빠져 있었다. 부왕은 이따금씩 고개를 갸울이며 세자가 나간 방문을 쳐다보았다.

"서 내관."

"네, 마마."

"우리 세자가 좀 달라진 것 같지 않은가?"

서 내관은 한 치의 망설임도 없이 대답했다.

"네, 며칠 사이에 부쩍 달라지셨사옵니다. 생기가 넘치신다고 해야 할지······."

"생기? 생기라······. 그래, 생기였군."

처음 보는 표정이었다. 언제나 웃고 있는 아이였지만 오늘은 남달랐다. 그래서 아들이 낯설게 느껴질 지경이었다.

"우리 세자를 행복하게 만든 건 대체 무엇일까······."

문안을 마치고 자선당으로 돌아온 훤은 그사이 완전히 잠에서 깨어나 있었다. 덩달아 기분도 좋아져 마당에 서서 콧노래까지 흥얼거리며 체조를 하였다. 예전에는 귀찮고 짜증나던 일들이었건만 지금은 마냥 신나고 행복했다. 그래서 체조가 마치 덩실거리며 추는 춤과도 같아 보였다. 훤은 차 내관에게 일러 자기가 오늘 한 일을 염에게 꼭 말하라는 것도 잊지 않고 몇 번이나 되새겼다. 그리고 조강과 주강 짬짬이 시를 읽으며 어서 석강이 오기를 기다렸다.

석강 시간이 되자 어김없이 염이 왔다. 훤이 차 내관을 꾹꾹 찔러 신호를 주었다. 차 내관이 입을 열기 전에 웃음부터 먼저 삼킨 뒤 말했다.

"세자저하의 효심이 어찌나 지극하신지 상감마마께옵서 참으로 사랑하십니다. 새벽 파루의 북소리가 울리기도 전에 의관을 정제하시고 상감마마께 문안을 하시옵고, 시선도 하시었습니다."

"세자저하께옵선 모든 자식의 모범이시옵니다. 어찌 본받지 않을 수 있겠사옵니까."

염의 진심 어린 칭찬에, 훤은 피곤하더라도 날마다 문안을 하리라 다시 한 번 마음먹었다. 그리고 어제의 간식 선물과 더불어 자신의 말이 전해졌는지 궁금하여 물었다.

"강정은 맛있게 먹었소?"

염이 잠시 머뭇거리다가 말했다.

"아직 먹지 못하고 제 방에 두었습니다."

"왜? 무슨 일이 있었소?"

"그게……, 누이가 어제 또 부친께 종아리를 맞았사옵니다. 하여 미처 전할 경황이 없었사옵니다."

훤이 상상했던 연우는 민화와는 다르게 다소곳하고 기품 있는 여인이었다. 그렇기에 염의 말은 조금 실망스러웠다.

"혹여 연우 낭자가 말썽꾸러기요?"

"그렇지는 않사옵니다. 그저 책을 조금 좋아할 뿐이옵니다."

"책을 좋아하는 것이 종아리 맞을 일이오?"

"그러니까……, 여인의 몸으로 너무 많은 책을 읽기에 부친으로부터 금서를 당하였사옵니다. 한데 이를 어기고 매일 동호에 숨어들어 책을 몰래 훔쳐 내 읽곤 하옵니다. 아무리 종아리를 맞아도 다음 날 또 훔쳐 읽으니 당해 낼 재간이 없사옵니다. 그러니 누이의 종아리에는 회초리 자국이 지워질 날이 없사옵니다."

훤은 가슴이 아팠다. 눈앞에 연우의 종아리에 새겨진 회초리 자국이 선명하게 보이는 듯하였다. 마치 자신의 종아리도 욱신거리는 느낌이었다. 그녀의 부친이 원망스럽기까지 하여 퉁명스럽게 말했다.

"대제학은 학식이 높기로 이름 있는 자일진대, 어찌 여식에게는 그리 박하단 말이오. 그대가 책을 읽는다 하여 회초리를 들지는 않을 것인데. 많이 맞았소?"

"네, 어제는 특히 심하게 맞았기에 걱정이 되옵니다. 하지만 아마 지금도 책을 훔쳐 내 읽고 있을 것이옵니다. 어제 종아리에 약을 바르면서도 빼앗긴 책에 대해 이리저리 물어보았기에 필시 그러할 것이옵니다."

"허허. 많이 맞았단 말이지, 많이. 그 여린 종아리를 때릴 데가 어디 있다고. 참으로 너무하는구나. 약을 바를 정도로 많이 맞았단 말이지. 허허, 참……."

훤은 속이 상해 혼잣말처럼 계속 중얼거렸다. 이리저리 중얼거려 보아도 속상함은 가시지 않았다. 그러다 무언가 생각난 듯 말했다.

"아! 혹여 무슨 책을 읽고 싶어 하였소?"

"사마천의 『사기史記』이옵니다. 읽던 중에 압수당하였기에 뒤를 몹시도 궁금해하였사옵니다."

훤의 얼굴이 환하게 밝아졌다. 동시에 자신도 모르게 상체가 염에게로 확 기울어졌다.

"정말이오? 정말로 연우 낭자가 그 책을 읽고 있단 말이오?"

"네? 그, 그러하옵니다만……."

이번에는 굳이 거짓말을 끌어올 필요가 없었다.

"나도 요사이 그 책을 읽고 있단 말이오! 아아, 우리가 같은 책을 읽고 있었다니. 연우 낭자도 나와 같이……."

"그럼 수업 시작……."

"자, 잠깐만! 연우 낭자가 읽고 있는 책이 『사기』라면, 지금 따로 배우고 있는 책은 무엇이오?"

염은 아무 말 없이 서안 위에 놓여 있는 『천자문』을 보았다. 그리고 싱긋이 웃었다. 훤이 제 무릎을 탁 쳤다. 연우도 지금 천자문을 배우고 있다는 뜻이다. 자신과 같은 방법으로, 같은 스승에게서.

"나보다 진도가 앞이요, 뒤요?"

"앞이옵니다. 『천자문』으로 수업을 받는 건 원래 누이가 먼저 제안한 것이옵니다."

"영특하구나! 정말 영특한 여인이오."

종아리를 때릴 정도로 엄격한 대제학이라면, 더 높은 학문을 하는 것도 반대했을 것이다. 그 눈을 피하기 위해 천자문을 통해 다른 책까지 배우는 방법을 착안해 내었으리라. 이것은 염과같이 천재인 오라비가 있어야만 가능한 일이겠지만, 연우도 그에 못지않으면 불가능했을 일이다.

"수업 시작하……."

"자, 잠깐만! 딱 하나만 더 물어보겠소. 연우 낭자는 하나를 가르치면 열 가지 의문을 제기한다지 않았소. 천자문을 배우면서 무엇을 물었소?"

염은 잠시 망설였다가 이것도 수업의 일부이거니 생각하여 대답했다.

"맨 처음 천天을 가르쳤을 때, 『주역』에 있는 문장을 이야기하였사옵니다."

"하늘은 존엄하고 땅은 가까우니 건과 곤이 생기고, 존엄하고 가까운 것이 위아래로 배열되니 귀하고 천함이 생긴다고 한 거?"

"네, 한데 누이가 땅과 어머니와 백성이 어찌 천하다고 성현이 가르칠 수가 있느냐고 물었사옵니다. 가까운 것이 어찌 천한 것이냐고도 물었지요."

"그렇지! 우리 연우 낭자 말이 옳구나. 곡식을 품어 주는 땅도 그러하고, 나를 낳아 주신 어머니는 더욱 그러하지. 나에게 백성은 친근한 것이지 결코 천한 것은 아니니……."

훤은 안타까운 마음과 들뜨는 마음이 공존하는 상태로 수업을 받았다. 그리고 수업이 끝나기가 무섭게 염에게 기다리라고 해 놓고는 춘방책고로 달려갔다. 그곳 책색서리에게 『사기』가 있는 곳을 물어 손수 몇 권을 골라잡았다. 요사이 자신의 손길이 스쳐 지나갔던 책들이었다. 훤은 대신 들겠다는 주위를 거절하고 책을 껴안듯이 들고 염 앞에 가져다 놓았다. 염이 의아하게 쳐다보자 훤이 의기양양하게 말했다.

"이 다음 권도 차례로 보내 줄 터이니 오늘은 이것만 가져가서 연우 낭자에게 전하시오."

염은 당황을 숨기지 않았다. 세자가 읽는 책을 선뜻 받아 갈 수는 없었다. 게다가 이러한 친절을 베푸는 상대가 자신이 아니라 연우임을 알 수 있었기에 어찌할 바를 몰라 눈앞의 책만 물끄러미 보았다. 그렇지만 한편으로는 유혹을 떨치기가 어려웠다. 매일 책을 훔쳐 내는 연우 때문에 귀가한 부친이 제일 먼저 하는 일은 없어진 책을 점검하는 일이었다. 그리고 어김없이 회초리로 이어졌다. 어제는 채워 둔 동호의 자물쇠를 부수고 들어갔기에 다른 날보다 더 많이 맞았다. 이 책들을 가져가면 한동안 부친 몰래 읽을 수 있을 테고, 그러면 종아리의 멍자국도 어느 정도 사라질지 모를 일이었다. 염은 연우의 종아리를 위해서라도 이 책들을 챙기지 않을 수가 없었다.

"그럼 잠시 빌려 갔다가 다시 가져오겠사옵니다. 그리하면 되겠사옵니까?"

"어? 그럴 필요까지는……. 그래, 그렇게 하시오. 그걸 다 읽으면 다시 다른 책을 빌려 주겠소."

염이 책을 빌려 가기 시작하면서부터 연우에 대한 훤의 마음은 더욱 깊어졌다. 염이 빌려 가기는 하지만 읽는 것은 연우였기에, 훤은 빌려 줄 책을 한 번 더 읽게 되었고 다 읽고 가져온 책도 한 번 더 펼쳐 보게 되었다. 때때로 훤이 읽지 않은 책도 빌려 갔다. 그러면 훤도 그 책을 반드시 읽었다. 그렇게 연우가 읽는 책으로 연우를 좇았다. 혼자 그녀의 모습을 이리저리 상상해 보기도 하였다. 그리고 그것은 고스란히 그리움이 되었다.

간간이 염을 통해 전해 듣는 연우의 모습을 접할 때마다 훤은 마냥 신기하여 큰 소리로 웃곤 하였다. 그러다가 차차 염의 입에서 연우가 세자에 대해 하는 말들이 섞여 나오게 되었다. 별다른 말들은 아니었다. 이렇게 자주 책을 빌려 주는 세자에게 감사하다거나, 마음이 넓으신 분인 것 같더라는 인사말 정도였다. 하지만 훤에게만큼은 특별한 의미로 들렸다.

3

민화는 감시하는 눈길이 삼엄하여 한동안 비현각으로 놀러 가지 못하였다. 그날 숙영재로 끌려온 민화는 중전으로부터 심한 꾸지람을 들었다. 그리고 민 상궁이 대신해서 종아리를 맞았다. 생각시 옷을 빼앗아 입고 숙영재를 몰래 빠져나간 것, 세자가 수업 중인 비현각에 들어간 것 등의 잘못은 지적받았지만, 아름다운 그 사람을 생각하는 것이 잘못되었다는 말은 없었다. 그래서 비현각에 놀러 가는 일은 자중하였지만, 염을 생각하는 마음까지 자중하지는 않았다. 오히려 날이 갈수록 민화의 머릿속을 차지하는 그의 면적은 점점 넓어져 갔다. 염을 생각하며 평소 잘 읽지 않는 서책이라는 것도 가까이하였다.

민화에게 또다시 기회가 왔다. 그동안 얌전하게 군 덕분에 경계가 느슨해진 것이다. 그 틈을 타서 생각시를 협박하여 옷을 빌려 입고는 비현각으로 도망쳤다. 이번은 저번과는 달리 비현각에 붙어서 대화를 엿듣지 않고, 월대 아래에 숨어 염이 나오기를 기다렸다. 제 딴에는 숨는다고 숨었으나 비현각을 지키고 서 있던 세자익위사 관원들 눈에는 뻔히 보이는 숨바꼭질이었다. 민화는 그들과 눈이 마주치자 조용히 있으라는 명령을 하였다. 그들도 옷만 생각시일 뿐, 공주임을 알고 있었다. 그렇기에 세자의 수업을 방해하지만 않는다면 공주의 숨바꼭질을 방해할 이유가 없었다.

민화는 오랜 기다림 끝에 염이 나오는 모습을 볼 수 있었다. 염은 헛짓 한번 없이, 곁눈질 한번 없이 정갈한 걸음으로 비현각을 벗어났다. 그래서 월대 아래 숨어 있던 민화를 발견하지 못하였다. 민화는 그 뒤를 쏜살같이 쫓아갔다. 염의 단정한 뒷모습이 보였다. 그는 뒤따라오는 이가 있는 것도 알지 못하였다. 뒷모습에 이끌려 한참을 쫓아가던 민화는 이대로 계속 따라갈 수는 없다고 생각했다. 염이 어디로 가는지 알 수가 없었기 때문이다.

민화가 부리나케 뛰어 앞을 막아섰다. 처음에는 깜짝 놀라 걸음을 멈칫했던 염은 이윽고 민화를 조심스럽게 내려다보았고, 곧 앞을 막아선 생각시가 공주임을 알아차렸다. 민화는 그의 눈길이 향하자 부끄러움에 옷고름만 잡았다. 염이 허리를 굽혀 인사한 뒤 눈을 아래로 향하고 말했다.

"공주아기시께오서 소인에게 무슨 용무이시옵니까?"

민화는 부끄러워하던 표정을 멈추고 큰 눈을 끔벅거리며 그를 보았다. 용무! 왜 숨어서 염을 기다렸는지, 왜 따라왔는지, 그리고 왜 이렇게 막아섰는지 그녀도 몰랐다. 그렇게 염을 보고 있던 민화가 퍼뜩 정신을 차리고 엉뚱한 말을 꺼냈다.

"난 공주가 아니라 생각시다. 옷을 보면 모르겠느냐? 그러니 나를 보아라."

염은 입가에 미소를 떠올렸다. 공주의 말투로 호령하면서 공주가 아니라는 소녀가 귀여웠다. 공주가 왜 이러고 있는지 알 수는 없었지만 어떤 놀이 중이라고 생각했고, 염은 놀이일지라도 공주에 대한 예를 갖추느라 고개를 들지 않았다. 민화가 허리를 숙인 채 눈을 내리깐 염을 멍하니 쳐다보았다. 짙고 긴 속눈썹이 자꾸만 유혹했다.

"예, 예쁘다……."

자신도 모르게 말을 흘리고 말았지만, 민화는 말을 한 것도 모른 채 계속 염을 보았다.

"무엇을 말씀하시옵니까?"

"전부 다……."

어느새 민화의 손끝은 그의 속눈썹에 다다라 있었다. 염보다 민화가 더 놀랐다. 깜짝 놀란 그녀는 손을 등 뒤로 급히 숨겼다. 속눈썹에 닿았던 손끝이 불이 붙은 듯 뜨거웠다. 나이에 비해 워낙에 어려 보이는 공주였기에 염은 민화의 행동에 별다른 신경을 쓰지 않았다. 공주가 홀로 이곳에 있는 이유만 생각했다. 계속 뒤를 쫓아왔으리란 상상도 하지 못하였다. 그래서 놀이 중에 길을 잃은 것으로 짐작했다.

"송구하오나, 공주아기시의 놀이 동무는 어디에 있사옵니까?"

"어? 놀이 동무라니? 그런 건 모른다."

염은 공주가 길을 잃은 것이라 단정하고 대책을 고민했다. 민화는 그의 머릿속은 전혀 모른 채 부끄러움을 참아 가며 궁금한 것을 물었다.

"나이가 어떻게 되느냐?"

"열일곱이옵니다."

"와! 그럼 부인은 있느냐?"

"아직 미취한 몸이옵니다."

"와! 와! 그럼 정혼한 여인은 있느냐?"

"아직 없사옵니다."

"와! 와! 와! 아 참! 너의 이름은 무엇이냐? 이름말이다."

"……허염이라 하옵니다."

"염……, 햐! 참참! 넌 세자오라버니와 무얼 하느냐? 매일같이 공부하던데 오라버니마마의 글동무인 것이냐?"

"비슷하옵니다."

"저번에 말했지만, 나도 천자문은 다 읽었다. 그리고 요즘에는 『열녀전』을 읽고 있는데……."

민화는 신이 나서 떠들어 대는 자신과는 달리 난처해하며 짧은 답만 하는 염의 모습에 말을 멈추었다. 어쩐지 정숙한 여인과는 거리가 먼 모습을 보인 것이 민망하기도 하였다.

"나……, 나는 정숙한 여인이다. 나를 좀 보아라."

염은 여전히 난처한 미소만 지을 뿐 민화를 보아 주지 않았다. 길을 잃은 것으로 보이는 공주를 홀로 두고 갈 수는 없는 노릇이기에, 염은 곰곰이 생각하다가 몸을 돌려 왔던 길을 되돌아가기 시작했다. 민화는 아무것도 모르고 줄레줄레 뒤를 따라 걸었다. 그녀가 뒤따라오는 걸 몰랐던 좀 전과는 달리, 보폭을 좁혀서 천천히 걸으며 간간이 공주가 따라오는지 살피는 염을 보며, 민화는 새어 나오는 행복한 웃음을 참을 수가 없었다. 비록 그를 상대로 즐거운 대화는 할 수 없었지만, 이제껏 놀았던 그 어떤 재미난 놀이보다 그와 함께 있는 것이 더 즐거웠다. 아무것도 안 하고 이렇게 계속 걷기만 하는 것도 즐거웠다.

그런데 말없는 뒷모습을 보며 걷는 길은 아주 짧게 끝이 났다. 어디로 가는지도 모르고 따라왔던 곳은 비현각이었기 때문이다. 그곳 뜰에는 공주를 찾으러 온 숙영재 궁녀들이 있었다. 그들이 사색이 되어 민화에게 달려오자 염은 허리를 깊숙하게 숙여 인사한 뒤 비현각에서 사라졌다. 민화가 궁녀들에게 붙잡힌 채 그렇게 가 버리는 염을 원망 어린 눈길로 계속 좇았지만 그는 느끼지 못하였다.

숙영재로 돌아온 민화의 머릿속에는 여전히 염이 있었다. 덕분에 민화의 얼굴에서는 발그레한 미소가 떠나지 않았다. 가까이서 본 그의 모습은 한층 더 아름다웠고, 그 아름다움에 민화는 가슴 설레었다. 단정하게 걷는 걸음새와 올곧은 자태, 나이와 어울리지 않게 점잖았던 어투에 가슴 설레었다. 그 설렘은 시간이 지나도 멈춰지지 않았고, 오히려 주위 가득하게 염으로만 채워 놓았다. 하지만 설렌 것도 잠시뿐이었다.

이날 저녁, 걱정스런 얼굴의 부왕이 숙영재로 찾아왔다. 민화는 이제까지와는 달리 아버지의 허벅지에 앉지 않았다. 이제는 성숙한 여인이 되고 싶은 마음 때문이었다. 부왕을 앞에 두고도 염을 생각하느라 히죽거리는 민화에게 그는 무겁게 입을 열었다.

"민화공주, 오늘 또 생각시 차림으로 비현각에 갔었더냐?"

"그랬긴 하였으나 오라버니마마의 예학을 방해하지는 않았사옵니다. 소녀는 아주아주 얌전하였사옵니다."

"그래, 세자를 보러 간 것이 아니라면 누구를 보러 간 것이냐?"

다른 날과는 달리 심각한 아버지의 표정에 민화는 우물쭈물했다. 염을 보러 간 것이 그렇게나 잘못된 것인지는 몰랐기에 부왕의 심각함을 헤아리지 못하였다.

"저번에도 비현각에 뛰어들어 세자의 스승을 붙잡고 곤혹스럽게 하였다 들었다. 오늘도 숨어 있다가 그를 뒤따라갔었다 하더구나. 혹여 내가 잘못 알고 있는 부분이라도 있느냐?"

민화가 의아한 표정으로 물었다.

"세자의 스승이라니요? 누구이옵니까?"

"허염 말이다!"

"아, 그 사람이 세자오라버니의 스승이옵니까? 글동무가 아니라? 우와!"

민화의 입이 저절로 벌어졌다. 털북숭이 늙은이도 아닌데 세자를 가르치는 사람이라니, 그가 더욱 근사하게 느껴졌다.

"참으로 대단한 사람이옵니다!"

얼굴이 발갛게 달아오른 민화를 본 부왕은 더욱 어두운 얼굴로 중얼거리듯 말했다.

"그래, 대단하지. 대단한 인재이고말고. 우리 공주가 그를 보러 간 것은 아니겠지?"

"보러 가면 아니 되는 것이옵니까? 오라버니마마를 방해하는 것도 아닌데……. 소녀, 그 사람이 정말 멋있사옵니다. 그런데 소녀가 공주라서 얼굴을 보아 주지 않아 속상하옵니다. 그 사람더러 소녀를 보아도 된다고 아바마마께오서 어명을 내려 주시옵소서."

부왕은 지끈거리는 골치를 감당하지 못하고 이마를 짚었다. 혹시나 했던 염려가 현실이 되어 있었던 것이다.

"앞으로 자선당 쪽으로는 가지 말거라. 그리고 허염을 보러 가서도 아니 되느니라."

"왜……, 아니 되는 것이옵니까?"

"그는 간세지재間世之材다. 그리고 너는 공주다. 그러니 생각조차 해서도 아니 되는 것이야."

민화는 아버지가 무슨 말을 하고 있는지 도통 이해할 수가 없었다. 부왕은 딸의 어리둥절한 표정을 보며 한숨과 함께 어렵게 말했다.

"우리 공주는 아직 모르는 것이 많아서 이해를 못 하는 것 같구나. 조선에선 말이다, 공주의 지아비는 관직에 나올 수가 없단다. 그렇기에 뛰어난 인재는 의빈儀賓[8]으로 가둬 두어서는

---

8. 의빈(儀賓) 조선 시대 국왕이나 왕세자의 부마(駙馬)를 관제상 지칭한 말.

아니 되는 것이야."

"그, 그렇다면 소녀는 못생기고 팔푼이 같은 사내와 혼인해야 한다는 것이옵니까?"

"그런 것이 아니다. 단지 허염만큼은 절대로 아니 된단 말이다. 그는 미래의 왕을 위해……."

민화가 눈물을 글썽이며 목소리를 높였다.

"소녀는 그런 것 모르옵니다! 소녀도 그를 생각하려고 애를 쓴 것이 아니옵니다. 가만히 있어도 그가 생각나 보고 싶고, 그래서 비현각에 그를 보러 간 것뿐이옵니다. 야단하시려거든 온종일 소녀를 따라다니는 그의 모습을 야단하시옵소서."

"그를 더 이상 생각하지 말라 하지 않느냐! 나라고 그가 탐나지 않는 줄 아느냐? 조선 제일의 사내를 우리 공주의 배필로 삼고 싶지 않은 줄 아느냐? 하지만 조선의 법이 그러한데 어찌겠느냐. 내 아무리 왕이라도 경국대전을 넘어설 수는 없는데!"

민화가 소리 높여 울기 시작했다. 조선의 법이 무엇인지, 자신의 현실이 무엇인지 다 헤아릴 수는 없어도 그를 생각해서는 안 된다는 것은 견딜 수가 없었다. 못난 남편을 둔 불행한 고모님들이 자신의 미래가 될 것만 같아 서글퍼졌다.

"싫어요! 소녀, 싫사옵니다. 공주도 하기 싫사옵니다. 소녀는 앞으로도 그 사람을 보러 갈 것이옵니다. 이제껏 그 사람만큼 멋있는 사람을 본 적이 없사옵니다! 잘난 사내는 모두 다른 여인의 것이 되고, 못난 팔푼이를 공주의 지아비로 두는 것이 대체 말이 되옵니까?"

부왕은 딸의 고집을 달래느라 목소리를 부드럽게 바꿨다.

"팔푼이가 아니라 적당히 괜찮은 사람으로 간택을 해 줄……."

"엉엉! 싫어요! 고모님들의 지아비가 왜 하나같이 망나니들인지 이제야 알 것 같사옵니다. 사치한 허영 덩어리들! 소녀는 싫사옵니다. 허염처럼 고아한 선비가 좋사옵니다!"

민화의 말이 틀린 것은 아니었다. 부마들은 아무리 학문을 갈고닦아도 관직에 나갈 수 없기 때문에, 하나같이 글은 멀리하고 주색과 사치만 일삼았다. 그들이 처음부터 그랬던 것은 아니었다. 건실한 인물로 간택을 해도 그들에게 처해진 현실이 그렇다 보니 저절로 인간성이 변해 갈 수밖에 없었고, 그러다 보니 공주나 옹주들이 불행한 경우가 허다했다. 부왕은 민화를 어린애 어르듯 달래 보았다.

"고아한 선비 중에서 간택해 줄 터이니……."

"허염, 그 사람만이 좋사옵니다! 아바마마, 다른 인재도 얼마든지 있지 않사옵니까."

"그 같은 이가 의빈이 된다면 그도, 이 조선도 불행해질 것이다. 넌 허염을 몰라. 그의 시권試券을 보고 난 손이 떨렸다. 그런데 그것이 이제 시작인 사람이다. 어제의 학식에 놀라고, 단 하루가 지난 오늘의 진보에 놀라게 하는 이가 허염이다. 그의 외모는 내면에 비하면 보잘것없을 정도니, 의빈으로 두면 그보다 슬픈 일이 어디 있겠느냐?"

부왕이 민화를 포기시키기 위해 하는 말은 오히려 역효과만 날 뿐이었다. 부왕은 숙영재의 궁녀들에게 앞으로 오늘과 같은 일이 또 있으면 가만있지 않겠다는 어명을 남기고 가 버렸다.

훤은 결심을 굳혔다. 염의 입으로 전해 듣는 연우의 모습만으로는 오히려 갈증만 더 깊어졌기에 직접 편지를 써 보낼 욕심을 내고야 말았다. 첫 번째 문제는 염이었다. 융통성 없는 그가 가운데서 편지를 전해 줄 리도 만무하거니와 연우 또한 어떻게 받아들일지 걱정스러웠다. 아직 혼인 전인 세자가 규방의 처녀에게 연정을 품은 편지를 보낸다면 자칫 큰 문제가 될지도 모를 일이었다. 하지만 이러한 모든 여건도 훤의 고집을 꺾지 못하였다. 두 번째 문제는 어떤 내용의 편지를 쓰느냐는 것이었다. 고민에 고민을 거듭하던 훤은 연우가 시를 좋아한다는 것을 떠올렸다.

그때부터 마땅한 시를 찾느라 시책을 모조리 뒤졌다. 그중 연우를 향한 자신의 마음과 닮아 있는 시를 선별해서 종이에 곱게 적었다.

海上生明月 天涯共此時 情人怨遙夜 竟夕起相思 滅燭憐光滿 披衣覺露滋 不堪盈手贈 還寢夢佳期

「望月懷遠」張九齡

바다 위에 밝은 달이 떠올라, 하늘 끝까지 두루 비추는구나. 사랑하는 연인들 멀리 있는 이 밤을 원망하며, 밤새도록 서로의 생각에 젖노라. 촛불 꺼진 방 안에 달빛만이 가여워, 옷을 걸어붙이고 나가니 촉촉한 이슬에 젖노라. 환한 저 달빛을 손으로 가득 떠서 보내드릴 수가 없기에, 다시 꿈속에서나마 임 만나기를 기약하노라.

「밝은 달을 보며 임을 그리다」 장구령

 훤은 봉투에 넣으려다가 다시 꺼냈다. 자신의 필체가 마음에 들지 않아서였다. 그래서 몇 번이나 다시 써 보고 그중에서 가장 멋지게 써진 것을 봉투에 넣어 봉했다. 아무 덧붙이는 말 없이 딱 한 편의 시였다. 혹여 문제가 되면 그냥 시만 적었을 뿐이라 발뺌하면 그만이고, 연우가 세자의 경망함을 탓해도 그저 좋은 시여서 보여 준 것뿐이라고 변명하면 되리라 생각했다. 하지만 연우라면 자신의 마음을 알아줄 거라는 막연한 기대감이 들었다. 나아가 답시를 보내 줄지도 모른다는 기대도 하였다.
 훤은 두근거리는 마음으로 빌려 주는 책 사이에 봉서를 끼워 넣고 염에게 건넸다. 예상한 대로 염은 펄쩍 뛰며 봉서를 거부했다. 훤이 시치미를 뚝 떼고 아무렇지 않은 투로 말했다.
 "별것 아니오. 어젯밤 읽은 시가 너무나도 마음에 들어, 마침 그대 누이가 시를 좋아한다기에 서예 연습 겸 적어 본 것뿐이오. 내가 빌려 주는 책과 그 봉서는 별반 차이가 없소."
 "하오면 이 봉서는 두고 그 시책을 빌려 주시옵소서. 이는 아니 될 일이옵니다."
 훤은 예상보다 훨씬 완강한 염의 태도에 당황했다. 그는 열심히 변명할 말을 찾다가 겨우 말했다.

"시책이 전부 좋았던 것이 아니라 딱 그 시 하나만 좋았을 뿐이오. 그리고 나머지는 아직 다 못 읽었기 때문에 빌려 줄 수가 없소."

"굳이 시를 보여 주고 싶으시다면 다 읽으신 연후에 빌려 주시옵소서. 이건 가져가지 않겠사옵니다!"

염이 강경한 만큼 휜도 강경하게 소리를 높였다.

"가져가라 하였소! 이 봉서를 뜯어 볼 사람은 그대가 아니라 그대 누이이니, 그대가 왈가왈부할 일이 아니오. 누이가 뜯어 보고 정 예의가 아니라 여기면 다시 가져오면 되는 것이고, 시에 대한 감상을 들려주고자 한다면 그 또한 누이의 몫이 아니겠소? 이는 그대 누이가 판단할 일이오."

"제 누이는 규방의 정숙한 여인이옵니다. 기방의 여인이 아니옵니다!"

"나를 어찌 보고 그리 말하시오! 내가 기방의 여인이나 희롱하는 못난 사내란 말이오? 난 그대의 인품을 높이 사는 것처럼 그대 누이의 인품 또한 높이 사기에, 같이 서책을 나누고 감상을 나누려 하는 것이오. 감히 나의 서책을 같이 보는 여인을 기방 여인으로 취급할 리가 있겠소!"

세자의 고함 소리에도 불구하고 염은 봉서를 쳐다보기만 하였다. 휜은 눈을 부릅뜬 채 그를 노려보았다. 옆의 차 내관이 잔뜩 긴장하여 둘을 번갈아 보았다. 아무래도 염이 봉서만큼은 안 가져갈 모양이었다. 만약에 이대로 거절당한다면, 어제오늘 내내 들떠 시를 고르고 서체 연습을 했던 세자가 가여울 것 같앉다. 그래서 조심스럽게 훤을 거들었다.

"저 또한 같이 그 시를 읽었습니다. 당대 명재상의 시이니 그리 이상히 생각하지 마십시오. 경치 좋은 누각에 올라 시를 주고받는 선비들이 서로를 희롱하는 것은 아니지 않습니까. 규방의 부녀자들 또한 서로의 시와 글을 나눈다 들었습니다. 이 봉서 또한 그리 생각하십시오. 아무 뜻 없는 봉서에 이리 역정을 내시니 세자저하만 이상한 분이 되지 않을까 저어됩니다."

이쯤 되자 염은 안 가져갈 수가 없게 되었다. 안의 내용도 모른 채 버티다간 세자를 욕보이게 될 위기였고, 그동안 서책은 가져가 놓고 시 한 편을 안 가져가겠다는 것도 어찌 보면 모순이었다. 애초에 검은엿부터 가져가면 안 되는 것이었다. 이 사실을 너무 늦게 깨달았다. 염은 마지못해 서책과 봉서를 같이 들고 일어섰다.

집으로 돌아가는 길이 캄캄했다. 하늘에 있는 해는 아무 소용이 없었다. 손에 든 봉서는 천근만근 무겁기만 했다. 염이 갑자기 뒤돌아서서 경복궁으로 되돌아갔다. 그러다가 멈추었다. 한참을 서성거리다 다시 돌아서서 집으로 걸었다. 또 멈추었다. 다시 뒤돌아서서 경복궁으로 걸었다. 또다시 멈추었다. 또 돌아서서 집으로 걸었다.

그렇게 집과 경복궁 사이를 오가던 염의 눈에 외진 곳에 쌓여 있는 돌무더기가 들어왔다. 주위를 둘러보았다. 다행히 아무도 없는 듯하였다. 염은 그 앞에 쪼그리고 앉아 돌을 파헤쳤다. 돌 틈으로 훤이 준 봉서를 밀어 넣은 뒤에 다시 돌을 차곡차곡

쌓았다. 전해 주었으나 답은 없었다고 하면 끝날 일이다. 그러면 아무 문제가 없을 것이다. 자신의 이러한 행위야말로 세자와 누이를 위한 것이다. 염은 스스로를 설득하고 다독여 가며 집을 향해 걸어갔다. 하지만 얼마 지나지 않아 봉서를 넣어 둔 돌무더기 앞에 힘없는 어깨로 다시 와서 쪼그려 앉았다.

연우는 읽던 책에서 눈을 들어 방문 밖을 보았다. 원래 책을 펼치면 주위가 시끄러워도 세상모르고 엎어져 있던 연우였지만 요 근래 염이 올 시간이 되면 이렇게 한 번씩 눈을 떼는 버릇이 생겼다. 염이 엿이나 강정, 책을 가지고 오면서부터였다. 정확하게는 염에게서 세자에 관해 한두 마디 들으면서부터라고도 할 수 있었다. 별다른 말이 있는 건 아니었다. 단지 세자궁의 책을 친히 빌려 주었다거나, 세자도 시를 좋아한다거나 하는 정도였다. 훤이 연우에게 전해지기를 바라는 마음으로 거짓말까지 보태서 떠들어 댄 말들이 염을 통해 전달된 건 거의 없었던 것이다. 연우는 가만히 책을 쓰다듬어 보았다. 세자의 손길이 지나간 곳이라는 생각만으로도 책이 따스한 느낌이었다. 가슴이 두근거렸다. 이상한 기분이었다.

오늘따라 염의 귀가가 늦어지고 있었다. 연우는 걱정이 되기도 하고, 한편으로는 염이 묻혀 오는 세자의 흔적이 기다려지기도 하여 사랑채로 나갔다. 때마침 염도 집으로 들어오고 있었다. 연우는 반가이 앞으로 다가가다가 멈추었다. 축 늘어진 어깨와 어두운 얼굴이 평소의 염이 아니었다.

"오라버니……."

염이 연우의 기척을 알아차리고 쳐다보았다. 하지만 연우와 눈이 마주치자 울상이 되었다.

"무슨 일이셔요? 혹여 궐에 변고라도……."

염은 대답하지 못하고 마루에 힘없이 주저앉았다. 연우도 그 앞에 다소곳하게 앉았다. 염은 자신과 닮은 누이를 찬찬히 보았다. 성격이나 취향만 닮은 게 아니었다. 하얀 피부, 단정한 이목구비, 또렷한 눈매 등 아름다운 외모까지 닮은 오누이였다. 차이가 있다면 염에게는 잘생겼다는 말이 어울리지만 연우에게는 예쁘다는 말이 어울린다는 것뿐이다. 염에게도 연우는 예뻤다. 예뻐서 세상의 좋은 것은 다 해 주고픈 누이였다. 세상의 위험 같은 건 영원히 모르고 살아가도록 해 주고 싶었다. 그런데 이런 누이를 자신의 손으로 위험에 빠뜨린 것만 같아서 견딜 수가 없었다.

"연우야, 이 일을 어찌하면 좋으냐? 내가 너무 어리석었어."

연우는 오라비의 한숨에 귀를 기울였다. 이렇게 괴로워하는 모습은 일찍이 본 적이 없었다. 처음 세자의 스승으로 낙점되어서도 고민은 했지만 괴로워하지는 않았다. 오히려 괴로워한 쪽은 부친이었다. 아직 세력이 약한 사림파였고 그 속에서 겨우 버티고 있던 아버지였다. 언제라도 칼을 휘두를 준비가 되어 있는 훈구파 앞에 아직 나이 어린 염을 노출시키는 것을 원하지 않았다. 게다가 세자는 대비 윤씨를 거점으로 외척을 형성하고 있는 이러한 훈구파로부터 비호를 받고 있는 상황이었다. 그렇기에 염이 궐에 드나들기 시작한 이후로 하루하루가 칼날 위를 걷듯 위태로운 나날일 수밖에 없었다.

"오라버니, 말씀해 보셔요. 혹여 아버지께서 염려하시던 일이……."

"그런 일이 아니라……, 어쩌면 더 큰일일지도 모르겠구나."

고개를 떨구던 연우의 눈에 염이 꽉 쥐고 있는 책이 들어왔다. 세자가 보내 준 책이 틀림없었다. 그런데 그 속에 삐죽이 나와 있는 것이 있었다. 갑자기 가슴이 두근거리기 시작했다. 염도 연우의 시선을 따라 제 손에 있는 책을 보았다. 그리고 봉서의 모퉁이를 보았다. 염이 더욱 깊은 한숨을 내쉬었다.

"연우야, 미안하다."

연우는 가슴이 진정되지 않았다. 그런데 염이 제 손에 있는 것을 넘길 것 같지 않았다. 도리어 가져가 버릴 것만 같았다. 연우는 급한 마음에 책을 빼앗듯이 가져갔다. 책 속에 꽂혀 있던 것이 마루에 툭 떨어졌다. 봉합되어 있는 하얀 봉투였다. 연우는 오라비의 얼굴이 더욱 하얗게 질리는 것을 통해 봉서의 주인이 자신임을 확신했다. 처음 검은엿이 왔을 때 오라비의 설명은 없었지만 보낸 이가 세자임을 알아차렸던 것처럼.

"시 하나라고 했다. 아무 뜻 없는 거야. 그냥 시가 좋아서 서예 연습 삼아 써 본 거라고 말씀하시었어. 지금까지 빌려 준 책과 조금도 다르지 않다고……. 아버지께 의논드려야 할까?"

"아니, 그럴 필요는 없을 것 같아요. 그러고 싶지 않아요. 오라버니, 걱정 마셔요. 소녀가 알아서 할게요."

"연우야, 그래도 이건……."

이때 바깥에서 시끌벅적한 소리가 들렸다.

"양명군 나리, 납시었사옵니까. 김 도련님도 오셨습니까."

연우와 염이 동시에 벌떡 일어섰다. 연우는 얼른 책과 봉서를 챙겨서 안채로 달아났고, 염은 마당으로 내려섰다.

"왜 다들 내가 올 때마다 바닥에 엎드리는 것이냐? 그러지 말라고 그리 얘기해도. 염은 퇴궐했느냐?"

우렁찬 목소리와 함께 양명군이 사랑채로 쓱 들어왔다. 그의 뒤로 김제운도 들어왔다. 양명군은 사랑채 건물 뒤로 재빨리 사라지는 여인의 뒷모습을 놓치지 않았다. 염이 허리를 숙였다.

"양명군 오셨사옵니까."

"어어, 방금 저쪽으로 도망친 여인, 네 누이 맞지?"

"네, 보셨사옵니까?"

"아깝다! 조금만 빨리 들이닥쳤어도 얼굴 보는 건데. 앞에서 하인들이 소란하게 구는 게 문제라니까. 이번에도 대제학 몰래 책을 가져간 것이냐?"

"그, 그것이 아니옵고……. 아, 들어오시지요. 소인도 이제 막 퇴궐한 참이었사옵니다. 제운도 들어오게."

양명군은 염을 무시하고 연우가 사라진 쪽으로 걸음을 옮기려고 하였다.

"양명군 나리, 어디에 가시려는 것이옵니까?"

"어? 그게……, 아! 뒷간! 뒷간이 급해서 말이야."

염의 아름다운 얼굴이 일그러졌다.

"뒷간이라면 그쪽이 아니라 이쪽이옵니다만. 소인의 집에 하루 이틀 드나드신 게 아닌데 갑자기 뒷간이 헷갈리시다니요."

양명군이 머리를 긁적이며 마루에 걸터앉았다. 옷고름이 반쯤 풀려 있고, 갓도 뒤로 넘겨 써 단정함이라고는 찾아볼 수 없었다.

"한 번쯤은 보여 줄 법도 하지 않나?"

"무엇을요?"

"네 누이, 연우 낭자 말이야. 네 말대로 하루 이틀 드나든 것도 아닌데 단 한 번도 못 봤다는 게 말이 돼?"

"다들 왜 우리 연우한테 관심을 가지시옵니까! 그 아이는 아직……."

염은 하루 종일 억눌려 있던 분노를 터뜨리다 말고 겨우 다잡았다. 이 말은 세자 앞에서 했어야 하는 말이다. 양명군은 염의 사정을 몰랐기에 단순하게 받아들였다.

"네가 적이나 아름다워야 말이지. 게다가 네 누이가 읽는 책들이 우리가 읽는 책들과 같으니 호기심이 생기는 건 당연하지. 제운아, 너도 그렇지?"

칼날과도 같은 제운의 눈이 양명군과 염을 차례로 쳐다보다가 다른 곳으로 이동해 갔다. 관심 없다는 대답이다. 양명군은 민망하여 어깨를 슬쩍 움츠렸다. 염과 양명군은 동갑이었지만 제운은 이들보다 두 살 아래였다. 하지만 아우다운 점이라고는 찾을 데가 없었다. 지독할 정도로 말이 없어서 제운을 벙어리로 알고 있는 사람도 적지 않았다. 그렇다고 말이 안 통하는 경우는 없었다.

염과 제운이 눈짓으로 인사를 나누는 모습을 뒤로하고 양명군의 신경은 계속 별채 쪽으로 가 있었다. 집이란 것이 대개 구조가 비슷하기에 어느 쪽에 별채가 있는지는 알 수 있었다. 머릿속에 동선을 대략 그려 보고 가능성을 타진했다. 그의 입술에 미소가 스며들었다.

 갑자기 염과 제운이 마당에 두 손 모으고 섰다. 대제학이 들어오고 있었기 때문이다. 민규가 여전히 마루에 걸터앉아 있는 양명군에게 허리를 숙여 인사를 하였다. 염과 제운에게도 차례로 인사를 건넸다. 양명군의 눈동자가 민규를 좇았다. 아들에게 보내는 자애로운 미소와 말들에 귀를 기울였다. 가슴 한쪽이 욱신거렸다. 사랑스런 아들의 얼굴을 한 염의 모습에 자신의 모습이 겹쳐졌다. 그리고 다정한 아버지의 얼굴을 한 민규의 모습에 부왕의 모습이 겹쳐졌다. 세상에는 존재하지 않는 광경이다. 양명군은 자신이 아버지를 버렸던 즈음을 떠올렸다.

 양명군은 열 살에 양명군으로 봉해졌고, 그해 종학宗學에 입학했다. 그보다 두 살 어린 아우가 일곱 살에 세자 책봉례를 한 것에 비하면 상당히 늦은 나이였다. 양명군의 영특함이 사람들의 입에 오르내리게 된 것도 그때를 즈음해서였다.

 종학에서의 수업은 종친이 모여 있는 것이므로 제대로 시행되지 못하였다. 때때로 양명군의 삼촌뻘인 어린 왕자들끼리 옷을 쥐어뜯고 싸움이 나도 수업을 담당하는 박사들이 감당하기에는 그들의 품계가 너무나 높았다. 오직 세자 하나만을 교육

시키기 위해 존재하는 세자시강원과는 천지 차이였다. 그중에 양명군은 뛰어난 재능으로 박사들의 입에 오르내리다가, 서서히 대신들의 입에도 오르내리게 되었다. 칭찬받는 것이 좋았던 이유는 단 한 번도 자신에게 미소를 보여 준 적이 없는 아버지가 어쩌면 이 소식을 듣고 칭찬해 줄지도 모른다는 생각 때문이었다.

『소학』을 떼고 『자치통감』까지 마친 후, 『대학』을 공부하고 나서야 사정전에서 왕의 앞에 겨우 서게 되었다. 아버지 앞에서 그동안 배운 것을 보이고 칭찬받을 수 있다는 생각에, 들떠서 잠을 설쳤던 나이가 열두 살이었다. 하지만 그에게 아버지라는 존재는 그리 환한 미소를 보여 주지 않았다. 양명군에 대해 익히 들었을 터인데도 영특하다는 소문이 불쾌한 듯, 심지어 그의 존재 자체가 불쾌한 듯 차가운 인상으로 질문을 던졌다.

"『대학』을 배운다고 들었다. 글자만 안다고 해서 배운다고 할 수 없는 것이니, 그 뜻까지 알아야 비로소 배웠다 할 것이다. '물건은 근본과 끝이 있고 일은 시작이 있으니, 먼저 하고 뒤에 할 바를 알면 도에 가까울 것이다.' 이것의 해석을 말해 보아라."

양명군은 아버지의 태도가 내심 서운했지만 알고 있는 것이기에 또록또록하게 대답했다.

"덕을 밝히는 것은 근본이 되고, 백성을 새롭게 하는 것은 끝이 되며, 그칠 줄 알면 시초가 되고, 터득할 수 있는 것은 끝이 되는 것이니, 근본과 시초는 먼저 할 것이요, 끝과 마침은 뒤에 할 것이란 뜻이옵니다."

"덕을 밝힌다는 것이 무엇이냐?"

"『대학』에서의 도를 말하는 것입니다. 즉, 왕의 근본은 덕을 밝히는 것이고, 이것은 백성을 새롭게 하는 것으로 끝을 다해야 한다는 뜻이라 생각하옵니다."

"참으로 건방지구나!"

스스로 대답을 잘했다고 생각할 즈음에 들려온 부왕의 호통은 어린 양명군의 머리를 심하게 흩어 놓았다. 혹시나 잘못 답했나 싶어 되짚어 보았지만 틀리게 답한 것은 없었다. 눈을 동그랗게 뜬 그에게 부왕의 살벌한 호통이 이어졌다.

"너의 위치가 무엇이기에 불충하게도 왕의 도에 대해 말하는 것이냐! 박사, 감히 일개 왕자군에 불과한 이 아이에게 제왕의 학문인 『대학』을 자세히 가르치는 저의가 무엇이냐?"

단지 아버지의 칭찬만을 듣고 싶었던 양명군에게 날아온 것은 이렇듯 작은 기대조차 잔인하게 짓밟는 부왕의 노여움뿐이었다. 계속되던 부왕의 호통이 잦아들고 환한 미소가 떠오른 것은 뒤이어 아우, 훤이 나타나고부터였다. 훤은 왕에게 먼저 절을 올리고 형인 양명군에게도 방긋 웃는 웃음을 보내왔다. 사정전 안의 살벌한 기운을 눈치 챘기에 이를 무마시키고자 더 귀여운 웃음을 보인 세자였다. 양명군은 세자의 뒤로 수많은 스승들이 따라 앉는 것을 보았다. 달랑 한 명의 스승만을 대동하고 들어온 자신과는 비교할 수도 없는 차이였다. 더없이 아버지다운 부왕의 목소리가 훤을 향했다.

"우리 세자는 요즘 예학에 뛰어나 나를 기쁘게 하는구나. 짧은 시간에 『소학』을 마쳤다 들었다."

"네, 스승들 덕분이옵니다."

"그래, 『소학』 중에 우리 세자가 가장 좋아하는 구절이 무엇이냐?"

"공자의 말 중에 '부모가 나를 완전하게 낳아 주셨으니 자식 된 나도 그 몸을 완전하게 보전하여 부모에게 되돌려 주어야 한다. 이것을 효도라고 하는 것이다.'라는 구절이옵니다."

별 대단한 말이 아님에도 불구하고 부왕의 웃음소리가 사정전을 뒤흔들었다.

"하하하! 세상의 근본이 되는 것이 바로 효이니, 『소학』의 많은 내용 중에 그 대목이 가장 좋다는 우리 세자야말로 이미 세상의 이치를 터득했음이야. 공자의 말 중에 또 좋아하는 구절이 있느냐?"

"네, '근본이 상하게 되면 거기에 따라서 가지도 죽게 되니, 먼저 근본을 튼튼히 해야 한다.'라는 구절도 좋아하옵니다. 『소학』에 나오는 글들은 모든 이가 익혀서 나쁠 것이 없다 생각되옵니다."

"하하하, 우리 세자를 잘 가르친 춘방(세자시강원)과 계방(세자익위사)의 모두에게 큰 상을 내릴 것이다! 앞으로도 지금처럼……."

갑자기 부왕의 말이 중단되었다. 가만히 앉아 있던 양명군이 비참함을 억누르지 못하고 자리에서 벌떡 일어나 앞에 놓여 있던 『대학』 책을 부왕을 향해 던져 버렸기 때문이다. 비록 왕이 앉은 자리까지 도달하기에는 그 거리가 턱없이 멀어서 중도에 떨어졌지만, 사정전에 있던 모든 이들은 놀라지 않을 수 없었다. 양명군은 일어선 그대로 사정전을 나가 버렸다. 그의 뒤로 분노 어린 부왕의 호통이 줄곧 따라왔다.

"저 발칙한 놈 같으니! 당장 저놈 스승의 곤장을 치도록 하라!"

훤이 뒤따라 달려와 양명군의 팔을 잡지 않았다면 그는 경복궁 밖으로 영원히 달아나 버렸을 것이다.

"전 형님이 좋습니다."

대뜸 던지는 아우의 말에 양명군이 돌아보았다. 자신을 걱정해 주는 아우의 따뜻한 눈을 보았다. 훤은 사정전에 들어오기 전의 상황까지 모두 헤아린 듯했다. 그 마음이 전해져 양명군의 울분도 차츰 가라앉았다.

"제가 좋은 이유가 무엇이옵니까?"

"형님은 아바마마를 꼭 닮아 현명하시기 때문입니다."

"제가 아바마마를 닮다니요? 오히려 세자저하께오서……."

훤이 방긋이 웃어 보였다. 둘은 다른 듯 닮은 형제였다. 훤은 상처 난 마음을 잡아 주듯 형의 팔을 여전히 잡은 채로 말했다.

"아바마마께 아무리 화가 나도 저에게까지 화내지는 말아 주십시오."

양명군은 아우만이라도 자신을 알아주는 듯해서 상처 입은 마음이 위로가 되었다. 이 일이 있고 나서부터 양명군은 '아바마마'와 '소자'라는 단어 대신 '상감마마'와 '소신'이란 단어만을 입에 담았다. 이와 동시에 종학의 박사들과 대신들은 양명군이 책을 던진 일만 입에 담았고, 그의 영특함에 대해서는 입을 다물었다.

양명군의 상처는 쉽게 사라지지 않지만, 홍문관 대제학의 집에 출입하면서부터 조금씩 아물어 갔다. 권력에서 떠나 염과 자유로이 학문을 이야기할 수 있어서 좋았고, 제운과 검술을 나눌 수 있음이 좋았다. 하지만 무엇보다 좋았던 것은 그토록 갈구하던 아버지의 정을 민규에게서 나눠 받을 수 있었다는 것이다. 그의 엄격하면서도 자애로운 부성애는 양명군이 원하던 바로 그것이었기에 스승으로서, 아버지로서 그를 따랐다. 그리고 그의 진짜 아들이 되고 싶었다.

"세자저하께옵서는 강녕하시고?"
민규의 물음에 염이 대답했다.
"네, 여전하십니다."
양명군이 과거로부터 돌아와 그들 속으로 말을 끼워 넣었다.
"고약하게 구시지는 않느냐? 만만치 않은 분이시라."
"그렇지 않사옵니다. 순수하신 분이시옵니다."
"순수하시지만 그렇다고 순진하신 건 아니거든. 대비마마 앞에서 재롱떨면서 살아가는 것 보면."
모두가 편하게 앉아 있는 양명군을 보았다. 그가 농담하듯이 말했다.
"이 나라는 세자라는 자리에 계신 분이라도 권력에 아첨하지 않고서는 목숨을 부지하기 어렵거든. 가엾게도…….."

 민규가 양명군을 쳐다보았다. 새삼스럽게 그의 나이를 가늠해 보았다. 열일곱 살, 아직 어린 나이의 왕자였다. 세자에게 위협이 될 만큼 총명한 왕자이기도 하였다. 세자에게 위협이 된다는 건 제일 먼저 제거될 위험이 있다는 걸 의미했다. 민규는 양명군의 흐트러진 옷매무새를 보지 않을 수 없었다. 목숨을 부지하기 위해 세자가 택한 방법이 훈구파에 아첨하는 것이라면, 왕자군이 택한 방법은 망나니 행세를 하며 총명함을 숨기는 것이었다. 민규의 미소가 또 다른 제약에 묶인 제운에게로 옮겨 갔다. 그러자 양명군의 눈동자도 연우가 있는 별채 쪽으로 옮겨 갔다.

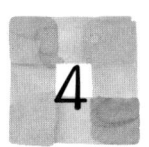

4

 훤에게는 무척이나 길게 느껴지는 밤이었다. 다음 날을 기다리기가 지루할 지경이었다. 어쩌면 염이 빈손이리라 생각하기도 하였고, 어쩌면 시에 대한 짧은 감상이 전부인 서찰이 오리라 스스로를 위로하기도 하였다. 긴 밤이 지나고 새벽 문안까지 마치고도 하루는 더디게 흘러갔다. 애타게 기다리던 석강이 되었다. 비현각으로 들어서는 염의 모습이 보였다. 훤이 마른침을 삼켰다. 그런데 그의 손에 편지는 없고 간식을 넣어 보낸 죽통만이 있었다. 훤은 어리둥절했다.
 염이 세 번의 절을 하고 앞에 죽통을 놓았다. 그리고 품속에서 하얀 봉투를 하나 꺼냈다. 순간 훤의 심장이 쿵 하고 떨어졌다. 기다렸던 것이지만 직접 눈에 들어오니 이 순간을 믿을 수가 없었다. 염의 손에서 봉서를 받았다. 언제나 염에게서 느껴지던 난향이 봉서에도 스며 있었다. 그래서 이 향이 염의 것인지 연우의 것인지 분간할 수가 없었다. 봉서에 정신이 팔린 훤이 뒤늦게 죽통의 존재를 알아차렸다. 죽통은 빈 것이 아니었다. 안이 흙으로 가득 채워져 있었다.

"이게 무엇이오?"

"책을 빌려 주신 데 대한 누이의 선물이옵니다."

훤의 눈이 번쩍 뜨였다. 자세히 보니 죽통으로 만든 화분이었다.

"무엇을 심은 것이오?"

"그건 소인도 잘 모르옵니다. 아침저녁으로 물을 주고 기다리시면 무엇인지 알게 되실 것이라 하였사옵니다."

훤은 흥분이 진정되지 않았다. 하지만 염이 수업을 시작했기 때문에 봉서를 품 안에 고이 품었다. 죽통은 행여나 넘어질세라 조심스럽게 옆으로 치웠다. 수업이 제대로 진행될 리가 없었다. 훤의 신경은 온통 봉서와 죽통에 가 있었기에 염이 하는 말은 하나도 들리지가 않았다.

염은 걱정스러운지 수업을 끝내고도 한참을 머뭇거리다가 인사하고 돌아갔다. 훤은 다른 때와 달리 붙잡지 않고 얼른 돌려보냈다. 내친김에 옆에 있는 내관들도 저 멀리로 가라고 명했다.

주위를 다 물리친 훤은 그제야 품속의 봉서를 꺼냈다. 하늘에 비춰 보니 안에는 분명 글씨들이 적혀 있었다. 다시 한 번 내관들을 더 멀리 물러나라 손짓한 뒤에 봉서를 열었다. 안에는 훤이 보낸 내용처럼 단 한 편의 시만 있었다.

相思相見只憑夢 儂訪歡時歡訪儂 願使遙遙他夜夢 一時同作路中逢

「相思夢」黃眞伊

서로 그리는 심정은 꿈 아니면 만날 수가 없건만, 꿈속에서 내가 임을 찾아 떠나니 임은 나를 찾아왔던가. 바라거니 길고 긴 다른 날의 꿈에는, 오가는 꿈길에 우리 함께 만나지기를.

「서로를 그리는 꿈」 황진이

짧은 시였다. 하지만 몇 번을 읽고 또 읽어 보았다. 어제 보낸 시는 꿈속에서나마 만났으면 하는 마음을 적은 것이었다. 그런데 지금의 답시는 꿈에서 만나지 못한 것은 서로가 서로를 찾아갔기에 못 만난 것이라고 되어 있었다. 연우가 보였다. 자신의 상상이 미치지 못한 또 다른 연우였다. 확신이 들었다. 연우도 자신과 같은 마음이리라! 훤은 감격하여 몇 번을 되풀이해서 읽었다.

차츰 서체가 눈에 들어왔다. 먼저 보낸 자신의 것이 부끄러울 정도로 정갈하고 어여쁜 서체였다. 열세 살 소녀가 쓴 것 같지 않게 품격이 있었다. 모든 글자가 과하지도 모자라지도 않게 딱 맞춘 것이 심성 또한 그러하리라는 느낌이 들었다. 훤이 멀리 서 있는 차 내관에게만 오라고 손짓했다. 그가 와 서자 마치 자신의 것을 자랑하듯 종이를 보여 주었다.

"보아라. 이게 어디 열세 살짜리 여자가 쓴 서체라 하겠느냐."

차 내관 눈에도 내용보다 서체가 먼저 들어왔다. 보통 솜씨가 아니었다. 서체에 고귀함이 스며 있었다. 또한 여인의 아름다움도 가지고 있었다.

"놀라운 솜씨이옵니다."

"나도 놀랐느니. 한자를 아는 여인도 신기하지만 이런 서체를 구사하는 여인은 더 신기하구나. 민화공주와 동갑내기라는 게 믿기지 않아."

"만약에 이것이 진짜 허 낭자의 것이라면……."

"우리 연우 낭자의 것이 맞다니까! 아니면 누가 이걸 썼겠느냐?"

"그, 그렇기는 하오나……. 허염도 감탄에 감탄을 하였사온데, 이건……."

차 내관의 얼굴에는 놀라움만 있는 것이 아니었다. 두려움을 숨기려고 애쓰는 흔적이 역력했다. 훤은 편지에 얼굴을 파묻었다. 은은한 난향이 훤을 감싸 안았다. 연우가 느껴졌다. 그제야 알 것 같았다. 지금의 이 향은 염의 것이 아니었다. 그녀의 것이었다. 훤은 연우에게 입을 맞추듯 편지에 입을 맞췄다. 그렇게 연우에 흠뻑 젖어 갔다.

황금빛 햇살이 가득한 하늘에서 보슬비가 내리기 시작했다. 갑자기 일어난 훤이 죽통 화분을 들고 바깥으로 나갔다. 화분을 비가 내리는 마당 한가운데에 두고 섰다. 주위에서 만류를 해도 가슴 깊숙이에서 뜨거운 감정이 솟구친 그를 말리기에는 역부족이었다. 황금빛 햇살과 어울려 보슬비조차 같은 색으로 반짝였다. 빗물인 듯 바람인 듯 조용히 내리던 보슬비는 어느새 휜의 얼굴과 옷자락을 적시고 있었다. 휜은 하늘을 향해 팔을 벌려 보이지 않는 무언가를 안아 보았다. 품 안에 뛰어든 보슬비는 열다섯 소년인 휜의 얼굴을 타고 몸 안으로 흘러 들어갔다. 그렇게 온몸을 적시며 보슬비는 해와 더불어 있었다.

행복한 마음으로 보슬비를 맞고 있는 휜과는 달리, 세자를 보좌하고 있는 자선당의 모든 사람들은 사색이 되어 각자 자기 위치에서 바삐 움직였다. 제일 먼저 자선당의 동쪽 온돌에 불을 지폈고, 대형 가마솥 몇 군데에서 물을 끓였다. 그다음으로 자선당 내의 북수간에 있는 큰 함지박에 뜨거운 물을 붓고 인삼을 짓이겨 끓인 물을 섞었다. 차차 비가 그치자 휜은 죽통 화분으로 다가갔다. 두 손으로 감싸듯 들고 한참을 보던 휜은 환한 미소로 흙냄새를 맡아 보았다. 차 내관이 다가와 말했다.

"마마, 어서 안으로 드시옵소서. 감모가 드실까 몸 둘 바를 모르겠사옵니다."

"행복한 자에게 찾아오는 병도 있다더냐?"

"마마, 아무리 먼지잼이라고 하나 부디 통촉하여 주시옵소서."

휜은 행복한 마음이었기에 더 이상 버티지 않고 방긋 웃었다.

"알았다. 내가 젖었으니 김 내관이 비현각 안에 둔 서찰을 정중히 하여 나를 따르라."

휜은 손수 죽통 화분을 들고 자선당으로 갔다. 북수간에 들어서서 김 내관에게 화분을 건넨 뒤에 옷시중을 받았다. 흰 적삼 차림이 되자 옆에서 시중을 드는 궁녀들의 시선이 갑자기 부끄럽게 느껴졌다. 이제껏 아무렇지 않았는데 이상한 일이었다. 그래서 내관 서너 명만 두고 전부 물러나라고 명했다. 훤은 망건을 벗은 뒤 상투를 풀고 함지박 안으로 들어가 몸을 푹 담갔다. 물에서 진한 인삼 향이 올라왔다. 그는 그 안에서도 김 내관이 들고 있는 죽통 화분과 서찰에만 신경을 썼다.

곰곰이 생각했다. 시에 대한 답을 시로 받았으니, 이젠 개인적인 안부를 물어봐도 될 것만 같았다. 훤은 물속에서 참방거리며 건네 볼 만한 문구에 대해 고민했고, 오늘 받은 죽통 화분이면 핑곗거리로 충분하리라는 확신이 섰다. 편지를 빨리 쓰고 픈 마음에 얼른 목욕을 마치고 얇은 적삼만 걸친 채 동쪽 온돌방으로 뛰어갔다. 내관들이 곧바로 서안을 바깥으로 치우고 두꺼운 이불을 훤에게 덮어씌웠다.

"서안을 가져와라! 편지를 써야 하느니라."

"잠시만이라도 기수 아래에 거하시옵소서. 부디 소인을 봐서라도."

"난 건강하지 않으냐. 이제껏 감모는 고사하고라도 그 흔한 배앓이 한번 하지 않았는데 이리 수선을 피우다니."

"가벼운 것은 무거이 보고 무거운 것은 가벼이 보는 것이옵니다. 그중 건강이란 것은 아무리 무거이 보아도 넘치지 않사옵니다."

차 내관의 진심 어린 간청에 훤은 뾰로통한 표정으로 얌전히 이불 속에 있었다. 하지만 그것도 잠시, 다시 팔을 쏙 빼서 연우에게서 온 편지를 달라고 졸랐다. 김 내관이 차 내관의 눈치를 살피면서 마지못해 내놓았다. 훤은 엎드린 채로 편지를 펼쳐 연우의 시를 다시 읽었다. 입가에 웃음이 배시시 배어 나왔다. 편지를 접어 봉투에 반쯤 넣다가 다시 꺼내 펼쳐 보기를 몇 차례 반복하다가, 결국 더 이상 참지 못하고 자리에서 일어났다.

"이제 서안을 가져오너라. 충분히 쉬었다."

"마마, 제발……."

"쉬어 주마. 그 전에 편지만 얼른 써 놓고, 응?"

차 내관도 포기하고 서안을 가져오라고 하였다. 그런데 막상 붓을 드니 연우의 서체가 자꾸만 눈에 밟혔다. 자신이 쓴 모든 글씨가 다 어설프고 볼품없게만 느껴졌다. 그래서 쓰다 만 종이를 몇 장 구겨 버린 뒤 침울하게 서안을 밀치고 이불 속으로 들어갔다.

"마마, 이번에는 왜 또 그러시옵니까?"

훤의 목소리가 울먹거렸다.

"차 내관도 보지 않았느냐. 연우 낭자의 서체가 얼마나 아름다운지. 내 것은 너무나 보잘것없어 속상하다. 허염의 서체 또한 그 고귀함을 이루 말할 수가 없는데, 제 오라비와 얼마나 비교되겠느냐. 먼저 보낸 내 봉서를 다시 가져오라 명하고 싶은 심정이다."

"그러면 차후에 더 나아지면 될 일이옵니다. 서체란 연습으로 갈고 다듬을 수가 있는 것 아니옵니까."

"그렇지만 하루아침에 나아지지는 않을 것이다. 왜 그동안 서체 연습을 게을리 한 것일까, 내가 원망스럽구나."

훤은 더욱 의기소침해져 이불을 머리끝까지 덮어쓰고 숨었다.

"혹여 뛰어난 서예가를 스승으로 두는 것은 어떠하겠사옵니까?"

이불이 벌떡 일어났다. 훤의 눈이 다시 불타고 있었다.

"지금 당장 물색하여 뛰어난 자로 데려오너라. 열심히 배울 것이다."

서예가는 즉시 초빙되었다. 훤은 그를 스승으로 모시고 서체를 다듬느라 두문불출했다. 자연히 연우에게 보낼 서찰은 실력이 좀 더 나아진 뒤로 잠시 미뤘다. 그러면서 죽통 화분은 정성껏 관리했다. 언제나 햇볕이 가장 잘 드는 곳에 두었고 화분에 그늘이라도 들라치면 주위에 호통이 떨어졌다. 훤은 화분에서 예쁜 꽃이 피어나리라 믿어 의심치 않았다. 또한 그 꽃이 피어날 때쯤이면 자신의 서체도 피어나 아름다운 향기와 더불어 연우에게 안부를 전할 수 있으리라 생각했다.

그렇게 기다리던 싹이 일주일이 지난 뒤에 돋아 나왔다. 그때부터 기다림은 더욱 극진해졌다. 싹만 뚫어져라 보고 있다가도 자신의 눈독에 빨리 자라지 못한다는 생각에 화분 쪽을 애써 안 보기도 하였다. 그 와중에도 염의 입에서 흘러나오는 연우의 모습은 아끼며 들었고, 그녀가 읽는 책을 따라 읽고, 공부하고, 서체 연습까지 하느라 때 아닌 바쁜 나날을 보냈다. 덕분에 동궁의 소주방에선 경사 아닌 경사를 맞이했다. 입이 짧아 밥을 남기기 일쑤였던 세자 탓에 사흘이 멀다 하고 왕으로부터 호통을 받아 왔는데, 근래에 들어서는 밥 한 공기쯤은 쉽게 비웠기 때문이다. 심지어 반 공기를 더 청해서 먹을 때도 있었다.

그런데 꽃이 피어날 것이란 기대와는 달리, 화분의 싹은 줄기는 나지 않고 잎만 점점 커지더니 숫자가 하나둘 불어났다. 휜이 시무룩해져서 화분을 보며 중얼거렸다.

"내가 아무래도 잘못 키운 것 같구나. 이런 잎을 가진 꽃도 있던가?"

차 내관이 휜의 시무룩한 얼굴을 보고는 화분의 잎을 유심히 살폈다. 잎 모양이 의아스러웠다. 그도 당연히 꽃일 것이라는 선입견을 가지고 보아 왔기에 자신의 추측을 믿을 수가 없었다. 차 내관이 다른 내관들을 불러 화분을 보게 하였다. 한 명이 말했다.

"이건 필시 상추인 듯한데……."

"네, 제 눈에도 분명 상추로 보여서. 꽃이 아니라……."

내관들의 말에 휜이 놀란 눈으로 잎사귀를 뚫어지게 보았다.

"이것이 상추가 확실하냐?"

"네, 분명 상추 잎이옵니다."

"뭔가가 잘못된 것인가? 어찌 상추가 나온단 말이냐?"

차 내관이 빙그레 웃으며 휜에게 말했다.

"상추를 심었으니 상추가 난 것이겠지요. 그 연유는 이 화분을 보내 준 이에게 직접 물어보셔야 할 듯하옵니다."

"하지만 내가 잘못 키워서 상추가 나온 것이라면 어떻게 하지?"

"자연은 거짓을 행하지 않사옵니다. 화분을 보낸 이가 필시 말하고자 하는 바가 있을 것이옵니다."

더 이상 서체 연습을 하느라 편지를 미룰 수가 없게 되었다. 궁금해서라도 그 이유를 물어야 했다. 훤이 서안에 앉아 정성껏 먹을 갈았다. 손수 먹을 갈아 본 적이 없었지만 이번만큼은 다른 사람의 손을 빌리기가 싫었다. 힘든 과정을 마치고 붓을 들었다. 제일 먼저 인사말부터 적어야 했는데 여기서부터 말문이 막혔다. 감정의 크기가 크면 클수록 인사말의 깊이를 책정하기가 어려웠다. 보고 싶다는 말도 할 수가 없었고, 그립다는 말도 할 수가 없었다. 그대가 궁금하여 잠을 이룰 수가 없다는 말은 더욱더 할 수 없었다. 훤은 고민 끝에 감정을 드러내는 말은 생략하기로 하였다.

연우 낭자 보시오.

보내 주신 화분 안에서 무엇이 나올까 많이 기다렸소. 매일매일 그 궁금함에 눈이 빠질 지경이었다오. 그런데 현재 싹이 나와 그 잎이 어느 정도 자랐는데, 다들 꽃이 아니라 상추라 하니 어찌 된 연유인지 묻고 싶소.

훤은 마지막에 보내는 이에 뭐라고 쓸 것인지에 대해 또 고민했다. 세자라 쓰기가 싫었다. 연우 앞에서는 그저 한 사람이고 싶은 마음만이 절실했다. 그래서 태양이 되라는 뜻으로 부왕이 날일 변을 명하고, 그 명에 따라 관상감觀象監9에서 성명학을 토대로 세자의 사주에 맞는 한자 세 개를 올려, 그중에서 부왕이 하나를 낙점하여 받은 이름을 적었다. 훤, 누구도 불러 주지 않는 이름. 부모조차 불러 주지 않는 이름. 그러나 단 하나 자신의 이름임이 분명한 '이훤'. 이렇게 짧은 글을 쓰는 데만도 하룻밤과 그다음 날 낮까지 꼬박 걸렸다. 그런데 이번에도 염이라는 거대한 산이 남아 있는 게 문제였다.

석강을 마치고 어렵사리 봉서를 내밀었건만 염은 아예 눈길조차 외면했다. 급히 책을 챙겨 일어나는 그의 옆을 막은 건 세자와 함께 화분을 지켜보며 궁금함을 가진 세자익위사 무관들과 내관들이었다. 차 내관이 대표로 입을 열었다.

"봉서를 가져가 주십시오."

"아니 될 일입니다!"

"이건 세자저하만이 아니라 죽통 화분에서 상추가 난 것을 본 모든 이의 궁금함을 담은 서찰입니다. 그러니 이에 대한 답은 화분을 보내신 분이 직접 들려주셔야 한다고 생각합니다."

염은 입을 다물고 가만히 앉아 있었다. 그건 그도 모르는 부분이었다.

---

9. 관상감(觀象監) 이곳에서 맡아보던 일은 크게 세 가지 업무로 나눌 수 있다. 그 첫째는 시간과 날짜 등을 계산하여 종과 북 등을 통한 시간 알림, 달력 편찬, 사주를 점치는 명과학이며, 둘째는 별자리를 살펴 기후를 예측, 하늘의 계시를 점치는 천문학이다. 또한 셋째는 지형과 지세를 살펴 지도 편찬, 풍수를 점치는 지리학이다. 사주, 천문, 풍수는 오늘날은 미신이나 그 당시는 과학이라는 개념이 더 컸으므로 오늘날로 치면 과학에 관한 전반적인 업무를 맡아보던 관청이라고 할 수 있다.

"제 누이의 방 앞 화단에도 죽통 화분에 난 것과 똑같은 상추가 있는 것으로 봐서 별 뜻은 없을 것입니다. 그러니 더 이상 관심을 두지 마십시오."

염의 눈치만 살피던 훤이 사정하듯 말했다.

"가져가 주시오. 아무 이유가 없다는 짧은 글이라도 좋으니 받아서 가져와 주시오. 그 화분을 들고 온 이는 바로 그대가 아니오. 제발……."

주위 사람들도 훤을 거들어 염을 조르기 시작했다. 그리하여 또다시 염은 화분에 대한 답만을 위한 목적으로 봉서를 가져가게 되었다.

연우는 자꾸만 붉어지는 눈시울을 달래려고 애를 썼다. 답시를 보낸 후로 세자에게서 기별이 없었기 때문이다. 시 내용을 찬찬히 되새겨 보았다. 아무리 훌륭한 시문이어도 세간의 기녀가 쓴 것이라 내당의 규수가 보내서는 안 되는 것인지도 몰랐다. 어쩌면 정말로 서예 연습 삼아 쓴 시였을 뿐이라 답시가 필요 없는 것인지도 몰랐다. 그래서 시를 보낸 행위 자체가 정숙하지 못하다며 실망한 것인지도 몰랐다. 이제는 세자에게서 오는 편지는 없으리라. 이렇게 생각하며 포기를 하고 싶었지만 마음은 따라 주지 않았다.

바깥에서 이상한 기척이 들렸다. 염이 퇴궐하고 올 시각이었기에 연우는 발짝 소리를 향해 반갑게 말했다.

"오라버니세요?"

그러면서 경계심 없이 문을 열고 바깥을 보았다. 뜰에 남자가 있었다. 놀란 눈으로 이쪽을 보고 있는 이는 오라비가 아니었다. 소스라치게 놀란 연우가 급하게 방문을 닫았다. 하지만 미처 다 닫히기도 전에 낯선 남정네의 손에 문이 잡히고 말았다.

"잠깐! 난 이상한 사람이 아니외다!"

"월장한 사람이 이상하지 않다면 어느 누굴 이상한 사람이라 한다더이까?"

"난 이 나라의 왕자인 양명군이오!"

그러고 보니 사랑채에 드나드는 염의 벗인 것도 같았다. 그렇다고 용납해 줄 수 있는 것은 아니었다.

"왕이라 한들 이러한 것은 예가 아니옵니다."

양명군은 순간 웃음이 나왔다. 말투가 염과 판박이였기 때문이다. 그의 기분 좋은 웃음소리에 연우도 조금 안정이 되었다.

"어찌하여 그리 웃으시옵니까?"

"어여쁜 여인의 얼굴에 청렴한 선비의 말투가 썩 잘 어울리기에 웃은 것이오. 더 묻지 않아도 염의 누이가 확실한 것 같소."

뒤늦게 연우 또래로 보이는 여종이 뛰어와 소리쳤다.

"앗! 웬 놈이냐! 우리 아가씨한테서 썩 비켜라!"

여종은 호통을 치며 양명군의 팔을 잡아 밀치려고 하였다. 하지만 양명군은 가볍게 손을 뿌리쳤다. 여종은 순간 주춤하여 뒤로 물러났다. 자신을 노려보는 눈에서 위엄이 느껴졌기 때문이다. 다시 보니 염과 어울려 검술을 익히던 왕자였다.

"감히 이 나라 왕자의 몸에 손을 대다니, 무엄하구나."

양명군은 웃으며 한 말이지만 여종은 새파래진 안색으로 연우를 보았다. 연우가 웃으며 말했다.

"무엄한 쪽은 월장한 한 분이옵니다. 지금 이곳에는 왕자는 없고 무뢰한만 있으니 그에 따른 예만 지키면 될 듯하옵니다."

양명군의 시선이 연우에게 머물렀다. 여전히 그녀는 꼭 잡은 문을 늦추지 않았다. 양명군이 여전히 방문을 강제로 잡은 상태에서 고개를 숙여 인사했다.

"정식으로 인사하오리다. 난 양명군이오."

연우도 여전히 방문을 닫으려 애를 쓰며 말했다.

"내당의 여인에게 통성명을 하자는 말씀이옵니까?"

"……아니 될 일이긴 하오만……. 알겠소. 나만 밝히는 것으로 만족하고, 그대 이름이 허연우란 것은 모르는 것으로 하겠소이다."

닫으려고 안간힘을 쓰던 연우의 손이 갑자기 방문을 놓았다. 양명군은 그녀의 눈동자가 자신의 뒤쪽을 향하고 있다는 것을 알면서도 눈을 뗄 수가 없었다. 온전히 드러난 모습에 넋이 나가, 등 뒤에서 그를 노려보는 염의 뜨거운 불길은 미처 느낄 수가 없었기 때문이다.

"양명군 나리! 여기까지 어떻게 들어오셨사옵니까?"

양명군은 여전히 넋이 나간 채로 자신도 모르게 웅얼웅얼 실토했다.

"워, 월장해서……."

염이 연우에게 서책 하나를 던지듯이 주고 양명군의 팔을 죄인 잡듯이 잡았다. 그러고는 질질 끌고 나갔다. 연우에게 세자 일로 할 말이 있었지만 양명군 쪽이 더 급한 불이었다. 양명군은 끌려가는 순간에도 고개를 돌리고 앉은 연우에게서 눈을 떼지 못하였다.

소란스러움이 잦아들자 연우는 염이 두고 간 서책을 들었다. 눈에 눈물이 핑 돌았다. 서책 안에 하얀 봉투가 있었다. 연우는 주위를 살펴 아무도 없는 것을 확인하고 봉투를 뜯었다. 그녀의 어깨가 살며시 내려왔다. 내용이 실망스러웠기 때문이다. 개인적인 감정이 담긴 인사말이나 질문 같은 건 없이 화분에 대한 질문이 고작이었다. 아무래도 세자는 자신에게는 전혀 관심이 없다는 생각이 들었다. 세자라면 궁궐에 예쁜 여인들로 가득할 터인데 얼굴도 모르는 계집에게 관심을 가지는 게 오히려 이상한 일일 것이다.

연우는 기운을 차렸다. 세자에게 편지를 한 번 더 써 보낼 수 있게 된 것만으로도 감사했다. 연우는 붓을 들다 말고 다시 내려놓았다. 갑자기 말문이 막혔다. 이제까지 붓을 들기가 어려웠던 적은 없었다. 그런데 제일 처음에 받는 이를 적어야 하는 부분부터 어떻게 써야 할지 몰라서 멍청해졌다. 세자의 편지에는 보내는 이가 '이훤'이라고 되어 있었다. 그의 이름을 알았다. 오라비가 알려 준 적도 없고, 부친이 알려 준 적도 없었다. 세자로부터 직접 알게 된 이름이었다. 그렇다고 이 나라의 세자 이름을 편지에 쓸 수는 없는 일이었다.

내용도 쓸 수가 없었다. 보고 싶단 말을 어찌 감히 할 것이며, 그립다는 말도 어찌 감히 할 것인가. 한낱 규방의 처녀가 세자가 궁금하여 밤을 지새운다는 말은 어찌 또 할 수 있겠는가. 결국은 세자가 물어 온 화분에 관한 대답 외에는 할 수가 없었다. 왜 화분을 보냈느냐는 질문이 아니어서 다행이었다. 그녀도 왜 화분을 보냈는지 모르기 때문이다. 그렇기에 왜 꽃이 아닌 상추인지에 대한 대답도 할 수가 없었다. 연우는 어쩔 수 없이 자신의 화단에 상추를 심었던 이유를 대신해서 썼다. 그마저도 쓰고 고치기를 되풀이하여 겨우 편지를 완성했다.

 무어라 부를 수 없는 분 보시오소서.
 어떠한 것이 올라올까 궁금하여 그리도 기다리셨나이까? 그 기다림이 아무리 길어도 농부가 벼를 수확하기까지 기다리는 마음에 비하겠나이까. 우리 입에 취하는 여러 가지 채소 중에 빨리 자라는 축에 드는 것이 상추이옵니다. 기다리셨다는 마음에 몇 배를 곱하시옵소서. 그러면 조선의 백성인 농부의 마음이 보이실 것이옵니다.

 그런데 또 다른 고민이 생겼다. 만약에 화분에서 상추가 아닌 꽃이 나왔다면 과연 세자가 편지를 보내왔을까 확신할 수 없었다. 그러니 이 편지가 가고 나면 세자의 편지를 다시 받을 수 있으리라는 보장이 없었다. 답장을 받을 수 있는 방법, 그것은 질문을 넣는 것이다. 마땅한 질문거리가 없어서 고심한 끝에 뜬금없는 것이나마 한 문장을 더 첨가했다.

잎이 몇 개가 났사옵니까?

그리고 마지막에 자신의 이름 '허연우'를 적었다.

훤은 하루를 꼬박 새워 답장을 기다렸다. 염이 답장을 건넸을 땐 만세를 부를 뻔했다. 수업 후 훤은 궁금해하는 모든 눈을 물리치고 혼자서 조용히 봉서를 열었다. 서찰의 길이보다 내용의 깊이에 더 마음이 떨렸다. 무엇보다 마지막의 물음에 그리도 행복할 수가 없었다. 또다시 봉서를 보낼 수 있는 핑곗거리가 확실하게 주어졌기 때문이다. 연우의 질문에 답하겠다는데 염이 뭐라고 거절할 수 있단 말인가. 흐뭇해하고 있는 훤에게 차 내관이 물었다.

"왜 상추를 심은 것이란 답은 있사옵니까?"

잠시 머뭇거리던 훤은 환한 미소와 함께 고개를 끄덕였다.

"조선의 백성인 농부의 마음을 보기 위해서 자신의 화단에 상추를 심었던 것이구나. 내가 기다린 것보다 더 많은 기다림으로 농부가 기다린다니……, 규방의 어린 여인이 어찌 농부의 마음까지 헤아린단 말인가. 헤아린 데서 끝내지 않고 직접 자기 화단에 심은 뒤 느끼고, 또 나에게 그것을 전해 주고……. 이 사람이 바로 연우 낭자다. 나의 연우 낭자……."

훤은 편지에 얼굴을 묻었다. 이번에도 어김없이 난향이 스머들었다.

 방바닥에 배를 붙이고 엎드린 훤은 발을 들어 까딱거렸다. 그리고 앞에 펼쳐진 책을 읽었다. 연우에게 보내 준 책이었다. 그런데 책의 지면에는 글자가 없고 그저 새하얗기만 하였다. 다음 장을 넘겼다. 거기에도 글자는 없었다. 까마득하게 멀리 떨어진 방문이 열렸다. 사방이 온통 빛으로 싸였다. 훤은 분명 방 안에 있었는데 벽이 보이지 않았다. 열려진 방문 사이로 누군가가 들어오는 듯하였다. 눈부신 빛으로 인해 형체가 보이지 않았다. 눈을 찌푸려 가며 이쪽으로 다가오고 있는 사람을 보려고 애를 썼다. 한 발짝씩 디딜 때마다 기분 좋은 향기가 가까워지는 기분이었다. 어렴풋하게 치마가 보이는 듯하였다. 붉은 색이다. 그런데 얼굴은 여전히 보이지가 않았다.
 훤은 어느새 다시 책을 보고 있었다. 방으로 들어온 여인이 옆에 나란히 엎드렸다. 여인의 하얀 손이 책장을 넘겼다. 그러자 글자가 또렷하게 나타났다. 연우 낭자다! 훤은 자신의 옆에 엎드려 함께 책을 읽고 있는 여인이 연우라는 걸 알아차렸다. 그런데 부끄러워서 고개를 돌릴 수가 없었다. 바로 옆에 그녀가 있는데, 고개만 돌리면 얼굴을 볼 수 있는데 고개가 돌아가지 않았다. 두근두근! 심장이 뛰는 소리가 들렸다. 적막한 주위를 물리치고 점점 커져 가는 소리는 자신의 것이다. 두근두근…….
 연우가 다시 책장을 넘겼다. 그곳에도 글자가 또렷하게 보였다. 용기를 내어 그녀에게로 고개를 돌렸다. 글자는 또렷해졌건만 연우의 옆얼굴은 빛으로 둘러싸여 흐릿하게만 보였다. 연우의 고개가 이쪽으로 돌고 있었다. 그러자 차츰 빛이 가셨다. 빛이 가시는 것만큼 연우의 얼굴은 점점 정면으로 바뀌고 있었고, 형체도 뚜렷해지고 있었다. 보인다. 보이는 것 같다. 고운 입매가, 미소를 머금은 입매가 보이는 것 같다.

눈을 떴다. 세상이 칠흑같이 어두웠다. 온통 빛으로 덮여 있던 세상은 꿈속 세상이었다. 그리고 연우도 꿈속 세상의 일부였다. 훤은 이불을 밀치고 일어나 앉았다. 주위를 둘러보았다. 사방으로 견고한 벽이 있었다. 캄캄한 어둠 속에서도 가까이에 뚜렷하게 보였다. 잠들었던 세자가 갑자기 일어나자 멀리서 졸고 있던 차 내관이 놀라서 다가왔다.

"마마, 불편하신 데라도 있사옵니까?"
"볼 수 있었는데……."
"네?"
"볼 수 있었는데 못 봤어. 보고 싶었는데 보지 못하였어. 바로 옆에 있었는데 바보같이……."
차 내관은 세자가 꿈을 꾸었다는 걸 알아차렸다. 그 꿈에 연우가 나왔다는 것도 알 것 같았다. 꿈에서 연우를 미처 보지 못하고 깬 세자의 눈이 외로움에 지쳐 있었다.
"옷을 가져와 다오."
"아직 이른 시각이옵니다. 조금 더 주무셔야 하옵니다."

"옷을 가져오라니까!"

차 내관은 어쩔 수가 없어서 옷을 챙기기 위해 몸을 뒤로 뺐다.

"사복으로 가져오너라. 갓도 같이."

"세자저하!"

깜짝 놀란 차 내관이 다시 훤 앞으로 다가앉았다. 세자가 무슨 일을 저지르려고 하는지 짐작했기 때문이다.

"아니 되옵니다! 절대 하시면 아니 되는 일이옵니다!"

"딱 한 번만이다. 멀리서 얼굴만 보고 올 것이다. 그러니 나를 데려가 다오. 연우 낭자가 보고 싶어서 견딜 수가 없구나."

차 내관이 방바닥에 이마를 붙이고 엎드려 간곡하게 말했다.

"마마, 이 몸의 목숨을 앗아 가신다고 해도 그것만큼은 들어드릴 수가 없사옵니다. 세자저하를 위해서가 아니옵니다. 이 세상을 조심하셔야 하옵니다. 마마, 허 낭자를 위험으로부터 지켜 주셔야 하옵니다."

"그러면……."

훤의 목소리가 울먹거렸다. 차 내관이 머리를 들어 세자를 보았다. 어둠 속에 앉아 있는 세자가 오늘따라 나약하게 보였다. 그래서 그저 사람으로만 보였다. 이 궁궐 속 누구도 사람으로 보지 못하는 존재였지만 지금은 사람 외에는 아무것도 보이지 않았다.

"그러면 언젠가는 연우 낭자를 만날 수 있겠느냐? 얼굴을 볼 날이 오겠느냐?"

세자의 뒤로 대비 윤씨가 보였다. 검은 세력이 괴물처럼 세자의 어깨를 짓누르고 있었다. 차 내관은 알고 있었다. 세자가 꿈꾸는 그런 날은 영원히 오지 않으리라는 사실을. 그런 미래를 알기에 세자의 눈이 가여워서 이 순간을 거짓말로 위로할 수밖에 없었다.

"물론이옵니다. 꼭 만나실 수 있을 것이옵니다."

"그래, 그렇겠지. 언젠가는……."

훤이 기운을 차리고 서안을 당겨 앉았다. 차 내관이 말없이 불을 밝혔다. 밝은 불 아래로 훤은 새 종이를 펼쳤다. 그 종이에 상추의 잎이 몇 개인지, 어떻게 생겼는지 시시콜콜 다 적었다. 또다시 그것만으로 편지를 맺으려다가 꿈에서 본 연우를 떠올렸다. 결국 보지 못한 얼굴이었다. 조금만 용기를 내었다면 볼 수 있었을지도 모르는 얼굴이었다. 그래서 이번에는 용기를 내어 편지에 사사로운 말을 곁들였다.

오늘은 거문고를 뜯었소. 두껍고 견고한 궁궐의 담장으로 인하여 나의 선율은 멀리까지 날아가지 못하오. 애석하기 그지없소.

이후부터 둘은 본격적으로 서찰을 나누기 시작했다. 이미 그들의 편이 되어 버린 주위 사람들의 적극적인 협조 아래 이뤄진 일이었다. 짧게 상추에 대한 질문을 주고받던 내용은 어느새 서로에 대한 질문으로 이어졌고, 점점 내용의 길이도 길어졌다. 그리하여 사사로운 자신들의 생활을 적어 보내기에 이르렀다. 연우가 다 자란 상추를 먹어 보라는 편지에 훤은 아까워서 그럴 수 없다며 버텼지만 때를 놓치면 먹을 수 없게 된다는 말에 손을 덜덜 떨어 가며 한 장 한 장 먹었다. 그러면서 머리가 아닌 마음으로 쌀 한 톨의 소중함까지 배워 나갔고, 그녀에 대한 감정이 호기심에서 설렘으로, 그리고 더 깊은 사랑으로 자리하게 되었다.

양명군은 혼기가 훨씬 지나 있음을 알고 있었다. 세자를 외척과 혼인시키지 않으려는 부왕의 고심 때문에 세자의 혼기가 늦어지고 있었고, 이 때문에 자신의 혼기까지 더불어 늦어지고 있는 것도 알고 있었다. 부왕이 양명군 따위는 생각조차 안 하고 있는지는 알 수 없지만, 그도 딱히 혼인이란 것에 관심이 없었다. 하지만 연우를 알고 나서부터는 달라졌다. 월장을 하여 연우를 본 후로 더욱 열심히 담을 넘었다. 염의 감시가 심했지만 이러한 방어는 수시로 뚫렸다. 그런데 연우를 만난 이후로 설렘과 동시에 무언가에 뒤쫓기는 듯한 불안함이 줄곧 따라다니기 시작했다. 양명군은 이러한 정체 모를 불안함을 없애기 위해 그동안 따로 만난 적이 없었던 아버지를 찾아갔다.

강녕전에 있는 부왕은 사정전에서 보던 왕과는 조금 달라 보였지만, 무뚝뚝한 표정은 변함이 없었다.

"양명군이 이곳에 어쩐 일이냐?"

오랜만이라는 말이나, 다른 안부 인사 없이 첫 마디부터가 이유를 묻는 말이었다. 다른 때 같으면 서운함에 몸서리를 치며 입을 다물어 버렸겠지만, 이번에 찾은 용건은 이런 정도는 넘길 수 있게 하였다.

"소신, 상감마마께 내알 드릴 것이 있어 들었사옵니다."

양명군이 청을 드리러 온 것은 처음 있는 일이라 놀랐는지 부왕의 인상은 한동안 굳어져 있었다. 하지만 그것도 잠시, 부왕은 금세 얼굴을 펴며 입을 열었다.

"말해 보아라."

"소신의 혼례에 대해 듣고 싶사옵니다."

부왕의 의아한 표정을 보며 양명군이 다시 말했다.

"소신, 언제가 되어도 상관없사오나 반드시 안사람으로 해주시길 바라는 여인이 있사옵니다. 부디 소신의 작은 소원을 들어주시옵소서."

부왕은 아들의 작은 소원이라는 것이 귀여웠던지, 그리고 정말로 소박한 청이라고 생각했는지 빙그레 웃으며 물었다.

"어느 집안의 처녀냐?"

양명군은 부왕의 미소에 어리둥절했지만 가슴 한구석은 아려 왔다. 말도 안 되는 청이라 내쳐질 것을 각오하고 왔기 때문에 더욱 그러했다. 양명군은 작은 기대에 들떠 말했다.

"대제학 허민규의 여식인 허연우란 여인입니다. 아름답고 서책 또한 많이 읽은 여인으로 인품이 오라비인 허염과 꼭 닮았사옵고, 또······."

"그 여인에 대한 칭찬으로 밤을 새울 것이냐?"

양명군은 웃고 있는 부왕의 표정을 보고 안심이 됐다. 대제학의 여식이라면 부왕도 거절할 이유가 없으리라. 양명군의 예상이 적중했다.

"알았다. 세자의 가례가 끝나면 생각해 보마."

이것은 승낙이나 다름없었다.

"성은이 망극하옵니다."

양명군은 진심으로 아버지 앞에 머리를 숙였다. 그동안의 맺힌 한이 녹아내린 순간이었다. 세자를 제외한 모든 왕자는 관직에 나갈 수가 없었다. 언제나 목숨에 위협을 느껴 가며 몸을 낮춘 채 한량으로 살아가는 것만이 양명군이 유일하게 할 수 있는 일이었다. 그런 삶으로부터 도망칠 수가 없었다. 그런데 연우라면 이 막막한 삶에 위로가 될 듯하였다. 연우와 함께라면 앞으로 남은 삶도 원망스럽지 않을 것 같았다. 염을 형제로 여기며, 대제학을 아버지로 여기며, 연우를 아내로 하여 살아간다면 조금은 행복할 것도 같았다. 더불어 관직에 나갈 수 없는 서자인 제운과 같은 처지를 위로하며 그렇게 정을 나눠 가는 것도 괜찮을 것 같았다. 어쩌면 부러울 게 없는 삶이 될지도 모른다는 생각이 들었다. 그렇게만 된다면 더 이상 부왕을 미워할 필요도 없으리라.

5

갑자기 세자의 혼례를 위한 가례도감嘉禮都監이 설치되고 전국에 금혼령禁婚令이 내려졌다. 이 소식은 세자궁에도 즉각 들어왔다. 처음 이 소식을 접한 훤은 뛸 듯이 기뻤다. 전국에서 처녀단자를 올린다면 연우도 빠지지 않을 것이고, 그녀가 자신의 아내가 되리라 믿어 의심치 않았다. 그 생각만으로도 마치 연우와 자신의 혼례가 진행되는 듯한 착각에 사로잡혔다.

염이 석강에 들어왔다. 그런데 안색이 너무나 어두웠다. 언제나 평온한 미소를 보이던 염과는 많은 차이가 있었지만, 혼례 문제에 들떠서 하늘을 날고 있던 훤에게는 그 표정이 보이지 않았다. 수업이 끝나기가 무섭게 훤이 신이 나서 물었다.

"연우 낭자의 처녀단자는 올렸소?"

염이 침울한 표정으로 한참을 있다가 겨우 말했다.

"아직……."

"왜? 대제학에게 말해서 어서 올리도록 하시오."

염이 말을 못 하는 이유가 주위의 귀를 의식해서인 것 같았다. 훤은 의아함을 참아 가며 주위를 물러나게 하였다. 다 나가고 단둘이 남게 되자 염이 서안을 밀치고 바닥에 엎드려 간청했다.

"세자저하, 원컨대 부디 소인의 작은 주청을 들어주시옵소서."

그간 부탁이라는 것은 하지 않던 염이었다. 오히려 뭐든 해주고 싶어서 조르던 쪽은 훤이었다. 깜짝 놀란 훤이 가까이 다가가 앉았다.

"무엇이오? 혹여 무슨 문제라도 있소?"

"조선의 백성이라면 응당 처녀단자에 이름을 올려야 하는 것이 도리인 줄은 아오나, 우리 연우만큼은 제발 제하여 주시옵소서. 소인 이렇게 엎드려 비옵니다."

훤은 어리둥절하기만 하였다. 세자빈 간택에 참여하지 않겠다는 것이 이해가 가지 않았다. 한편으로는 두려움에 휩싸였다. 이러한 의견이 연우의 뜻인 것만 같아서였다.

"난 연우 낭자와 함께하고 싶소. 그런데 왜 이러는 것이오? 연유를 말하시오!"

"함께하실 수 없기 때문이옵니다."

"함께할 수 없다니, 그건 누구의 뜻이오! 연우 낭자가 그리 말하였소?"

"세상이 그러하옵니다. 세자빈의 자리는 감히……."

"아바마마께 긴히 청을 올릴 것이오. 나의 세자빈으로 연우 낭자만을 생각하고 있노라 말씀드릴 것이오!"

"아니 되실 것이옵니다. 우리 연우를 조금이라도 아끼신다면 부디 처녀단자에서 제하는 것을 상감마마께 주청 드려 주시옵소서, 제발."

"내가 싫소! 이 무슨 해괴한 말이오! 물러나시오!"

훤은 화가 나서 소리친 뒤 먼저 비현각에서 나와 버렸다. 그리고 성난 걸음으로 자선당에 들어가 쪼그리고 앉았다. 차 내관이 따라와 노기에 대해 물었다.

"여쭤 봐도 되올는지 모르겠사오나 소인에게만이라도 말씀하여 주시옵소서. 허염이 무어라 하였기에 이리도 노하셨사옵니까?"

훤은 슬픔과 노여움이 뒤엉켜 어떤 표정도 할 수가 없었다. 힘들게 화를 삭이던 훤은 결국 울상이 되어 무릎에 얼굴을 묻었다.

"차 내관, 신민臣民이 나를 아니 좋아하는 것이냐? 모두 처녀단자 올리기를 꺼리는 것인가, 아니면 연우 낭자가 나를 싫어하는 것인가?"

"허 낭자가 세자저하를 싫어한다면 그간 서찰을 보낼 턱이 없지 않겠사옵니까."

"그런데 어찌하여 허염은 연우 낭자의 처녀단자를 빼 달라 청을 하는 것인가?"

"그가 그렇게 말했사옵니까?"

"응. 내가 연우 낭자와 함께할 수 없을 거라고도 했는데, 이것도 무슨 뜻인지 모르겠고. 아무리 생각해도 허염이 나를 탐탁찮게 여겨서 그러는 것 같아."

차 내관은 침울하게 웅크리고 있는 세자에게 무슨 말을 해 줘야 할지 몰라 망설였다. 그간 주고받는 서찰을 꾸준히 보아 왔던 그였다. 그렇기에 연우의 성품에 내심 높은 점수를 주고 있었다. 이뤄지지 못할 일이라는 건 차 내관이 누구보다 잘 알고 있었다. 하지만 세자빈으로 연우 외에는 떠올릴 수도 없었다. 차 내관이 심호흡을 하고 조용히 말했다.

"마마, 이런 말씀 드리기 송구하오나 허염의 뜻을 조금은 알 것 같사옵니다."

"이유를 알고 있느냐?"

"세자빈 간택을 법도대로 하지 않고, 미리 한 사람을 내정해 두고 형식적으로만 절차를 밟기 때문에……."

무릎에 묻혀 있던 훤의 얼굴이 번쩍 들렸다. 대체 무슨 말이냐는 듯 눈으로 급하게 뒷말을 재촉했다. 차 내관의 말이 목구멍에 걸렸다가 힘겹게 나왔다.

"이번 간택만이 아니라 이제껏 그러하였사옵니다. 그러니 모든 사람들이 처녀단자를 올리는 것을 꺼리는 것이옵니다. 초간택에 참여하라는 명이 떨어지면 의복이나 가마의 형식을 갖추는 데 들어가는 비용도 만만치 않거니와, 만에 하나 재간택을 거쳐 삼간택까지 올라가게 되면……."

차 내관은 더 이상 말할 수가 없었다. 이미 세자의 얼굴이 뒷말을 짐작하고 어두워졌기 때문이다. 훤이 자신을 가까스로 다스리며 계속 말하도록 하였다.

"마지막 삼간택의 세 후보에 들어가게 되면 내정자가 세자빈으로 간택되는 것은 자명하옵고, 간택되지 못한 나머지 두 여인은 그 또한 세자저하의 여인이라 하여 평생 홀로 살아야 하는 숙명을 가지게 되옵니다. 자신의 손으로 머리를 틀어 올려 비녀를 꽂고, 흰 소복만을 입고 살아가야 하는 그런 운명 말이옵니다. 그렇게 한들 내명부 직첩조차 받을 수 없는, 그래서 모두가 처녀단자 올리기를 꺼리는 것이지 세자저하 때문이 아니옵니다. 허염은 누이를 아끼어 그런 청을 한 것이옵니다."

"그 여인들은 궐로 들어올 수 없다는 것이냐?"

"간혹 그러한 여인들이 가엾다 하여 후궁으로 들이기는 하옵니다."

"아! 혹시 형님의 모친도?"

"네, 양명군의 생모이신 희빈마노라도 삼간택에서 간택되지 못한 후보였사옵니다. 하온데 희빈마노라 외의 다른 후보가 목을 매달아 자결한 일이 발생하였사옵니다. 그 사건으로 인하여 상감마마께옵서 궐 밖에서 외로이 살아가는 존재를 알게 되시었지요. 그 즉시 상감마마께오서 가엾다 하여 희빈마노라를 불러들이셨사옵니다. 하지만 이것은 특별한 경우일 뿐이옵니다. 대부분 그대로 잊혀져 버린다고 알고 있사옵니다."

가만히 앉아 생각에 빠진 훤의 얼굴에서 떼를 쓰던 소년의 표정이 차츰 지워졌다. 그리고 지워진 자리에는 왕세자의 눈빛이 나타났다. 훤이 입술을 비틀며 말을 내쉬었다.

"할마마마를 어떻게 하라고!"

"네? 무슨 말씀이시옵니까?"

"이번 세자빈의 내정자는 할마마마의 먼 친척일 것이다. 어마마마가 윤씨 일파가 아니니 이번 나의 세자빈 자리만큼은 내어 주지 않으려 기를 쓸 터! 그런데 이번 가례도감을 주관하는 가장 웃어른이 대비, 즉 할마마마이시다. 윤씨 일파에게 이보다 더 절묘한 기회가 어디 있겠느냐. 그런데 이미 내정되어 있다면……. 빌어먹을! 나더러 어쩌란 말이냐?"

"훗날 허 낭자를 후궁으로 불러들이시면……."

차 내관의 말이 채 끝나기도 전에 훤의 눈빛이 매섭게 그에게로 가 꽂혔다.

"후궁이 정비와 같더냐! 감히 연우 낭자를 첩으로 삼으란 말이냐?"

"하오나 방도가 없사오니……."

"방도를 만들어야지! 그러지 않으면 나에게 미래는 없느니. 아바마마는 훌륭한 군주이시나 효라는 덜미에 잡혀 있다. 백성을 위하는 것과 어버이에게 효를 다해야 하는 모순 속에 갇혀 군주의 덕을 채우지 못하지. 난 이와는 다른 길을 걸을 것이다. 훗날 나의 어버이는 백성이 될 테니까!"

깜짝 놀란 차 내관이 얼른 주위의 귀를 살폈다.

"마마, 그건……."

"내가 그리 많은 스승들에게서 배우는 것이 무엇인지 아느냐?"

훤이 차 내관을 똑바로 쳐다보았다. 전혀 다른 표정의 전혀 다른 사람이었다. 이제까지 보아 왔던 세자가 아니었다. 세자시강원의 많은 스승, 아침에 눈을 떠 잠자리에 들기까지 여러 스승이 끊임없이 얼굴을 바꿔 가며 세자를 향해 글을 읊었다. 그런데 스승이 바뀌고 책이 바뀌고 글자가 바뀌어도 바뀌지 않는 것이 있었다. 그것은 백성이었다. 모든 가르침의 가운데에는 백성이 있었기에 세자는 언제나 백성을 배웠다. 훤이 자선당 밖으로 눈을 두었다. 이곳이 아닌 먼 곳을 바라보는 듯하였다.

"자식은 어버이 없이는 없다고 배웠다. 백성 없는 왕도 없다고 배웠다. 그러니 백성의 어버이는 왕, 왕의 어버이 또한 백성! 내가 아바마마와는 다른 효를 지키기 위해서는 반드시 연우 낭자여야만 한다."

연우의 뒤에 있는 건 허염과 대제학을 중심으로 하는 사림파였다. 지금은 비록 미약하지만 사림파가 훈구파를 견제할 수 있을 만큼 힘을 얻게 된다면, 지금 왕권을 짓누르고 있는 세력을 떨쳐 낼 수가 있을 것이다. 훤의 눈이 빛나고 있었다. 하지만 이내 풀죽은 소년의 모습으로 되돌아왔다.

"그런데 어떻게 하면 좋단 말인가. 아바마마께오서 간택에 직접 참여하지 못하시는데."

"반드시 그렇지는 않사옵니다. 간혹 예외가 있었던 것으로 아옵니다."

"아바마마는 할마마마를 뛰어넘지 못하신다. 그러니 힘을 빌려 주신다고 해도 어렵지만 마땅히 기댈 데가 없으니……."

골똘히 생각에 빠졌던 훤이 자리에서 벌떡 일어섰다.

"가자! 아바마마를 뵙고 친히 주청을 드릴 것이다."

"아니 되옵니다. 그러면 그동안 봉서를 주고받은 것이 발각될 것이고, 결국 자선당 내관들뿐만이 아니라 허염도 화를 입게 될 것이옵니다."

"그러면 나더러 어쩌란 말이냐! 허염의 청을 들어주기라도 하란 말이냐?"

훤이 화가 나서 날뛰자 차 내관은 어쩔 줄 몰라 고개만 조아렸다. 방 안을 서성거리며 화를 이기지 못하던 훤은 결국 자선당을 나서고 말았다.

"내 목이 날아갈지언정 주청을 드릴 것이다. 아바마마의 침전으로 가자! 세자빈으로 연우 낭자가 아니 된다면 외척 일파도 절대 아니 된다!"

부왕의 침전인 강녕전에 들어서니 마침 안에서 민화공주가 나오고 있었다. 오랜만에 보는 누이라 훤은 반갑게 인사를 건넸다.

"요즘에는 왜 놀러 오지 않느냐?"

그런데 민화의 얼굴이 예전 같지 않았다. 핼쑥한 건 고사하고라도 눈물이 엉겨 붙어 얼룩덜룩했다.

"얼굴이 왜 그 모양이냐? 어디 아픈 거냐?"

훤의 걱정 어린 말에 돌아온 건 민화의 원망 가득한 눈빛이었다. 훤은 위로할 양으로 머리를 쓰다듬어 주려고 했지만, 민화는 그런 오라비의 손도 쳐 냈다. 그리고 몸을 획 돌려 달아났다. 훤은 원인을 몰라 어리둥절하다가 제멋대로 해석하고는 피식거렸다.

"아바마마께 야단맞고선 괜히 애먼 나한테 화풀이하기는. 언제 철이 들려나, 쯧쯧."

훤은 다시금 표정을 비장하게 하여 강녕전 안으로 들어갔다. 부왕이 골치가 아픈지 관자놀이를 누르고 있었다. 훤이 절을 올린 뒤 허리를 꼿꼿하게 세워서 앉았다.

"왔느냐?"

"방금 앞에서 민화공주를 보았사온데 혹여 또 말썽을 부린 것이옵니까?"

"네가 신경 쓸 만한 일이 아니다."

부왕이 아들의 손목을 보았다. 요즘 부쩍 자라는 느낌이었는데, 눈 깜짝할 사이에 소맷자락이 쑥 올라가 있었다. 어깨도 제법 벌어졌다. 다리는 더 많이 길어져 있었다.

"옷을 새로 지어야겠구나. 그동안 작아서 걱정이 이만저만이 아니었는데, 크려고 드니 또 이렇게 쉽게도 크는군."

훤이 팔을 들어 자신의 소맷자락을 보았다. 그러고 보니 연우를 알고 나서부터 계속 자란 것 같았다. 마음도 몸도 그녀가 자라게 해 준 것만 같았다.

"한데 너는 무슨 일로 여기 왔느냐?"

훤이 또렷한 어조로 말했다.

"아바마마, 가까이 다가가 앉도록 윤허하여 주시옵소서."

아들의 목소리에서 비장감을 읽은 부왕이 주위를 향해 말했다.

"다들 물러나라."

모두 물러나고 단둘만 방 안에 남겨지자 훤은 부왕 앞에 바짝 다가가 조심스럽게 입을 열었다.

"아바마마, 이번 세자빈 간택에 대해 드릴 말씀이 있……."

"어허! 거기에는 본인인 세자가 간여해서는 안 되는 것이 법도."

"그렇다면 미리 세자빈을 내정해 두는 것은 어떠한 법도이옵니까?"

부왕의 얼굴에서 웃음이 싸늘하게 비워졌다. 그 무서움에 마음이 졸아들었지만 물러서지 않았다.

"미리 내정되어 있다 들었사옵니다. 아니옵니까?"

훤을 노려보던 부왕이 무거운 입을 떼었다.

"미리 내정되어 있다면?"

"철회하여 주시옵소서. 엄격한 기준에 맞춘 정당한 세자빈 간택이 되었으면 하옵니다."

"그건 나의 관할 또한 아니다. 그런 부탁은 대비전으로 가서 하거라."

"아바마마께옵서 할마마마를 넘어 주시옵소서!"

"건방지도다! 너는 지금 세자의 위치를 넘어서려 하고 있다! 경거망동은 삼가도록 하라."

"세자빈이옵니다. 장차 이 나라의 국모가 될 여인을 뽑는 자리이옵니다. 그런데 어찌 할마마마의 기준에서 마음대로 선택한 여인을 내정할 수 있다 하시옵니까!"

"닥치지 못할까!"

왕이 쓰러질 듯이 이마를 짚었다. 그리고 조용히 말했다.

"더 이상 말하지 말고 물러나거라. 편전에 다시 나가 보아야 한다. 그러니……."

"소자가 마음에 품고 있는 여인이……."

쾅! 부왕이 주먹으로 서안을 내려치는 소리였다. 좀처럼 본 적 없는 섬뜩한 노기였다.

"지금 말은 아니 들은 것으로 하겠다. 물러나라."

"아바마마! 부디 세자빈 내정자만큼은 철회를……."

"닥치라고 하지 않았느냐! 조금 전 네 입으로 말했다. 세자빈을 뽑는 일이라고! 장차 이 나라의 국모가 될 여인을 뽑는 자리라고! 알겠느냐? 네 아내 따위를 고르는 자리가 아니란 말이다!"

"그럼 소자는 무엇이옵니까? 소자의 마음은……."

"너에게 마음이 있었느냐? 만약에 있었다면 지금 이 순간 버려라. 그런 건 애초부터 없었던 것이다."

"아바마마……."

"너는 이 나라의 세자다. 그 외에는 생각하지 마라. 그 자리는 죽어서만이 벗어날 수 있다. 한데 죽을 수도 없을 것이다. 너의 죽음은 다른 이들의 목숨을 담보로 하니까. 물러나라."

부왕은 세자가 다시 입을 열기 전에 얼른 바깥에 소리쳤다.

"그만 다들 들어오너라! 어서 나갈 채비를 하도록!"

왕을 모시는 내관과 궁녀들이 방 안으로 들어오자 훤은 더 이상 말을 이을 수가 없었다. 그렇게 떠밀리듯 강녕전에서 나와 애꿎은 하늘만 원망하며 노려보았다. 힘없이 허울만 좋은 세자라는 위치를, 그리고 무능한 자신을 원망하며 아프도록 아랫입술만 깨물었다. 차라리 연우를 처녀단자에서 빼 달라고 청하지 못한 자신의 간사한 이기심에도 분노했다.

터덜터덜 걸었다. 목적지가 없었다. 세자의 뒤를 따라 자선당 사람들도 염려하는 마음을 누르며 걸었다. 넓다면 넓고 좁다면 좁은 이 궐 안에서 갈 곳이 없었다. 훤의 절망스런 발걸음이 후원을 향했다. 처음에는 잘못 들어선 길이었는데, 어느새 걸음이 제멋대로 목적지를 정하고 있었다. 자선당 일행은 점점 후미진 곳으로 들어갔다. 화려한 경복궁 안에 이런 곳이 존재한다는 게 의아할 정도로 외진 곳이었다. 그들 앞에 초라한 건물이 다가왔다. 선락재라는 현판이 걸린 건물이었다.

훤은 작은 문을 지나 건물 안으로 들어갔다. 다른 이들은 밖에 서 있고 차 내관과 궁녀만 따라 들어갔다. 선락재에 속해 있는 궁녀가 세자의 행차에 놀라 얼른 뛰어나왔다. 뒤를 이어 검소한 차림의 여인이 방에서 나와 훤을 맞았다. 선락재의 주인이자 양명군의 친모인 희빈 박씨였다.

"세자저하, 이리 누추한 곳에 어인 일로 행차하시었사옵니까?"
"차 한 잔 대접받고 싶어 찾았습니다."
희빈 박씨가 평온한 미소로 손짓을 하였다.
"이쪽으로 드시옵소서."
훤이 앞서 방으로 들어갔다. 희빈 박씨도 궁녀에게 차 심부름을 일러두고 따라 들어갔다. 훤이 방에 앉아 내부를 둘러보

앉았다. 왕자군을 생산한 여인이 머물기에는 초라하다는 말이 어울릴 정도였다. 희빈 박씨가 훤과 떨어진 자리에 예의를 갖춰 다소곳하게 앉았다. 말수가 적은 여인은 왠지 사람을 안정시키는 분위기가 있었다. 사리사욕과 음모가 가득한 궁궐에서 좀처럼 접하기 힘든 사람이었다. 하지만 사람들은 희빈 박씨를 가리켜 버림받은 여인이라 수군거렸다. 그녀는 입이 없으나 수많은 이들로 하여금 입을 가지게 만든 셈이다. 왕비보다 늦게 궐에 들어왔음에도 불구하고 왕자를 먼저 잉태했을 만큼 왕의 총애를 받았던 적도 있었다. 하지만 양명군을 낳은 직후, 왕은 더 이상 이곳으로 걸음 하지 않았다. 그리고 훤이 태어났다. 입에서 말로 만들어 밖으로 내뱉지만 않을 뿐, 궐 안의 모두가 알고 있는 사실이었다.

"형님은 다녀가셨습니까?"

훤은 순간 후회했다. 달리 꺼낼 말이 없어서 한 말이었지만 이 말은 해서는 안 되는 것이었다. 양명군조차 이곳에 발걸음 하지 않는 건 훤이 더 잘 알고 있었기 때문이다. 그런데 희빈 박씨에게서 의외의 말이 들렸다.

"알고 계셨사옵니까? 무슨 일에 들떴는지……, 얼마 전에 양명군께서 환한 얼굴로 이곳까지 오셨더이다. 이상한 일이었사옵니다."

그녀의 미소가 행복해 보여 훤은 가슴을 쓸어내렸다.

"그러셨습니까? 무슨 말씀을 하시던가요?"

"아무 말씀도……. 마당에 잠시 서 있다가 그냥 가셨사옵니다."

훤은 희빈 박씨를 찬찬히 보았다. 대단한 미인이었다. 게다가 인품까지 지니고 있었다. 하지만 부처처럼 온화한 그녀에게서 깊은 슬픔이 느껴졌다. 훤은 문득 그녀를 통해 연우의 미래를 보고 있는 자신을 발견하고 소스라치게 놀랐다.

"가례도감이 설치되었다지요?"

"아, 네. 저의 혼례인데 제 마음과는 상관이 없다고 하십니다."

"마음을……, 갖지 말라 하셨을 테지요."

훤이 깜짝 놀라 희빈 박씨를 보았다. 그토록 오랫동안 만나지 못한 왕을 그녀는 아직도 알고 있었다. 그녀가 싱긋이 웃으며 말했다.

"인간의 연정이란 것은 참으로 허망한 것이옵니다. 금방 무너지고 또 금방 잊어지지요. 상감마마의 뜻을 따르시옵소서."

꼬박 이틀 동안 훤은 아무 말이 없었다. 평소와 다름없이 아침 문안을 했고, 수업도 받았다. 하지만 짬이 나면 혼자 골똘히 생각에 잠겼다. 예전에 장난을 위해 골몰하던 모습과는 완전히 달랐다. 염을 통해 끝끝내 연우의 처녀단자가 올려졌다는 소식을 들었다. 훤은 염 앞에서는 별다른 반응이 없다가 그가 가고 난 후에 자선당으로 조용히 사령을 불렀다.

"현재 성균관 재회齋會의 활동은 어떤 경향을 띠고 있는지, 장의掌儀를 맡고 있는 두 명의 신원은 어떤지 철저하게 조사해 오너라."

훤의 귓속말을 들은 그는 의아하게 쳐다보았다. 세자는 이에 아랑곳하지 않고 평소와 다름없는 장난기 가득한 표정으로 말했다.

"지금 즉시 알아 오너라. 그동안 장난을 쉬었더니 심심해서 그러느니라. 단! 장난일지언정 이 일은 기무機務이니, 네 입은 네가 단속해야 명이 부지될 것이다."

사령은 고개만 갸웃하고 인사한 뒤 나갔다. 차 내관은 무슨 일인지 묻고 싶었지만 세자의 얼굴에 가득한 짓궂은 표정 때문에 대수롭지 않게 여기기로 하였다. 세자의 말대로 요사이 장난이 없었던 게 오히려 이상한 일일 터이다. 훤이 연우의 봉서를 열었다. 오늘 염이 새로 전해 준 것이다. 처녀단자로 인해 집안이 어수선할 텐데도 내용에는 그러한 것이 없었다. 그저 세자의 심기가 어떤지에 대한 염려만이 있었다. 그리고 평소와 다름없이 책 감상과 하루 있었던 일들이 적혀 있었다.

오늘은 개미 떼가 왜 줄지어 이동을 하는지, 사계절의 변화는 왜 생기는지, 아침놀은 비가 올 징조이고 저녁놀은 가물 징조인데 어떻게 이러한 일들이 벌어지는지에 대한 의문이 적혀 있었다. 훤은 본 적도 없는 연우의 표정이건만 마치 손에 잡힐 것처럼 또렷해서 환하게 웃었다. 조신하고 현명할 것도 같고, 호기심 많은 왈가닥 같기도 하고, 고집 세고 당돌할 것도 같았다. 많은 모습들이 떠올랐다가 사라지고, 또 그려졌다가 지워졌다. 이윽고 무언가를 결심한 듯 훤이 차 내관에게 말했다.

"차 내관, 조각장彫刻匠 중에 특히 빼어난 솜씨를 가진 자를 불러오너라."

"대체 무엇을 하시려는 것인지 소인에게만이라도 제발……."

"사령에게 명한 것과는 상관없는 일이다. 그냥 연우 낭자에게 뇌물이라도 바쳐 볼까 하고."

차 내관은 무슨 말을 하는지 도통 파악이 되지 않았다. 하지만 더 이상 묻지 못하고 아래 내관을 시켜 심부름을 보냈다. 한참 만에 데려온 조각장에게 훤은 귓속말을 하였고, 그 말을 들은 조각장은 한동안 난감해하다가 건네는 패물들을 가지고 물러났다. 세자가 무엇을 하려는지 전혀 파악하지 못한 차 내관은 초조하기 그지없었다.

저녁 식사를 마치고 야소대가 끝날 즈음에 사령이 조사한 문서를 전해 왔다. 훤이 문서를 훑어보더니 표정에 장난스런 웃음을 달고 사령에게 말했다.

"두 장의 중에 동장의 조기호를 불러오너라. 아무도 알아채지 못하게 변복을 시켜 데려와야 한다. 지금 당장."

"하오나 곧 인경이 시작될 터인데……."

"성균관 유생은 인경 후에도 자유롭지 않느냐. 그러니 그 시간까지 같이 궐로 들어오기만 하면 된다."

사령이 급히 나가고 난 뒤에 차 내관은 불안하여 세자의 눈치만 살폈다.

"대체 어쩌시려고 이러시옵니까?"

"차 내관은 걱정 말고 가리개나 준비하거라. 내 얼굴이 앳되어 동장의에게 보여 주기 싫구나."

훤은 혼자만의 생각에 빠진 채 내관으로 변복한 동장의가 들어올 때까지 앉아 있었다.

동장의는 원인도 모르고 자선당까지 오고 말았다. 비록 장난 심한 세자라는 악명을 떨치고 있기는 해도 세자라는 존재는 곧 차기 왕을 뜻했다. 이 사실 하나만으로도 충분히 공포심을 가지게 하였다. 아직 관직에 나아가지 못한 자신이 훗날 신하가 되어 모셔야 할 왕이 바로 지금 눈앞에 있는 세자가 될 가능성이 많았다.

훤이 얼굴 앞에 가리개를 펼치고 동장의에게는 고개를 못 들게 하였다. 그래서 꼼짝없이 고개를 바닥에 붙이고 있을 수밖에 없었다. 한참을 침묵하며 분위기를 엄하게 다스리던 훤이 입을 열었다.

"난 이 나라의 세자다. 알고 온 것이냐?"

"네네, 그러하옵니다. 어인 일로 미천한 이 몸을 부르시었나이까?"

"내가 오래전, 왕세자 책봉례를 받을 적에 동시에 성균관 입학례도 받았다. 그러니 비록 성균관에 나아가 같이 수업을 받지 못하기는 해도, 나 또한 성균관 유생이라 할 수 있을 것이다."

동장의는 아무 말도 못 하고 더욱 긴장했다. 도대체 무슨 말을 하려는 것인지 감을 잡을 수가 없었다. 그 불안은 차 내관도 마찬가지였다.

"학덕 높은 그대들과 같은 성균관 유생이어서 참으로 자랑스러웠느니. 그런데 요즈음은……."

"요즈음은 어떻단 말씀이옵니까?"

"……내가 성균관 입학례를 받은 것이 부끄럽도다. 유생들은 학문만이 길이던가? 학문을 하면 배운 대로 도를 행하는 것 또한 도가 아니었던가? 아직 관직에 나오지 않았어도 신하는 신하인 것. 임금이 도가 아닌 길을 가려 하면 도의 길로 인도하는 것이 신하의 본분인데 어찌 성균관에서는 못 본 척하고 있는 것이냐?"

세자의 의도에 대해 한참을 심사숙고하던 동장의는 어렵사리 말을 꺼냈다.

"저기……, 혹여 미천한 이 몸이 잘못 생각하는 건 아닌지 모르겠으나……, 이번의 세자빈 간택에 관한 말씀이시온지……."

"신하 된 입으로 현재 잘못되어져 있는 점을 말해 보아라."

동장의는 주먹에 힘을 주었다. 미래의 왕이 질문을 하고 있다. 그것도 자신의 가례 문제였다. 자칫 입을 잘못 놀렸다간 이제껏 공부해 오고 있는 모든 것이 날아가고, 가문조차 어려워질지도 모를 일이다. 게다가 눈앞의 세자는 평소 소문으로 들어오던 철없는 장난꾸러기가 아니었다. 현재 세자빈 간택의 비리에 대해서는 유생들이 무엇보다 불만인 상황이었다. 그런데 세자는 윤씨 일파, 즉 외척의 비호 아래에 있는 세자였고, 세자빈 간택의 비리 또한 외척 세력의 처녀로 내정되어 있다는 것이다. 한마디로 지금 세자는 자신을 비호하고 있는 세력을 비판하라는 말이었다.

"무엇을 두려워하느냐? 지금 비밀리에 너를 데려왔다. 이는 너의 입에서 나오는 그 어떤 말도 비밀에 두어야 한다는 의미다. 말해 보아라. 세자빈 간택이 한 일족의 세력 유지를 위한 도구로 쓰여도 되는 것이냐?"

나이 어린 세자가 성균관 유생의 머릿속을 헤집어 자신이 원하는 답을 끌어냈다.

"아니옵니다. 이는 필시 잘못된 것이옵니다. 우리 성균관의 재회에서도 여러 번 안건으로 나왔던 문제이옵니다."

"그런데 왜 가만히 있느냐? 두려운가? 너희들이 지금의 안위를 위해 눈치만 살피며 입을 다무는 대가는 두렵지 않느냐?"

"그러하오시면 세자저하께옵서도 소인들과 뜻을 같이하시겠다는 것이옵니까?"

"난 정당한 세자빈 간택을 지지할 뿐이다! 물러나라. 앞으로 성균관의 움직임을 예의 주시할 것이야. 그리고 오늘 나를 만난 건 너와 나만이 아는 일이다!"

동장의는 진심으로 머리를 조아려 절을 한 뒤 물러났다. 그가 완전히 사라지고 나자 훤은 가리개를 던지고 자세를 편안하게 하였다.

"에구, 팔도 아프고 무지하게 힘들구나. 차 내관, 어떻던가? 나도 제법 의젓해 보이지 않던가? 장의도 그렇게 생각한 것 같더냐?"

차 내관은 사색이 되어 있었다. 10년 가까이 옆에서 모시고 있지만, 시치미를 떼고 천진무구한 표정으로 자신을 보는 세자가 이해가 되지 않았다.

"방금 마마께옵서 지시한 것이 무엇인지는 아시옵니까? 권당

捲堂을 선동하신 것이옵니다! 그것이 얼마나 엄청난 일인지……."

"단지 재회에서 상소를 올리는 것에서 그칠지, 아니면 연좌 농성에 들어갈지는 그들이 결정할 일이다."

"마마, 자칫 이 일이 상감마마께 심려를 끼치게……."

차 내관은 말을 중단하고 입을 다물었다. 훤의 눈에서 장난기가 사라졌기 때문이다. 아이의 탈을 벗은 세자는 범접할 수 없는 기운을 가지고 있었다.

"차 내관, 아바마마의 심려를 오히려 덜어 드리려는 것이다. 이번 세자빈 간택의 가장 큰 걸림돌은 아바마마가 아니다. 아바마마도 어찌할 수 없는 부분이야. 성균관 유생들은 현재 권당으로 번진다 해도 별로 손해 볼 것은 없다. 도리어 손해보다 성공했을 시의 이익이 더 크지. 이 일이 실패로 돌아가도 대대로 성균관 유생들에게 내려지는 처벌은 관대하니 위험 부담도 없고. 그러니 지금 현재 가장 움직이기 쉬운 곳이 바로 성균관이다."

차 내관의 얼굴에 공포감이 서렸다. 이제껏 자신이 보필해 온 세자가 아니었다. 그 큰 차이를 적응할 수 없었기에 더욱 공포스러웠다.

"마마, 그, 그러면 차후에는……."

"성균관의 유소는 무시할 수 없을 터! 이는 대간臺諫에 큰 힘을 실어 줄 것이다. 그리고 대간을 견제하는 홍문관 또한 대쪽 같은 대제학이 버티고 있다. 하니 결코 그들의 움직임에 걸림돌이 되지는 못할 것이다. 오히려 삼사三司가 함께 상소를 올릴 터이고, 그렇게만 된다면 아바마마는 비로소 운신할 폭이 생기게 될 것이냐. 어쩌면 이들 모두가 서로 눈치만 보며 때를 기다리고 있을지도 모르지. 그 불씨를 성균관에서 지펴 주는 것뿐이다."

"이 일이 잘못되면 세자 자리가 위태로워지실 것이옵니다. 위험하옵니다."

"세자궁은 끝까지 수면 아래에 있는다!"

"네?"

차 내관이 놀라서 훤을 보았다. 일만 터뜨리고 손을 놓겠다니 더욱 이해가 가지 않았다. 이렇게만 해 놓는다고 해서 연우가 세자빈으로 간택되리라는 보장은 없었다.

"정당한 세자빈 간택이라 해 놓고 내가 연우 낭자를 내정해 두면 이 또한 이치에 어긋나는 것! 세자빈 자리를 꿰차는 것은 연우 낭자의 현명함에 맡기는 수밖에. 무엇보다 세자궁에서 침묵해야 하는 가장 큰 이유는 외척들의 눈을 피하기 위해서다."

이 말은 외척이 세자로 비호하고 있는 인물이 바로 자신들에게 손톱을 겨누고 있는 호랑이임을 숨기겠다는 말이다. 만약에 세자가 외척에 대한 적의를 가지고 있는 것이 발각될 경우, 그들은 아주 작은 약점 하나라도 잡아내어 세자를 폐위시키려 온갖 악행을 일삼을 것이다. 그런데 지금 세자는 그들이 이용하기에 적당한 모습을 보이고 있었다. 철없는 어린애 같기도 하면서 그들에게 반감도 없어 보인다. 오히려 친하게 지내고 있었다. 그렇다고 다른 세력들의 모함을 받을 만큼 멍청하지도 않다. 훤은 중간의 아슬아슬한 줄타기를 하고 있었다. 차 내관은 그간의 세자의 모습이 안전한 세자 자리 확보를 위한 연극이었음을 이 순간 비로소 알게 되었다.

"소인, 세자저하를 뫼옵고 있음이 영광이옵니다."

차 내관이 감격에 겨워 머리를 조아리자 훤은 어린애같이 어깨를 으쓱하며 웃었다.

"하하하! 뭐, 그 정도는 아니고. 민망하게 왜 이러느냐. 연우 낭자에게 나의 이런 모습을 자랑하고 싶은데 그건 곤란하겠지?"

조금 전의 모습을 완전히 감춘 그의 모습에 차 내관은 다시 의아해졌다. 하지만 이제는 이해가 되는 것도 같았다.

"그동안 스승들을 너무 심심하게 한 것 같구나. 내일은 열심히 골려 볼까? 오랜만에 할마마마께도 어리광 부려야지."

훤은 방긋 웃으며 보자기를 풀었다. 연우에게서 받은 서찰을 모아 놓은 것이다. 거기서 아무거나 하나를 꺼내 읽었다. 행복하게 배시시 웃던 훤은 다시 보자기에 서찰들을 꼼꼼히 싸서 품에 안아 보았다. 그렇게 불안한 마음을 연우의 흔적에 기대어 달랬다.

다음 날부터 시작된 성균관의 적극적인 유소는 서서히 조정을 술렁이게 만들었다. 유생들은 궐 밖에 앉아 연좌 농성을 해도 왕의 답이 없자, 며칠 뒤 결국 본격적인 권당인 수업 거부와 단식투쟁에 돌입했다. 그러자 훤의 의도대로 대간도 이에 가세하여 왕의 숨통을 조이기 시작했다. 아니, 좀 더 정확하게는 외척의 숨통을 조이기 시작했다. 왕에게도 이것은 절호의 기회였다. 그래서 세자빈 간택을 하는 데 있어 어떻게 하면 공정한 심사를 할 수 있는가를 경연에서 논의하였고, 외척들의 기세에

눌려 있던 대신들은 각자의 목소리를 높일 수 있었다.

  이 와중에도 훤은 평소와 다름없이 생활하고 있었다. 그리고 이러한 소동과는 상관없이 시간은 가고 초간택의 날은 다가왔다. 연우 또한 처녀단자에서 선발한 명단에 들어가 초간택에 참여하게 되었다는 소식을 전해 들었다.

6

 자선당이 세자의 분노로 뒤덮여 있었다. 훤이 목욕을 마치고 나오는 사이, 언제나 애지중지하던 연우의 서찰 보자기가 감쪽같이 사라졌기 때문이다. 잠을 잘 때도 껴안고 잘 만큼 품에서 놓지 않았는데 이상한 일이었다. 목욕하러 들어가기 전에 분명히 자선당 문갑 안에 두었었다. 훤이 화가 나서 날뛰고 있던 차에 비현각에서 발견되었다며 시강원 관리가 보자기를 가지고 왔다. 아무리 생각해도 비현각은 뜬금없게 느껴졌다. 비현각에 갈 때도 보자기를 들고 다니기는 하지만, 놓고 온 기억은 없었다.

 훤은 덜 마른 긴 머리카락을 풀어헤치고 직접 비현각에 나갔다. 보자기가 있던 곳이 어디냐는 물음에 관리는 세자의 서안 위에 있었다고 대답했다. 훤은 의구심을 떨칠 수가 없어 인상만 잔뜩 썼다.

"세자저하께옵서 자선당보다 비현각에 더 자주 계신다더니 그 소문이 맞는 것 같사옵니다."

양명군 목소리였다. 휜은 비현각 밖에서 인사를 하고 있는 양명군을 발견하고 얼른 보자기를 차 내관 품으로 숨겼다. 그리고 나가서 반갑게 양명군을 맞았다.

"형님! 잠시 찾을 것이 있어서 이리 나왔습니다. 자선당으로 가실까요?"

"아니, 지나던 길에 잠시 들렀습니다. 뵈었으니 가 봐야지요."

"오랜만에 얼굴을 보이시고는 섭섭하게 그냥 가시겠다니요."

휜은 그를 바로 보내기가 아쉬워 자선당까지는 못 가더라도 비현각에 대충 자리 잡고 앉았다. 양명군도 잠깐만이라며 자리에 앉았다.

"요즈음 허염에게서 학문을 익힌다고 들었사옵니다."

"형님도 허염을 아십니까?"

"제 벗이옵니다. 그 집에 자주 가서 그에게서 학문도 익히고, 김제운이란 자에게서 검술도 익히며 막역한 사이로 지내고 있사옵니다."

"아! 형님께서 검술을 배우고 있단 소식은 들었습니다. 그리고 종학에도 열심이라는 소식 또한 들었습니다."

"종학은 제가 나가고 싶어서 나가는 것이 아니옵니다. 나가지 않으면 상감마마께옵서 호통을 치시니 어쩔 수 없지요. 전 벗들과 어울려 노는 것이 더 재미있는데 제 벗들은 하나같이 꽉 막힌 자들이라."

훤이 소리 내어 웃었다. 놀자고 해도 책만 붙잡고 있을 염이 생각나 저절로 웃음이 나왔다. 그리고 마음대로 궐 밖을 나가지 못하는 자신과는 달리 궐 밖 출입이 자유로운 양명군이 부럽기도 하였다.

"허염은 그렇다 치고 김제운이란 자도 그렇습니까?"

"더하면 더했지 덜하지는 않사옵니다. 저보다 두 살 아래인데 검술과 인품이 칼날같이 정갈하여 오히려 배움을 갖사옵니다."

"저도 한번 보고 싶군요."

"그는 서자 출신이라 관직에 나갈 수 없으니 세자저하를 뵈올 기회가 없을 것이옵니다. 그럼에도 스스로를 다듬는 데 게을리 하지 않으니 이 또한 그를 숭상할 수밖에 없사옵니다."

훤은 호기심을 참을 수가 없었다. 염과 양명군과 친하다면 그 또한 괜찮은 인간일 것 같았다.

"어떤 녀석입니까?"

"언젠가 만나게 된다면 한눈에 알아보실 것이옵니다."

"어떻게요?"

"그는 '검' 그 자체이옵니다. 마치 영험한 검이 잠시 인간의 몸을 빌려 환생한 것 같지요."

훤의 마음이 움직였다. 연우를 느낄 때와는 다른 마음이었다. 자신과 동갑내기인 서자…….

"아비는 누구입니까?"

"오위도총부를 통솔하고 있는 김윤영 도총관이옵니다. 그의

원 어미는 한때 장안을 휘어잡던 명기였으나, 그가 어릴 때 이미 죽어 도총관의 본처 손에 길러졌다 들었사옵니다. 어미를 닮아서인지 그의 외모 또한 출중하옵지요."

"벗이라 칭할 수 있는 이들이 있는 형님이 부럽습니다."

훤의 말은 조금의 거짓이 없는 진심이었다. 벗이라는 건 세자에게 주어져 있지 않은 인간군이었다.

"형님은 허염의 집에 자주 갑니까?"

"네, 매일 저의 집 가듯이 하옵니다. 그런데 허염이 세자시강원으로 오고부터는 자주는 어렵사옵니다."

훤은 한참을 망설이다가 궁금함을 참지 못하고 결국 입을 열었다.

"허염에게 누이가 있다 들었습니다. 혹여 본 적이 있습니까?"

웃고 있던 양명군의 표정이 굳어졌다. 양명군은 순진한 표정으로 눈을 반짝이고 있는 자신의 아우를 보았다.

"누이가 있는지는 어찌 아시옵니까?"

"어쩌다 들었습니다. 허염처럼 아름다운가 해서……."

양명군의 표정이 복잡하게 바뀌었다. 머리는 더 복잡했다. 이윽고 어렵사리 말을 골라 입을 열었다.

"별당에 있는 규방 처녀를 어찌 함부로 볼 수 있겠사옵니까. 그건 예가 아니지요. 우연이 딱 한 번 보기는 하였는데……."

훤의 몸이 양명군에게로 쏠렸다. 그 뒷말이 궁금해서 입안에 고인 침이 삼켜질 지경이었다. 더불어 심장은 마구 두근거렸다. 양명군은 아우의 상기된 얼굴을 보았다. 단순한 호기심에서 비롯한 표정은 아니었다.

"음, 허염과는 전혀 다르게 생겼사옵니다. 어찌나 박색이던지, 허염과 한배에서 난 것이 맞는지 의심스럽기까지 하더이다. 제가 이제껏 본 여인 중에 그리 박색인 얼굴은 또 처음이었지요. 그래서 두 번 다시 보지 않았사옵니다."

훤의 표정에 실망감과 함께 연우의 또 다른 한 편린을 잡은 반가움이 공존했다.

"그, 그 정도였습니까? 정녕 허염과는 그리도 안 닮았습니까?"

"네, 그러하옵니다. 그러니 관심을 접으시옵소서. 이런, 잠시라 하였는데 오래 앉아 있었사옵니다. 소인은 이만 물러나겠사옵니다."

훤은 양명군을 보내 놓고 실망하여 비현각에 우두커니 앉아 있었다. 그리 박색인 얼굴은 처음이라니 어느 정도인지 감을 잡을 수가 없었다. 처음, 염과 닮았으리란 기대감에 연우에게 마음이 간 것은 사실이었다. 그리 아름다운 사내의 누이라면 더 아름다울 것이라는 기대감이었다. 하지만 실망에만 그쳤을 뿐이다. 그리움은 그대로였다. 얼굴만 제외하고라도 현재까지 알고 있는 연우만으로 훤은 괜찮다는 생각이 들었다. 이제껏 조금씩 알아 온 그녀가 더 소중했다. 그래서 못생겼다는 외모가 궁금하여 여러 모습으로 상상해 보았다.

한편으로는 슬그머니 걱정이 되기도 하였다. 세자빈의 간택 조건에서 외모가 차지하는 비중은 어느 것보다 높았다. 때때로 이것이 문제화되었을 만큼 외모에 치중되어 후보자들을 보앉다. 나이 대가 비슷비슷한 여인들이라 대답하는 것은 다 고만고만하여, 덕성이나 다른 것은 후보자들끼리 큰 차이가 없는 현실 때문이었다. 만약에 이미 내정된 후보자가 철회되고 엄격한 기준에 맞춰 간택을 한다고 해도 박색이 선출되기란 하늘의 별따기인 셈이니 훤의 고민은 더욱 깊어질 수밖에 없었다.

훤은 양명군의 말에 지나치게 몰두한 나머지 자신이 비현각에 온 이유를 그만 잊어버리고 말았다. 자선당에서 사라졌다가 비현각에 나타난 보자기에는 연우의 편지가 들어 있었다.

강녕전으로 향하는 양명군의 발걸음이 급해졌다. 세자를 위한 가례도감의 설치에 가장 기뻐했던 이는 바로 양명군이었다. 그래서 더 이상의 월장은 자제하고, 혼자만의 비밀에 들떠 있었다. 부왕의 약조를 철석같이 믿고 있었기에 그에게 있어서 연우는 이미 아내가 된 것과 다름이 없었기 때문이다. 적어도 이 기쁨은 비현각에서 세자를 만나기 전까지 지속되었다. 연우를 묻는 아우의 눈빛이 예사롭지가 않았다. 양명군의 한마디 한마디에 시시각각 달라지는 표정에서 세자의 마음속에 있는 연우를 보았다. 그래서 급하게 부왕에게로 달려가지 않을 수 없었다. 다시 한 번 확답을 받아 내기 위해서였다.

양명군은 강녕전 뜰에서 대기하고 섰다. 부왕이 안에서 독대 중이라 들어갈 수가 없었다. 편전인 사정전이 아니라 침전인 강녕전에서 독대를 받는 이가 누구인지 궁금했다. 이윽고 궁금증이 풀렸다. 안에서 소격서의 핵심이라 할 수 있는 혜각 도사(道士)[10]가 나왔기 때문이다. 혜각 도사라고 하면 부왕의 최측근 중의 한 명으로 주로 개인적인 의논을 많이 하는 상대였다. 그러니 독대의 장소가 강녕전인 게 조금도 이상하지 않았다. 그는 양명군을 발견하고 월대 아래로 내려와 공손히 두 손을 모았다.

"양명군 나리, 오랜만에 뵈옵니다."

"오랜만이오. 그대가 이곳에 있는 것을 보니 상감마마께 상심이 될 만한 일이라도 있나 보오."

"아니옵니다. 소인이 잠시 명나라에 다녀올 일이 있어서 알현하느라 예궐하였사옵니다."

"언제 떠나오?"

"내일이면 떠나옵니다."

"어? 세자저하의 가례도감이 설치되었는데 그대가 하필 이때 조선을 비우다니?"

"원래는 더 일찍 출발했어야 하오나, 처녀단자는 살피고 가느라 늦어진 것이옵니다."

"처녀단자에……, 그대도 관여한 것이오?"

가례가 진행되는 동안 혜각 도사가 조선을 비운다면 사림파의 입지가 커질 터이다. 그는 비록 훈구파 쪽 사람은 아니지만 사림파의 공격으로 존폐 위기에 있었으므로 사림파 쪽 사람도 아니었다. 그를 굳이 분류하자면 부왕 쪽 사람이라고 할 수 있

---

10. 도사(道士) 소격서의 실무를 담당하던 관직으로 사품까지 오를 수 있다.

었다. 그런데 지금 이 시점에서 혜각 도사의 출국을 허락한다? 이건 부왕이 세자의 가례에서 소격서를 따돌리는 거라고밖에 해석할 수가 없었다. 그렇다는 건 부왕이 생각하고 있는 세자 빈감이 사림파 쪽의 처녀일 가능성이 높다는 것이다. 불안감의 형체가 뚜렷해졌다. 혜각 도사가 표정 없이 미소 지었다.

"소인은 마지막에 다 정해진 처녀단자만 확인했을 뿐이옵니다."

양명군은 혜각 도사의 미소가 싫었다. 왜 그런지 알 수 없었지만 불편하고 불쾌했다. 어쩌면 부왕과 친밀한 사람이라 더 그런지도 몰랐다.

부왕의 허락으로 강녕전 안으로 들어갔다. 다시 초조함이 찾아왔다. 그래서일까, 안으로 들어가는 양명군의 발걸음이 애처로울 만큼 떨고 있었다. 방문 너머로 부왕이 보였다. 방 안에 앉아 자신을 쳐다보는 눈빛이 다른 어느 때보다 차가웠다. 양명군은 방에 앉자마자 인사도 생략하고 다급하게 물었다.

"상감마마, 소신에게 하신 약조를 기억하고 계시는지요?"

"약조라니? 내가 너에게 무엇을 약조하였단 말이냐?"

부왕의 차가운 목소리가 불안함에 무게를 실어 주었다. 양명군이 다시 울먹이는 목소리로 말했다.

"소신과 대제학 여식과의 혼례……."

"그 일이라면 난 너에게 약조한 적이 없다."

"네? 하지만 분명……."

"생각해 보마고 했었지, 성사시켜 주겠다고 하지는 않았잖느냐?"

 양명군은 쓰러지지 않으려고 이를 악물었다. 그리고 왕에 대한, 아버지에 대한 배신감을 드러내지 않으려고 주먹을 쥐었다. 하지만 흘러내리는 눈물은 막을 수가 없었다. 비단 지금의 억울함 때문만은 아니었다. 어릴 때부터 가슴에 쌓여 있던 한이 한꺼번에 눈물이 되어 흘러나왔다. 부왕은 양명군의 눈물을 보지 않으려는 듯 고개를 돌리며 말했다.

 "사내의 그릇이란 것이 왕이 되어야 할 자가 있고 신하가 되어야 할 자가 있는 것처럼, 여인 또한 그러하다. 중전이 되어야 할 그릇과 군부인이 되어야 할 그릇 중에, 애석하게도 대제학의 여식은 중전의 그릇이라 이리된 것뿐이니 원망은 하지 마라."

 "뜻대로 되리라 여기시옵니까! 윤씨 일파를 떨치고 연우 낭자를 간택하실 수 있으리라 생각하시옵니까!"

 "못 하겠지! 하나 대제학의 여식을 간택하지 못한다고 해도 너의 아내로 줄 수는 없다. 중전의 그릇을 왕자군과 짝지어 줄 수는 없으니까."

 양명군은 터져 나오는 울분과 비명을 꼭꼭 씹어 삼켜야만 하였다. 왕이 되어야 할 그릇과 신하가 되어야 할 그릇은 누가 정하는 것이며, 중전이 되어야 할 그릇과 군부인이 되어야 할 그릇은 또 누가 정하는 것이냐며 소리치고 싶었지만, 이 말까지 씹어서 삼켰다.

 초간택 바로 전날, 훤은 석강을 마치고 염에게 봉서를 하나 내밀었다. 염은 놀란 눈으로 봉서를 뚫어지게 보았다. 매일 봉서를 건네받았지만 이번 것은 달랐다. 안에 서찰이 아니라 불룩한 것이 들어 있었다. 아무리 밀봉된 것이라 해도 염은 안에 든 것이 무엇인지 단박에 알아차렸다. 비녀였다. 그것도 금으로 만든 봉황 비녀, 즉 봉잠이었다. 봉잠은 궁궐에서 왕비나 세자빈으로 간택된 여인에게 하사하는 패물의 하나였다. 염은 알면서도 두려움에 묻지 않을 수가 없었다.

"이것이 무엇이옵니까?"

"해를 품은 달……."

"무슨 말씀이온지……."

"왕은 해, 왕비는 곧 달이라 하오. 이것은 백산호를 입에 문 봉황이 적산호를 가슴에 품고 있는 형상을 하고 있소. 백산호는 하얀 달, 적산호는 붉은 해를 뜻하오. 내 마음은 이미 연우 낭자를 왕비로 삼았으니 그에 대한 나의 정표로 이 봉잠을 보내는 것이오. 연우 낭자가 나를 믿고 내일부터 시작되는 세자빈 간택에 최선을 다해 주기를 바라는 마음을 담았소. 그렇게 나에게로 오기를 바라는 마음을 담았소. 그리고 이런 나를 평생 옆에서 보필해 주길 바라는 마음도 담았소."

그 순간 염은 복잡한 감정에 파묻혔다. 머릿속이 엉망으로 꼬여 들어갔고 가슴에 숨 막히는 통증이 느껴졌다. 이런 사태까지 온 것은 온전히 연우를 노출시킨 자신의 탓이었다.

"이 이후에 우리 연우를 어찌하실 것이옵니까?"

"난 세자빈으로 간택되길 바랄 뿐이오."

"만약에 초간택에서 떨어진다면 우리 연우를 깨끗이 잊어 주시옵소서."

훤은 답하지 않았다. 그런 경우는 생각하기도 싫었다.

"잊어 주시옵소서!"

훤이 염의 팔을 붙잡았다. 그리고 고개를 숙이며 매달렸다.

"도와주시오. 난 세자빈도 필요 없고 아내도 필요 없소. 난 연우 낭자가 필요할 뿐이오."

팔을 잡은 세자의 손이 떨리고 있었다. 불안해 보였다. 염도 불안한 건 마찬가지였다. 염은 더 이상 버틸 재간이 없었다. 그래서 이번이 마지막이라는 훤의 다짐을 받고서야 봉서를 가져갔다.

초간택이 시작되었다. 그와 함께 성균관 유생은 공관空館에 돌입했다. 이 여세에 힘입어 삼사에서도 목소리를 높였다. 외척들이 수세에 몰리자 이번에는 대비 윤씨가 어미라는 위치를 내세워 직접 왕을 협박하고 나섰다. 그래서 왕과 다른 대신들은 초간택이 거행되는 대비전에 발을 들여놓지도 못한 채 서른 명의 참여자 중 일곱 명을 간택하고 결말이 났다. 불행히도 그 일곱 명 중에 연우도 들어 있었다. 훤은 뛸 듯이 기뻤지만 염의 마음은 슬픔으로 굳어졌다. 그래도 아직 재간택이 남아 있었다. 재간택에서 탈락만 되어 준다면 삼간택에는 들지 않을 것이고 불행한 일은 생기지 않을 것이다. 재간택은 초간택이 있은 지 보름 뒤에 다시 거행되었다. 간택되길 바라는 훤과 탈락

되길 바라는 염의 마음이 비현각을 뒤덮고 있었다. 대비전 가까이 갈 수 없는 세자는 사령이 결과를 가져오기만 바라고 있었다. 석강이 끝날 즈음에 사령이 숨넘어가는 소리로 달려왔다.

"결과가 나왔느냐?"

급하게 묻는 훤에게 그는 염의 눈치를 살피며 힘겹게 말했다.

"네, 삼간택에 올라가는 후보가 결정되었사옵니다. 그런데……."

그는 다시 한 번 염의 눈치를 보았다. 훤이 성격 급한 티를 팍팍 내면서 말했다.

"어서 말해라! 대제학의 여식은 어찌 되었느냐?"

"세 후보에 들어갔다 하옵니다."

낙담한 염은 넋이 나가 멍하니 주저앉았다. 이와는 반대로 훤은 기뻐하며 환호를 질렀다. 사령이 다시 어두운 말을 꺼냈다.

"그런데 윤대형 판윤의 여식이 올 때와 달리 육인교를 타고 차지내궁 등 쉰 명가량의 호위를 받으며 돌아갔다 하옵니다."

이번에는 훤의 표정도 차갑게 굳어졌다. 이것은 윤씨 일파의 여식이 내정되었음을 선포하는 것과 마찬가지였고, 다음 삼간택은 보나 마나란 의미였다. 염은 무너지는 슬픔을 추스를 길이 없어 조용히 책을 챙겨 자리에서 일어났다. 염이 비현각에서 나가 버리자 훤의 표정은 더욱더 매서워졌다. 사령이 무서움에 덜덜 떨며 기어들어 가는 목소리로 말했다.

"그, 그런데 이상한 점이……."

세자의 날카로운 눈빛이 사령의 심장을 더욱 좁아들게 하였다. 마치 말을 전달하는 자신이 대역 죄인이 된 듯해서 말까지 더듬었다.

"그, 그렇게 차지내궁이 호위를 하며 갔는데도 내, 내전에선 글월비자를 아니 보냈다 하옵니다."

세자빈으로 확정되었다는 봉서를 지닌 글월비자가 윤씨 내 정자를 따라가지 않았다는 것은 왕비의 하교가 내려지지 않았다는 것이고, 이는 아직 왕이 포기하지 않았다는 뜻이기도 하였다. 이 말은 아직까지는 세자빈 자리가 완전히 굳어지지는 않았다는 말로 이해해도 무방했다. 아무리 대비가 우격다짐으로 밀어붙인다고 해도 왕의 뜻을 따르는 왕비의 하교 없이는 무위로 돌아갈 일이었다. 아직은 끝나지 않았다.

"가서 장의를 다시 데려오너라."

훤의 명령에 사령보다 차 내관이 더 놀라 세자 앞에 엎드려 간곡하게 사정했다.

"마마, 아니 되옵니다. 삼간택 후보에 들어간 것만으로도 현재 충분히 견제되고 있을 것이니, 지금 불러들였다간 탄로 날 가능성이 많사옵니다. 이 사실을 윤씨 일파가 알게 되면 마마뿐만이 아니라 허 낭자도 참형을 면치 못할 것이옵니다."

훤은 차 내관의 간곡함에 서서히 화를 가라앉혔다. 그리고 머릿속을 차갑게 식혔다. 한참 동안 끓어 넘치는 불안감을 가라앉히니 양명군이 했던 말이 생각났다. 삼간택에 들었다는 사실만으로도 외모는 출중하다고 봐도 무방하기에 양명군의 말은 거짓말일 가능성이 높았다. 양명군이 왜 그런 말을 했는지는 이해할 수 없었기에 놀리느라 그랬으려니 싶었다. 훤은 기분이 좋아졌다. 외모가 그러하다면 다른 면에선 연우가 압도적으로 출중하리라 짐작되기에, 삼간택을 하는 장소에 객관적인 눈을 가진 사람들이 많으면 많을수록 훨씬 유리하리라.

그 일을 가능하게 해 줄 사람은 부왕밖에 없었다. 훤은 왠지 지금까지 잠자코 숨죽이고 있는 아버지한테 믿음이 갔다. 이렇게 유리한 상황임에도 불구하고 밀어붙이지 않고 있다는 것은 그 또한 마지막 삼간택을 노리고 있을 가능성이 높았다. 부왕이 허염에게 쏟는 정성, 대제학에게 거는 신념은 만만한 것이 아니다. 그리고 이들을 추종하는 사림 세력은 세자가 왕으로 등극했을 때 외척 세력과 힘의 균형을 이뤄 줄 것이다. 이런 계산이 서자 부왕의 심중 또한 연우에게 가 있으리란 확신이 섰다. 그래서 훤은 부왕을 믿고 숨을 고르기로 하였다. 이제껏 조급한 마음이었기에 세 후보에 들어와 준 것만으로도 행복했다.

삼간택을 앞둔 바로 전날, 연우는 두렵고도 설레는 감정을 달랠 길이 없어 조용히 마당을 거닐고 있었다. 별당의 마당은 좁았기에 왔다 갔다 하는 감정도 보폭과 같이 짧게 움직였다. 재간택에서 돌아오던 길에 윤씨 처녀가 탔던 육인교와 이를 호위해 갔던 차지내궁들을 본 이후로 내내 마음이 안정되지 않았다. 그것이 의미하는 뜻은 몰랐지만, 아버지의 한숨과 어머니의 눈물로 인해 어렴풋하게 그 의미를 눈치 채고 있었다.

연우가 자신의 마음과 닮은 어두운 밤하늘을 보고 있을 때였다. 시커먼 그림자 하나가 담을 뛰어넘어 오는 것이 보였다. 처음에는 깜짝 놀랐지만, 이내 양명군임을 알 수 있었다. 연우의 고개가 갸웃거려졌다. 근래에는 그가 담을 넘어오는 장난을 하지 않았을 뿐만 아니라, 이전에도 어두워진 이후로는 월장하지 않는 예의는 갖춘 사람이었기에 의외가 아닐 수 없었다. 무엇보다 옷차림이 다른 날과 판이하게 달랐다. 갓도 쓰지 않고 도포조차 입지 않은 일반 서인의 옷차림이었다.

"연우 낭자. 나요. 양명군이오. 놀라게 하였소?"

"양명군이시라면 이미 여러 번 소녀를 놀라게 한 분이시지요. 하온데 이 시간에 또 장난이시옵니까?"

양명군이 가까이 다가와 섰다. 그런데 그는 등 뒤에 봇짐까지 지고 있었다. 놀란 연우의 눈길이 그의 얼굴에 닿았다.

"소식 들었소. 그대가 삼간택에 올라갔다는. 그리고 이미 세자빈으로는 윤씨 처녀가 내정되어 있다고도 들었소."

"어쩔 수 없지요, 하늘의 뜻이 그러한데······."

"그건 하늘의 뜻이 아니오!"

연우의 눈매에 슬픔과 미소가 같이 떠올랐다. 양명군은 입술을 씹으며 어떤 말을 어떻게 시작해야 할지 몰라 한참을 머뭇거렸다. 그런 후, 그의 입이 결심한 듯 힘겹게 열렸다.

"난 그대가 세자빈으로 간택된다면 포기하려고 하였소. 하지만 이제 그대에게 남은 것은 잘되어도 양제(良娣)[11]요, 아니면

---

11. 양제(良娣) 종이품으로 왕세자의 소실 중 가장 높은 품계.

영영 출가를 금지당한 채 홀로 여생을 살아야 하오. 그대를 나의 어머니처럼 살게 할 수는 없소."

연우는 고개를 숙였다. 부모님의 괴로움을 구체적으로 알게 되었기에 어찌할 바를 몰라서였다. 괜히 촘촘히 박힌 돌들이 담장을 이루고 있는 것을 눈으로 훑었다. 그녀의 눈길을 따라 양명군의 눈길도 같이 훑었다. 그러다 두 눈이 마주쳤다. 이번에는 연우의 입매에 슬픔과 미소가 같이 떠올랐다. 양명군은 급해진 마음을 억누를 수가 없어 그녀의 양팔을 허락도 없이 덥석 잡았다.

"나와 같이 도망해 주시오."

"네? 무슨 말씀이온지……."

"왕자군의 자리도 양명군이라는 봉작도 버리겠소. 어차피 소리만 요란할 뿐 불필요한 신분일 뿐이니, 그대와 나 아무도 모르는 곳으로 가서……."

"자, 잠깐! 팔을 놓아주시옵소서. 소녀는……."

"내 말을 들어주시오! 나는 오늘 밤 모든 것을 버리고 그대를 보쌈하기 위해 온 것이오. 이대로는 모두가 불행해질 것이오."

"소녀의 마음이 이미 세자저하께 가 있어도 좋사옵니까?"

연우의 팔을 잡고 있던 손에 힘이 풀렸다. 양명군의 눈동자가 의문을 떨치지 못한 채 떨리고 있었다.

"세자저하를 그대도 알고 있는 것이오?"

"비록 직접 뵈온 적은 없사오나, 직접 뵈온 것보다 훨씬 더 많은 마음을 내어 드렸사옵니다."

이번에는 눈동자뿐만이 아니라 목소리까지 떨렸다.

"만나지도 않고 어떻게……."

"만나서 나누는 정만이 전부라 하더이까? 세자저하께옵서 꿈길로 찾아오시었고, 소녀 또한 꿈길로 가 뵈었으니 그렇게 만나 서로 나누었던 정만 해도 만 리 길은 더 갈 것이옵니다. 그렇기에 세자저하를 믿고 있사옵니다. 소녀가 세자빈이 될 수 없는 것이 하늘의 뜻이라 하더라도, 세자저하의 여인이 되는 것은 그분의 뜻임을. 하니 양제면 어떠하고, 소훈昭訓[12]이면 어떠하오리까."

양명군은 망연자실하여 그녀의 팔을 놓았다. 하지만 디디고 선 자리에서 물러나지는 않았다. 그래서 연우가 두어 발 물러섰다. 눈물이 스며들었는지 그의 눈동자가 일렁거렸다.

"만나지 않고 나눈 정이 만 리 길이라면, 그대를 보며 기른 나의 마음은 몇 리 길이 될 것 같소?"

연우의 손끝이 당황한 듯 입술에 닿았다가, 옷고름 매듭에 닿았다가, 다시 치마를 잡았다.

"어찌하오리까?"

"어찌할 것이오?"

"그러하면 양명군의 뜻은 어떠하옵니까? 이미 품은 마음인데, 소녀에게 정절을 버리게 하고 싶으신 것이옵니까?"

양명군의 걸음이 뒤로 두어 발 물러났다. 부드럽고 정중한

---

12. **소훈(昭訓)** 종오품으로 왕세자의 소실 중 가장 낮은 품계.

말이었지만 거역할 수가 없었다. 연우의 물음에 대해 답할 수 있는 것은 단 하나밖에 없었다. 연우가 하늘을 보며 평온하게 말했다.

"하늘에 두 개의 태양이 있을 수 없듯이, 소녀의 마음에도 하나의 태양만이 있사옵니다. 오늘 소녀는 밤하늘의 별만을 보았을 뿐 어느 누구도 만나지 않았나이다. 그렇기에 어떠한 말도 듣지 못하였사옵니다."

양명군은 담장 위로 뛰어올랐다. 하지만 이렇게 오기까지 쉬운 결정이 아니었기에 그냥 쉽게 돌아가지지 않았다. 그래서 연우에게 닿지 못하는 마음을 한참 동안 달랜 후 말했다.

"연우 낭자! 내가 그대에게 같이 도망하자 조른 것은 듣지 않았다 하여도 좋소. 하지만 이것 하나는 꿈속에서라도 들었다 하여 주시오. 조선의 태양이 아니라 그대 마음속의 태양이고 싶었던 나, 양명군의 마음을!"

삼간택이 열리는 날이 되었다. 성균관의 유생들은 전날부터 궐 밖에 앉아 호곡권당號哭捲堂[13]을 벌이며 군사들과 대치하고 있었다. 대비 윤씨가 세자빈을 간택하는 날에 곡소리를 낸다는 이유로 관련 유생들을 다 처벌하라며 노발대발해도 정작 왕은 꿈쩍하지 않았다. 조반도 먹는 둥 마는 둥 하고 초조하게 있던 훤에게 사령이 뛸 듯이 기쁜 발걸음으로 달려왔다.

---

13. 호곡권당(號哭捲堂) 궐 밖에 앉아 곡소리를 내며 시위하던 데모.

"마마! 갑자기 삼간택 장소가 변경되었다 하옵니다."

예상치도 못한 소식에 훤이 자리에서 벌떡 일어났다.

"뭣이? 어디로?"

사령의 얼굴은 희망으로 가득했다.

"원래 장소였던 대비전이 아니라 상감마마의 침전인 강녕전에서 거행된다 하옵니다."

"강녕전이라고? 옮긴 연유는 뭐라더냐?"

"삼간택을 심사하기 위해 상감마마뿐만이 아니라 종실제군 세 명과 삼사 관원 세 명, 그 외에 조정 대신 세 명이 간택에 참여한다 하옵니다."

훤은 두 손을 힘껏 마주 잡았다.

"됐다! 그들이 대비전에 들어갈 수 없으니 마땅히 장소가 변경되어야지. 그래, 그렇게 된 거였어. 아바마마께오서도 포기한 게 아니었어!"

훤이 감정을 억누르지 못하고 강녕전으로 달려가려고 할 때였다. 때마침 부왕이 보낸 내금위 군사가 세자를 감시하기 위해 자선당의 월대 아래에 버티고 섰다. 갑자기 제지를 받게 된 것이 불쾌하기는 하였지만, 자신을 보호하려는 부왕의 의도를 모르지 않았기에 자선당에서 잠자코 숨을 죽이고 기다리기로 하였다. 재간택은 점심 식사를 내어 주며 식사하는 모습 등 여러 가지를 심사하기 위해 하루 종일 걸렸지만, 삼간택은 깊이 있는 질문이 이뤄지기는 하나 축소된 세 명으로만 진행되기에 오전 중으로 결정이 났다. 세 후보 중 단 한 명만이 세자빈이 되어 오늘 점심 수라를 받게 될 것이다.

훤은 초조함으로 인해 조강도 생략했다. 조강을 담당한 보덕도 내금위 군사의 감시로 인한 것으로 여기고 조용히 물러나 주었다. 오전 한때가 3년의 세월보다 길게만 느껴졌다. 간택 장소에 가지 못하고 자선당에 갇혔기에 더욱 그러했다. 오랜 시간이 지나고 보루각에서 정오를 알리는 오고午鼓 소리가 들리자 그제야 내금위 군사들이 자선당에서 물러났다. 그 뒤를 이어 결과를 알아보러 사령이 뛰어갔다.

훤은 초조하게 자선당의 월대 위를 서성거리다가, 마당에 내려서 서성거리기를 되풀이하였다. 잠시 후, 사령이 명나라에나 다녀오는 거리만큼 늦다고 느껴질 때쯤에 결과를 안고 나타났다. 훤에게 달려오는 그의 표정은 이미 결과를 말하고 있었다.

"연우 낭자구나! 그렇지?"

"네! 홍문관 대제학의 여식인 허씨 처녀가 대례복을 입었다 하옵니다."

훤은 너무 기쁜 나머지 온몸의 힘이 쫙 빠졌다. 옆에서 제일 먼저 만세를 부른 사람은 차 내관이었다. 훤의 눈에 눈물이 고였다.

"기뻐도 눈물이 난다더니, 이런 기분이구나. 난 아바마마와 연우 낭자를 믿었느니. 진심으로 믿었느니."

"감축드리옵니다, 마마."

"너무 보고 싶어 대궐 담을 넘으려고도 했었는데……. 그동안 잘 참았구나. 드디어 연우 낭자를 만날 수 있어. 필시 눈부시게 아름다울 것이야. 그렇지 않다고 할지언정 그 성품에서 눈이 부실 것이야."

 훤은 두 팔을 벌리고 자선당의 뜰을 열심히 뛰어다녔다. 아무리 숨 가쁘게 뜀박질을 해도 흥분은 가라앉지 않았다. 훤이 다시 사령을 보냈다. 궐 안 이렇게 가까이에 연우가 있는 것이 믿기지가 않아 그녀의 일거수일투족을 알아 오라고 하였다. 당장이라도 직접 뛰어가 얼굴을 보고 싶었지만 꾹 참았다. 이제 조금만 더 참으면 연우를 만날 수 있다! 꿈으로만 끝날 것 같았던 그 시간이 눈앞에 다가와 있었다. 속에 있는 감정을 주체할 수가 없었다. 그래서 목청이 터질 만큼 소리를 질렀다.

 그러다가 느닷없이 마당에 있는 석등을 와락 끌어안았다. 미친 듯이 날뛰는 심장을 억누르기 위해서였지만, 연우를 직접 안을 수 없었기에 석등으로 대체한 것이기도 하였다. 햇빛을 머금은 석등은 마치 사람처럼 따뜻했다. 그래서 팔에 힘을 주면 줄수록 심장 소리는 더욱 거칠어졌.

 잠시 후, 훤이 석등을 품에서 떼어 냈다. 그리고 마치 눈앞에 연우라도 있는 것처럼 그윽한 눈으로 석등을 바라보았다.

 "연우 낭자……."

 막상 불러 놓고 보니 훤은 갑자기 긴장됨을 느꼈다. 연우를 만나게 되면 제일 먼저 어떤 말을 건네야 할지 떠오르는 게 없었다.

 "뭐, 뭐라고 하지? 반갑소? 아냐, 이건 너무 무미건조해. 기다렸소? 이건 운치가 없고. 뭔가 멋있고, 박력 있고, 남자다운…….”

훤이 눈썹에 힘을 잔뜩 주고 근엄한 표정을 과장되게 하였다.

"허허허! 잘 왔소. 내가 바로 조선의 세자요."

하지만 이내 짜증을 내었다.

"에잇! 멋있게 보여야 되는데! 연우 낭자가 시문을 좋아하니까 거기에 맞춰서 나도 근사한 시 문장을 생각해 놔야 하나? 아니면 아예 시 한 수 미리 지어 놨다가 즉석에서 지은 것처럼 꾸며 볼까……."

동작이 딱 멎었다. 마치 얼음이라도 된 양 꼼짝 않고 있던 훤이 갑자기 자선당 안으로 뛰어 들어갔다. 내관들이 영문도 모른 채 뒤따라 뛰었다. 방으로 들어간 훤이 무언가를 찾아 우왕좌왕하였다. 이윽고 경대를 찾아내어 다급하게 뚜껑을 열었다. 훤은 뚜껑에 붙어 있는 거울에 제 얼굴을 요리조리 비춰 보았다. 거울 앞에 다소곳하게 무릎 꿇고 앉은 세자의 모습이 우스꽝스러우면서도 잘 어울렸다. 한참 동안 거울만 뜯어보던 훤이 기가 잔뜩 죽은 채로 긴 한숨을 쉬었다.

"차 내관……."

"대령해 있사옵니다. 하명하시옵소서, 마마."

"허염 말이다, 잘생겼지?"

"네, 그러하옵니다. 거기에 이견이 있는 자는 없을 것이옵니다."

"그래, 그같이 아름다운 사내는 없을 것이야. 연우 낭자는 규방의 여인이니 제 오라비 얼굴이나 봐 왔겠지?"

"그야……, 친인척도 보았을 거라 생각은 하옵니다."

훤의 어깨는 더욱 초라해지고 한숨은 더욱 깊어졌다.

"후우! 오라비 얼굴을 보다가 나를 보면 잘생겼다고 생각해 줄까? 실망하면 어쩌지? 에잇! 연우 낭자는 왜 하필 허염의 누이인 거냐고!"

근처에 있던 모든 이들이 한꺼번에 숨을 들이켜거나 입술을 깨물었다. 웃음이 터지려는 것을 참기 위해서였다. 세자만 홀로 심각했다.

"차 내관!"

"네? 네!"

"나는 어떠하냐? 잘생겼느냐?"

차 내관이 놀라서 손사래를 쳤다.

"어찌 감히 세자저하의 면부를 이 천한 소인의 입에 담을 수 있겠사옵니까! 있을 수 없……."

"말해 보라니까! 지금 이 순간만큼은 사실대로 말해 달라고!"

"그야 당연히 잘생겼……."

"인사치레 같은 거 말고!"

차 내관이 싱긋이 웃었다. 원래도 그랬지만 요사이 세자의 외모는 잘 깎은 보석처럼 수려했다. 이러한 세자의 변화에 대해 궁녀들까지 소곤거리면서 얼굴을 붉히는 걸 종종 발견하곤 하였다.

"마마, 그 부분에 대해서는 전혀 염려하지 않으셔도 되옵니다."

"잘생겼느냐?"

"만약에 세자저하만 아니셨다면 칭찬하느라 입이 아팠을 것이옵니다."

훤의 어깨가 쑥 올라갔다.

"허염보다 더?"

"그건 좀 말씀드리기가……."

훤의 어깨가 쑥 내려갔다.

"허염이 더 잘생겼다는 뜻이군."

"아, 아니 그런 뜻이 아니옵니다. 아름다움을 봄에 있어 사람마다 차이가 있사옵니다. 그러니 혹자는 세자저하가 더 낫다 할 것이고, 혹자는 허염이 더 낫다 할 것이기에……."

"그 말인즉슨 우열을 가리기가 힘들다는 뜻이렷다. 하하하!"

차 내관의 말문이 막힌 동안 훤은 다시 거울을 보았다. 그리고 다양하게 방향을 바꿔 가며 흐뭇한 표정으로 자신의 얼굴을 유심히 살폈다. 이윽고 만족한 듯 고개를 끄덕였다. 훤은 재빨리 서안에 앉아 자세를 가다듬고 말했다.

"방문을 열어라."

내관들은 영문을 알 수 없었지만 시키는 대로 하였다. 그러자 훤이 다시 말했다.

"저 앞의 서쪽 방문도 열어라."

자선당에는 대청을 사이에 두고 세자가 기거하는 동쪽 방, 세자빈이 기거하는 서쪽 방이 나뉘어 있었다. 그러니 내관들이 연 서쪽 방에는 연우가 살게 될 것이다. 훤은 마치 대청을 사이에 두고 연우와 마주 보고 앉은 기분이 들어 얼굴을 붉혔다.

"1년 열두 달이 여름이었으면……. 그럼 영원히 방문을 닫지 않을 터이니."

 의젓한 척 헛기침을 하며 아무 책이나 집었다. 건넛방의 연우도 책을 잡았다. 책을 펼쳤다. 그러자 연우도 책을 펼쳤다. 훤은 싱글거리며 턱을 괴고 연우를 빤히 보았다. 그녀가 수줍게 웃었다. 꿈에서 보았던 그 입매였다.

 "아아, 큰일이야. 앞으로 책을 보기는 글렀어."

 누군가 훤의 설레는 상상을 깼다. 심부름 갔던 사령이 돌아온 소리였다. 그는 잠시 동안의 일을 보고하였다.

 세자빈 허씨가 대례복을 입고 종실제군과 내외명부 여인들에게 절을 올렸다. 그런데 대비 윤씨가 도중에 자리에서 일어나 나가 버리는 바람에 잠시 실랑이가 있었다. 여기에 아예 참석하지 않은 인물도 몇 명 있는데 민화공주도 여기에 속했다. 단지 몸이 좋지 않아서라고 하였다. 원래 건강이 좋지 않은 이는 세자빈의 절을 받아서는 안 되는 것이 법도이기에 훤은 그러려니 여겼다. 공주가 세자빈의 절을 받을 수 있는 기회가 오늘 뿐이기에 다음에 조금은 억울할 것 같다는 생각도 하였다. 정식으로 가례를 마치고 입궐하면 그때부터 공주는 세자빈보다 아래 신분이 되기 때문이다. 훤은 다시 사령을 보내 놓고 그동안 모아 두었던 연우의 서찰을 펼쳐 꼼꼼하게 복습했다.

 하루 종일 들떠서 서성거리기만 하던 훤이 석강에 들어온 염을 보고는 연우를 대신해서 그를 꽉 끌어안았다. 염에게서 난향이 느껴졌다.

"연우 낭자가 나의 아내가 될 거라오."

"알고 있사옵니다."

염의 다정한 목소리를 듣자 감정이 북받쳐 올랐다. 훤은 올라오는 눈물을 참고 염에게서 떨어졌다. 괜히 민망하여 허세를 섞어 목소리를 높였다.

"어서 빨리 가례를 해 달라 조를 것이오. 아차! 연우 낭자는 만나 보았소? 퇴궐은 하였다 들었소."

"보지 못하였사옵니다. 이젠 집으로 올 수 없기에……."

삼간택에서 세자빈으로 간택이 되면 그 순간부터 집으로 갈 수가 없었다. 지정된 별궁에 거처를 마련하고 가례까지 별궁살이를 해야만 하였다. 그러니 연우가 보고 싶어도 염도 볼 수가 없는 처지가 되었다. 연우와의 남매애가 남다른 염이었기에 벌써부터 헤어짐을 슬퍼했다. 하지만 염의 슬픔을 기쁨에 들뜬 훤이 알 리가 없었다. 서안을 사이에 두고 앉자마자 훤은 염에게로 몸을 한 번 더 바짝 당겨 앉았다.

"혹시 그거 알고 있소?"

"무엇을 하문하시는지요?"

"그러니까……, 흠! 내가 좀 잘생겼다 하오. 그대와 우열을 가리기가 힘들다나? 하하하! 세자라는 거 하나만으로도 족한데 잘생기기까지 하다니 나도 참……. 자고로 사람은 좀 빈 듯해야 하거늘 이리 완벽해서야, 하하하! 그대가 보기에는 어떻소?"

제 입으로 자랑을 떠벌리는 세자가 귀여워 염도 싱긋이 웃었다. 그동안 세자와 대치하느라 마음고생이 심했는데 오랜만에 그도 평화로웠다.

"네, 소인도 그리 생각하옵니다."

"아니, 아니. 연우 낭자 말이오. 연우 낭자가 나를 마음에 들어 하겠소?"

"세자저하이시옵니다. 그 아이가 어찌 감히 마음에 든다 안 든다를 구분할 수 있다 하옵니까!"

"어어, 그래도 난 그런 건 싫은데. 구분해서 마음에 들어야 하는데……. 에잇! 어떻게 차 내관 말과 비슷한 것이오! 갑갑한 사람들 같으니!"

염이 소리 내어 웃었다. 좀처럼 보기 힘든 모습이었다. 훤은 제 스승이 소리를 내며 웃는 게 신기하여 마냥 행복해서 따라 웃었다. 이날이 훤과 염에게는 가장 행복한 날이었다. 그리고 이날이 행복의 마지막 날인 줄은 꿈에도 알지 못하였다.

7

별궁에 있던 연우가 시름시름 아프다는 소식이 세자궁까지 날아왔다. 하지만 훤은 크게 걱정하지 않았다. 서찰을 주고받으며 연우에 대해 웬만큼은 알고 있던 훤이었다. 그래서 건강한 것도 알고 있었기에 그동안의 긴장으로 인해 몸살이 난 것쯤으로 여겼다. 그런데 처음 생각과는 달리 하루가 지날 때마다 들려오는 소식은 점점 나빠졌고 훤의 걱정도 점점 심해졌다. 부왕의 명으로 내의원 어의까지 연우의 병에 투입되었으나 결국 연우를 본가에 돌려보내는 것으로 결정이 내려졌다. 이것은 임시였을 뿐이다. 병이 나아지면 다시 가례를 진행할 것이라는 부왕의 확고한 명령이 전제되어 있었기 때문이다. 그와 동시에 집안에 이유 모르게 아픈 이가 있으면 세자궁으로 들어올 수 없는 법도로 인해 염도 훤 앞에서 사라졌다.

연우가 세자빈으로 간택된 지 보름도 더 지난 어느 날이었다. 소식을 수집하러 갔던 사령이 넋이 나간 얼굴로 자선당에 들어섰다. 두려움에 사로잡힌 훤이 버선발로 마당에 뛰어내렸다. 사령이 훤 앞에 엎드려 흐느껴 울기 시작했다.

"무, 무슨 일이냐?"

사령은 세자의 물음에 차마 대답하지 못하고 울음소리를 더욱 높였다. 훤이 사령을 일으켜 멱살을 잡았다. 멱살을 잡아 흔드는 세자의 눈이 두려움과 분노로 떨고 있었다.

"무슨 일이냐니까!"

"마마……. 마마……, 허 낭자께서 우, 운명하셨다 하옵니다!"

"하! 그런 말도 안 되는……. 네 녀석이 죽고 싶어 환장을 하였구나. 감히 어느 안전이라고 그따위 말도 안 되는 거짓말을……."

멱살을 잡은 훤의 손이 바들바들 떨렸다. 손만이 아니었다. 팔도 다리도 심장도 모조리 떨렸다.

"오늘 새벽이었다 하옵니다. 오늘 새벽에……."

"아니다, 아니야! 그럴 리가 없어!"

"더군다나 오늘 중으로 장례를 치른다 하옵니다. 어찌 이리 어처구니없는 일이……."

이번에는 차 내관이 달려들어 사령의 어깨를 흔들었다.

"오늘이라니? 새벽에 돌아가셨는데 오늘 장례라니!"

"모릅니다. 저도 어떻게 돌아가는 일인지! 무슨 병인지 모르기에 어서 땅에 묻어야 한다고 들은 게 고작입니다."

"입관까지 오늘 한다는 것이냐?"

"네……."

훤의 손에서 멱살이 스르륵 떨어졌다. 아무 소리도 들리지 않았다. 사령이 땅바닥에 얼굴을 묻고 외치는 소리도, 차 내관이 다그치는 소리도, 내관들의 통곡 소리도 들리지 않았다. 세상의 모든 소리가 사라진 듯하였다. 소리만 사라진 것이 아니었다. 세상의 색깔도 향기도 사라졌다. 모든 것이 사라졌다.

"……마마, 마마!"

훤이 눈동자를 움직였다. 그리고 겨우 소리 나는 곳으로 옮겼다.

"마마, 들으셨사옵니까? 오늘이라 하옵니다! 입관이 오늘이라고……."

훤이 자리에서 벌떡 일어났다. 아무 말 없이 휘청거리며 진화문을 향해 걸었다. 차 내관이 앞을 가로막았다. 하지만 훤은 제 앞을 막아선 이가 누구인지 분간할 수가 없었다. 그저 연우와 자신의 사이를 갈라놓는 벽으로만 느껴졌다. 그 벽을 있는 힘껏 패대기치고 문으로 나아갔다. 또다시 수많은 벽이 막아섰다. 벽에 부딪쳤다. 벽을 밀치려고 아무리 발버둥 쳐도 물컹물컹한 것이 갈라지지도 무너지지도 않았다. 갑갑함이 숨통을 조여 왔다. 연우의 얼굴을 보려고 아무리 애를 써도 보이지 않았던 그때의 꿈처럼 갑갑하기만 하였다. 이번도 그때의 꿈과 같았다. 꿈속이 확실했다. 그렇지 않고서야 이렇게 쉽게 세상이 사라질 리가 없었다. 발버둥을 멈췄다. 돌아서서 자선당으로 걸었다. 꿈이기에 돌아설 수 있었다.

계단을 걸어 자선당 안으로 들어갔다. 서쪽 방을 보았다. 세자빈이 된 연우가 들어와서 살게 될 방이었다. 훤은 지금은 비어 있는 그 방을 열어 보았다. 또다시 갑갑했다. 하지만 괜찮았다. 잠에서 깨면 이러한 갑갑함도 사라질 것이므로 참을 만하였다.

"……마마! 세자저하!"

그런데 저번처럼 꿈에서 깨어나 후회하게 되면 어쩌지? 훤은 덜컥 겁이 났다. 조금만 더 용기를 냈다면 연우의 얼굴을 보았을지도 모른다는 안타까움이 떠올랐다. 그러니 이것이 꿈일지언정, 현실일지언정 연우를 보러 가야 했다. 오늘이 아니면 두 번 다시 연우의 얼굴을 볼 수 없을지도 몰랐다.

"차 내관……."

"네, 마마! 소인 여기 있사옵니다."

차 내관의 울먹이는 소리가 훤의 동공을 뚜렷하게 만들었다.

"차 내관, 나를 데려가 다오. 연우 낭자가 있는 곳으로……. 또 아니 된다는 말은 제발 하지 말아 줘."

"이번만큼은 소인이 목숨을 걸고서라도 허 낭자가 계신 곳까지 모시겠사옵니다, 마마."

차 내관의 지시하에 동궁 사람들은 일사불란하게 움직였다. 내관들은 세자의 사복을 가져와 옷과 갓을 갈아입히고, 세자익위사의 무관들은 말을 대령하기 위해 뛰어나갔다. 준비를 마친 훤이 궐을 나섰다. 광화문 밖에서 기다리고 있던 말에 올라탔다. 빠른 이동을 위해 길 안내를 맡은 사령과 차 내관, 호위를 맡은 세자익위사 무관들도 다 함께 말을 타고 북촌을 향해 달렸다.

사령이 탄 말의 속도가 차츰 줄어들었다. 그러자 다른 말들도 일제히 속도를 줄였다. 사령이 한곳을 가리켰다.

"저곳이 대제학의 사가이옵니다."

여러 채의 집이 한꺼번에 보였다. 사령의 손이 정확히 어디를 가리켰는지 알 수 없었다. 휜은 다급한 나머지 다른 이가 부축하기도 전에 말에서 훌쩍 뛰어내렸다. 그런데 마음과 다리가 뒤엉켰다. 발이 안장에 걸린 채로 몸이 뒤로 휘청 넘어갔다. 그때였다. 누군가가 가볍게 날아와 휜의 등을 감싸 안았다. 그리고 안전하게 땅에 내려놓았다. 싸늘한 쇠 냄새가 느껴졌다. 휜이 고개를 돌려 뒤에 있는 사내를 보았다. 소년? 청년? 날카롭게 깎인 콧날과 시원스러운 눈매가 한번 보면 잊히지 않을 외모였다.

모두가 새파랗게 질린 얼굴로 세자와 소년을 보았다. 기척조차 느끼지 못할 정도로 날렵하게 접근해 온 것이 믿기지 않았다. 마치 형체가 없는 연기와도 같았다. 어쨌거나 무술로 단련된 세자익위사 무관들이 아닌 키가 큰 소년이 세자를 구했다는 건 부인하지 못할 사실이었다. 그는 자신이 구한 이가 세자인지 전혀 모르는 듯하였다. 그리고 세자 못지않게 그도 바쁜 길이었는지 얼른 세자 일행을 떠났다. 사람 같지가 않았다. 뜀박질도 어찌나 빠른지 마치 축지법을 쓴 것처럼 어느 집 대문 안으로 빨려 들어가듯 사라졌다.

'언젠가 만나게 된다면 한눈에 알아보실 것이옵니다. 그는

'검' 그 자체이옵니다.'

 양명군의 목소리였다. 그 순간 훤은 깨달았다. 김제운, 바로 그자였다. 아울러 그가 들어간 곳이 연우의 집이란 것도 깨달았다. 훤도 제운의 뒤를 따라 뛰었다. 하지만 얼마 가지 못하고 멈추고 말았다. 사람들의 곡소리가 대문 밖까지 흘러나왔기 때문이다. 곡소리에 이어 사람들도 하나둘씩 나왔다. 상복을 제대로 갖춰 입은 사람이 없어서 장례 행렬인지 분간할 수가 없었다. 급박하게 치러지는 장례여서인지 다들 입었던 옷 그대로였다. 덩치 큰 하인이 지게를 지고 나왔다. 지게에는 짐짝과도 같은 작은 관이 걸쳐져 있었다. 훤의 눈에서 눈물이 솟구쳐 올랐다. 저토록 작은 것이 연우의 관이라니, 이토록 초라한 행렬이 연우의 장례 행렬이라니…….

 "멈춰라! 모두 멈추지 못할까!"

 사령이 외치는 소리보다 앞서 훤이 지게를 덮쳤다. 놀란 하인이 휘청하는 바람에 지게에서 관이 떨어지고 말았다. 쾅! 커다란 소리가 났지만 다행히 못으로 고정해 둔 뚜껑은 열리지 않았다. 모두가 놀란 눈으로 세자 일행을 보았다. 오직 하인만 다른 걸 볼 틈도 없이 관을 다시 들어 지게에 올렸다. 훤이 관을 붙잡으며 말했다.

 "내려놓아라!"

 "대체 뉘신데…….."

 대문 안에서 누군가 뛰어나왔다. 훤이 이제껏 부딪혔던 수많은 벽 중에서 가장 높고 견고한 벽, 대제학이었다. 민규는 조금의 망설임 없이 곧장 세자 앞으로 다가와 땅에 엎드렸다. 그러자 근처에 있던 모든 사람들이 영문도 모른 채 땅에 엎드렸다. 하인은 작대기로 지게를 고정하고 주인을 따라 땅에 엎드렸다.

"대제학 허민규이옵니다."

하지만 훤의 귀에는 아무 소리도 들리지 않았다. 손바닥에 관이 닿아 있었다. 얇은 나무판을 사이에 두고 연우가 느껴졌다. 관을 흔들었다. 안에서 연우의 흔들림이 느껴졌다. 다급하게 뚜껑을 열려고 애를 썼지만 못으로 단단히 박아 뒀기에 꿈쩍도 하지 않았다.

"세자저하, 아니 되옵니다!"

"이거……, 이것 좀 열어 주시오."

"관에서 떨어지셔야 하옵니다. 이는 있을 수 없는 일이옵니다."

"어차피 있을 수 없는 일이 일어났소. 그러니……."

"소인의 여식을 두 번 죽이실 것이옵니까!"

훤은 머리가 어질했다. 그 틈으로 민규는 차 내관을 향해 소리를 높였다.

"자네가 제정신인가! 여기가 어딘 줄 알고 세자저하를 모시었는가!"

훤이 겨우 정신을 가다듬고 따라서 목소리를 높였다.

"여기는 연우 낭자의 집일 뿐이오!"

"죄인의 집이옵니다! 세자저하께옵서 절대 납시어서는 아니 되는 죄인의 집일 뿐이옵니다!"

"대체 무슨 말을 하는 거요? 죄인의 집이라니……."

"첫 번째 죄인은 병이 있는 몸으로 세자빈에 간택된 이 집의 처녀요, 두 번째 죄인은 집안에 병이 있는 줄도 모르고 세자궁에 들락거린 이 집의 아들이요, 세 번째 죄인은 이 모든 것을 알지 못하였던 바로 이 몸이옵니다."

견고한 벽은 무너질 기미가 없었다. 땅에 몸을 붙이고 낮게 엎드리고 있음에도 너무나 높아서 넘을 수가 없었다. 훤은 판 아래로 연우를 만졌다. 눈앞 얇은 나무판 아래에 연우가 있었다. 단 하나의 얇은 판 외에는 아무것도 없었다. 꿈속보다 더 갑갑한 현실 앞에 훤은 눈물을 흘릴 수밖에 없었다.

"싸늘한 얼굴이라도 좋소. 감은 눈이라도 좋소. 한 번만, 단 한 번만 연우 낭자의 얼굴을 보게 해 주시오."

"세자저하, 관에서 떨어지셔야 하옵니다. 죄인의 관이옵니다."

"한 번만이라지 않소! 한 번만! 단 한 번만!"

"죄인의 관이옵니다! 이미 죽었지만 또 한 번의 죄를 물어 한 번 더 죽임을 당할 수도 있는……, 허연우의 관이옵니다."

훤은 높은 벽을 넘지 못하고 결국 관에서 떨어지고 말았다. 그 사이로 민규가 가로막고 엎드렸다. 발은 두어 걸음 떨어졌지만 훤의 눈은 관에 붙은 그대로였다.

"세자저하, 청컨대 부디 눈길을 거두어 주시옵소서."

"나더러 보지도 말란 말이오?"

"네, 그러셔야 하옵니다."

훤은 고개를 돌리고 떨리는 입술을 깨물었다.

"세자저하, 안수도 거두어 주시옵소서."

"나더러 울지도 말란 말이오?"

"세자라는 자리가 그러하옵니다."

"세자라서?"

훤은 소매로 눈물을 닦았다. 하지만 닦아 내면 닦아 낼수록 눈물은 보다 많이 흘러나왔다.

"세자저하, 돌아서 주시옵소서. 죽은 죄인을 가엾게 여기신다면, 제발……."

"나는……, 나는……, 이 세자라는 자리가……."

'싫소.'

훤은 가까스로 말을 참고서 몸을 돌렸다. 연우가 지척에 있었다. 하지만 연우를 두 번 죽일 수는 없었기에, 염을 죽일 수는 더더욱 없었기에 돌아설 수밖에 없었다.

"……가시옵소서."

민규의 간청이 발걸음을 떠밀었다. 한 발짝을 걸었다. 한 발짝만큼 연우가 멀어졌다. 두 발짝을 걸었다. 두 발짝만큼 연우가 멀어졌다. 훤이 걸으면 걸을수록 연우와 점점 멀어져 갔다. 많은 것을 바라지 않았다. 고작 얼굴 한 번 보고 싶었을 뿐인데 그조차 이루지 못하고 멀어져 갔다. 돌아볼 수 없었다. 민규가 간곡한 청을 담아 계속 땅에 엎드린 채로 있는 걸 알기에 돌아볼 수가 없었다.

보름이 지나도록 훤은 연우의 죽음을 사실로 받아들이지 않았다. 그녀의 죽음을 현실로 받아들이기에는 지나치게 허망했다. 초췌해진 염이 비현각으로 나와 훤 앞에 앉았다. 그리고 아무 말 없이 석강을 하였다. 훤은 그를 보니 더욱더 연우의 죽음을 받아들일 수가 없었다. 그렇다고 먼저 그 사실을 재확인할 용기도 없었다. 수업을 마친 염이 무거운 입을 열었다.

"세자저하, 오늘이 마지막이옵니다."

"무엇이? 무엇이 마지막이란 말이오?"

"소인은 이제 죄인의 몸이니 더 이상 세자저하의 앞에 나올 수가 없사옵니다. 마지막 수업을 하라는 어명을 받고 예궐한 것이옵니다."

연우의 죽음에 넋이 나가 있었기에 염의 처지는 미처 생각도 못 하고 있었던 훤에게는 청천벽력과도 같은 말이었다. 몰랐을지언정 병이 있는 자를 말하지 않고 세자빈으로 간택하게 한 건 중한 죄였다. 잘못의 유무를 판별할 기회조차 주지 않았다. 이에 따라 염은 파직에서 벗어날 수 없었고 곧 귀양 보내질 위기에 있었다. 대제학은 더 위태로웠다. 이대로 훈구파가 목소리를 높여 몰아붙인다면 사약을 받을 위험도 배제할 수 없었다. 대제학 집안뿐만이 아니다. 간택에 관여했던 이들 중에서 이미 여러 명이 목숨을 내어놓고 이슬로 사라졌고, 사라질 운명에 처해 있었다. 그나마 얼마 없던 사림파가 쓸려 나가고 있었다. 이대로라면 머지않아 훈구파가 이 조정을 독식하게 될 것이다.

"아니 되오! 그대는 아바마마의 신하가 아니라 나의 신하가 될 사람이오. 그런데 이렇게 떠난다면 나중에 누가 나를 보필한단 말이오!"

훤은 염의 눈동자에 담긴 슬픔을 보았다. 자신의 처지 때문이 아니었다. 누이를 잃은 슬픔은 그보다 더했기에 이대로 연우를 따라 죽어도 아무 미련이 없는 눈동자였다. 염은 마지막에 품속에서 봉서를 하나 꺼냈다.

"이것……, 우리 연……, 연우가 마지막에 남긴 것이옵니다. 얼마 전 그 아이 방에 들어가니 서안 안에 감춰 두고 있었사옵니다. 아무래도 세자저하께 남긴 듯하여 가져왔사옵니다."

훤은 고개를 저었다. 받고 싶지 않았다. 연우의 서찰이건만 서안 위에 얹어지는 그것이 싫었다. 염이 자리에서 일어섰다. 훤의 고개가 더욱 세차게 저어졌다.

"가, 가지 마시오……."

염이 절을 올렸다. 마지막을 알리는 절이었다. 훤의 고갯짓이 멈춰지지 않았다.

"가지 말라지 않소. 가면 아니 되오……."

절을 마친 염이 두 손을 가지런히 모으고 뒷걸음으로 물러나기 시작했다. 훤이 자리에서 일어나려고 하였다.

"세자저하, 일어나시면 아니 되옵니다."

"염……, 나의 스승……, 제발 나를 버리지 마시오."

"부디 백성을 어버이로 여기는 군주가 되어 주시옵소서."

염이 열린 문 사이로 들어갔다. 그렇게 빛 속으로 사라졌다.

"나만 두고 가지 마시오! 이 무덤 같은 구중궁궐 속에 나만 홀로 남겨 두지 마시오!"

훤의 목소리는 더 이상 염에게 들리지 않았다. 모두가 사라져 버린 자리에 훤만 우두커니 앉아 방문 사이로 보이는 바깥빛을 응시했다. 그 빛이 허상과도 같았다. 고개가 스르륵 떨어졌다. 서안 위에 있는 연우의 서찰이 보였다. 마지막이다. 이것을 펼치면 앞으로 연우의 편지는 받을 수가 없다. 훤은 울컥하고 목구멍을 치고 올라오는 울분에 제 가슴을 때렸다. 몇 차례 연달아 울분을 때린 후 연우의 서찰에 손을 뻗었다. 떨리는 손으로 봉투를 열었다. 안에는 언제나처럼 곱게 접힌 종이가 들어 있었다. 종이를 꺼내어 펼치는 손의 떨림이 심해졌다.

다 펼친 순간, 훤에게서 오열이 터져 나오고 말았다. 내용은 보이지 않았다. 그 정갈하던 서체가 알아보기 힘들 정도로 엉망진창이었다. 마지막 기력을 자아내어 떨리는 손을 참아 가며 쓴 흔적이 역력했다. 먹을 갈 힘조차 없어 미처 다 갈지 못한 먹물로 글자를 썼는지 글자 주위마다 흐리게 물이 번져 얼룩져 있었다. 죽음에 임박하여 고통스러웠던 연우가 눈앞에 보였다. 그 고통의 한가운데에서도 연우는 훤을 보고파 하고, 훤을 걱정하고, 훤의 만수무강을 염원하고 있었다. 훤은 더 이상 읽을 수가 없었다. 서체가 눈에 밟혀 읽을 수가 없었고, 눈물이 앞을 가로막아 읽을 수가 없었다.

"누구냐! 누가 내게서 연우 낭자와 나의 스승을 동시에 빼앗아 가는 것이냐? 운명이란 것이냐? 신이란 것이냐? 대체 어떤 신이 이리도 악랄하단 말이냐? 어떤 신이! 어떤 빌어먹을 신이!"

훤의 오열을 묻어 버리려는 듯 비현각의 문이 닫혔다. 비현각의 동쪽에 있는 구현문이 닫히고, 이모문이 닫혔다. 자선당의 정문인 이극문도 닫혔다. 사정문이 닫히고, 근정문이 닫히고, 홍례문이 닫혔다. 마지막으로 광화문이 육중한 소리를 내며 굳게 닫혔다. 거대한 무덤 속에 훤을 겹겹이 묻은 채로 모든 문이 닫히고, 세상은 순식간에 짙은 어둠 속으로 들어갔다.

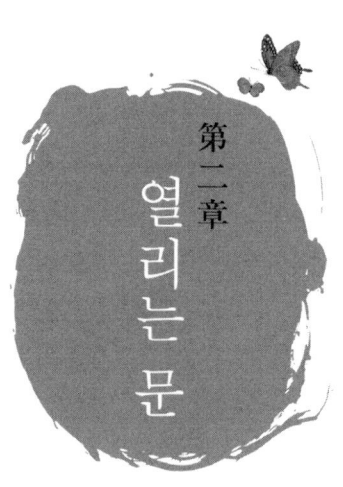

第二章 열리는 문

끼이익!

 왕의 침전 영역으로 가는 길목, 향오문의 오른쪽이 둔탁한 소리를 이끌며 열렸다. 보슬비가 내렸던 그 밤의 둥글었던 달이 차츰 부피를 줄여 모습을 감춘 밤이었다. 구군복을 갖춰 입은 제운이 열린 문으로 들어섰다. 운검의 구군복은 검은색 전복 아래 소매까지 검은 협수였다. 여기에 제운은 검을 휘두를 때 펄럭이지 않도록 팔뚝 부분을 붉은색 끈으로 칭칭 둘러 묶고, 날렵한 허리에는 붉은색 대자띠를 묶어 늘어뜨렸다. 머리카락은 관례를 치렀음에도 검에 다치지 않게 상투를 틀지 않고 허리까지 길게 내려뜨렸고, 붉은 천으로 두건을 묶어 머리 길이까지 드리웠다. 전립을 쓰지 않고 궐내에 들어오는 것은 법도가 아니었지만 운검은 이러한 법도에 해당되지 않았다.

 향오문 안에는 선전관청宣傳官廳에서 나온 당상관이 제운

을 기다리고 있었다. 제운은 그에게 인사를 올린 뒤 보초를 서고 있던 갑사들의 인사를 받았다. 당상관이 품속에서 밀지密旨를 꺼내어 건넸다. 제운이 내용을 확인했다. 왕과 운검만이 읽을 수 있는 선과 점의 부호로만 이루어진 암호로, 오늘 밤의 군사 암구호와 왕이 잠자게 될 곳이 간략하게 적혀 있었다. 제운이 밀지를 세워 둔 화로 속으로 넣어 태우자 당상관이 속삭이며 말을 걸어왔다.

"오랜만에 입궐하였군."

"쉬었습니다."

"원, 사람도 빡빡하기는. 자네가 궐을 비운 동안 암호가 늘 그런 식이었다네."

오늘의 군사 암구호는 고일孤日, 외로운 태양이었다. 제운은 이 암호가 왕의 현재 심정을 나타내는 말임을 알고 마음이 무거워졌다. 제운은 훤의 독촉에 못 이겨 지난 보름여 동안 월을 찾아 백방을 돌아다녔다. 하지만 헛수고였다. 당상관이 침묵하는 그를 두고 다시 말했다.

"그간 상감마마께옵서 성후 미령하시었네. 보좌를 잘못한 자네를 파직시켜야 한다는 상소를 폐하시느라 더 미령하시었다네. 그러게 왜 온양행궁까지 요양하러 가신 상감마마를 빠져나가시게 하였는가. 앞으로는 자네 안위도 좀 돌봐 가면서 행동하게."

제운은 간단히 고개만 숙여 인사한 뒤 침전 쪽으로 걸어갔다. 꼿꼿한 자세로 성큼성큼 걸어가는 그의 등에는 붉은색 운검이, 왼손에는 검은색 별운검이 있었다. 윤기 있는 긴 머리카락이 바람에 나부낄 때마다 간간이 둥근 흉배 안에 은색 실로 수놓아져 있는 구름 문양이 보였다. 뒷모습을 지켜보던 당상관이 중얼거렸다.

"쯧쯧, 저렇게 잘났으니 궁녀들이 사흘이 멀다 하고 상사병으로 죽어 나간다는 말이 나돌지. 서출만 아니면 사위 삼으면 딱 좋겠는데……."

제운은 밀지에 적혀 있는 장소로 갔다. 왕의 침소는 경호와 풍수, 역학으로 인해 매일 밤 달라졌다. 왕의 대침전인 강녕전, 동소침전인 연생전, 서소침전인 경성전 안에는 모두 합하면 수십 칸에 달하는 방들이 있는데, 이 많은 방들 중 왕이 그날 밤 잠드는 곳을 아는 사람은 방을 정해 주는 관상감의 교수 세 명과 당직을 서는 내관 몇 명, 궁녀 몇 명, 그리고 운검 정도에 불과했다. 나머지는 왕이 정확히 어디에서 잠든 줄도 모르고 빈 방들을 지켰다. 세 곳의 침전 전체는 선전관들과 내금위 부대가 경호했다.

제운은 왕을 발견했다. 밀지에 적힌 곳이 아니었다. 훤은 창을 죄다 열고 술을 마시고 있다가 제운을 발견하자 미소를 던졌다. 제운은 왕이 앉아 있는 창 쪽으로 가서 허리를 숙였다. 아무 말이 없는데도 엉뚱한 장소에 있는 왕을 질책하는 목소리가 들리는 듯하였다.

"나의 달을 보고 싶어 이리 자리하였느니. 아무리 내 것이라 우겨도 하늘도 자기 것이라 우기니 내가 어찌 하늘을 이길 수 있겠느냐. 하늘이 심통 맞게도 나와 달을 나누기조차 싫었는지 저리 감추어 버리고 말았구나. 그나마 네가 달을 가져다줄 걸로만 믿었는데."

이 말은 월을 찾아내지 못함을 힐책하는 것이기에 제운은 머리를 조아리며 서 있을 수밖에 없었다. 차 내관은 왕이 월이 아니라 하늘의 달을 말하는 것인 줄로만 알고 제운의 편을 들어준답시고 말했다.

"제아무리 운검이라 하여도 그믐달을 보름달로 바꿀 수는 없사옵니다. 상감마마, 잠시 후에 인경(人聲)의 타종이 있사오니 침수에 드셔야 하옵니다."

훤은 못 들은 척 술잔을 들어 입에 기울였다.

"울금초로 향을 낸 술을 들이라 일렀건만 이 술잔에 담긴 건 그저 울금 향뿐이로구나. 그때 마신 건 울금 향도, 난향도 아닌, 월향이었단 말인가."

다른 맛, 다른 향기에 의해 술을 마실 때마다 그리움은 더 깊어졌다. 알 수 없는 병으로 건강이 나빠져 오래 앉아 있으면 숨이 가빠 왔지만 울금 향을 손에서 놓지는 않았다. 가뜩이나 가쁜 숨이 월을 생각하면 더 가빠졌다.

"운아, 안으로 들어오너라."

제운은 경성전 안으로 들어갔다. 훤은 새하얀 야장의 차림으로 어깨에 호랑이 가죽을 덮고 있었다. 제운이 멀리서 네 번의 절을 한 뒤에 가까이 다가가 앉자 왕이 주위를 향해 말했다.

"모두들 잠시 물러나라."

내관과 궁녀가 창문과 삼면의 방문들을 일제히 닫고 순식간에 몸을 숨겼다. 훤은 술 한 잔으로 잠시 뜸을 들인 뒤 바깥에 들리지 않는 목소리로 말했다.

"월이 하늘로 솟았느냐, 땅으로 꺼졌느냐? 어찌 찾지 못한단 말이냐?"

"송구하옵니다."

"당돌한 것! 거짓을 아뢰진 않는다 하여 놓고는 죄다 거짓말만 하다니. 금세 집을 비워 버릴 거면서 정박령이라는 거짓말은 왜 하였느냔 말이다."

울컥하고 숨이 차 올라왔다. 훤은 손으로 가슴을 쥐고 한동안 숨 고르기를 하다가 애타는 마음으로 재차 확인했다.

"정말 없더냐?"

"그러하옵니다."

"세간도 아예 없더냐?"

"그러하옵니다."

"집은 있더냐?"

"네."

"그 근방의 관령들에 속해 있는 무적巫籍[14]은 모두 조사해 보았느냐?"

"네, 그러나 월과 같은 여인은 어떤 무적에도 없었사옵니다."

훤은 화가 났지만 소리를 높일 수는 없었기에 가능한 한 목

---

14. 무적(巫籍) 무당의 호적.

소리를 낮춰 역정을 냈다.

"대체 관령들은 어찌 무적 하나 제대로 관리하지 못한단 말이냐? 무적에 오르지 못한 무당은 무당 짓을 못 하게 되어 있는 것이 법이거늘!"

"그 여인은 무속 행위를 한 적이 단 한 번도 없었사옵니다."

훤은 눈에 의문을 가득 담아 뒷말을 재촉했다. 제운이 다시 말했다.

"그 근방의 마을과 백성들 중에 그 집과 무녀를 아는 자가 아무도 없었사옵니다. 그런 곳에 집이 있는지조차 모르고 있었사옵니다."

훤은 기가 막히고 믿을 수가 없어 실소만 하였다.

"허허, 내가 본 것은 그럼 무어란 말이냐? 정녕 귀신을 보았더란 말이냐? 그렇다면 밤에는 나타나겠구나."

"그곳에서 며칠 밤을 새웠지만 나타나지 않았사옵니다."

제운은 뒷말을 삼켰다. 은은한 난향만이 남아 있더란 말도, 살 속을 파고들던 달빛으로 인해 마음 한구석이 아프면서도 왠지 모르게 안심이 되었더란 말도 차마 할 수 없었다. 밤을 새워 기다리면서 귀신으로라도 나타나 주길 바랐던 마음이 누구를 위한 마음인지 자신도 알 수 없었다. 반면에 남아 있던 난향을 알지 못하는 훤의 마음은 초조하기 그지없었다.

"참으로 기이한 일이로구나. 하룻밤 스쳐 지나가는 짧은 만남에 어찌 이리도 마음 깊이 생채기가 난 것인지. 베어서 두고 온 것은 내 기억이 아니라 마음이었구나."

훤은 술잔을 잡아 울금주를 마셨다. 여전히 그때의 울금주와는 달랐다.

"월아, 귀신이라면 한이 맺혀 모습을 보였을 터인데 왜 나에게 억울한 사연 하나 들려주지 않는 것이냐."

훤의 애달픈 마음을 위로하듯 멀리 보루각報漏閣에서 시작된 인경 소리가 도성의 사대문에서 울리는 종소리와 더불어 한양 전체에 퍼졌다가 하늘로 올라갔다.

온양 근처의 어라산 기슭에 자리한 작은 초가집 마당에 낡은 옷을 입은 여인이 서 있었다. 얇은 피부와 뼈 사이에 아무것도 없는 것처럼 보일 만큼 비정상적으로 비쩍 마른 체구였다. 주름진 피부와 검은 가닥 하나 없는 새하얀 머리카락이 상당히 많은 나이를 짐작케 했지만, 온몸에서 뿜어 대는 기괴한 기운은 그렇지만도 않았다. 눈이 부신 듯 해골 같은 손으로 눈 차양을 만들어 하늘을 보던 그녀가 소리쳤다.

"잔실아! 야, 이년아! 마당에 깔아 두라는 멍석은 왜 여태 안 내오고 지랄이야?"

열네다섯 먹은 여아 하나가 입을 삐죽이며 말했다.

"오늘따라 신모님 심술이 하늘을 찌르것시유. 월케 지를 못 잡아먹어 안달이어유?"

"이년이!"

장씨는 말대꾸하는 잔실을 팰 몽둥이를 찾기 위해 마당 이곳저곳을 부리나케 헤맸다. 하지만 몽둥이를 찾는 것보다 멍석을 까는 잔실의 행동이 더 재빨랐다. 멍석을 까는 내내 입은 계속 종알거렸다.

"대체 멍석은 왜 깔라고 그러시유? 망령이 난 게쥬?"

"주둥이 꿰매고 술상이나 차려 와, 이년아!"

"술상이라뉴? 또 술 드실라구유? 작작 좀 드시지, 작작 좀!"

"저년 저 입은 어째 세상 무서운 줄 모르고 나불거릴까 몰러. 네년 혓바닥 뽑아 버리기 전에 어여 술잔 세 개 준비해 와. 손님상이니까."

잔실이 눈을 동그랗게 뜨고 물었다.

"허구한 날 신력이 다 했다믄서 손님이 오시는 건 어찌 아시남유? 괜히 술 드시고 싶으신께 거짓부렁을 하시는 게지유?"

장씨는 기어이 마당 구석에서 몽둥이 하나를 찾아 들고 잔실에게로 달려들었다.

"오늘 손님 치르기 전에 네년 장례부터 치러야 되것다. 일루 와, 이년아!"

장씨가 잔실을 붙잡아 몽둥이로 내리치려는 순간, 점잖은 어른의 목소리가 들렸다.

"어허, 장씨 도무녀都巫女!15 성질 여전하시구려."

혜각 도사가 하얀 머리카락과 수염을 길게 늘어뜨리고 긴 지팡이를 짚으며 마당으로 들어오고 있었다. 그의 옆을 따라서 관상감의 관리인 첨정이 들어섰다. 잔실이 동그랗게 만 입을

---

15. **도무녀(都巫女)** 성수청에 속한 국무(國巫), 또는 조선의 머리무당.

앞으로 쪽 빼내어 쫑알거렸다.

"워매, 참말이었구만유. 언능 술상 봐 올게유."

잔실이 부엌으로 달려가고 나서야 장씨는 신경질적으로 몽둥이를 마당 멀리 던졌다. 그러고는 낡아 해진 옷을 탈탈 털며 말했다.

"왔으면 거기 멍석에나 앉으시오. 그닥 보고 싶지 않은 낯짝들이지만 왔으니 봐 드려야지."

첨정은 장씨의 사나운 눈빛에 겁을 먹고 혜각 도사의 새하얀 두루마기 뒤로 주춤주춤 몸을 숨겼다. 장씨 도무녀라고 하면 최고의 신력을 가진 조선의 머리무당이었다. 그중에서도 으뜸은 무고술巫蠱術[16]이었기에 알 만한 사람들은 그녀와 눈이 마주치는 것조차 두려워했다. 그런 지경이니 오늘 이렇게 찾아온 목적도 이미 꿰뚫고 있는 것 같아 더욱 오금이 저릴 수밖에 없었다. 혜각 도사가 먼저 자리에 앉았다.

"혜각 도사, 길잡이로 왔소, 앞잡이로 왔소?"

"여기 첨정이 길을 모른다고 하여 어쩔 수 없었소."

첨정도 혜각 도사 옆에 엉거주춤 앉았다. 장씨는 술상이 멍석에 놓인 뒤에야 자리를 잡고 앉았다. 겁에 질려 눈치만 살피는 첨정을 보고 장씨가 비웃듯이 말했다.

"이보슈, 관리 양반. 뭐 아는 거라도 있소이까? 교수들이 와

---

[16]. **무고술(巫蠱術)** 곤충·짐승이나 각종 사물 등을 이용하여 사람의 목숨을 빼앗는 무당의 저주술.

도 대화가 될까 말까구먼."

"관상감의 교수들은 사대문 밖 출입이 엄금되어 있는 거 다 아시면서 트집이오? 교수들보다 내가 품계가 더 위임에도 이리 온 것은 그만큼 도무녀를 예우하는 차원에서……."

"허! 이 잡것 앞에서 품계를 입에 담으시오? 난 앵무새와는 나누고픈 말이 없수다. 교수들더러 여기로 와서 직접 사정하라 이르시오!"

관상감의 교수라고 하면 종육품인 천문학교수, 지리학교수, 명과학교수로 각각 천수, 풍수, 역학에 있어서 일인자들이었다. 종사품인 첨정보다 품계가 아래이긴 하지만 실무를 알고 있는 사람은 이들 교수였다. 교수들은 궐 밖에 함부로 나올 수 없을 뿐만 아니라 아무나 막 만나서는 안 되는 사람들이었다. 왕의 사주와 성운을 알고 있는 사람이 바로 이들이기 때문이다. 그뿐만 아니라 왕 이외의 다른 왕족들 사주까지 알고 있기에 이들을 철저히 감시하지 않을 수 없었다. 역대 역모 사건들 중에 관상감, 소격서, 성수청이 개입되어 있지 않은 경우를 찾기 힘든 이유가 이러한 특성 때문이었다. 이런 사정을 뻔히 알면서도 억지를 부리는 장씨에게 혜각 도사가 나지막하게 말했다.

"장씨 도무녀, 그간 성수청을 오래 비워 두었소이다. 교수들이 궐 밖으로 나와야 하는 것이 아니라 도무녀가 입궐해야 하는 것이오."

"누가 도무녀랍디까? 난 때려치운 지 오래되었소. 신력도 이미 다되었고 이 무지렁이 같은 목숨 하나 건사하기도 버거운 몸이오."

"다되었다는 신력조차 조선 제일 아닌가. 최고 신력의 도무녀를 두고 그 아래 신력을 국무로 삼는 예는 없소이다. 임시로 둔 도무녀는 현재 자리를 감당하기 힘드오. 다시 성수청으로 들어오시오."

장씨는 여전히 비아냥거리며 말꼬리를 엉뚱한 곳으로 돌렸다.

"성수청과 소격서를 몰아내고자 매일같이 상소해 대는 유생들의 청을 들어주는 것이오. 거기에는 우리가 발붙일 곳이 없수다. 도교도 무교도 유교 앞에선 한낱 사악한 미신에 불과할 뿐이지. 혜각 도사도 소격서를 철폐하고 어디 산수 좋은 곳으로 들어가시오."

"내 비록 조정은 싫으나 소격서를 버릴 수는 없소이다."

혜각 도사는 비록 조선이 실리에 의해 명나라에 사대를 하는 형편이기는 하나, 하늘의 아들은 명나라가 아니라 바로 조선이고, 아들인 조선이 아비인 하늘에 제사를 지내는 것이 자식 된 도리로 마땅하다고 생각하는 사람이었다. 그렇기에 소격서 철폐에 강력히 맞서고 있었다. 마음이 급한 첨정이 둘 사이에 끼어들었다.

"어흠, 어흠! 그런 얘길 하자고 이리 먼 곳까지 온 것이 아니잖소."

"그렇겠지, 내가 목적이 아니라 내 신딸이 목적이겠지."

장씨의 서슬 퍼런 눈빛이 첨정에게로 쏟아졌다. 그와 동시에 입에서 독설도 쏟아졌다.

"벼락 맞아 뒈질 인간들 같으니! 그동안 휴(休)[17] 지역에 내 신딸을 정박령으로 박아 두었던 것으로도 모자라 이젠 아예 내놓으라고? 그 아이에게 만약 뭔 일이 생긴다면 난 누구에게 제삿밥을 얻어먹으란 말이오? 그대들은 자식도 없소?"

"잠시 빌려 달라는 말이오. 한 달이면 되오."

"휴 결계 안에 가둬 둔 것도 잠시란 것이 3년이란 세월이었소! 또 다른 휴를 알아볼 동안 잠시 쉬고 있는 아이를 굳이 궁궐 안으로 끌고 들어가야 쓰것소?"

화가 나서 소리치는 장씨를 달래듯 혜각 도사가 말했다.

"그런 말은 여기서 백날 소리쳐 봤자 아무 소용없소. 관상감 지리학교수가 정한 일이니 경복궁으로 들어가 직접 말하시오. 지금 현재로선 이 방법밖에 없다는 것은 장씨 도무녀가 그 누구보다 잘 알고 있질 않소!"

"허! 뭘 잘 알아, 잘 알긴! 잘난 유생들이나 잘 알것지. 하긴 유생들도 끈 떨어진 연 신세지, 뭐. 예전 홍문관에 그 양반 죽고 난 뒤 꽁지 빠지게 달아났으니. 큭큭! 그 대제학도 참 얄궂은 운명이야. 우리 성수청 죽이려고 눈이 시뻘게져서 덤비더니, 기껏 내가 물러나 주니 그렇게 덧없이 가 버리다니. 큭큭큭, 세상만사가……."

장씨가 푹 꺼진 눈두덩을 거친 손끝으로 비볐다. 메말라 서걱거리는 소리가 들리는 듯하였다.

---

17. 휴(休) 풍수학에서 살(殺)과 액(厄)을 대신 받아 상대를 살리는 지형.

"장씨 도무녀, 상감마마의 옥체가 급격히 나빠지시었소. 내의원에서조차 힘겨워하고 있다오. 정말 그 방법밖에는 없소."

장씨가 다시 키득거리기 시작했다. 섬뜩한 공포가 첨정의 뒷덜미를 자극했다.

"으흐흐, 하필 하늘늑대별[18]에 어둠이 덮인 이 시점에 내 신딸을 보내라니……."

천랑성이 어둠에 덮였다는 건 조선의 국운이 나빠진다는 의미다. 국운과 왕의 운명은 불가분의 관계가 아닌가. 국운이 나빠져서 신딸이 궁궐로 들어가야 하는 것인지, 아니면 신딸이 궁궐로 들어가기 때문에 국운이 나빠진다는 것인지 도통 감을 잡을 수가 없었기에 장씨는 두려움을 버릴 수가 없었다. 장씨는 두 사람에게 권하지도 않고 술잔에 술을 부어 혼자서 연거푸 마셨다. 혜각 도사도 따라서 자신의 잔에 스스로 술을 부으며 말했다.

"도무녀가 별자리를 보다니, 천문학교수가 들으면 섭섭하겠소. 별자리 걱정은 천문학교수에게 맡겨 두시고, 어째서 휴 결계가 부서졌는지부터 걱정하시오. 그 원인을 아시오?"

"나도 그 원인은 도통 모르겠소. 어느 작자의 수작인지……. 지리학교수는 아무 말 없었소?"

"그도 원인을 모르겠다고 하였소. 이 조선 땅에 장씨 도무녀가 지키는 결계를 깰 인간이 과연 있을지……. 하여 지금 당황

---

18. 하늘늑대별 천랑성. 서양에선 시리우스별이라고 함. 조선의 국운을 점치던 별이었음.

스러움에 갈피를 잡지 못하고 있소."

"내 몸이 메말라 가는 것만큼 내 신력도 다되어 가는 게요."

버리듯 툭 내뱉는 장씨의 목소리가 슬펐다. 혜각 도사가 술잔을 비우는 장씨를 살펴보며 말했다.

"아마도 만날 인연은 만나야 하기 때문일 거요."

장씨의 눈이 날카롭게 혜각 도사의 얼굴에 꽂혔다. 그는 그 눈빛에 아랑곳하지 않고 천천히 술을 마신 뒤 다시 말했다.

"달을 잡아당겨 계곡에 가둔다 한들 그 달빛마저 가둘 수 있겠소?"

첨정은 뜬금없이 무슨 말이냐는 표정으로 혜각 도사를 보았고, 장씨는 미세하게 떨리는 손을 숨기고 태연한 척 술잔을 잡아 입으로 부었다. 첨정이 쐐기를 박듯 힘주어 말했다.

"아무리 장씨 도무녀의 신딸이라고는 하나 그 신딸 또한 성수청의 수종무녀로 무적에 올라 있소. 그러니 나라의 부름에 응해야 하는 것이 마땅한 도리인 것이오!"

장씨는 첨정의 말을 비웃어 넘겼다. 하지만 이내 하늘을 올려다보더니 힘없이 말했다.

"사흘간의 생각할 말미를 주시오."

장씨의 대답이 승낙에 가까워지자 첨정은 더욱 기세를 높였다.

"더 생각할 필요도 없소. 그대의 신딸은 주상전하의 액받이 무녀! 그 운명을 거역할 순 없소."

장씨는 귀찮다는 듯 손을 휘휘 저으며 말했다.

"알았소, 알았으니 이만 가 보시오."

혜각 도사와 첨정은 자리에서 일어나 가볍게 인사한 뒤 돌아갔다. 장씨는 두 사람이 가고 난 뒤에도 멍석에 앉아 술을 마시고 안주 삼아 한숨을 마셨다. 간간이 섞이는 웃음소리가 마치 귀신의 것인 양 스산했다.

"그래, 그랬지. 액받이 무녀……. 액받이 무녀였지. 흐흐흐!"

잔실이 뛰어와 술병을 빼앗아 허리 뒤로 숨겼다.

"이리 내, 이년아! 오늘 술 먹고 죽어 뿔란다."

"죽는 방법도 여러 가진데 우째 술 먹고 죽는 방법을 택하시남유? 가장 죽기 힘든 방법이니 다른 방법을 찾아보시지유."

"무노비 주제에 주인 알기를 우습게 알지."

"저도 신딸이구만유. 근데 어찌 매번 무노비라고 하신대유?"

"무녀로 사는 것보다 노비로 사는 게 훨씬 나은 거야, 이년아! 지년 생각해서 해 주는 말을 모르고, 쯧쯧……."

장씨는 무릎을 짚고 일어나 휘적휘적 걸어서 마루에 털썩 앉았다. 그러고는 한참을 하늘만 보고 앉아 있다가 긴 한숨 끝에 어두운 방 안을 보고 말했다.

"들으시었소? 아무래도 아가씨가 궁으로 들어가야만 할 것 같소."

어두운 방 안에서 기품 있는 월의 목소리가 들렸다.

"단지 한 달 동안만 상감마마의 옆에 있는 것뿐이라지 않습니까."

"정확히는 침수 드신 옆이오. 한 달 동안 상감마마께옵선 아가씨가 옆에 다녀간 줄도 모르실 것이오. 아니, 모르셔야만 하오. 왕과 더없이 가까우나 결코 만날 수 없는, 만나서는 안 되는 것이 액받이 무녀의 팔자니까……."

한참을 마루에 걸터앉아 있던 장씨는 손바닥으로 얼굴을 한 번 쓱 훑고는 하늘을 보며 말했다.

"하이고, 날씨 하나는 징그럽게 좋소. 울긋불긋 단풍도 청승맞게시리 곱구. 제아무리 곱디고운 단풍이라고 해 봐야 상감마마의 안정에 들어 있는 아가씨만큼 곱겄수만."

어두운 방 안에 있던 월도 단풍을 보았다. 하지만 눈에 들어온 단풍은 눈동자에만 비춰질 뿐 마음으로는 들어오지 못하였다. 장씨는 땅이 꺼져라 한숨을 쉬었다. 아무리 숨을 밖으로 토해 내도 속 갑갑함은 사라지지 않았다.

"아가씨, 궁궐로 들어간다는 것이 어떤 의미인지는 아시오?"

"네, 알고 있습니다."

지금까지 온양행궁 옆에 있던 휴 지역에서는 월이 자리를 지키고 있는 것으로 왕의 옥체를 해하는 살殺과 액厄을 밟아 누를 수 있었지만, 왕의 옆에 있어야 한다는 것은 모든 살과 액을 월이 온몸으로 받아야 함을 의미했다.

"흐트러져 있던 상감마마의 옥체 속 기가 제자리를 잡으면……, 그렇게 되면……."

"그것도 알고 있사옵니다."

아직 후사가 없는 왕이었다. 이런 상황에서 가장 시급한 건 왕비와의 합궁이었다. 그것을 위해서는 왕의 기를 정상으로 회복시키는 것이 선행되어야 했다. 이것이 액받이 무녀가 존재하는 가장 큰 이유였다.

"어서 원자를 보셔야지요. 그래야 종묘사직도 안정이 되지 않겠습니까."

월이 마치 남의 일처럼 평온하게 미소로 말하자 장씨는 소리 내어 허허거리며 웃었다.

"좋기도 하것수, 허허허! 중전과의 합궁에 퍽이나 웃음도 나오것수."

"소녀, 비 오는 날 밤의 만남에 마지막을 두었습니다."

여전히 미소로 말하는 월의 얼굴이 보기 싫었던 장씨는 원망 어린 눈길을 하늘로 뿌렸다.

"완전히 끊어 내지 못한 마지막은 마지막이 되지 못하오. 그리고 아가씨 입으로 마지막이라고 백날 말해 봤자 상감마마께옵선 처음이라 하시었으니……. 왜 하고 많은 것들 중에 하필 달이라 이름 하셨는지. 이 염병할 놈의 사명지신司命之神[19] 같으니!"

"신께 욕을 하는 이는 신모님뿐일 것입니다."

웃을 수밖에 없는 월 대신 그 몫만큼 한탄을 담은 목소리로 장씨가 말했다.

"힘들 것이오. 울어서도 안 되고, 말해서도 안 되고……, 그리움과 서글픔에 지쳐 죽겠어도 죽어서도 안 되고……. 차라리 죽느니만도 못한 일이오. 그래도 가 보시겠소?"

한동안 월은 대답하지 않았다. 표정도 없었다. 이윽고 모든

---

19. 사명지신(司命之神) 왕의 운명을 관장하는 신.

슬픔을 다스린 얼굴로 말했다.

"이젠 아니 갈 수 없습니다."

장씨가 더욱 깊어진 한숨으로 말했다.

"그래, 보고 오슈. 원껏 용안을 뵙고 오슈. 눈에, 가슴에 가득가득 품고 또 품어 그대로 죽어도 한없을 만큼 품고 오슈."

"신모님, 죄송합니다. 소녀의 욕심이 과하여 이리된 듯합니다."

월의 목소리에서 따뜻한 위로가 느껴졌다. 이에 마음이 더 상한 장씨는 떨리는 손으로 자신의 목을 움켜쥐었다.

"인연으로 묶이는 게 무서워 이름 하지 않았더니 그 아가씨란 말이 이름이 되어 버렸는갑소. ……다 내 죄야."

"한 달만 있다가 오면 되는 일입니다. 아주 간단하지요."

장씨가 몸을 돌려 방 안에 앉아 있는 월의 손을 잡아 쥐며 당부했다.

"딱 한 달만이어야 하오."

월의 손을 쥔 장씨가 느끼는 두려움이 무엇인지 그녀로서는 다 헤아릴 수가 없었다. 매일매일을 술과 더불어 고통 속에 지내고 있는 장씨를 다 헤아릴 수도 없었다. 월이 자신의 속을 들여다보고 있는 걸 깨달은 장씨는 얼른 손을 놓았다. 그리고 술상을 치우고 나오는 잔실을 손끝으로 불렀다. 잔실이 쪼르르 달려와 장씨 옆에 앉았다. 짧은 다리가 마루 아래에서 달랑거렸다. 장씨가 아직 어린 잔실의 머리를 다정하게 쓰다듬었다. 평소 매질이나 일삼던 장씨에게서 좀처럼 느끼기 힘든 손길이었다. 그래서 잔실의 입술이 갸우뚱했다.

"워째 안 하던 짓 하고 그러신대유?"

예상했던 꿀밤이 날아오지 않았다. 대신 장씨의 차가운 미소만 날아왔다.

"너도 들어가야 쓰것다."

잔실이 입을 앙다물고 눈을 여러 차례 깜박거렸다.

"궁궐로."

잔실이 다시 눈을 깜박거렸다.

"너도 한양에 있는 궁궐로 들어가야 된다고. 아가씨는 네가 모셔야 한다."

"차, 참말로 궁궐에? 지도유?"

장씨가 고개를 끄덕이기가 무섭게 잔실이 만세를 부르며 마당을 뛰어다녔다.

"만세! 만만세! 드디어 한양 구경이다! 성수청에 간다!"

잔실이 뛰어와 장씨 턱 밑에 얼굴을 들이밀고 들떠 물었다.

"지도 성수청 무녀인 거 맞지유? 들어갈 수 있는 거지유?"

"입! 누누이 말하지만 네년은 나불거리는 주둥이에 화가 붙어 있어!"

장씨가 잔실의 입술을 손바닥으로 덮었다. 그리고 섬뜩한 눈빛으로 말했다.

"너는 한양에 들어서는 즉시 입을 봉해야 한다. 절대 말을 해서는 아니 돼. 만약 이를 어길 시엔 네년의 사지는 갈가리 찢어질 것이다!"

잔실의 손이 바들바들 떨렸다. 눈에는 눈물이 맺혔다. 낮게 파고드는 공포가 몽둥이에 비할 바가 아니었다. 그와 달리 말을 마친 장씨는 잔실을 놓아주고는 대수롭지 않은 말투로 방안을 향해 말했다.

"그나저나 설이 이년은 또 어딜 싸돌아다니는 게요?"

"잠시 여행 다니러 갔습니다."

"쯧쯧, 또 숨어 보러 간 게로군. 팔자에도 없는 역마살이 낀 겐지, 원."

거칠게 말했지만 설을 걱정하는 마음이 느껴졌다.

"자유로운 품성을 지닌 여인입니다."

"흥! 한곳에 매인 마음을 지녔는데 무슨 자유로운 품성이란 말이오? 그 집착하는 마음이 그년의 숨통을 조일 게요. 꼴같잖게 계집 주제에 뭐하러 검을 쥐어서는. 하긴 여자란 자고로 바늘을 쥐어야 하는데, 검을 쥔 설이 년이나 책을 쥔 아가씨나 팔자 더럽기는 매한가지지."

2

 월에게서 정표로 빼앗듯이 받아 온 둥그런 보름달이 다시 훤을 찾아왔다. 건강은 여전히 나아지지 않았다. 다른 것은 두고라도 오래 앉아 있으면 숨이 가쁜 것만 해결되어도 천추전千秋殿에 나가 일을 할 수 있을 것 같은데 마음대로 되지 않아 화가 났고, 그 화가 또다시 숨 가쁨으로 이어졌다. 근 한 달 동안 훤이 처리한 문서는 고작 하루에 한두 개에 불과했다. 매일같이 쏟아지는 공문서와 상소문, 탄원서들을 다 합하면 수백 개에 달하는 분량이기에 하루에 한두 개 정도라면 거의 일을 하지 못하였다는 뜻이다. 나머지 문서들은 분명 파평부원군인 윤대형과 그 일파가 다 처리했을 것이고 이는 곧 윤대형의 조정이 되었다는 뜻이기도 하였다.
 한 달 전 온양행궁으로 가기 전에는 이렇게까지 건강이 나쁘지 않았다. 온천욕을 가게 된 것은 순전히 훤의 핑계였다. 경복궁에만 갇혀 있다 보니 궐 밖 백성들의 형편을 알 수가 없었다. 행궁은 그나마 빠져나가기 쉬웠으므로 온천욕을 고집했던 것이다. 그런데 정작 경복궁에 돌아오고 난 뒤부터 진짜로 몸져눕기에 이르렀다. 내의원에서조차 병의 원인을 알아내지 못하였다. 더군다나 밤만 되면 하늘의 달을 보며 우울해하는 왕이 정상으로 보이지 않았기에 주위에서는 귀신에 씐 것이라 수군거리는 사람들까지 생겨나고 있는 실정이었다.

보름달과의 재회가 반가워 훤은 오늘도 달이 잘 보이는 경성전 방에서 하늘을 보고 있었다. 술도 마시고 싶었지만 내관들이 오늘따라 무릎 꿇고 앉아 강력하게 만류하는 바람에 포기했다. 창밖에 제운이 버티고 서자 왕은 더욱더 애처롭게 달을 보았다. 그리고 일부러 그가 들으라는 듯 한숨과 같이 원망하는 말도 내쉬었다.

"달은 이지러졌다가 사라진 후 다시 저리 나에게 돌아왔는데, 정작 와야 할 달은 오지 아니하는구나."

주위의 누구도 월에 대해 아는 사람 없고 오직 제운만 알고 있는데, 그는 훤의 말을 들어주는 것인지, 아니면 귀찮아하는 것인지 구분되지 않게 한 치의 빈틈도 없이 창밖에 서 있기만 하였다. 제운마저 모른 척하면 월은 정말로 귀신이 되어 버리기에 적당히 맞장구를 쳐 줬으면 좋겠건만 워낙에 말수가 없는 그라 거의가 혼잣말로 끝났다. 또다시 숨이 가빠 왔다. 훤은 갑갑함을 참지 못하고 창밖으로 팔을 뻗어 뒷모습을 보이며 서 있는 제운의 옷자락을 잡아당겼다.

"나를 좀 봐 다오. 그리 등을 보이며 서 있지 마라. 너도 달을 보았지 않느냐. 나와 같이 너도 보았잖느냐."

제운은 어쩔 수 없이 몸을 돌려 왕을 보았다. 하지만 답은 간단했다.

"네."

"어땠느냐? 네가 본 달은 어떻게 생겼더냐? 헛것은 아니었더냐?"

입을 봉합한 제운은 끝내 말하지 않았다.

"무엄한 놈! 세조 때, 종부시 첨정 최호원이 임금 앞에서 말하지 않았다 하여 옥에 갇힌 것도 모르느냐? 내가 성군이었기에 망정이지 다른 임금이었다면 넌 옥에서만 살았을 것이다."

훤의 투정 섞인 협박을 받고도 그의 입은 열리지 않았다. 달빛을 반사하는 왕의 하얀 야장의가 눈이 부셨다. 제운은 그때 보았던 월의 소복이 생각나 다시 몸을 돌려 섰다. 왕에게 등을 보여도 되는 인간은 세상에 유일하게 운검뿐이었다. 돌아선 하늘에는 정표로 받지 못한, 감히 청해 보지도 못한 달이 눈에 들어왔다. 그 달을 정표로 가진 건 왕이었다.

"나에게는 부왕은 있었으나 아비는 없었고, 왕비는 있으나 아내는 없고, 신하는 있으나 벗은 없구나. 응? 운아, 나에게는 벗도 없다고. 내 말 듣고 있느냐?"

어디선가 들려오는 닭 울음소리에 잔실은 월의 목욕 시중을 멈추고 귀를 막았다. 새벽이 아닌 늦은 밤에 들리는 암탉 소리가 어린 무녀의 신경을 긁었다. 이내 소리가 뚝 끊기고 다시금 적막함이 찾아왔다. 성수청은 외진 어라산 기슭보다 더 적막한 곳이었다. 상상했던 재미난 굿판 따위는 없이 엄숙하고 우아했다. 그래서 도통 무당 같아 보이지 않는 아가씨란 사람이 왜 이곳에 이름이 올라 있는지 이해가 될 지경이었다.

잔실은 눈을 멍하니 뜨고 목간통 속에 앉은 월을 바라보았다. 한여름의 무더위 속에서도 그녀의 옷차림은 언제나 단정했었다. 지금 물속에 앉은 모습 역시 그랬다. 얇은 속적삼에 살갗이 비치는데도 하얀 수증기가 에워싸고 있는 모습은 여느 때보다 더 신비로웠다. 물에서인지 그녀의 몸에서인지 모르지만 은은하게 퍼져 나가는 난향 때문에 더 그렇게 느껴지는 건지도 몰랐다. 잔실은 선녀 같다는 말을 건네려다 입을 꾹 다물고 침을 삼켰다. 장씨의 경고가 떠올랐기 때문이다. 다른 사람과 대화하는 것은 물론이고 혼잣말하는 것도, 웅얼거리는 것도, 심지어 비명 소리를 내는 것도 안 된다고 하였다. 귀신이 말을 걸어도 답을 해서는 안 된다고 하였다. 잔실은 갑갑함을 참기 힘들었지만, 사지가 갈가리 찢어지지 않으려면 그 말에 따르지 않을 수 없었다.

월이 눈으로 목간통 속에서 나가겠다고 말해 왔다. 이에 잔실은 재빨리 등을 돌려 섰다. 그녀의 알몸은 볼 수가 없었다. 어떤 강요나 협박 때문이 아니었다. 이상한 일이지만 예전부터 그래 왔었다. 어려서 시골 농사꾼의 딸로 태어나 동네 꼬마들과 어울려 들과 산으로 뛰어다니며 살아왔던 잔실에게 있어서 월은 자신이 아는 세상의 사람이 아니었다. 그래서 어쩌면 진짜 사람이 아닐지도 모른다는 생각을 하고 있었다. 그림 속의 학이 아름다운 여인으로 변신해서 세상으로 나온다는 옛날이야기가 사실일지도 모른다는 막연한 느낌이었다. 돌아보면 사람은 온데간데없고 학만 떡하니 있는 건 아닐까 생각도 했다.

잔실은 목욕간 벽에 움직이는 월의 그림자를 보았다. 그림자는 아직 여인의 형상이었다. 잔실은 콧등을 찡그리며 입술을 쭉 내밀었다. 그 이야기는 학의 죽음으로 끝이 났기에 기분이 언짢아졌다. 월의 그림자가 새 옷을 입었다. 비록 그림자는 검은색이지만 옷은 변함없이 하얀색이리라. 번갈아 겹겹이 껴입는 저고리와 치마도 모두 하얀색이리라. 마지막 저고리를 입고 옷고름을 매만지는 그림자의 자태가 우아하기 그지없었다. 잔실은 그림자를 흉내 내어 손끝에 힘을 주고 자신의 앞섶을 슬쩍 눌러 보았다. 그림자의 우아함과는 많이 달랐다.

목욕간 밖에는 수종무녀들이 기다리고 있었다. 월과 잔실은 그 사람들 사이를 지나 기도청으로 들어갔다. 그리고 따라 들어오려는 그들을 팔을 벌려 저지한 후 문을 굳게 닫았다. 잔실은 문이 완전히 닫히기 직전 섬뜩한 눈으로 노려보고 있는 권지도무녀權知都巫女[20]를 발견했지만, 이것도 장씨의 지시였기에 어쩔 수가 없었다. 잔실은 이곳에 들어와서부터 줄곧 그들의 수군거리는 소리를 들어왔다. 더러운 무녀들의 팔자, 그보다

---

20. 권지도무녀(權知都巫女) 도무녀직을 임시로 맡은 무녀.

더 더러운 액받이 무녀의 팔자…….

"서수필鼠鬚筆과 경면주사는 가져가야지."

권지도무녀의 목소리였다. 잔실은 기도청 내부를 둘러보았다. 그러고 보니 필요한 그것들이 없었다. 잔실은 문을 조금 열고 쟁반을 받아 들었다.

"너는 말을 못 하는 것이냐, 하지 않는 것이냐?"

염탐을 하는 듯한 권지도무녀의 말에 잔실은 입만 삐죽하고 냉큼 문을 닫았다. 닫히는 문 사이로 그녀의 말이 들렸다.

"대체 액받이 무녀란 것이 뭐기에 나에게까지 비밀로 하는 거냐! 장씨 도무녀, 이 능구렁이!"

'칫! 여기 없는 신모님은 왜 험담하고 난리람.'

말을 해도 되었다면 잔실은 벌써 권지도무녀에게 쫑알대며 쏘아붙였을 것이다. 천대하며 수군거리는 무녀들에게도 아가씨는 댁들과 천지 차이라고 악다구니를 썼을 것이다. 그럴 수 없기에 괜히 입모양만 쫑알거리고 돌아섰다. 잠깐 월의 표정을 보았다. 언제나처럼 다소곳하게 앉아 있었지만 무표정함 속에 다른 무언가를 숨기고 있는 듯하였다. 잔실과 눈이 마주치자 이내 미소 뒤로 자신의 표정을 숨겼다. 그녀가 숨긴 표정을 되새겨 보았다. '의문', '의아함' 같은 종류였다. 잔실은 고개를 끄덕이며 월의 등 뒤로 가서 앉았다. 잔실도 여기 들어와서 이해되지 않는 일투성이였으므로 그녀의 표정이 이해가 되고도 남았다.

쟁반 위에는 붓 두 개와 검은색 먹물, 그리고 개어 놓은 붉은색 경면주사가 가지런히 있었다. 잔실은 그중에서 붓 하나를 손에 잡았다. 성수청에서 부적을 쓸 때 사용하는 붓은 자년 자월 자일 자시에 쥐 수염으로 만든 서수필이었다. 잔실은 진짜 서수필은 처음 보았기에 신기하여 유심히 살펴보았다. 돈으로도 살 수 없다는 물건치고는 평범한 모습이었다. 그러는 사이에 월은 치맛자락을 풀어 조심스럽게 등을 드러냈다.

 잔실은 등의 척추를 따라 손가락으로 혈을 찾아 자신도 의미를 모르는 문자를 검은 먹물로 적어 나갔다. 글자를 적는다기보다는 그림을 그리는 쪽에 가까웠다. 하지만 장씨에게서 눈물 콧물 쏟아 가며 징그러울 정도로 훈련받았던 터라 이제는 눈을 감고도 할 수 있는 일이었다. 다소 불편한 자세로 손등에도 문자를 그렸다. 마지막으로 월과 마주 보고 앉았다. 검은 먹물을 찍었던 붓을 놓고 다른 서수필을 들었다. 그것을 좀 전에 울음을 그쳤던 암탉의 피와 기름을 넣어서 갠 경면주사에 담갔다. 붉은 피 같은 것이 붓에 스며들었다. 붓에 스며든 것은 월의 이마로 옮겨 가서 문자의 형태로 말라 갔다.

 차 내관이 오른쪽 다리를 절뚝거리며 차를 가져왔다. 강렬한 국화 향이 방 안 가득 채워졌다. 제운의 뒷모습에서 월의 흔적을 찾던 훤은 고개를 돌려 향기가 나는 곳을 쳐다보았다.
"무엇이냐?"
"내의원과 관상감에서 올리는 차이옵니다."
"맛없겠군. 고작 그것 때문에 그리도 술을 못 마시게 하였구나."

 내의원이란 말만 들어도 훤은 입안에 쓴맛이 가득 차올라 저절로 고개가 돌아갔다. 약이라면 질릴 만큼 먹고 있었기에 짜증부터 튀어나왔다.

 "오늘부터 관상감에서 부적을 쓸 거라고 하지 않았느냐. 먹기 싫은 탕제도 불평하지 않고 꼬박꼬박 마셔 주는데 그것까지 굳이 마셔야 하느냐?"

 차 내관이 간청하다시피 말했다.

 "이것만큼은 반드시 드셔야 하옵니다. 그래야 부적이 효과가 있다 하였사옵니다. 차향은 쓰지 않고 오히려 향기로우니 탕제와는 다르옵니다."

 향기롭다는 말에 마음이 누그러진 훤은 찻잔을 받아 들었다. 짐작과는 달리 국화 향에 달콤함이 녹아 있었다.

 "이 안에 독이라도 들어 있으면 재미있겠는데······."

 "상감마마! 그 무슨······."

 새파랗게 질린 차 내관을 보고 훤은 웃음을 터뜨렸다.

 "푸하하! 농담이다. 차 내관 앞에서는 뭔 말을 못 하겠어. 내가 지금 죽어 버리면 곤란한 사람들이 많지 않느냐. 어서 건강해져서 파평부원군의 외손자를 낳아야지. 세자로 만들어 이 조선을 윤씨 일파가 더욱더 좌지우지하도록 만들어 줘야지. 지금 나의 목숨은 그걸 담보로 부지되고 있으니까. 그러니 이 잔에 독 따위는 절대 없어. 하하하!"

 웃으면서 할 말은 아니었다. 하지만 훤은 지극히 농담처럼 진실을 말하고 차를 마셨다. 입에 잠시 머금어 보니 짜증 낸 것이 머쓱할 정도로 맛이 괜찮았다. 훤은 차향 덕분에 편안한 마음이 되어 달구경을 할 수 있었다.

"운아, 참으로 바쁜 달이지 않느냐? 꿈길로도 한번 찾아오지 아니하는 것을 보면……."

여전히 제운은 미동도 없이 서 있었다. 간혹 바람이 머리카락을 날리는 것으로 그 움직임이 있을 뿐이었다. 갑자기 피식거리며 훤이 웃기 시작했다.

"나도 정상은 아닐세. 잠깐 어두움 속에 보았던 얼굴에 이리도 속상해하다니. 생각해 보면 이해도 되느니. 잠시 비만 피할 수 있도록 지붕만 빌려 줬던 나그네가 무에 그리 보고 싶겠는가. 임금이라 내치지 못하는 마음이 더 힘들었을 것이야. 그 정도 되면 마음 정해 둔 정인이 따로 있었을 터인데 임금이 같이 가자 하니 감히 싫다 못 했겠지. 그래서 그다음 날 바로 정인과 함께 나를 피해 달아났을 것이야. 운아, 내 생각이 맞지 않겠느냐?"

"모르겠사옵니다."

뒷모습 그대로 감정 없는 목소리만 들렸다. 훤은 자신의 말에 속이 상해 놓고 괜히 제운에게 서운함이 뻗쳤다. 그리고 자신의 말이 옳다는 생각이 들었다.

"포기해야 되겠지. 운아, 그 전에 마지막으로 한 번만 더 온양에 다녀오너라."

"알겠사옵니다."

"아, 아니다. 관둬라. 더 이상 너를 멀리 보내는 것도 다른 눈들 때문에 안 되겠다."

"알겠사옵니다."

딱 부러진 제운의 대답에 다시 번복하기가 멋쩍었다. 말과는 달리 마음에선 완전히 포기가 되지 않는 것도 우스웠다. 하지만 더 이상 달에 취해 있을 수만은 없었다. 힘들지만 이제는 잊도록 노력해야 한다.

"운아, 걱정 마라. 오늘을 마지막으로 더 이상의 달 타령은 없을 터이니."

훤은 찻잔을 깨끗이 비우고 차 내관에게 돌려주었다. 아쉬운 듯 나른한 몸을 창틀에 기대고 하늘을 보았다. 훤의 검은 눈동자에 하얀 보름달이 가득 찼다.

"……오늘따라 달이 이상스러울 정도로 커 보이는구나."

잠시 앉아 있었을 뿐인데 갑자기 졸음이 쏟아졌다. 하품할 새도 없이 바로 눈꺼풀이 내려왔다. 오늘 밤은 이 방이 취침 장소였기에 훤은 그대로 이불 속으로 들어갔다. 차 내관이 기척을 조심하느라 찻잔을 조심조심 움직여 다반에 올렸다. 상궁이 발소리를 죽여 다반을 거둬 갈 때쯤 훤은 이미 깊은 잠에 빠져 있었다. 평소 잠자리에 들어도 한참을 뒤척이다가 겨우 수잠을 자던 모습과는 달랐다. 창에 서 있던 제운이 이상함을 포착했다. 물러 나오는 다반을 낚아채듯이 잡은 그는 찻잔의 향기를 맡아 보았다. 경성전 밖에 서서 다반을 기다리고 있던 어의가 놀라서 말했다.

"뭐 하는 거요?"

제운의 눈이 무엇이냐는 질문을 하였다. 잘못한 것도 없건만 날카로운 눈빛에 지레 주눅이 들었다.

"다, 단지 차일 뿐이오."

"차란 것도 여러 종류가 있습니다."

"살맹이 씨와 측백 씨 등을 넣어 귀잠을 드리는 차요. 불면증에 쓰는 약이기도 하오. 감히 이상한 것을 올리겠소?"

"분명 향기롭다 하시었습니다."

어의는 자신보다 한참 어린 사내의 분위기에 짓눌려서 하지 않아도 되는 설명을 주절주절 늘어놓았다.

"그야 황금빛 국화가 들어갔으니까. 요즈음의 탕제 때문에 자칫 비위가 상할 수도 있는 약제들이라 국화 향으로 그것을 다스리면서 동시에 약효를 높였소."

"약제를 쓰면서까지 귀잠에 드시게 하는 이유가 무엇입니까?"

"그건 관상감의 일이라 난 모르오. 우리 내의원에서 맡은 일은 귀잠에 드시게 하는 것까지요. 꼭 관상감의 요청이 아니었더라도 상감마마께옵선 수면 부족이 심하신 터라 우리로서도 마다할 이유가 없었소."

오늘부터 관상감에서 부적을 쓸 거라는 건 알고 있었다. 단지 그뿐이라고 하기에는 사전 작업이 지나치리만큼 조심스러웠다. 왕을 재운다는 건 어떤 부적인지를 왕이 알아서는 안 된다는 의미였다.

음의 기운을 불러들이는 인경의 종소리가 멀리서 퍼지기 시작해 동서남북에서 동시에 울렸다. 인경이 울리면 관상감에서 사람이 나온다는 보고가 있었다. 제운은 향오문 쪽으로 눈을 두었다. 밤하늘을 지키는 스물여덟 개의 별자리에 밤 동안의 평화를 기원하는 스물여덟 번의 종소리가 끝났을 때였다. 관상감의 명과학교수가 들어왔다. 그 뒤로 하얀 쓰개치마를 쓴 여인과 두 손을 모아 쥔 여자아이가 눈에 들어왔다. 제운은 칼집을 잡은 오른손을 앞으로 두고 왼손으로 바로 칼을 뽑을 수 있도록 칼자루를 쥐었다. 그런데 이상한 일이었다. 여인이 가까워지면 가까워질수록 가슴에서 울림이 커져 갔다. 월대 위로 올라선 그들을 먼저 막아선 건 내금위장이었다.

"어느 누가 궐내에서 쓰개치마를 쓴단 말이냐!"

명과학교수가 고개를 숙이고 말소리를 낮췄다.

"여긴 사람이 아닙니다."

"뭐라고? 내 눈에는 분명 사람으로 보인다!"

"부적일 뿐입니다. 보내 주시지요."

깜짝 놀란 내금위장이 자신도 모르게 상체를 뒤로 슬쩍 뺐다.

"호, 혹시 인간 부적이라 불리는……."

"네, 그렇습니다."

부적에는 종이 위에 붉은 글자를 쓴 것만 있는 건 아니었다. 먹는 것도 있고, 입는 것도 있고, 단순히 몸에 지니는 금붙이 하나도 부적이 될 수가 있었다. 그중 가장 정확한 것은 자신의 몸에 부적을 쓰는 것인데, 왕의 경우에는 몸을 함부로 할 수 없기에 같은 인간을 부적으로 사용했다. 인간 부적을 사용한다는 것은 그만큼 손쓸 다른 방도가 없다는 뜻이기도 하였다.

"그래도 누구인지는 밝혀야……."

"무녀입니다. 시간이 촉박합니다. 어서 비켜 주십시오."

"소속은? 무녀라고 해도 소속은 있을 것 아니냐! 동서활인원이냐?"

끈질기게 물어 오는 내금위장 앞에서 명과학교수는 짜증스럽게 한숨을 내쉬며 대답했다.

"성수청 소속의 수종무녀입니다."

성수청이란 말에 내금위장은 얼굴색이 바뀌면서 뒤로 두어 발짝 물러났다. 대왕대비전의 비호 아래에 있는 성수청을 건드려서 좋을 건 없기 때문이다. 그리고 그곳 무녀들은 다른 무녀들과는 달리 권위에서 오는 두려움이 있었다. 내금위장도 성수청은 미신이라며 철폐를 주장하는 쪽에 있긴 하지만 완전히 부정하기에는 꺼림칙한 부분이 없다고 할 수는 없었다. 하지만 제운은 그런 것에 겁을 내는 사내가 아니었다. 재빨리 그들에게로 다가가 칼집으로 쓰개치마를 힘껏 걷어 냈다.

칼집 끝에 쓰개치마가 휘리릭 감기며 무녀의 얼굴이 드러났다. 제운의 몸이 차갑게 굳어졌다. 이상한 예감대로 다소곳하게 고개를 숙이고 서 있는 여인은 월이었다. 이마에 선명하게 쓰여 있는 괴상한 붉은 문자가 제운의 숨을 막았다. 하지만 눈이 멀 정도로 부신 달빛을 뿜어내는 그녀는 여전히 그때의 모습 그대로였다. 미세한 감정 변화조차 보이지 않는 것도 그대로였다. 월의 손이 제운에게로 다가왔다. 고운 손등에도 괴상한 검은 문자가 있었다. 제운의 심장 고동이 크게 한번 움직였다. 월이 칼집에 감긴 쓰개치마를 걷어 갔다. 그리고 팔에 걸치며 눈길은 달을 향해 말했다.

"구름이 달을 가리는 본새가 참으로 어여쁘기도 하옵니다."

여전히 마음에 진동을 일으키는 목소리였다. 칼을 잡은 제운의 주먹에 힘이 들어갔다. 비록 혼잣말의 형식을 빌려 왔으나 이것은 월이 제운에게 하는 말이었다. 왕에게 비밀로 해 달라는 간청이었다. 어지러운 마음을 어찌할 수 없었던 제운은 괜한 노여움을 땅으로 보냈다. 곁을 스쳐 지나는 난향이 어지러운 마음을 더욱 괴롭혔다.

월이 쓰개치마를 잔실에게 건넨 후 명과학교수 뒤를 따라 강녕전에 올라섰다. 잔실이 그녀가 벗어 둔 짚신과 자신의 짚신을 함께 끌어안고 꽁무니를 쫓아갔다. 월은 궁녀 두 명과 다른 방으로 들어가 몸에 왕을 해칠 물건이 없는 것을 확인받고 다시 나왔다. 그사이에 차 내관이 절룩거리는 다리를 이끌고 나타났다. 그는 명과학교수와 월에게 따라오라는 눈짓을 하고 앞서 걸었다. 강녕전에서 천랑을 거쳐 경성전으로 들어선 뒤 어디가 어딘지도 모를 많은 문들을 거치고 나서였다.

방문이 열렸다. 월은 여러 개의 방문 중에 이번이 진짜 문이라는 것을 깨달았다. 금색 용무늬가 수놓아진 붉은색 이불이 보였기 때문이다. 이불만 있었다면 진짜가 아니었을 것이다. 그 아래에 훤이 누워 있기에 진짜였다. 하지만 월에게는 왕을 볼 수 있는 자격이 없었다. 고개를 숙인 채 한 발짝씩 앞으로 내딛었다. 오른발과 왼발이 교차될 때마다 훤과의 거리는 한 발짝씩 줄어들었다. 비록 볼 수는 없어도 가까워지는 것은 느낄 수가 있었다. 방바닥을 향해 있던 월의 시야에 이불자락이 들어왔다.

명과학교수가 팔을 들어 둘 사이를 가로막았다. 멈추라는 지시였다. 월은 몸을 옆으로 돌려 그가 눈으로 가리키는 지점에 앉았다. 왕의 어깨 위를 올라가서는 안 되고, 무릎 아래로 내려가서도 안 되기에 허리선 즈음이었다. 그리고 이불과 한 자가량 떨어진 자리였다. 월은 소리 없이 앉아 왼쪽 무릎을 세우고 그 위에 두 손을 가지런하게 겹쳐 올렸다. 양 손등에 쓰여 있는 문자가 팔八 자로 만났다.

명과학교수가 방에서 물러났다. 차 내관도 옆의 방으로 물러났다. 잔실은 방문 밖에 작은 몸을 웅크리고 앉아 신기한 듯 두리번거렸다. 액받이 무녀와 왕만 남겨 두고 모두가 사라진 방에 검은 그림자가 움직이듯이 운검이 들어왔다. 그제야 월은 눈동자를 왕에게로 돌릴 수 있었다. 눈길에는 제일 먼저 훤의 손이 들어왔다. 작은 흉터 하나 없는 손이었다. 이어서 숨 쉴 때마다 들썩이는 붉은 비단 이불이 들어왔고, 새하얀 야장의가 들어왔고, 아침까지 깨어나지 않을 얼굴이 어렵사리 들어왔다. 월은 감히 다 담을 수 없는 보고픔에 잠시 눈길을 접었다가 다시 폈다. 훤의 얼굴이었다. 그 얼굴이 이토록 가까이에 있었다. 차마 손을 뻗을 수는 없었기에 눈으로나마 쓰다듬었다. 입술을, 콧날을, 이마를, 그리고 뜨지 않을 두 눈 위를 행여 눈빛에라도 깰세라 조심스럽게 쓰다듬고 또 쓰다듬었다.

방 한구석에 석상처럼 서 있던 제운의 눈에는 하얀 월이 들어왔다. 달빛을 머금은 하얀 소복이 들어왔고, 세운 무릎 위에 다소곳하게 포개 얹은 고운 손이 들어왔고, 가느다랗고 긴 목을 지나, 입술과 콧날을 지나, 왕만을 보고 있는 물기 어린 눈동자가 들어왔다. 그때처럼 여전히 옆모습뿐이었다. 제운은 그동안의 수많은 물음들을 창에 어렵사리 느껴지는 달의 흔적에 물어야 했다.

보이지 않는 창밖의 하늘에는 한 달 전에 보았던 둥그런 달이 떠 있었다. 구름 한 점이 다시 본 보름달이 반가운지 입을 다문 채 달의 얼굴을 쓰다듬으며 지나고 있었다. 해가 없는 하늘은 더없이 평화로웠다.

새벽 4시를 알리는 파루의 북소리가 보루각을 시작으로 사대문에서 일시에 울리기 시작했다. 33천天을 깨우는 서른세 번의 북소리가 천명을 받은 왕의 목소리를 대신해 둥둥둥 울려대면, 밤사이 조선 팔도를 지배하고 있던 어둑시니[21]는 양의 기운에 밀려 부리나케 달 너머로 숨어들었다. 별만 몇 개 남겨 두고 어둑시니를 따라서 산 너머로 숨어야 하는 달처럼, 월도 해가 깨어나는 서른세 번의 북소리가 끝나기 전에 자리에서 일어나 왕의 침소에서 물러났다.

제운은 몸을 낮추고 자신의 옆을 지나는 월을 볼 수가 없었

---

21. 어둑시니 어둠의 신.

다. 단지 그윽한 난향만을 느꼈을 뿐이다. 월이 물러난 자리에는 밤사이 어두운 방 구석구석에 몸을 사리고 있던 국화 향이 일어나 힘겹게 남아 있던 여린 난향을 샅샅이 지워 나갔다. 그렇게 물러난 월은 방 밖에서 졸고 있던 잔실을 데리고 침전 밖의 차가운 바람 속으로 사라졌다.

서른세 번의 파루가 끝나도 훤은 잠에서 쉽게 깨어나지 않았다. 이윽고 계인鷄人이 작은북을 들고 강녕전 앞마당 한가운데서 서른세 번을 연타하고 나서야 조금씩 눈꺼풀을 움직였다. 내관들이 가까이 다가갔다. 훤은 한쪽 눈을 게슴츠레 뜨고 그 자리에서 길게 기지개를 켠 뒤, 주위 안내를 받아 천천히 몸을 일으켰다. 밤사이 훤의 체온과, 동시에 월의 체온과도 같아진 자리끼를 한 사발 들이켜니 온전히 정신이 차려졌다. 그가 다 마신 사발을 상궁에게 주며 대뜸 물었다.

"밤사이 누가 내 옆을 다녀갔느냐?"

제운을 비롯한 주위 사람들 모두 깜짝 놀랐다. 그중 차 내관이 태연한 목소리로 말했다.

"관상감의 명과학교수가 잠시 부적을 쓰러 다녀갔사옵니다. 어침 평안하셨사옵니까?"

훤은 잠시 자신의 몸을 느껴 보려는 듯 조금씩 움직여 보더니 놀란 눈으로 말했다.

"훨씬 낫구나. 신기한 일이로군."

밤새 비상 대기 중이던 어의들과 관상감의 세 교수들이 함께 아침 문안을 신청했다. 훤은 비록 야장의 차림이지만 옷매무새를 가다듬고 그들을 맞았다. 어의가 한참 동안 맥을 짚어 보더니 얼굴 한가득 기쁨의 미소를 지으며 엎드려 외쳤다.

"성은이 망극하옵니다."

주위 모든 사람들이 그 말을 시작으로 기쁨의 인사를 올렸다. 모두 기뻐하는 그 와중에 관상감 교수들의 얼굴만 새파랗게 질렸다. 액받이 무녀가 효험이 있음으로 해서 명백해진 건 현재 왕의 건강은 단순한 병에 의해서가 아니라는 것이다. 자칫하다간 관상감의 그들 외에도 소격서의 혜각 도사, 성수청의 권지도무녀까지 목이 달아날 수 있는 중차대한 사안이었다. 더욱 두려운 것은 이 모든 원인을 파악조차 하지 못하였다는 것이다. 명과학교수가 바닥에 몸을 붙여 눈물로 호소했다.

"이 천신을 죽여 주시옵소서. 상감마마의 옥체를 해하는 것이 무엇인지 아직도 모르고 있사옵니다. 무능한 이 천신을 부디……."

"아침부터 시끄럽다! 죽여 달라고 하기 전에 이 일에 대해 조용히 밝혀내는 것이 순서일 것이다. 우연일 수도 있는 일로 호들갑 좀 떨지 마라."

훤의 말에도 그들의 손 떨림은 멈춰지지 않았다. 왕의 추궁을 떠나 원인을 알 수 없는 이 일 자체가 두려웠다. 교수들은 왕의 물러나란 손짓에 두려운 마음을 모아 쥐고 침전을 나섰다. 그의 몸을 꼼꼼히 살피던 어의가 물었다.

"번갈煩渴은 어떠시옵니까?"

"어젯밤과는 달리 괜찮다. 이리 앉아 있어도 어지럽지도 않고."

훤은 자세를 가다듬어 정좌를 하고 내관들을 향해 말했다.

"오늘은 천추전에 나갈 것이다. 준비하라."

어의가 깜짝 놀라 만류했다.

"상감마마, 아직은 이르옵니다. 좀 더 나아진 연후에······."

"나갈 것이다! 또 언제 나빠질지도 모르지 않느냐. 조금이라도 괜찮을 때 나가지 않으면 나란 것이 왕인지도 모를 것이다. 오늘은 잡다한 것은 집어치우고 바로 천추전에 들어 그동안의 승정원일기를 훑어볼 것이니 당장 대령해 두도록 하라!"

공무에 관해서만큼은 왕의 고집을 꺾을 수가 없다는 것을 옆에서 모시고 있는 이들이 더 잘 알기에 상전내관이 얼른 일어나 승정원으로 달려갔다.

궁궐 내 모든 이들의 움직임이 분주해졌다. 그중 제일 먼저 천추전의 아궁이가 바빠졌다. 그리고 승정원에 비상이 걸렸다. 하지만 가장 마음이 조급한 사람은 훤이었다. 그동안 비워 두다시피 한 조정의 상태를 짐작하니 미리 화가 치밀어 올랐다. 그래서 초조반을 급하게 먹고 대왕대비와 대비에게는 내관을 보내 문안을 대신했다. 그리고 중전 윤씨에게도 문안 오지 말라는 전갈을 보냈다. 부부임에도 애정 하나 없는, 있는지 없는지조차 느끼지 못하는 왕비였다. 가끔씩 왕비의 존재를 느낄 때는 조정을 통째로 먹으려 드는 자신의 장인, 윤대형과 대치할 때뿐이었다.

왕의 소식을 전해들은 권지도무녀는 소리가 날 정도로 발을 굴렀다. 긴가민가했던 액받이 무녀가 정말로 효험이 있는 것에 대한 분노였다. 그녀는 팔짱을 낀 채로 마당을 서성거렸다. 자그마치 8년이었다. 그 세월 동안 그녀는 도무녀였으나 단 한 번도 진짜가 되어 본 적이 없었다. 마치 성수청이란 것이 예로부터 줄곧 장씨의 것인 양, 도무녀직을 스스로 버리고 떠난 장씨가 그 후에도 계속 진짜 도무녀로 군림하고 있었다.

갈팡질팡하며 고민을 거듭하던 권지도무녀의 눈이 번쩍 뜨였다. 그녀는 곧장 기도청으로 들어가 문갑을 뒤져 책 한 권을 찾아냈다. 성수청 무적이었다. 권지도무녀는 책장을 한 장씩 넘기며 액받이 무녀에 관한 기록을 찾았다. 이름은 모르지만 예전에 장씨가 서찰을 보내어 무녀로 올렸던 기억이 남아 있었다. 한 명은 찾았다. 하지만 그것은 5년 전 기록으로 잔실에 관한 내용이었다. 다시 뒤졌다. 한참 과거로 가서 또 한 명의 기록을 찾아냈다. 권지도무녀는 짜증스럽게 무적을 던지다시피 내려놓았다. 무적을 통해 알아낼 수 있는 정보는 아무것도 없었다.

잔실은 월의 등에 있는 부적의 흔적을 힘들게 다 지우고 얼굴에 맺힌 수증기를 닦아 냈다. 월이 목간통에 앉은 채로 치마를 여몄다. 그녀의 손등도 깨끗해져 있었다. 그 손으로 이마의 부적을 문질렀다. 그러자 더운물에 녹은 경면주사가 눈썹을 타고 눈두덩을 지나 마치 피눈물이 흘러내리듯 그녀의 볼로 흘러내렸다. 피눈물로 모든 것을 흘려 내렸는지 월의 눈동자는 의식 없는 인형처럼 텅 비었다. 잔실은 괜스레 슬픈 기분이 들어 목간통의 물을 참방거려 월의 의식을 깨웠다.

월이 싱긋이 웃으며 잔실을 보다가 갑자기 의아한 표정을 지었다. 그녀의 물 묻은 손이 다가와 볼을 닦아 주어서야 잔실은 자신이 눈물을 흘리고 있음을 깨달았다.

"왜 그러니? 힘드니?"

월의 다정한 물음에 잔실은 고개만 저었다. 말을 하지 못해서가 아니었다. 자신도 왜 눈물을 흘렸는지 모르기에 고개를 저을 수밖에 없었다.

목욕을 마치고 밖으로 나갔다. 언제부터 와 있었는지 목욕간 앞에 권지도무녀가 기다렸다는 듯 서 있었다. 월은 문을 확인했다. 문틈이 벌어진 곳이 없어서 훔쳐본 것 같지는 않았다. 월과 잔실이 잠자코 있는 권지도무녀를 지나쳐 가려고 할 때였다.

"둘 중에 누가 장씨의 신딸이냐?"

월이 걸음을 멈추고 그녀를 보았다.

"무엇을 물으시는 것인지요?"

"말 그대로. 둘 중에 장씨의 신딸이 있을 게 아니냐? 나이 차이를 보건대 잔실이가 네 신딸 같지는 않거든. 장씨가 버젓이 살아 있는데, 네가 벌써 신딸을 들였을 리도 없을 테고."

"그것이 중요한가요?"

"뭐, 중요한 건 아니지만 이상해서 말이지. 제아무리 장씨라고 해도 신딸을 둘씩이나 두진 않을 거라 생각해서, 아니, 그런 경우도 있나 해서……."

"그것이 이상한 일입니까?"

권지도무녀는 인상을 험악하게 하여 월과 잔실을 번갈아 노려보았다. 질문은 이쪽에서 하였는데 마치 질문을 받고 있는 기분이었다. 차츰 눈동자의 움직임이 월에게 고정된 채로 멈추었다. 말을 하지 않는 잔실보다 말을 하고 있는 월에게서 더 들은 말이 없는 것 같았다.

"넌 무엇이냐?"

"이번에는 또 무엇을 물으시는 것인지요?"

"우리는 신을 담는 그릇이다. 한데 너에게서는 그 어떤 것도 느껴지지 않는다. 신은 물론, 심지어 너조차 비워 버린 그 껍데기는 무어란 말이냐!"

월의 입가에 미소가 나타났다. 의미를 알 수 없는 미소였다. 그녀의 등 뒤로 나타난 한줄기 햇빛이 권지도무녀의 눈을 쏘아 스스로 고개를 돌리게 하였다. 마치 최면을 걸듯 월이 속삭였다.

"액받이 무녀이니 껍데기만 있을 수밖에요. 그럼 저는 이만……."

3

어좌에 앉아 문서를 뒤적거리던 훤이 손을 멈추고 제운의 얼굴을 바라보았다.

"운아, 혹시 피곤한 것이냐? 평소와 달라 보이는구나."

"아니옵니다."

훤은 한참 동안 물끄러미 제운을 보았다. 언제나 말이 없는 사내이기는 하였지만 오늘은 어쩐지 그 말 없음이 이상하게 다가왔다. 왕의 옆을 보좌하고 있던 내관들도 제운을 보았지만 그들로서는 전혀 달라진 점을 찾을 수가 없었다. 내내 말없이 왕의 옆을 지키던 제운의 마음은 복잡하기 이를 데가 없었다. 월에 대해 말할 수가 없었기 때문이다. 그렇다고 그토록 애타게 월을 찾던 왕의 마음을 외면할 수도 없었다. 말을 할 수 없는 마음, 말을 해서는 안 되는 마음에 짓눌려 제운의 입술은 그 무게가 더욱 무거워져 있었다.

제운의 마음까지 꿰뚫어 볼 능력은 없었기에 훤은 괜히 미안했다. 그래서 그동안 제운을 혹사시킨 자신을 돌이켜보게 되었다. 운검은 보통 다섯 명이었다. 하지만 훤은 제 고집대로 제운만 옆에 두고 있었다. 주위에 사람이 많은 게 싫다는 핑계였지만, 제운 혼자만의 실력이 다섯 명의 실력을 훌쩍 뛰어넘기에 다른 인원은 필요가 없었다. 무엇보다 제운 이외에는 그 누구도 믿을 수가 없었다. 그런 그를 최근에는 먼 곳까지 오가게 만들었으니 훤의 마음이 편할 리가 없었다.

"내가 또 너를 힘들게 하였구나. 그만 들어가서 쉬어라. 나중에 보자."

제운은 아무 말 없이 고개 숙여 인사한 뒤 물러 나왔다. 천추전 바로 밖에는 어의들이 대기 상태로 서 있었다. 왕이 승정원일기를 보게 되면 성격상 언제나처럼 불같은 화를 뿜어낼 것이 자명했다. 아직 온전히 좋아진 건강도 아니고 또 언제 갑자기 나빠질지도 모르기에 그들은 긴장한 상태로 안의 추이를 살폈다. 아니나 다를까, 화를 담은 왕의 목소리가 천추전을 뚫고 밖으로 쩌렁쩌렁하게 울렸다.

"당장 승지들을 불러들여라!"

그와 동시에 내관들이 전속력으로 승정원으로 달려갔고, 어의들의 긴장은 더욱 심해졌다. 제운이 천추전 밖으로 모습을 드러내자 내금위 군사들은 바짝 긴장했다. 운검이 왕의 옆을 비운다는 것은 그만큼 경호를 강화해야 한다는 뜻이었다. 날카로운 눈매에 차갑게 우뚝 선 콧날, 그 아래 얼음같이 한일자로

꾹 다문 입술이 군사들을 스쳐 지나가자 같은 사내임에도 불구하고 괜스레 가슴 두근거리는 것은 어쩔 수가 없었다.

월대를 내려섰을 때 제운은 명과학교수가 천추전으로 오는 것을 보았다. 그래서 걸음을 멈추고 그를 보았다. 한참을 망설이던 끝에 옆을 지나는 명과학교수에게 말을 걸었다.

"어디에 있습니까?"

명과학교수는 걸음을 멈추고 잠시 어리둥절했다. 평소 목소리 한번 들어 본 적 없는 운검이 말을 걸었기에 무엇을 물어보는지 언뜻 이해를 못 했지만, 이내 무녀가 기거하는 곳을 묻고 있음을 알아차렸다.

"성수청 주위의 도린곁에 한 달간만 묵을 거요. 절대 눈에 띌 일은 없으니 염려하지 마시오."

왕을 모시는 자로서 안심해야 하는 말이었지만 제운의 마음 한구석에는 도린곁이라는 말이 스며들었다.

"언제부터 성수청의 무녀였습니까?"

"무적에 올라 있은 지는 오래되었소."

명과학교수가 급한 걸음으로 천추전 안으로 들어갔다. 제운은 더 이상 아무것도 물을 수가 없었다. 성수청 무녀가 어째서 한양의 사대문 안이 아닌 온양에 있었는지, 이 일이 그녀에게 어떤 영향이 있는지, 한 달 뒤에는 그럼 어디로 가게 되는지 궁금한 것은 끝이 없었지만 물을 수가 없었다. 제운은 어이없는 한숨만 내쉬었다. 등잔 밑이 어둡다고, 가장 가까이에 있는 무적을 두고 먼 관령의 무적만 찾아 헤맨 꼴이었다. 어느덧 동쪽 산에선 눈부신 아침 해가 돋아 세상을 밝히고 있었다. 제운은 그 눈부심을 보았다. 달을 보고 또 해를 봐야 하는 구름보다, 달을 보지 못한 해가 그나마 조금은 더 행복하리라는 생각을 부질없이 해 보았다.

천추전 안에 들어간 명과학교수는 왕 앞에 붉은 비단으로 싼 문서를 올렸다.
"무엇이냐?"
"아뢰옵기 송구하오나 합궁일과 입태시入胎時이옵니다."
훤은 엉망으로 처리된 문서들 때문에 화가 머리끝까지 올라가 있는 상태에서 이런 말을 들었기에 아예 붉은 비단 천에 눈길조차 주지 않았다.
"상감마마……."
"네 눈에는 내 몸이 다 나은 것으로 보이느냐? 건강이 나쁘다며 침전에 가둬 둔 게 바로 어제까지의 일이다. 하루 전 일도 기억 못 하는 걸 보니 네 녀석들은 죄다 닭대가리구나!"
"당장이 아니옵니다. 지금부터 옥체를 안팎으로 닦으시어 부디 종묘사직을 이을 원자를 보시옵소서. 그래야 조정도 흔들리지 않사옵니다."
"조정? 중전 윤씨가 원자를 낳으면 파평부원군의 조정이 더욱 굳건해지겠지. 옳은 말이다."
"사, 상감마마……."
"내가 널 관상감에 명과학교수로 계속 두는 건 외척 일파가 아니기 때문임을 잊지 마라."

"소신은 그 어떤 일파도 아니옵니다만, 이 나라에 원자가 있어야 함에는 이의를 제기하고픈 생각이 없사옵니다. 후사도 없는 상감마마의 미령한 성후로 인해 얼마나 많은 이들이 불안에 떨고 있는지 헤아려 주시옵기를 간곡히 청하옵니다."

훤이 가례를 올린 지 이미 8년이 가까워 가고 있지만 중전과의 합방이 제대로 이뤄지지 못하고 있었다. 왕과 중전은 자신들이 합방하고 싶다고 해서 마음대로 할 수 있는 것이 아니었다. 다음 왕이 될 원자가 폭군이 태어날 것을 예방하기 위해서 금지해 놓은 규율들이 비정상적일 정도로 많았다. 조선 초기부터 그랬던 것은 아니었다. 초기에는 태교에 필요한 사소한 것들이었지만 연산군 시대를 거치면서 폭군에 대한 공포심이 극에 달해 미신에 가까울 만큼 많은 규율이 생겨나게 되었다. 그러다 보니 규율의 대다수가 연산군이 뱃속에 있을 때 있었던 일들이었다.

우선 사주를 결정하는 생시生時만큼이나 입태시도 상당히 중요한 것이기에 이렇게 관상감에서 택일해 주는 날을 중심으로 합방이 이뤄졌다. 그런데 합방이 금지된 날이 너무 많았다. 보름, 그믐, 초하루 등 각종 절기는 기본이었고, 큰비가 오거나 심한 바람이 부는 날, 가물거나 홍수로 민심이 흉흉할 때, 상중, 천둥번개가 치는 날, 왕과 왕비 중 한 명이라도 건강이 나쁘거나 기가 흐트러져 있을 때 등등의 모든 날을 제외했기에 합이 맞는 날짜를 꼽으면 합방일이 한 달에 하루도 나오기 힘들었다.

여기에다가 휜은 다른 왕들과는 다른 문제가 있었다. 중전이 8년 전 세자빈 간택 당시 원래 내정자였던 그 윤씨 처녀였다. 연우가 죽은 뒤 자연스럽게 차점자였던 윤보경尹寶鏡과 가례가 치러졌고 지금까지 훈구파가 원하던 세상으로 흘러왔다. 그렇기에 처음부터 중전이 곱게 보일 리가 없었다. 이런 마음 탓인지 합궁일만 받으면 그날은 어김없이 아프거나, 아프지 않아도 아픈 척을 하게 되었다. 꾀병도 하기 힘든 날이 되면 웬일인지 왕비 쪽에서 심하게 아프기도 하였다.

이런 사정을 모르는 대신들에게서 후궁을 들여야 한다는 상소가 없는 것은 아니었다. 하지만 그때마다 휜이 알기도 전에 소리 소문 없이 상소문이 사라졌다. 외척의 힘이 워낙 강성하기에 왕에게 가야 하는 중요 문서들을 중간에서 빼돌리는 건 어렵지 않았다. 외척의 중심인 윤대형의 세력 유지를 위해 왕인 휜은 제멋대로 후궁조차 들일 수 없는 상황이었던 것이다. 아무리 싫어하는 중전이라고 해도 그 사이에서 원자를 만들어야 하는 것, 이것은 왕이 된 자의 의무였다.

휜은 인상을 잔뜩 찌푸린 채 왼손으로만 툴툴거리며 성의 없이 비단 천을 풀어 안의 문서를 읽었다. 그 많고 많은 글자들 중에 유독 '월月'이란 글자들만 두드러지게 눈에 들어왔다.

'보아라, 월아. 나란 것도 사람이 아니지 않느냐. 새끼를 낳기 위해 씨를 붙이는 소, 돼지와 내가 뭐 그리 다르겠느냐. 그날 네가 싫다고 하여도 한번 안아 볼걸 그랬구나. 손이라도 한

번 잡아 볼 것을…….'

 관상감에서 꼽은 세 날짜의 합궁일 중, 중전을 모시고 있는 상궁이 보경寶經 기간을 피해 한 날짜를 낙점한 것이 뒤늦게 보였다. 다가오는 보름의 바로 전날, 즉 월이 궁궐에서 보내는 마지막 날 밤이었다. 이런 사실을 알 리가 없는 훤은 알았다며 차 내관에게 그 문서를 건넸다. 이 이후부터 수라에 올리는 음식들이 달라질 것이고, 마시는 차도 달라질 것이고, 목욕물도 달라질 것이고, 심지어 옆에서 연주하는 음악까지 달라질 것이 분명했다.

 하루 종일 힘든 공무를 마치고 밤늦게 침전에 든 훤은 약속대로 더 이상 달을 입에 담지 않았다. 그리고 아예 달을 쳐다보지도 않았다. 다음 날의 공무를 위해 내의원에서 올리는 국화 향 가득한 차를 오히려 반가이 마시며 깊은 잠으로 빠져들어 갔다. 그렇게 보고파 하는 달이 자신의 옆을 지키는 줄도 모르고 깊고 깊은 잠을 잤다.

 민화공주는 열심히 흉배 수를 놓다 말고 한숨을 쉬었다. 손끝 솜씨가 없어서인지 분명 공작의 도안을 가지고 시작했는데 결과물은 아무리 봐도 엉성하고 보기 흉한 뚱뚱한 닭이었다. 이런 못난 것을 자신의 낭군인 염의 관복에 붙일 수는 없었다.
 "하! 언제쯤 내 손으로 지은 관복을 입혀 드릴까. 이 손으로 옷은 고사하고라도 버선 한 짝도 못 해 드리니, 정녕 미운 손이로구나."

민화는 옆에 놓아둔 염의 저고리를 끌어안았다.

"서방님, 보고 싶사와요. 여행 떠나시온 지 어언……, 어언……, 아! 달포에 불과하구나. 그래도, 그래도 소첩에겐 1년보다 더 긴 시간이어요. 돌아오시면 제 손으로 만든 흉배를 자랑하고자 하였는데 완전히 망쳐 버렸어요. 이제 자랑할 것은 없지만 그래도 어여 오시어요."

끌어안은 저고리 그 어디에도 이제 염의 향기는 간 곳 없고 그녀의 향기만이 배어 있었다. 한 달 내내 이 저고리만 부둥켜안고 있었다. 갑자기 그리움이 덮쳐 와 눈에 눈물이 고였다. 얼른 고개를 천장으로 들고 눈을 부릅떴다.

"눈물아 들어가라, 눈물아 들어가라. 안방 부인이 눈물 흘리면 먼 길 떠나신 바깥양반에게 안 좋은 일이 생기느니."

힘들게 눈물을 다시 넣고자 애쓰고 있자니 바깥에서 소란스런 소리가 들렸다. 여종이 바깥에서 소리치는 것이 민화의 귀에까지 들려왔다.

"공주자가[22], 공주자가! 오셨사옵니다. 의빈 대감께서 돌아오셨사옵니다!"

민화의 귀가 번쩍 뜨였다. 그 소리를 들은 민 상궁이 놀라서 문을 활짝 열었다. 그 틈을 비집고 민화의 목소리가 먼저 튀어나갔다.

---

[22] **자가** 마마보다 한 단계 아래로 주로 공주나 옹주 뒤에 붙이는 칭호.
※'마마'는 왕과 왕비, (대왕)대비, 세자, 세자빈 뒤에만 붙이는 칭호. '나리'는 왕자나 왕자군에게 붙이는 칭호.

"정말이냐? 지금 오신 것이냐, 아니면 오실 거라는 말이냐?"
"지금 대문을 들어오고 계시옵니다."

민화가 벌떡 일어섰다. 하지만 급한 마음이 앞서는 바람에 치마 자락을 밟고 앞으로 꼬꾸라질 뻔했다. 얼른 옷을 추슬러 올리며 바깥으로 나가다 말고 분대함을 꺼내 얼굴에 대충 분을 발랐다. 그리고 여느 부녀자들과는 달리 가체를 하지 않은 쪽 진 머리를 정돈하고 민 상궁에게 물었다.

"어떻느냐? 미웁지 않느냐?"
"어여쁘시옵니다."

칭찬이 끝나기도 전에 민화는 치마를 위로 걷어붙이고 바깥으로 뛰기 시작했다. 민 상궁이 당황하여 뒤를 따르면서 소리쳤다.

"공주자가! 부디 체통을, 체통……."

하지만 민화의 귀에는 아무 소리도 들리지 않았다. 얼굴 화장을 살펴볼 시간은 있어도 신발을 신을 시간은 없었기에 버선 발 차림으로 뛰어갔다. 그러자 체통을 부르짖으며 민 상궁이 뒤를 따랐고, 그 뒤를 놀란 여종이 민화의 비단신을 들고 따랐다.

염이 하인들의 인사를 받으며 안채로 들어오고 있었다. 세자의 스승이었던 허염은 현재 민화공주의 남편이자 훤의 매제인 의빈으로 있었다. 한 달 전 떠날 때와 변함없는 모습으로 들어서는 낭군을 발견한 순간, 민화는 발걸음을 멈추고 그 자리에 우두커니 섰다. 그 뒤를 따라 차례로 민 상궁이 멈춰 섰고, 여종도 비단신을 뒤춤에 감추면서 멈춰 섰다. 민화는 급하게 뛰어 나오긴 했지만 막상 염이 눈에 보이자 가까이 가지는 못하고 부끄러움에 그만 몸을 돌려 섰다. 하인들의 인사를 받고 난 뒤에는 다가와 인사를 건네주리라, 특유의 깊이 있는 다정한 목소리로 '공주'라고 불러 주리라 생각하면서 옷고름만 손으로 만지작거렸다. 기다리는 짧은 순간에도 심장이 두근거렸다. 이윽고 바로 뒤까지 염이 다가온 느낌이 들었다. 그리고 날짐승 깃털로 만든 비로 갓과 도포를 털어 내는 것도 느껴졌다. 이제는 말을 걸어 주리라고 생각했지만 야속하게도 그는 민화에게는 눈길 한번 주지 않고 그대로 모친이 계시는 큰 안방으로 들어가 버렸다.

민화는 그만 맥이 탁 풀려 버렸다. 속상했지만 그는 효자이므로 돌아와서 당연히 어머니께 먼저 문안을 드리는 것이니 아내는 참아야 한다며 스스로를 위로했다. 마음 같아서는 당장 시어머니 방으로 뛰어들고 싶었지만 애써 꾹 참고 나오기만을 기다렸다. 하인들이 각자 자기 자리로 다 돌아가도 민화는 마루 앞에 서서 그가 나오기만을 기다렸다. 민 상궁도 여종에게서 신발을 받아 공주의 발에 신겨 주고는 옆에서 같이 기다릴 수밖에 없었다.

방에 들어간 염은 어머니인 신씨에게 절을 올린 뒤 자리에 무릎 꿇고 앉았다.

"소자가 불효하여 그간 문안도 못 드렸습니다. 곁을 떠나 잠자리를 펴 드리지 못한 마음이 무거웠습니다."

"네 심정을 어찌 모르겠느냐. 그래, 여행 다녀오니 기분은 좀 나아졌느냐?"

"네."

염이 조용히 미소를 지었다. 예전과는 달리 수많은 상처가 내재한 미소였다. 신씨가 한숨을 쉬며 말했다.

"그동안 의빈부儀賓府에서 몇 번이나 다녀갔다. 왕족과 의빈은 한양 땅을 벗어나면 안 되는 것이거늘……."

"윤허를 받아 다녀온 것이니 심려치 마십시오."

"그렇지만 공주자가를 뵈올 낯이 없더구나. 너를 얼마나 애타게 기다리신 줄이나 아느냐? 도착해서 인사는 드리고 이리 온 것이냐?"

"아닙니다. 어머니가 먼저입니다."

신씨가 화들짝 놀라 손을 휘저으며 말했다.

"그러면 안 된다. 이러고 있지 말고 어서 나가서 다독여 드려라. 필시 바깥에서 목을 빼고 기다리고 계실 게다."

며느리라고는 해도 민화는 시모보다 신분이 높은 공주일 뿐이었다. 그러니 신씨로서는 왕실의 눈치를 우선으로 살필 수밖에 없었다.

"씻고 난 뒤에 뵈올 것입니다. 걱정하지 마시고 쉬십시오."

염은 빙그레 웃으며 물러 나왔다. 목을 빼고 시모 방을 쳐다보고 있던 민화는 염이 바깥으로 나오는 모습을 보자 다시 몸을 돌려 옷고름을 만지작거렸다. 그것으로도 모자라 괜히 대청 기둥에 붙어 서서 눈치를 살폈다. 하지만 염은 이번에도 곁을 지나쳐 사랑채로 걸어갔다. 민화가 그의 뒤를 쫄쫄 따라갔지만 염은 뒤도 돌아보지 않은 채 사랑채 문을 닫고 모습을 감추었다. 민화의 눈에 눈물이 가득 고였다. 하지만 일하는 하인들이 주위에 있었기에 힘껏 눈물을 감추고 내당으로 몸을 돌렸다. 내당으로 가는 짧은 사이에도 참기 버거웠던 울음이 입술 사이를 비집고 나오려고 하였고, 이를 민 상궁이 마음속으로 외치고 있는 '체통' 소리가 틀어막았다.

겨우겨우 방으로 들어간 민화는 이불에 얼굴을 박고 참았던 울음을 터뜨렸다. 기쁘고, 반갑고, 야속하고, 원망스러운 감정들이 복합적으로 울음을 만들어 내었다. 민 상궁은 행여나 울음소리가 바깥으로 새어 나갈까 노심초사했다. 한참을 울고 난 민화는 그사이 다시 염이 보고 싶어졌다. 야속함과 원망스러움은 완전히 사라지고 없었다. 이제 사랑채에만 달려가면 얼굴을 볼 수 있다고 생각하니 한편으로는 안심이 되기도 하였다. 눈물로 얼룩진 얼굴을 정돈하며 바깥에 있는 여종에게 말했다.

"서방님이 지금 뭐하시는지 살짝 알아보고 오너라."

부리나케 달려갔다 온 여종이 방 안에 들어와 조용히 속삭였다.

"지금 막 목욕간에 드셨다 하옵니다."

민화가 일어서려 하자 민 상궁이 놀라서 팔을 잡았다.

"자, 잠깐만. 어쩌시려고 이러시옵니까? 아니 되옵니다! 의빈 대감은 점잖으신 분이시옵니다. 제발 체통을……."

"다른 사람들 앞에선 있는 힘껏 체통을 지킬 터이니 서방님 앞에서만큼은 그딴 말 좀 집어치워. 난 지금 당장 서방님을 뵙지 못하면 죽어 버릴 것 같다고!"

민화는 끝끝내 민 상궁을 뿌리치고 목욕간으로 달려갔다. 그래도 주위를 둘러보며 하인들을 살피는 건 잊지 않았다. 아무도 없는 것을 확인하자 도둑인 양 살그머니 문을 열고 안으로 들어갔다. 목욕을 할 때라도 알몸을 드러내지 않는 것이 법도였기에 염은 어김없이 적삼을 입은 채로 목간통에 들어가 있었다. 그리고 부부간일지라도 목욕하는 모습을 서로 보이지 않는다는 것, 이 또한 염이 알고 있는 예법의 범주 안에 속했다.

민화는 자신의 낭군을 넋을 잃고 바라보았다. 머리를 막 감고 통 안에 들어갔는지 물기를 머금은 긴 머리카락이 염의 목줄기와 어깨를 타고 아래로 떨어져 통 안에 잠겨 있었다. 물속에 있는 적삼에 하얀 살결이 환히 비쳐 오히려 벌거벗은 것보다 더 색스럽게 느껴졌다. 아름다운 콧날과 턱 선을 따라 떨어지는 물방울도 곱게만 느껴졌다. 짙은 눈썹과 긴 속눈썹 아래의 깊이 있는 눈동자는 상념에 젖었는지 민화가 들어온 것도 깨닫지 못하였다.

염이 뒤늦게 누가 들어온 것을 깨닫고 화들짝 놀라 쳐다보았다. 이내 곧 민화인 것을 알아채고는 더욱 놀란 표정을 하였다. 그 놀란 표정은 민화가 우물쭈물하며 서 있자 난감한 표정으로 서서히 바뀌었다. 염이 바깥에 목소리가 새어 나가지 않도록 조용히 말했다.

"놀랐사옵니다. 여긴 어떻게 오셨사옵니까?"
"이, 인사를 하고 싶어서……."
"그럼 잠시 후에……."

"싫어요, 지금이 아니면! 소첩은 서방님이 보고파서 잠시 후까지는 기다릴 수가 없사와요. 지금 이렇게 보고 있어도 보고파서……, 보고파서……."

민화는 기어이 눈물을 쏟고 말았다. 염은 민망한 차림새로 인하여 어찌할 바를 모르고 한참을 난감해하다가, 물이 툭툭 떨어지는 팔을 들어 손을 앞으로 내밀었다. 민화는 눈물을 뚝뚝 흘리며 앞으로 가서 그가 내민 손 위에 자신의 손을 얹었다. 따뜻한 염의 손이 민화의 손을 꼭 쥐었다.

"혹여 제가 서운하게 하였사옵니까?"

민화는 아무 말 없이 고개만 세차게 옆으로 저으며 목간통 옆에 쪼그리고 앉았다. 염이 다정하게 민화의 눈물을 닦아 주며 말했다.

"몸을 닦고 난 뒤에 인사드리러 갈 생각이었사옵니다."

"그렇지만……, 들어오실 때 저에게 눈길만이라도 한 번쯤 주셔도 되었잖아요. 그것만으로도 저는 행복했을 것이어요."

"주위에 하인들이 있었사옵니다, 그래서……. 공주, 아무리 바쁘셔도 신은 신고 다니셔야 하옵니다."

민화가 동그래진 눈으로 그를 보았다. 부드럽게 미소 짓고 있었다. 그 미소를 보니 그동안의 서운한 마음이 눈 녹듯 사라졌다. 민화가 보지 못한 사이에 그의 눈길은 이미 그녀를 다녀갔다. 이 사실만으로도 더 이상 바랄 것이 없었다. 하지만 이것은 아주 잠시였다. 또 다른 바람이 생겼다. 그래서 염의 입술만 뚫어지게 쳐다보았다. 염은 이제 인사를 마쳤으니 나가 달라는 표정인데 민화는 눈까지 촉촉이 빛내며 바라보았다. 염은 눈빛의 의미를 알아차리지 못하였다. 붉어진 얼굴을 보고도 마찬가지였다. 민화는 그로서는 감히 상상도 하지 못할 일임을 알고 있었다. 지금 이렇게 목욕간에 들어온 것만으로도 그의 상식에서 많이 벗어난 짓임도 알고 있었다. 이쯤에서 목욕간을 나가야 한다는 것은 더욱더 잘 알고 있었다. 평소에 화내는 모습을 한 번도 본 적이 없었기에 어쩌면 지금 이 표정이 화가 난 것일지도 모를 일이었다. 하지만 물기가 떨어지는 염의 입술이 눈을 놓아주지 않았다. 민화의 입술이 저절로 말을 하였다.

"이, 입 맞추고 싶사와요!"

이번에는 염도 제대로 놀란 모양이다. 목간통에 담겨 있던 물이 그의 놀란 몸짓에 크게 출렁거렸다. 민화는 이제 내뱉은 말이기에 심판만 기다리며 고개를 숙였다. 그런데 한참을 기다려도 염의 기척이 없었다. 민화의 숨이 넘어갈 때쯤 목소리가 들렸다.

"공주는 어떻게 하면 저를 놀라게 할까 그 궁리만 하시나 보옵니다."

일이 이렇게 되자 민화는 걱정이 되기 시작했다. 마음이 너무 앞섰다는 생각에 서서히 괴로워지고 있었다. 염이 민망한지 젖은 머리를 손으로 한번 쓸어 넘기며 말했다.

"전 이리 벗은 채 물속에 있고, 해도 하늘에 떠 있사옵니다. 이는 예가 아니옵니다."

민화의 숙여진 고개는 들어지지 않았다. 또다시 창피함에 눈물이 떨어질 것 같았지만 그렇게 되면 그의 입장이 더욱 난처해질 것 같아 애써 눈물은 참았다. 다행히 숙이고 있는 민화의 이마에 그의 입술이 닿았다. 염이 움직일 때마다 풍겨 나오는 그윽한 난향에도 마음이 설레었다. 그것만으로도 좋았다. 만족하고 일어서기 위해 고개를 든 그녀의 입술에 염의 입술이 겹쳐졌다. 비단 오늘만이 아니라 그의 입술은 언제나 촉촉했다. 그리고 그 어떤 것보다 향기로웠다. 염의 입술이 멀어지자 민화는 눈물과 미소를 섞어 가며 목을 끌어안았다.

"고, 공주, 옷이 젖사옵니다. 어서 나가셔야……."

염이 아무리 당황해도 민화는 떨어지지 않았다. 그동안 끌어안고 있었던 저고리 따위는 그의 몸에서 나는 향기에 비하면 우습기 짝이 없었다. 난향을 풀어 놓은 목욕물에서보다 염의 몸에서 나는 난향이 더 그윽했다. 오히려 염의 몸에서 향기가 씻겨 목욕물로 흘러들어 간 것 같았다.

긴 다리가 성큼성큼 움직였다. 단지 걸을 뿐인데 옆의 뛰는 사람을 제쳤다. 게다가 등과 허리에 환도를 한 자루씩 지니고 있건만 가벼이 뛰어노는 아이들보다 발소리가 없었다. 염이 한양에 돌아왔다는 소식을 들은 왕이 심부름차 보낸 제운이었다. 제운이 곁에 없으면 불안한 휜과 마찬가지로 제운도 휜의 곁에서 멀어지면 불안했다. 그래서 원래도 빠른 걸음이 더욱 빨라졌다.

예전부터 드나들던 염의 집이 가까워졌다. 부마가 되면 으레 더 사치한 집으로 이사를 하였지만 염은 그러지 않았다. 청렴한 그의 성품도 원인이겠지만, 그보다는 죽은 누이의 흔적이 남아 있는 집을 떠날 수가 없어서였다. 그 집 앞을 지나 누가 이쪽으로 오고 있었다. 그 집 안에서 나왔는지 지나던 길이었는지는 알 수 없었지만, 가녀린 체구의 사내는 몇 번을 뒤돌아 염의 저택을 바라보았다. 제운은 무심코 사내의 옆을 지나쳐 걸었다. 사내는 제운을 느꼈는지 고개를 푹 숙이고 태연한 척 지나쳐 갔다.

두 사람이 스쳐 지나가는 순간이었다. 몇 걸음을 더 걸어가던 제운이 그 자리에 멈춰 섰다. 사내가 아니다. 본능적으로 수상함을 느끼고 뒤돌아보았다. 여인의 봇짐 뒤에 있는 환도가 눈을 잡았다. 무엇보다 낯익은 걸음걸이의 뒷모습이 더 눈을 끌었다. 털털한 걸음걸이도 그렇지만, 검을 지닌 여자는 흔한 게 아니었다. 그래서 온양에서 월과 같이 있던 여종이라는 것을 어렵지 않게 기억해 낼 수 있었다.

제운이 깜짝 놀라 염의 저택을 보았다. 분명 그녀는 이 집을 보고 있었다. 염의 저택은 지나던 길에 연거푸 쳐다볼 만큼 눈에 띄는 집은 아니다. 다시 뒤를 돌아보았다. 어느새 여종의 모습은 보이지 않았다. 제운은 이유도 모르고 그녀를 찾아 이리저리 뛰었다. 아주 잠시였는데 그녀의 모습은 온데간데없이 사라지고 없었다. 걷거나 뛰어간 것이 아니다. 제운을 알아차리고 몸을 숨긴 것이다. 제운은 의아하여 염의 집을 다시 쳐다보았다.

목욕 중인 주인을 기다리느라 먼저 뒤뜰 누각에 앉은 제운은 하인이 갖다 준 책을 읽으면서도 월의 여종을 생각했다. 이곳을 바라보던 이유를 알 수가 없었다. 월이 한양에 들어와 있으니 여종도 따라왔을 터이고, 홀로 한양 구경을 다녔을 수 있다. 남장을 한 것도 훨씬 편하기에 그럴 수 있다. 하지만 봇짐까지 맨 그녀의 남장 차림은 긴 여행을 다녀온 듯하였다. 그런데 이 집의 주인인 염도 오늘 여행에서 돌아왔다. 두 사람의 관련을 생각하지 않을 수가 없었다.

　하얀 도포와 갓으로 의관을 갖춘 염이 부드러운 얼굴로 나타났다. 갓 목욕을 마친 모습이었다. 제운이 흑목화를 신고 아래로 내려와 인사했다. 염도 공손히 두 손을 아랫배 쪽에 모으고 고개를 숙였다. 제운의 품계가 훨씬 낮음에도 불구하고 언제나 공경하는 마음으로 대하는 사람이었다. 검술을 천시하는 풍조가 있었지만 염은 그런 편견조차 없었다. 그래서 어려서부터 검술을 통해 그 속에 녹아 있는 제운의 강직한 품성을 익혔다. 하지만 검술 스승은 지나치게 뛰어난 데 반하여 타고난 재능이라고는 학문이 전부였던 염은 10년도 더 지난 지금까지 제자리걸음이었다.

　"기다리게 하여 죄송합니다, 바쁘신 분을."
　"아니옵니다. 여행은 즐거우셨사옵니까?"
　"네, 덕분에. 위로 오르시지요."
　두 사람은 서로 마주 보고 정좌하여 차를 마셨다. 제운이 먼저 찾아온 용건을 밝혔다.

"상감마마께옵서 대감을 뵈옵고 싶어 하시옵니다."

"가 뵈어야지요. 성후 미령하시다는 소문에 민심이 많이 흉흉하더이다."

제운은 월의 여종을 본 것이 마음에 걸려 잠시 망설이다가 질문했다.

"여행은 어느 분과 다녀오셨사옵니까?"

"저희 집 하인 두 명과 다녀왔습니다."

여전히 부드러운 그의 표정은 거짓말을 하는 건 아니었다. 염이 찻잔을 입에 기울이다가 무언가 생각났는지 다시 입에서 뗐다.

"그러잖아도 묻고 싶었는데 혹여 요즘 의빈부에서 감시를 강화하였습니까?"

왕자와 왕자군들을 위한 종친부, 부마를 관장하는 의빈부, 왕의 친척과 외척을 관장하는 돈녕부, 공신들을 위한 충훈부 등은 훈구파가 세력을 장악한 곳이다. 그중에서도 특히 그들의 감시가 집중되어 있는 인물이 왕 계승 서열 첫 번째인 양명군과 사림파의 우상인 허염이었다. 사소한 움직임조차 자유롭지 못한 염이 사림파의 중심지라 할 수 있는 영남 일대를 여행하고 왔으니 그들로서는 편할 턱이 없었다. 비록 부친과 누이의 기일 즈음하여 울적한 마음을 달래기 위한 여행일지언정 감찰이 따라붙었다고 해도 이상한 일은 아니었다.

"그렇게 생각하신 연유라도 있사옵니까?"

"여행 내내 누가 저를 미행하는 느낌이었습니다. 해코지를 하는 것도 아니어서 의빈부에서 보낸 건가 생각하였습니다."

제운은 즉각 그 여종을 떠올렸다. 염이 거짓말을 전혀 못 하는 사람이라는 것은 제운이 더 잘 알았다. 오히려 먼저 미행에 관해 말을 꺼내는 것을 보면 더욱 그랬다. 미행을 한 이가 진짜 월의 여종이라면 이유가 무엇인지 짐작할 수가 없었다. 월과 그 여종이 훈구파의 사주를 받고 왕에게 접근하고, 의빈을 감시했다고 보기에는 억지스러웠다. 아니면 정말로 그냥 지나가던 길에 우연히 염의 집을 쳐다본 것인가?

"제운?"

염이 생각에 빠진 제운의 머리를 깨웠다.

"아! 의빈부 쪽의 감찰은 없었던 것으로 파악하고 있사옵니다. 하오나 파평부원군 일파의 반대에도 불구하고 대감의 여행을 상감마마께오서 친히 윤허하셨기에 안심할 수는 없사옵니다."

"역시……. 조심한다고 하였는데 혹시라도 빌미가 될 행동을 한 건 아닌지 걱정스럽습니다. 어서 상감마마를 뵈어야겠습니다."

갑자기 두 사람 사이를 파고드는 목소리가 들렸다.

"여! 양천도위都尉께서 돌아오셨다고?"

양명군이었다. 갓을 뒤로 넘겨 등에 걸치고 도포 자락을 휘날리면서 마당을 가로질러 이쪽으로 오고 있었다. 키가 크고 풍채가 좋은 그가 염을 안으려고 두 팔을 펼치고 오니 더욱 커 보였다. 양명군은 제운을 발견하고 얼굴 한가득 함박웃음을 지었다.

"이게 누군가? 우리 운검 아니신가! 이런 횡재가 있다니. 정말 반가우이."

제운과 염이 일어나 그를 맞았다. 염이 공손히 말했다.

"기별도 없이 어인 일이시옵니까?"

"양천도위가 한양에 돌아왔다는 소식에 엉덩이가 들썩여 예를 갖출 경황이 있어야지. 자네가 없는 한양은 내겐 향기 없는 난초와 다름없다네."

양명군이 먼저 제운을 껴안을 듯 팔을 펼치고 다가갔지만 그가 허리를 숙여 깍듯하게 인사하는 바람에 슬그머니 팔을 거두었다.

"참으로 쌀쌀한 사내일세. 지금 자네 손에 별운검만 없었어도 강제로 안아 보겠는데. 같은 한양 아래에 살면서 구름을 보기가 이리 힘들어서야, 원."

이번엔 염을 안을 듯 팔을 펼치다가 주위를 얼른 둘러보며 말했다.

"공주가 눈썹 휘날리며 달려와서 나를 패지는 않겠지? 제운은 별운검이 겁나서지만 양천도위는 공주가 겁나서 안지를 못하겠네."

"농은 여전하시옵니다."

빙그레 웃으며 말하는 염을 보며 양명군도 미소를 지었다. 벗을 좋아하는 마음이 표정에 드러났다. 양명군이 갓을 벗어던지고 편한 자세로 앉자 염과 제운은 정좌를 하고 앉았다. 양명군이 언제나처럼 귀에 매달린 세환 귀고리를 만지작거리면서 멀리 별당으로 슬픈 눈길을 던졌다. 염이 앞으로 찻잔을 밀며 말했다.

"갓을 그렇게 넘겨 쓰시고 여기까지 오신 겁니까?"

"내가 갓을 안 쓰고 다닌다고 하여 왕족이 아니라고 할 자가 있겠는가? 아무리 발버둥 쳐도 왕족의 딱지는 떼어지지 않는 것을. 하긴 이 몸이 뭐가 그리 억울하겠는가. 양천도위 자네에 비하면 말일세. 빌어먹을 제도 같으니!"

제운은 표정 변화 없이 차를 마셨고 염은 아무 말 없이 웃기만 하였다. 왕족과 의빈은 정치적, 사회적으로 철저한 금고禁錮를 당했다. 풍족한 부를 제공받는 대신 그 어떤 정치적인 활동과 발언도 용납되지 않았다. 만약에 정치적인 발언을 했을 경우에는 즉각 삼사의 탄핵을 받았다. 게다가 대외적인 그 어떤 학문 활동도 할 수가 없었다. 일평생 몸을 사리며 조용히 살다 가는 것만이 이들에게 주어진 숙명이었다.

"왕의 친인척이 관직을 전부 차지하면 진짜 인재를 위한 자리가 없어지겠지요. 인재를 위한 제도이옵니다. 그러니 비난을 받아야 하는 것도 제도가 아니옵니다."

"한데 그 금고가 왕족과 부마에게만 가해져 있잖은가. 금고를 두고자 했다면 외척에게까지 하였어야지. 외척이 득세할 수밖에 없는 바탕이 주어져 있으니 인재에게 갈 관직이 남아나겠는가. 외척을 견제할 수 있는 건 왕족뿐인 것을……. 조선이 멸망한다면 그 때문일 걸세."

제운이 찻잔을 비우고 일어섰다. 양명군은 서운하여 그의 손을 덥석 잡았다.

"왜 벌써 일어서는가? 이리 마주하기가 얼마나 힘든데. 잠시만 더 있다가 가게."

"오래 자리를 비웠사옵니다."

깍듯한 말이었다. 양명군은 쓸쓸히 웃으며 손을 놓았다.

"주상은 자네마저도 독차지하는군. 언제나 자네를 옆에 꿰차고 놓아주질 않으시니. 이 마당에서 우리 셋이 검술을 익히던 때가 그리우이."

"저도 반가웠사옵니다. 그럼 먼저 일어서겠사옵니다."

제운이 보이지 않는 눈인사를 건네고 가는 뒷모습을 염과 양명군은 오랫동안 바라보았다. 양명군이 혼잣말처럼 말했다.

"제운……, 나날이 멋있어져 가는군. 검술 또한 일취월장하였겠지."

"학문의 깊이 또한 깊사옵니다. 아까운 사람이지요."

"그래. 염, 자네와 제운을 알고 있는 것만으로도 난 복 많은 사람일세."

"어찌하여 재혼을 하지 않으시옵니까?"

양명군은 2년 전 첫 부인이 죽고 홀로된 몸이었다. 그런데 첩 하나 없이 재혼조차 하지 않고 있었다.

"아직 삼년상도 끝나지 않았잖은가. 적어도 삼년상은 끝나고 재취를 들이는 것이 법도가 아니겠는가."

"그런 사내가 드물지요."

양명군은 슬픈 미소로 다시 한 번 별당에 눈길을 돌렸다. 그의 손은 버릇처럼 귀고리를 만지작거렸다.

"양천도위, 자네보다 아름다운 여인이 있으면 당장 재혼을 하지. 자네와 닮은 여인이라면 더욱 좋고."

"이쪽을 보시옵소서."

"난 어쩔 수 없나 보이. 아직도 저 별당에 먼저 눈길이 가는 것을 보면. 비어 있는 줄 알면서. 입에 담으면 안 되는 말인 줄도 알지만……."

"네. 입에 담으시면 아니 되옵니다. 어서 눈길을 거두시옵소서."

염은 눈길을 아래쪽 찻잔에만 두고 정갈한 표정으로 앉아 있었다. 이런 대화에 더 아픈 쪽은 양명군보다 염이었기에 미안하여 고개를 떨구었다.

"미안허이. 술도 하지 않았는데 취기가 올랐나 보이."

양명군이 찻잔을 잡아 한 모금 마셨다. 염도 더 이상의 말은 하지 않은 채 차를 마셨다. 얼굴에는 조용한 미소가 있었다. 여전히 아름다운 사람이었다. 예전에는 없던 애수가 그의 미소에 더해져 염을 더욱 아름답게 치장한 결과가 된 것이 애석할 노릇이었다.

4

훤은 어린애같이 신난 표정으로 침전으로 달려갔다. 방금까지 천추전에서 오만 가지 화를 뱉어 내던 모습과는 딴판이었다. 그의 뒤를 제운과 내관들이 따랐다. 강녕전 앞에는 어두운 달빛을 받은 염이 서 있었다. 그를 발견한 훤은 걸음이 더욱 경쾌해지고 빨라졌다. 염이 왕을 발견하고 읍揖을 하려고 했지만 그 전에 훤의 손에 두 손이 덥석 잡혔.

"왜 이제야 오셨소. 한양에 돌아왔단 기별은 며칠 전에 받았는데, 그리도 얼굴 보여 주기 싫었소?"

"긴 여행에서 돌아오면 적어도 사흘은 지나서 뵈옵는 것이 법도인지라……."

"또, 또! 또 그 망할 법도 타령이시오?"

훤의 윽박에 염은 그저 웃기만 하였다.

"자자, 어서 들어가오."

휜은 그를 강녕전으로 데리고 들어갔다. 제운도 같이 들어가 두 사람과 조금 떨어진 곳에 앉았다. 염이 제운을 향해 부드러운 눈인사를 보냈다. 제운은 아주 조금 고개를 움직여 인사를 하였다. 염이 왕을 보며 환하게 웃었다.

"이렇게 밤늦은 시간까지 편전에 계셨사옵니까? 성후는 돌보셔야 하옵니다."

"괜찮소. 요즘에는 밤에 잠도 깊이 잔다오. 하여 낮에는 몸이 가뿐하오."

"상감마마께오서 강녕하시다니 마음이 편안해지옵니다."

휜은 염의 미소에 마음이 상쾌해졌다.

"내가 정사를 처리하면서 가장 많이 떠올리는 이는 아바마마가 아니라 바로 그대요. 그대의 바로 이 미소. 그리고 가장 무서운 이도 바로 그대요."

염은 아무 말 없이 미소만 지었다. 휜이 안타깝게 말했다.

"무서워해야 하는 것은 그대가 아니라 백성이어야 한다는 말을 왜 아니 하오? 난 그대의 청량한 목소리가 듣고 싶소."

"신, 의빈이옵니다. 어찌 입을 명하시옵니까?"

"난 아직도 아바마마를 이해할 수가 없소. 그대의 능력을 누구보다 귀히 여기던 분이셨는데 어찌 의빈으로 간택하셨는지. 그대가 의빈이 되지 않았다면 내가 지금 이토록 힘들지는 않았을 터인데."

염은 여전히 미소 외에는 아무 말도 하지 않았다. 주안상이 들어와 둘은 잠시 말을 중단했다. 한 잔의 술을 마시고 휜이 물었다.

"여행은 어떠하였소?"

"상감마마의 성택으로 즐거웠사옵니다."

훤이 목소리를 바짝 낮춰 물었다.

"그쪽의 상황은 괜찮았소? 내가 기대를 가져도 될 만한 분위기였소?"

염의 눈이 의아한 듯 동그래졌다가 이내 미소 뒤로 모든 생각을 숨겼다.

"소신의 여행이 그런 의미였는지 몰랐사옵니다. 소신은 예나 지금이나 상감마마께 이용만 당하나 보옵니다."

그 말을 끝으로 염은 입을 다물었다. 훤이 몇 번이나 되풀이하여 눈으로 물었으나 더 이상의 발언은 없었다. 그의 대답은 없어도 짐작한 바는 있었다. 비록 몸을 사리고 은거하고 있는 사림파일지라도 전설과도 같았던 염의 실물을 접한 이후로 술렁이지 않을 수 없을 것이다. 훤이 꼬리를 내리는 척하였다. 그리고 최대한 불쌍하게 말했다.

"이용하려던 뜻은 없었소."

"알고 있사옵니다."

다른 말도 기대했지만 염은 뒷말을 잇지 않았다. 동정심을 유발하는 건 글렀다. 훤은 결국 포기하고 또 다른 진심을 말했다.

"그대의 여행을 허락한 원래의 이유는 연우 낭자의 기일을 나도 모르지 않기 때문이었소."

염이 들던 술잔을 다시 소반 위에 올려 두었다. 흔들리는 촛불 속에 그의 표정도 흔들렸다.

"구중口中에 담아서는 아니 되는 이름이옵니다. 이제 세상에 없는, 차가운 땅속에서 잠자고 있는 제 누이의 이름을 어찌 아직 기억하시고……."

그날 이후로 연우가 두 사람 사이에 등장한 적은 없었다. 마주하고 앉아도 마치 연우는 지워진 사람처럼 이야기하지 않았다. 그러는 편이 두 사람의 감정을 다스리기에 편했다. 술을 한 모금 머금은 훤의 입술이 미세하게 떨렸다.

"나에게 그 이름을 잊으라는 것만큼 잔인한 건 없소. 연우 낭자는 나의 정비正妃였소. 나의 유일한 정비……."

하늘의 달은 손톱자국만 남겨 놓고 몸을 숨기고 있었다. 훤이 술잔을 들어 그 안에 담긴 달을 마셨다. 하지만 눈을 들어 하늘의 달을 보지는 않았다. 하늘에 떠 있는 사라질 듯 가녀린 달을 보는 이는 유일하게 제운뿐이었다. 염은 어느새 평정을 찾았는지 다시 부드러운 미소를 보였다. 하지만 훤의 표정은 그 옛날의 시간에 발목 잡혀 참담하게 굳은 그대로였다. 염이 흐릿한 달빛 아래에서 조용히 말했다.

"그때 전해 드린 그 봉서가 주인을 제대로 찾아간 것이었사옵니까?"

"나의 것이었소."

"소신에게는 아무것도 남겨 놓지 않았사온데……, 하!"

염은 긴 세월이 흐른 지금에 와서야 연우가 자기에게는 서찰 하나 남기지 않은 것에 서운해진 모양이었다. 그의 마음을 알아챈 훤이 애써 웃으며 말했다.

"함께 있던 사람에게까지 서찰을 남길 경황이 있었겠소? 너무나 힘들게 썼던……."

훤은 그때의 힘겹던 필체가 떠오르자 목이 메어 말을 이을 수가 없었다. 상기해서는 안 되는, 기억에서 지우지 않으면 견딜 수 없는 그때의 장면이 떠오르자 훤은 어찌할 바를 몰라 주먹을 쥐락펴락했다. 눈물을 참기 위해서였다.

"아니옵니다. 그 당시는 소신도 돌림병을 염려하여 숙부 댁에 감금당해 있었사옵니다."

염은 끌려가면서도 연우 옆에 있을 거라며 울부짖던 그때가 생각났다. 하지만 훤과는 달리 감정 없는 희미한 미소 그대로였다. 훤이 가까스로 말했다.

"그랬소? 난 아무것도 몰랐소. 정말 아무것도……."

"이젠 옛날 일일 뿐이옵니다. 그런데 마지막 봉서에 무슨 말이 적혀 있었는지 여쭈어도 되겠사옵니까? 소신은 그 아이의 마지막 말을 전혀 듣지 못하였사옵니다."

"나도 기억이 흐릿하여……. 만수무강하라고, 자신의 몫까지 살아 달라고 하였소. 나를 보는 게 소원이었다고도 하였던 것 같소. 그리고……."

순간 훤의 눈이 매섭게 변했다. 마지막 서찰에 적힌 구절들이 새록새록 생각났다. 잊었다고 생각했건만 한번 떠오르니 걷잡을 수가 없었다. 그런데 떠오른 대목 중에 이상한 내용이 있었다. 기억이 잘못되지 않았다면 비정상적인 내용이었다. 훤은 마지막 서찰을 다시 읽어 볼 필요를 느꼈다. 그래서 갑자기 자야 한다는 핑계를 대고 염을 돌려보냈다. 궁으로 잘 오지 않는 염이었기에 훤이 먼저 일어서라고 한 것은 처음이었다. 염은 의아했지만 왕의 건강이 온전하지 못함을 알기에 스스로 납득하고 물러났다.

아랫고상궁이 귀중품을 넣어 둔 창고에서 작은 화각함을 가져왔다. 그 화각함 위에는 '우雨'라는 글자가 붙어 있었다. 마치 연우의 얼굴인 양 화각함을 쓰다듬던 훤은 감정을 억누른 후, 제운과 차 내관만 남기고 모두 물러나도록 지시했다. 훤은 절뚝거리며 다가와 앉는 차 내관의 다리를 보았다. 연우가 죽던 날 허락 없이 세자를 궐 밖으로 모시고 나간 대가였다. 형벌로 인한 다리 부상과 파직까지 차 내관은 묵묵히 받아들였다. 그가 다시 궐로 들어온 건 세자가 왕이 되고 나서였다.

화각함을 열었다. 그 안에는 봉서들과 작은 상자가 담겨 있었다. 훤은 먼저 제일 위에 있는 작은 상자를 꺼내 뚜껑을 열었다. 예전 연우에게 정표로 보낸 봉잠이 똑같은 모습으로 들어 있었다. 메말라 버린 눈물이었는데 다시금 눈시울이 붉어졌다. 훤은 뚜껑을 덮어서 두고 봉서를 뒤졌다. 일일이 펴서 확인할 필요는 없었다. 그동안 다른 건 한 번씩 꺼내어 읽어 보았지만 마지막 봉서는 그러지 못하였기에 제일 아래로 밀려나 있었다. 마지막 서찰이 눈에 잡혔다. 꺼내어 손에 든 훤은 심호흡을 하였다. 이것을 다시 열어 본다는 건 큰 용기를 필요로 하였다.

봉투를 열었다. 그리고 여전히 곱게 접혀서 들어 있는 편지를 꺼냈다. 엉망진창인 글씨도 여전했다. 조금이라도 나아져 있기를 바랐건만 오히려 더욱 나빠져 있는 글씨였다. 훤의 눈에서 옛날과 같은 눈물이 흘러내렸다. 그러다가 차츰 눈물이 사라졌다. 눈물이 사라진 자리에는 경악스런 눈빛만 남았다.

"나는……, 나는 왜 이다지도 어리석었단 말이냐!"

서찰을 잡은 손이 부들부들 떨렸다. 이내 숨도 제대로 쉴 수 없을 지경이 되어 자신의 가슴을 쥐었다.

"마마! 고, 고정하시옵소서! 당장 어의를…….”

당황한 차 내관의 팔을 훤이 잡았다. 훤은 시뻘겋게 달아오른 얼굴로 고개를 가로저었다. 막힌 숨으로 인해 목에는 핏대가 서고 말도 할 수 없었다. 훤이 제운을 보았다. 제운은 읽어 보라는 뜻인 걸 알아차리고 즉시 서찰을 채 갔다. 내용을 확인하던 그의 눈도 차차 놀라움으로 차갑게 굳어졌다.

세자저하. 보시오소서

아버지가 곧 약을 가지고 오시옵니다. 그러면 이제는 세자저하를 영영 뵈옵지 못할 것이옵니다. 혹여 폐가 될지, 아니면 미처 전해지지 않을지는 알 수 없으나 미련한 힘을 내어 마지막 서신을 남기옵니다. 딱 하나 소원이 있다면 저하를 뵈옵고자 하는 것뿐이었는데 이를 이루지 못하고 이승을 떠나는 마음이 슬프기 그지없사옵니다. 부디 만수무강하시어 소녀의 몫까지 살아 주시옵소서.

허연우

"이것은……, 이것은 있을 수 없는……."

훤이 겨우 숨을 삼키고 목소리를 찾았다. 그 목소리는 방 안에 있는 사람들끼리도 겨우 들을 수 있는 크기였다.

"운아, 이상하지 않느냐? 아버지가 약을 가지고 오면 나를 영영 보지 못한다, 이는 아버지가 가져오는 약을 먹으면 죽는다는 말이 아니냐!"

제운은 차마 답하지 못하고 마른침만 삼키다가 가까스로 입을 열었다.

"하오나 전 대제학 허민규의 인품은 고매하기로 명망이 높았사옵니다. 절대 자식을……."

제운은 뒷말을 할 수가 없었다. 아비가 딸을 죽이기 위해 약을 먹였다는 건 상상할 수도 없는 일이다. 더군다나 세자빈이 된 딸이 아닌가! 하지만 서찰에 있는 내용은 그러한 사실을 담고 있었다. 그리고 실제 연우는 이 편지를 남기고 죽었다.

훤은 생각에 잠겼다. 지금 돌이켜 생각해 보니 그 당시 이상한 점이 한두 가지가 아니었다. 잔병치레 한번 없었던 낭자였다. 그런 건강한 여인이 갑자기 죽었다. 그럼에도 그 병의 원인조차 모른다고 하였고, 간택된 세자빈이 죽었음에도 불구하고 사인 규명도 제대로 이뤄지지 않았다. 평민이 죽어도 그리 소홀하게 하지는 않을 것이기에 더욱 이상했다. 아니, 그 당시 이상하게 생각했어야 옳다. 하지만 훤은 어렸고, 슬픔으로 인해 아무 생각도 할 수 없었던 상황이었다.

"병사가 아니다. 연우 낭자는 병사가 아니었어! 타살……,

타살인데……, 아비가 살인자일 리가…….”

훤이 실성한 듯 횡설수설했다. 그러자 차 내관도 더 이상 참지 못하고 제운에게서 편지를 청해서 읽었다. 그도 다른 두 사람과 같은 표정이 되었다. 차 내관은 그 당시 상황을 전혀 모르고 있었다. 마지막 서찰이 있었는지도 몰랐다. 파직된 채 궁궐 밖으로 내쳐진 상태여서 궁궐 안에서 돌아가는 상황을 전혀 알 수가 없었다. 게다가 형벌로 다친 다리가 썩어 들어가 사경을 헤매고 있었다. 몸을 회복하고 다시 외출을 하게 되기까지 근 2년이란 세월이 흘렀다. 차 내관의 눈에서 눈물이 뚝뚝 떨어졌다.

“마마……, 원통하고 또 원통하옵니다. 이 나라의 세자빈이 아비의 손에 살해당하다니요!”

어느새 훤은 냉정을 되찾았다.

“단정하기에는 아직 이르다! 허민규가 제 딸을 죽일 이유가 없어! 그 당시 연우 낭자를 진맥한 이는 누구냐?”

“선대왕마마께옵서 직접 어의를 보내시어 병을 살피라 하였다 들었사옵니다.”

“그자는 지금 어디 있느냐? 당장 데려와라.”

“그자는 관례대로 선대왕마마께오서 승하하셨을 때 사약을 받은 것으로 아옵니다.”

훤은 잠자코 손으로 턱을 괴고 생각에 빠졌다. 의문만이 가득하고 그 의문에 대한 답은 하나도 나오지 않은 상태에서 내의원에서 올리는 국화차가 들어왔다. 훤은 내일을 위해 화각함을 잠가 옆에 둔 채 차를 마시고 잠에 빠져들었다. 그리고 어김없이 월이 들어와 잠든 왕의 곁을 지켰다.

달빛이 거의 사라지고 없었다. 하지만 제운의 눈에 보이는 월만큼은 눈부시게 빛을 내었다. 한 달간만 궐에 머문다고 했으니 이제 보름 뒤에는 이리 앉아 있어도 눈에 보이지 않을 것이다. 눈에 보여 아린 마음이 눈에 보이지 않는다 하여 사라질 것인지, 제운은 이제껏 이러한 감정은 처음 느껴 보는 것이라 판단할 수가 없었다. 눈에 보이지 않으면 생각도 나지 않으리라 마음속에 새겨 보지만, 이미 보름 뒤를 생각하면 생전 없던 심장의 통증이 생겼다. 자신의 눈 바로 앞에 칼날이 지나가도 움직이지 않던 심장이었다. 그런 제운이 봐야 하는 것은 아무것도 모른 채 잠든 왕과, 달이 저물어도 변함없이 무표정한 월이었다. 달은 같은 하늘에 있지 못하는 해만 그리워할 뿐, 옆에 있는 구름에는 눈길을 돌리지 않았다.

제운의 마음이 무거운 또 하나의 이유는 더 이상 왕이 월을 찾지 않는다는 것이다. 하늘의 달에 눈길조차 주지 않고 칭얼대며 조르던 말도 싹 지워 버렸기에, 왕이 잠든 곁에 월이 있노라며 먼저 말을 꺼낼 수가 없었다. 그것을 핑계 삼고 있는지도 몰랐다. 그녀의 가려 달란 청 때문이 아니라, 왕이 월을 찾지 않아서가 아니라, 왕에 대한 충성심 때문이 아니라, 어쩌면 이 모든 것을 핑계 삼아 그저 말하고 싶지 않은 마음일지도 몰랐다.

또다시 아까운 한 밤이 지났다. 한 밤이 지났다는 건 월과 함께 있는 날 하나가 감해졌다는 뜻이다.

새벽이 되자 훤이 가뿐한 모습으로 기상했다. 내의원에서 올리는 차를 마시고 잔 이후부터 몸이 가볍고 머리가 맑아진 것이 확연하게 느껴졌다. 그리고 여전히 밤새 누가 옆에 있었던 것 같은 묘한 느낌이 떠나지 않았다. 천추전에 나가 업무를 보는 그에게서 어제 연우에 관한 일로 골몰하던 모습은 찾아볼 수가 없었다. 차 내관조차 밤사이 수많은 감정을 억눌렀건만 정작 왕은 자고 일어나는 사이에 잊어버린 것 같다는 생각이 들 정도로 무덤덤했다.

조계가 끝나고 훤이 대신들에게 먼저 물러나라는 명을 하였다. 그리고 모두가 물러나도록 기다리며 문서들을 검토했다. 오늘 남은 일은 눈앞에 있는 문서가 전부인 양 고개도 들지 않았다. 주위가 잠잠해졌다. 몇몇의 관리만 남고 궐에 들어와 있는 대부분의 관리가 멀어진 느낌이었다.

훤이 자리를 박차고 일어났다. 제운이 마치 그의 행동을 미리 알고 있었던 것처럼 신속하게 등 뒤에 위치를 잡았다. 훤은 우왕좌왕하는 내관들을 제치고 천추전을 뛰어나갔다. 영문을 알지 못한 이들도 따라서 뛰었다. 훤이 들어간 곳은 편전 앞에 있는 승정원이었다. 그곳에 남아 있던 승지 두 명이 깜짝 놀라 일어섬과 동시에 훤의 손이 그들 앞에 있던 문서로 향했다.

"상감마마, 아니 되옵……."

하지만 그들이 말을 채 끝맺기도 전에 문서는 펼쳐졌다. 훤은 다른 문서도 여러 개 집어서 펼쳤다. 하나씩 읽을 때마다 훤의 얼굴에는 분노가 역력하게 드러났다.

"이 사령장은 누가 내리는 것이냐? 이 나라의 왕이 나 말고 또 있었단 말이냐? 편전에는 자질구레한 것들만 올리더니 이 중요한 계본은 왜 나에게 오지 않은 것이냐? 너희들 눈에는 시골 변방에서 과부가 바람난 것이, 수령의 쓸데없는 치적을 포장하는 비석을 세우다가 늑골이 부서진 채 죽어 가는 자신의 목을 관아에 매단 백성보다 더 중요한 것으로 보이느냐!"

"마마, 그, 그것이 아니옵고……."

"닥쳐라! 아직도 나불거릴 입이 남았더냐!"

훤은 여기저기 쌓여 있는 문서를 마구잡이로 흩뜨린 후 무작위로 집어 옆의 내관에게 넘겼다. 이어서 별관에 있는 창고로 갔다. 승정원일기가 보관된 곳이었다. 훤은 그곳에서도 무작위로 대여섯 권의 승정원일기를 보란 듯이 뽑아서 옆의 내관에게 맡겼다. 모두의 신경이 왕이 만든 혼란에 집중된 사이 제운이 무리에서 발을 빼냈다. 그리고 기척도 없이 빼곡하게 세워져 있는 책장 속으로 숨어들었다. 서책의 날짜를 훑는 그의 눈은 그의 동작만큼이나 민첩했다. 이윽고 많은 서책들 중에 여섯 권을 보이지 않는 속도로 빼냈다.

왕은 급기야 승정원일기도 집어던지기 시작했다. 왕을 무시하고도 이따위 것이 뭐가 필요하냐는 둥, 이것들 중에 자신이 처리한 건 몇 개 없으니 이곳에 둘 필요가 없다는 둥 오만 가지 핑계가 동원되었다. 책장마다 빼곡하게 꽂혀 있던 승정원일기는 엉망진창이 되어 바닥에 뒹굴었다.

차 내관은 자신의 품으로 들어오는 서책에 어리둥절했다.

하지만 그것은 찰나였다. 검은 팔뚝을 보고 훤검임을 알아차렸고, 상황 파악을 하기에 앞서 우선 옷 속에 서책부터 숨겼다. 눈 깜짝할 사이에 벌어진 일이었다. 차 내관이 제운을 쳐다보았다. 그는 줄곧 그곳에 있었던 것처럼 평소와 다름없이 왕의 등 뒤를 지키고 있었다. 차 내관이 떨림을 참아 가며 서책을 보호하기 위해 몸을 더욱 웅크렸다. 자신의 품 안에 들어온 건 연우가 죽었던 그 당시의 기록이었기 때문이다.

강녕전 안은 황량했다. 왕의 침전에는 사소한 가구조차 두지 않기에 텅 빈 사각형 방에는 말 그대로 아무것도 없었다. 오늘은 모처럼 서안이 들어왔다. 그 위에는 승정원에서 마구잡이로 가져온 문서와 승정원일기가 어지럽게 놓여 있었다. 하지만 훤이 펼친 건 제운이 빼돌린 승정원일기였다. 훤은 마음이 급했다. 엉망으로 만든 승정원을 다 정리하기 전에 돌려놓아야 한다. 날짜가 빈 것을 알아차리면 훈구파의 의심을 받을 위험이 컸다.

다행인 건 승정원일기의 빼곡한 기록들이 그나마 월별로 분철이 되어 찾기가 수월한 점이었다. 연우의 죽음에 관한 기록을 찾아냈다. 단순하게 병사로 되어 있었다. 그런데 바로 다음 날 기록이 훤을 사로잡았다.

'관상감 천문학교수 김호웅, 명과학교수 홍윤국, 지리학교수 원기승이 사약을 청했으나 윤허하지 않다.'

이어서 글자가 몇 개만 다르게 쓰여 있었다.

'관상감 천문학교수 김호웅, 명과학교수 홍윤국에게 사약을 내리다.'

이것만이 아니었다. 바로 아래에 또 다른 기록이 있었다.

'관상감 지리학교수 원기승이 사가에서 자결하다.'

훤은 '관상감'을 본 순간 '처녀단자'를 떠올렸다. 사주를 살펴 처녀들의 운명을 읽어야 할 의무가 있는 관상감 교수들, 세자빈 간택에서 그들만큼 큰 영향력을 가진 사람은 없다. 이것은 동시에 잘못되었을 경우 가장 큰 위험을 감수해야 하는 사람이라는 뜻이다. 그렇기에 아무 일 아닐 수도 있다. 선대왕이 승하하고 난 뒤 사약을 받은 어의만큼 관례뿐일 수도 있다. 하지만 훤은 그들의 죽음이 마음에 걸렸다. 그들의 죽음이 지나치리만큼 신속하게 이뤄진 데서 오는 의심이었다. 단명할 처녀를 세자빈에 간택되게 한 죄를 스스로 청해 사약을 받는다고 해도 의금부에서 심사하고 판결을 하려면 많은 시일이 걸린다. 단 하루 사이라는 건 너무 빠른 시간이다.

"혹시 그들의 입을 봉해야 할 뭔가가 있었단 말인가?"

가져온 것들 중에 가장 앞 권을 잡았다. 책장을 넘기는 훤의 손이 계속해서 앞으로 내달렸다. 처음 가례도감이 설치된 지점이 가까스로 서책 첫머리에 걸려 있었다. 가례도감에 임명된 관원들을 확인했다. 도제조 이하 대부분의 관원이 외척과 직간접적으로 연관이 있는 자들이다.

처녀단자를 심사한 관원들의 명단도 따로 있었다. 아니나 다를까, 죽은 관상감 세 교수의 이름이 나란히 적혀 있었다. 그들 외에 내명부 여인들과 종친도 있었다. 그 외에는 없었다. 이상한 일이었다. 경복궁 안에서 서쪽 영추문을 지키는 관상감, 궐 바깥에서 동쪽을 지키는 소격서, 북쪽을 지키는 성수청, 이 세 관청의 조화를 무시할 수는 없다. 각각 협조도 하지만 한편으로는 서로를 견제하는 역할도 하기 때문이다.

신력을 가진 성수청, 도력을 가진 소격서와 천운·풍수·역수를 읽는 관상감, 이 세 관청은 입으로 여론을 조작하고 민심을 움직이는 힘을 가진 곳이다. 훈구파는 예로부터 이 세 관청을 이용하여 하늘의 예언을 핑계 대며 수많은 사림파를 죽음으로 내몰아 왔다. 아울러 이 세 관청만 있으면 세자빈이 아니라 왕조차 바꿀 수 있었다. 훤이 왕이 되자마자 성수청과 소격서를 철폐하려고 하였던 가장 큰 이유도 이것 때문이었다.

훤은 이중에서도 소격서의 혜각 도사를 떠올리지 않을 수 없었다. 그가 가진 영향력은 상당히 컸다. 이 나라가 생긴 이래로 명나라의 백운관에서 정식 계첩을 받은 유일한 사람이기도 하거니와 선대왕의 절대적인 심복이었기 때문이다.

"혜각 도사가 세자빈 간택이라는 큰 의례에 이름이 없다? 명나라를 등에 업은 덕에 지금껏 성균관에서조차 함부로 못 하는 그 혜각 도사가 말이지."

훤의 중얼거림에 귀 기울이던 차 내관이 잠시 고민에 빠졌다가 퍼뜩 떠오른 생각을 말했다.

"상감마마, 소격서의 혜각 도사라면 그 당시 명나라에 갔던 때 같사옵니다. 혜각 도사가 없는 소격서라면 쓸모가 없다고 봐도 무방하니 그리 이상하지 않사옵니다."

훤은 다시 책장을 뒤적였다. 혜각 도사에 관한 기록을 찾았지만 정확한 출국 날짜는 기재되어 있지 않았다. 가례도감이 설치되기 전에 출국했거나, 가례도감이 설치된 이후에 떠났다면 편전이 아닌 강녕전에서 선대왕과 구두로 대화한 탓에 기록되지 않았거나 둘 중에 하나다.

이번에는 성수청에 주목했다. 이곳이 제외된 것도 이해하기 힘들었다. 성수청은 고래로부터 왕실 여인들의 비호를 받아 온 관청이다. 지금은 세력이 다소 약화되어 있기는 하지만 세자빈 간택 당시에는 그렇지 않았다. 게다가 세자빈 간택을 주도한 이는 지금의 대왕대비 윤씨였다. 그녀가 성수청과 결탁하여 세간에 윤씨 처녀가 중전의 운명이라는 말을 퍼뜨렸다면 제아무리 영특한 연우라고 해도 세자빈으로 간택되기 힘들었을 것이다.

"차 내관, 그 당시 성수청의 수장을 기억하느냐?"

"물론이옵니다. 도무녀 장씨, 역대 최고 신력이라 하였사옵니다. 소격서의 혜각 도사조차 장씨 앞에서는 고개를 숙일 정도였지요. 앞으로도 그만한 인물은 나오기 힘들다 들었사옵니다. 오죽하면 진즉에 철폐되었을 성수청과 소격서가 장씨 도무녀와 혜각 도사 덕분에 전례 없는 전성기를 맞았다는 평이 있겠사옵니까?"

"혜각 도사는 명나라에 갔다손 치더라도 그럼 장씨 도무녀는 왜 세자빈 간택에 관여하지 않았느냐?"

차 내관이 갸우뚱거렸다.

"소신도 그 부분은 이상하옵니다만, 워낙 괴팍하다는 소문을 들어서……."

"장씨 도무녀라……. 그자도 죽었느냐?"

"모르겠사옵니다. 죽은 것은 아닌 듯한데, 소신이 궐에 다시 들어와서부터는 본 적이 없사옵니다. 성수청이 예전의 세력은 아닌 이유가 장씨 도무녀가 없어서일지도 모른다는 생각이 드옵니다."

훤의 머릿속은 오히려 복잡해졌다. 친사림파 계열인 관상감, 반사림파 계열인 성수청과 소격서……. 세자빈 간택에 관여한 친사림파 계열은 전멸하고, 관여하지 않은 반사림파 계열은 살아남았다? 여기서의 요점은 이것인가, 아니면 요점을 잘못 짚었나? 훤은 자신의 머리를 감싸 쥐었다. 연우의 병을 진맥했던 어의는 죽고 없다. 세자빈 간택에 참여했던 관상감 세 교수도 죽고 없다. 아마도 이 모든 일을 알고 있었을 것 같은 부왕도 죽고 없다. 연우에게 약을 먹인 전 홍문관 대제학도 딸이 죽은 지 1년도 채 지나지 않아 병으로 죽고 없다. 승정원일기로는 부족했다. 이곳에 기록되어 있지 않은 더 많은 정보가 필요했다.

훤이 책장을 넘기며 버릇처럼 옆으로 가져온 찻잔을 잡았다. 입으로 들이켜는 순간 국화차라는 사실을 깨달았다. 곧 잠이 올 것이다. 아무것도 알아낸 것이 없는데 이대로 잠이 들고 말 것이다. 시간이 촉박했지만 차를 거절할 수는 없었다. 차로 인해 깊은 잠을 잘 수 있기에 순전히 차의 효능 덕에 건강을 되찾고 있다고 생각했다. 훤은 잠자리에 들어가면서 흐릿한 자신의 그림자를 보았다. 그리고 이불 속에 누워 아무것도 비치지 않는 창문을 보다가 외로운 눈동자를 눈꺼풀 아래에 숨겼다.

하루하루 날이 지나면서 사라졌던 달은 점점 더 둥글어져 훤과 중전의 합궁일이 되었다. 불완전한 보름달이 뜨자 훤은 목욕을 마치고 하얀 야장의를 입었다. 머리에는 아무것도 쓰지 않고 황금 상투관에 황금 첨을 꽂은 것이 전부였다. 마지막으로 하얀 두루마기를 걸치고 강녕전 뜰에 섰다. 교태전으로 가는 것이 싫은 마음에 괜히 뜰을 몇 바퀴 거닐며 서성거렸다. 문득 어젯밤에 마신 차가 후회스러웠다. 안 마셨다면 건강이 되돌아갔을지도 모른다는 생각에서였다. 만약에 오늘의 합방에서 중전이 회임을 하게 된다면, 그것이 왕자라면 윤대형의 위세는 더욱 높아질 것이다. 훤이 중전과의 합방을 싫어하는 가장 큰 이유였다.

왕이 된 지 5년여가 흐르는 동안 훤은 단 한 번도 완전한 왕이 되어 본 적이 없었다. 그러기에는 자신의 정치를 받쳐 줄 세력이 없었다. 선대왕이 승하했을 때 훤의 나이 열여덟, 충분히 친정이 가능한 나이였다. 하지만 세자빈 사건 이후로 조정에는 사림파가 드물어졌고, 선대왕이 승하하기가 무섭게 대왕대비 윤씨를 중심으로 하는 훈구파에 의해 훤의 의지는 무시된 채 수렴청정이라는 조치가 내려졌다.

스무 살이 되어 더 이상의 구실이 없어져서야 친정을 시작할 수 있었다. 훤은 제일 먼저 외척들의 관직을 삭탈하고 백성으로부터 약탈한 재산을 몰수함과 동시에 과거를 통해 사림파를 등용하고자 하였다. 이 계획은 얼마 가지 않아 수포로 돌아갔다. 성급하게 추진한 탓에 훈구파의 격렬한 반대에 부딪친 것도 이유지만, 이 시점부터 알 수 없는 병에 시달리게 되었기 때문이다.

그래서였다. 건강이 나빠져 수시로 앓아눕는 바람에 정사를 제대로 돌보지 못하는 상황이 될 때마다, 외척 세력을 견제하느라 제 자식조차 낳기 싫은 마음이 들 때마다 훤은 자신의 죽음이 해결책처럼 느껴지곤 하였다. 이것은 차기 왕이 될 양명군에 대한 믿음에서 비롯된 것이기도 하였다.

입태시가 가까워져 가자 옆의 내관들이 왕을 재촉하기 시작했다. 훤은 하는 수 없이 교태전으로 발길을 옮겼다. 그 걸음은 옆에서 보는 이들의 눈에도 더없이 무겁게 보였다. 오늘따라 날씨조차 좋은 하늘의 달로 원망하는 눈길을 띄운 훤은 교태전으로 들어가는 양의문으로 긴 두루마기 자락을 휘날리며 넘어갔다. 제운은 거기까지였다. 내관과 궁녀는 따라 들어갈 수 있어도 남자인 운검은 양의문 앞까지만 허락되었.

제운은 몸을 돌려 강녕전을 호위하기 위해 돌아왔다. 돌아와 강녕전 앞에 서니 멀리서 월과 잔실이 걸어 들어오고 있었다. 관상감 지리학교수가 지정해 둔 왕의 방을 홀로 지키며, 무사히 합방이 이뤄지길 기도하기 위해서였다. 남아 있던 내관이 그녀를 강녕전 안으로 안내했다. 월이 왕의 이불이 깔린 방에 자리 잡고 앉자 내관도 모습을 감추었다. 잔실도 보이지 않는 방 밖에 웅크리고 앉았다. 그래서 강녕전 일대에 남은 사람이라고는 월과 제운뿐인 듯하였다.

제운은 창밖에 서 있다가, 안에 앉은 월을 보고 싶은 마음을 억누르지 못하고 창을 열었다. 고요히 열리는 창에도 월은 움직임이 없었다. 언제나 옆모습만 보이던 그녀의 얼굴이 제운 앞에 정면으로 나타났다. 그런데 이번에는 그가 월을 정면으로 볼 수 없었다. 무표정함에 마음이 아릿해져 그만 자신도 모르게 고개를 돌리고 말았다. 다른 여인과 합방하러 간 왕을 위해 앉아 있는 월의 마음이 제운에게로 고스란히 넘어왔다. 주위에 아무도 없었다. 그것에 힘을 얻어 처음으로 말을 걸어 보았다.

"괜찮소?"

이 뜬금없는 물음이 말주변 없는 그가 건넬 수 있는 최대치였다.

"무엇을 물으시옵니까?"

제운은 숨이 턱 막혔다. 목소리를 들었다. 감정 없는 목소리였지만 이조차도 아름다웠다. 무엇이 괜찮은가에 대한 질문을 다시 던져야 하는데 차마 합방에 대한 말을 입에 올릴 수가 없었다. 그래서 슬쩍 말을 돌렸다.

"건강 말이오."

"네."

대화가 끊어졌다. 제운은 그 순간도 아까워 다시 말을 이었다.

"상감마마께옵서 그대를 많이 찾으시었소."

그 뒤의 말, 만 리 길을 찾아다닌 이가 자신이라는 말은 하지 못하였다. 월은 아무 말이 없었다. 작은 고갯짓도 없었다. 제운은 문득 염의 집 근처에서 봤던 여종이 떠올랐다.

"그때 온양에서 보았던 여종도 함께 한양으로 왔소?"

"아니옵니다."

"그렇다면 그 여종은 지금 어디에?"

"모르옵니다."

"주인이 모르다니?"

"소녀는 그 아이의 주인이 아니옵니다."

월이 거짓말을 하는 것 같지는 않았다. 제운은 의아함을 떨치지 못했지만 더 이상 묻지도 않았다. 대신 다른 걸 물었다.

"내일까지는 궐내에 있소?"

"오늘 밤이 마지막이옵니다. 내일 새벽이면 길을 떠나옵니다."

별운검을 잡은 제운의 주먹에 힘이 들어갔다. 그는 눈을 다시 월에게로 돌렸다. 오늘 밤만 지나면 못 볼 얼굴이라 생각하니 안 볼 수가 없었다.

"어디로? 그때 만났던 곳?"

"아니옵니다. 이제 나가면 어느 누구의 발길도 들 수 없는 곳으로 가게 되옵니다. 그곳이 어디인지 소녀도 모르옵니다."

덧없는 말이었다. 굳이 하지 않아도 될 하소연이기도 하였다. 월은 말이 길었음을 깨닫고 입술을 깨물었다.

"괜찮소?"

"또 무엇이요?"

제운은 고개를 들어 둥글게 차오르지 못한 달을 보았다. 내일 밤이면 완전히 둥글어진 달이 이곳을 비출 것이다. 그리고 그 달빛 아래에는 더 이상 월의 모습은 없을 것이다.

"무엇이든."

"네, 그 무엇이든 소녀는 괜찮사옵니다."

제운은 달에서 눈을 가져와 자신의 발아래를 보았다. 옆의 달도, 또 옆의 월도 보지 못하고 가운데 우두커니 서서 달이 월에게 보내는 빛을 막고, 월이 달로 보내는 설움을 막았다. 제운의 짙은 그림자가 월의 손등을 어루만졌다. 그리고 가슴을 쓸고 올라가 입술에 내려앉았다가, 양쪽 볼을 감싸 쥐었다가, 차마 흘러나오지 못하는 눈물을 닦아 주다가, 그녀의 가녀린 몸 전체를 감싸 안았다. 오직 키 큰 제운의 긴 그림자만이 월을 안아 줄 수 있었다.

5

 교태전에 든 훤은 여전히 우두커니 앉아만 있었다. 앞에 다소곳하게 고개 숙이고 앉은 중전 윤씨의 옷고름에 손이 가지가 않았다. 힘껏 손을 뻗었지만 중전이 움찔하는 바람에 옷고름에 손이 다다르기도 전에 다시 얼른 거둬 왔다. 분명 미인이라 칭할 수 있는 얼굴이건만 매력이 느껴지지 않았다. 이상한 일이지만 중전은 언제나 불안한 눈동자를 한시도 가만히 있지를 못하였다. 특히 이곳 교태전에서는 더욱 심했다. 지금도 그녀의 눈은 방구석을 살피느라 여념이 없다. 그러다가 혼자 어깨를 움찔거리곤 하였다.

 그렇게 앉아만 있는 훤의 하얀 야장의에 창문을 뚫고 들어온 달빛이 서럽게 적셔졌다. 훤은 짙어진 자신의 그림자만 하염없이 바라보았다. 어느새 입태시가 다 되었는지 교태전 뜰에서 시간을 알리는, 그리고 빨리 합하기를 몰아붙이는 북소리가 울리기 시작했다. 왕자를 보기 위해 양의 기운을 북돋우는 북소리이기도 하였다. 둥둥거리는 소리에 훤의 심장도 같이 뛰기 시작했다.

궐내에 마련된 소격서 제당에 혜각 도사가 앉아 기도를 하고 있었다. 주위에 아무도 없었다. 홀로 비밀 기도를 하던 그는 교태전 쪽에서 희미하게 북소리가 들리자 하얀 종이 위에 파란 물감으로 알 수 없는 문자를 적어 내려갔다. 그리고 물감이 다 마르기도 전에 촛불로 불을 붙였다. 종이가 혜각 도사의 손 위에서 활활 타올랐다. 그 불길을 손안에 확 거머쥔 혜각 도사의 눈이 무서운 빛을 내었다.

그 순간 복도에 웅크리고 있던 잔실이 갑자기 방문을 두드렸다. 월이 놀라서 일어나 문을 열자 잔실이 그녀의 품으로 뛰어들었다.
"무, 무슨 일이니?"
비명조차 입 밖에 내지 말라는 장씨가 잔실의 입을 틀어막았다. 사시나무 떨듯 온몸을 부들부들 떨던 잔실은 월을 보며 고개만 가로저었다. 눈에 가득 서린 공포가 월의 고개를 교태전 쪽으로 저절로 돌아가게 하였다. 이에 놀란 제운도 교태전을 쳐다보았다.

잔실이 방문을 두드렸던 똑같은 시각, 교태전에서 입태를 재촉받고 있던 훤이 갑자기 심장을 거머쥐고 방바닥에 쓰러졌다. 잔실의 움직임과 거의 동시에 일어난 일이었다.

"헉! 헉! 누, 누가. 누가 좀!"

중전 윤씨도 소스라치게 놀랐다. 당황한 그녀가 바깥을 향해 소리를 질렀다.

"밖에 누가 있느냐? 누가 좀 도와 다오!"

갑자기 소란스러워진 방 안의 분위기에 상궁이 먼저 듣고 달려왔다.

"중전마마, 무슨 일이시옵니까?"

"상감마마께옵서 갑자기 또 쓰러지셨다. 어서!"

"들어가도 되는 것이옵니까?"

"야장의 그대로시다!"

그제야 궁녀들과 내관이 급하게 들어와 왕을 살폈다. 훤은 새하얀 안색에 입술까지 새파랗게 된 상태로 식은땀을 줄줄 흘렸다. 숨 쉬는 것조차 괴로운지 컥컥거리는 숨을 헐떡이자 차 내관까지 새파랗게 질려 급한 마음에 자신의 다리 상태도 잊고 왕부터 둘러업었다. 어의를 교태전으로 부르면 갖춰야 할 게 많았기에 차라리 강녕전으로 왕을 업고 내달리는 것이 빠르다는 판단에서였다. 어의를 부르기 위해 다리가 빠른 내관 한 명이 달려갔다. 그에 앞서 이미 다른 내관도 월에게 달려갔다. 월은 원인도 모르는 상태에서 우선 잔실을 부축하여 연생전으로 급히 대피했다. 제운도 놀라 교태전 쪽으로 달려가니 이미 왕은 힘 좋은 내관의 등에 업혀 침전으로 들어오고 있었다.

강녕전 이불에 내려지자마자 휜은 이제껏 괴롭던 것이 거짓인 것처럼 차분하게 가라앉았다. 입술의 붉은 빛깔도 되돌아왔다. 제운이 놀란 눈으로 물었다.

"무슨 일이시옵니까!"

차 내관은 왕의 몸을 살피느라 정신이 없었기에 옆의 다른 내관이 떨리는 목소리로 대신 말했다.

"모르겠습니다. 갑자기, 정말 갑자기……."

이때 방으로 관상감 세 교수가 어의보다 먼저 모습을 드러냈다.

"상감마마께옵선 어떠시옵니까?"

답을 듣기도 전에 어의가 뒤따라 들어왔다. 미처 진맥을 하기도 전에 휜이 몸을 일으켜 자리에 앉았다.

"난 아무렇지도 않다. 다들 놀란 마음을 가라앉혀라."

"하오나 조금 전까지는……."

"그래, 당장 숨이 넘어갈 것 같기는 했지. 그런데 이렇게 말끔히 괜찮아지다니 이해할 수가 없구나. 아! 절대 꾀병은 아니었느니."

합궁일만 되면 이리저리 핑계를 대던 전과가 있었기에 휜은 미리 선수를 쳤다. 차 내관은 여전히 놀란 마음이 가라앉지 않아 그 염려하는 마음이 울컥하는 목소리로 튀어나왔다.

"그리 식은땀을 흘리는 꾀병도 있다 하더이까! 구순口脣에 혈이 말랐는가 하였사옵니다!"

"차 내관, 날 꾸짖는 것이냐? 다들 이러면 내가 미안해지지 않느냐. 그만들 하라."

훤이 이불을 짚다 말고 물었다.

"응? 지금까지 여기에 누가 있었나?"

그러면서 제운을 보았다. 제운은 속으로는 더할 나위 없이 놀랐지만 겉모습만큼은 아무 변화 없이 고개만 숙였다. 입이 무거운 제운 대신 내관이 대답했다.

"네, 내, 내인이있었사옵니다. 상감마마의 어침 기수를 살피느라……."

훤은 내관이 더듬거리며 말하는 내내 제운에게서 눈을 떼지 않았다. 어의가 말했다.

"어환을 살피겠사옵니다."

훤은 어의가 다가와 앉자 진맥할 수 있도록 팔만 내밀었다. 그러면서도 날카로운 눈빛은 제운에게서 거두지 않았다. 제운은 왕의 눈빛을 느끼면서도 입을 꾹 다물고 숙인 고개를 들지 않았다. 주위 내관들은 제운의 이상함을 조금도 느끼지 못했지만 훤은 그가 당황하고 있음을 알 수 있었다. 어의가 진맥을 한 후에 안심하여 미소를 보이자 내관과 궁녀도 놀란 가슴을 쓸어내렸다. 차 내관은 맥이 풀려 어깨가 축 늘어졌다. 어떻게 여기까지 왔는지도 기억나지 않았다. 훤이 웃으며 말했다.

"나보다 차 내관 안색이 더 나쁘구나. 내의원에서 차 내관에게 청심환을 내어 주도록 하라."

"이 판국에 어찌 천신의 몸을 걱정하시옵니까. 조금 전은 어떻게 된 일인지부터 살피셔야 하옵니다. 어의, 어떻소?"

어의는 대답하지 않고 몸을 바닥에 납작하게 숙이고 있는 관상감의 세 교수들을 보았다. 그와 동시에 모두의 시선이 그들에게로 쏠렸다. 이번 일도 내의원 문제가 아니라 관상감의 문제인 듯하였다. 어의가 먼저 말했다.

"소신, 원인을 알지 못하겠사옵니다. 하지만 이전과는 다른 증상이란 것은 확실하옵니다."

명과학교수가 두려움에 울먹이는 목소리로 말했다.

"어찌 된 영문인지 소신들도 전혀 알지 못하겠사옵니다. 죽여 주시옵소서, 마마!"

"죽여 달란 소리 지겹다. 내가 꾀병은 아니니 분명 원인이 있지 않겠느냐? 이리도 일시적인 고통이라니······."

"아뢰옵기 송구하오나······."

훤은 뭉그적거리는 말에 짜증이 솟구쳤다.

"뜸들이지 말고 말해라!"

"아뢰옵기 두렵사오나 상감마마의 옥체를 겨냥한 살煞이······."

모든 사람들의 표정이 사색이 되었다. 왕의 몸에 살을 보냈다는 것은 분명한 역모였다. 어의가 화들짝 놀라서 소리쳤다.

"그 무슨 어처구니없는 발언이오! 살이라니, 살이라니! 그게 얼마나 무서운 말인지 모르는 것이오?"

"지금 현재로서는 그렇게밖에 의심이 되지 않소. 그게 아니라면 내의원에서는 어찌 어환의 원인조차 파악하지 못한단 말이오!"

"이번은 그 전과는 증상이 다르오!"

"다르기에 더 의심스럽다는 거요!"

훤이 화를 내질렀다.

"다들 조용히 못 하겠느냐!"

그제야 강녕전 일대가 물을 끼얹은 듯 조용해졌다.

"명과학교수, 지금 너의 말이 해괴하다는 건 아느냐? 설혹 살이란 것을 날릴 수 있는 게 현실적으로 가능하다손 치더라도 누가 무슨 목적으로 나에게 살을 날린단 말이냐?"

왕의 물음에 명과학교수는 더욱 힘주어 대답했다.

"상감마마! 입이 열 개라도 드릴 말씀이 없사오나 내의원에서도 관상감에서도 이렇다 할 진전이 없는 것은 사실이 아니옵니까? 지금 이 상황에 꼭 필요한 자가 한 명 있사옵니다."

"누구? 화타?"

훤의 비아냥거림에 잠시 움찔했던 명과학교수가 용기를 내어 말했다.

"성수청의 도무녀 장씨! 그자라면……."

"도무녀 장씨? 방금 장씨 도무녀라고 하였느냐?"

명과학교수는 왕의 반응이 의아하여 멀뚱히 쳐다보았다. 훤과 제운, 차 내관이 번갈아 가며 서로의 시선을 나눴다.

"장씨 도무녀란 자가 살아 있었느냐?"

"무, 물론이옵니다. 성수청의 도무녀로 있사옵니다."

"어디 있는지도 아느냐?"

"네, 알고 있사옵니다만……."

"장씨라는 자는 성수청의 도무녀라면서 어찌 나에게 단 한 번도 얼굴을 보이지 않았느냐?"

"성수청을 버리고 나가 있은 지 오래되었사옵니다. 하나 대왕대비전에서 그자 외에는 누구도 인정하지 않기에 여전히 도무녀직에 있게 된 것이옵니다."

대왕대비전이란 말이 나오자 훤의 눈에서 불꽃이 일었다.

"언제 나갔는지 아느냐?"

명과학교수가 옆의 다른 교수들을 쳐다보았다. 언뜻 떠오르지 않아 눈빛으로 그들에게 도움을 요청했다. 천문학교수가 대답했다.

"햇수로 아마 8년 정도 되었을 것이옵니다. 그때 그 사건 이후로 자취를 감췄으니까……."

깜짝 놀란 두 교수가 천문학교수에게 급히 눈치를 주었다. 이에 그도 아차 하는 표정으로 입을 다물었다. 하지만 훤의 눈을 피해 가지는 못하였다. 8년 전의 입에 담아서는 안 되는 사건, 세자빈 간택과 관련된 일이다!

"말해라! 정확하게 언제였느냐?"

"그, 그건 잘 모르겠사옵니다. 그 당시는 소신들 모두 워낙 경황이 없었을 때라……."

"경황이 없다니?"

"소신들이 준비가 덜 된 상태에서 갑자기 교수직을 일임받는 바람에……."

할 수 없는 말을 피해서 하려다 보니 세 교수들의 말은 중구난방 횡설수설이었다. 이에 화가 난 훤이 그들이 대답하기 좋게 단도직입적으로 물었다.

"정확하게 말하라! 전의 세 교수가 죽을 때 장씨 도무녀도 같이 성수청을 나갔다는 말이렷다?"

세 교수가 입을 다문 채 똑같이 고개를 숙였다. 훤의 주먹에 힘이 들어갔다. 이유 없이 아팠던 덕에 뜻하지 않게 그때의 사건에서 성수청도 자유롭지 못하다는 확신이 들었다.

"왜 성수청을 나갔는지는 아느냐?"

"잘 모르오나 성균관 유생들이 성수청의 철폐를 강력하게 요구하여 더 이상 있기 싫다며 나간 것으로 아옵니다."

"그럴듯한 핑계로군."

성균관의 성수청 철폐 요구는 하루 이틀 이어져 온 것이 아니라 조선이 건국한 이래로 시시때때로 끊임없이 불거져 나왔던 문제였다. 더군다나 8년 전이라면 세자빈 간택이 있었고, 성균관에서는 그 일과 관련하여 권당을 하느라 성수청 같은 곳에 신경 쓸 틈이 없었다. 그러니 장씨가 성수청을 나간 건 오히려 드물게 성균관에서 철폐 요구가 없었던 시기라고 봐도 무방했다. 이것은 세자빈 간택과 관련하여 나간 반증이기도 하였다.

"장씨 도무녀를 불러들여라."

"하오나 문제가 있사옵니다."

훤은 다시 갑갑해져 옴을 느꼈다.

"이번에는 무엇이냐?"

"그자의 고집이 막강하여 돌아오려고 하지를 않사옵니다."

"이유가 무엇이냐?"

"성균관 때문이옵니다. 성균관에서 성수청을 철폐하라는 요구에 진절머리가 난다 하옵니다. 소격서의 혜각 도사와 함께 계속 설득 중이기는 한데……."

훤의 확신에 무게가 더해졌다.

"소격서의 혜각 도사? 두 사람이 친분 관계가 있나 보군."

"혜각 도사도 처음에는 장씨 도무녀의 행방을 알지 못하였사옵니다. 하나 끈질기게 거처를 찾아낸 것도 혜각 도사였사옵니다."

단순히 성수청을 나간 것에서 그친 것이 아니라 누구도 찾지 못하게 행방까지 숨겼다? 훤의 목소리가 저절로 커졌다.

"무조건 불러들여라! 반드시 데리고 와야 한다!"

"성심성의껏 노력은 해 보겠사옵니다. 하나 그동안 잠잠했던 성균관의 저항은 각오하셔야 하옵니다. 성균관은 성수청보다 장씨 도무녀의 명성에 더 반발이 클 것이옵니다."

"저들로서도 내가 아프다는데 어쩌겠느냐? 왕이 죽도록 내버려두란 말은 못 할 테지."

"뜻을 받들겠사옵니다."

교수들은 떨리는 발걸음으로 방을 빠져나왔다. 그리고 액받이 무녀가 어디 있는지 물어 주위를 살피며 연생전으로 들어갔다. 월과 잔실이 숨을 죽이고 그림처럼 앉아 있었다. 이들 중에 불안해 보이는 잔실을 눈여겨보는 이는 없었다. 천문학교수가 작은 목소리로 물었다.

"괜찮으냐?"

"네, 이제는 어찌하옵니까?"

"글쎄다, 이대로 숨어 있다가 평소처럼 상감마마께옵서 침수에 드시면 옆을 지키면 되지 않겠느냐."

"네, 알겠사옵니다."

세 교수는 조심스럽게 연생전을 빠져나와 밖으로 나갔다. 뜰을 걸어가던 중에 갑자기 명과학교수가 놀란 눈으로 발걸음을 멈췄다. 두 교수도 같이 걸음을 멈췄다.

"뭔가를 알아낸 것이오?"

"아니, 그게 아니라……, 방금 무녀, 이상하지 않소?"

"무엇이?"

명과학교수가 주위를 둘러보고 아무도 없는 것을 확인한 뒤 들릴 듯 말 듯한 목소리로 말했다.

"보통의 무녀들과 다르다고 해야 할까……, 옆의 여자애는 무녀같이 보이는데. 신기라는 게 뭔지는 모르지만 저 무녀에게서는 다른 무녀에게 있는 신기가 보이지 않소."

천문학교수가 웃음을 터뜨리며 대꾸했다.

"예끼, 농담도. 저래도 그 장씨 도무녀의 신딸이오."

지리학교수는 웃음 없이 진지하게 말했다.

"나는 오히려 더 큰 신기가 느껴지는 듯했소. 범접할 수 없는 강렬한 기가 말이오."

"그러고 보니……, 그것도 신기라고 하면 신기겠지."

명과학교수가 고개를 끄덕였다. 월이 오고부터 왕의 병이 확연히 좋아졌으니 의심하는 게 더 이상하기는 하였다. 하지만 오늘 일은 여전히 마음에 걸렸다.

"나는 액받이 무녀보다 상감마마가 더 이상하오."

지리학교수가 던진 말에 천문학교수가 놀란 눈으로 물었다.

"응? 무엇이 말이오?"

"금상께옵서 친정을 시작한 초기에 성수청과 소격서를 혁파하려다가 훈구파의 반대에 부딪쳐 좌절된 적이 있지 않았소. 그런데 왜 장씨 도무녀를 저리 반가이······."

"나도 그 점은 이해가 가질 않소."

천문학교수가 동조하자 명과학교수가 고개를 절레절레 저으며 말했다.

"나는 오히려 액받이 무녀보다는 이해가 가오. 어환이 얼마나 깊으셨으면 그러시겠소. 긴 병에 지쳐 지푸라기라도 잡고 싶은 심정이 아니겠소."

세 교수는 제각각 고개를 끄덕이면서 동시에 자신들의 무능을 자책했다.

"전의 세 교수였던 김호웅, 홍윤국, 원기승 이분들이 계속 살아 계셨더라면 좋았을걸."

"그러게 말이오. 정말 최고의 실력들이셨는데, 입 한번 잘못 놀리는 바람에······."

"죽은 처녀가 중전의 사주라는 말만 하지 않았어도 죽음까지는 가지 않았을 거요. 사림파에 너무 힘을 실어 주려다가 그만······."

"쉿! 누가 듣겠소."

지리학교수와 천문학교수가 주고받는 말을 듣고 있던 명과학교수가 두 사람을 번갈아 보며 말했다.

"두 교수께서는 궁금하지 않소? 그 중전의 사주라는 거!"

두 교수가 명과학교수를 멀뚱히 쳐다보았다. 중전의 사주를 읽어 내는 건 어렵다고 배웠다. 읽어 낸다손 치더라도 절대 말을 해서는 안 되었다. 하지만 홍윤국은 자신의 목숨까지 걸고 중전의 사주라고 주장했다. 혜각 도사와 장씨 도무녀 못지않게 홍윤국도 대단한 신임을 받던 인물이었다. 그래서 그의 입에서는 여간해서는 말을 듣기가 힘들었다. 그만큼 신중했기에 그의 말은 훈구파와 사림파를 막론하고 막강한 영향력을 가지고 있었다.

"실수일 리가 없소. 그분이 중전의 사주라고 했다면……."

채 끝맺지 않은 명과학교수의 말을 지리학교수가 냉정하게 잘랐다.

"하지만 결국은 그분이 틀렸소! 나도 안타깝지만 그것이 엄연한 사실이오."

"그래서 더 궁금한 거요. 홍윤국, 그분까지 실수하게 만든 죽은 처녀의 사주가……."

"아니요, 그분은 사림파를 지지했소. 중전의 사주라는 것도 그분이 사림파를 위해 만들어 낸 여론일 뿐이오. 그분의 주장조차 없었다면 그 처녀는 결코 세자빈으로 간택되지 못했을 거요. 사림파는 자신들의 술책에 자멸한 거요."

더 이상 이야기가 진행되면 위험해질지 모른다고 판단한 천문학교수가 손을 휘휘 저으며 대화를 끊었다.

"이젠 전부 옛날 일이 되었소. 자자, 우리 이러고 있을 시간이 없소. 어서 혜각 도사께 오늘 일을 자문받으러 가오."

세 교수가 일제히 걸음을 빨리하여 걷기 시작했다. 혜각 도사가 오늘 밤은 궐내의 제당에 들어와 있기로 했기에 다행이 아닐 수 없었다. 전의 세 교수도 없고, 장씨 도무녀도 없는 마당에 혜각 도사라도 있어 주는 것이 이들 세 교수에게는 큰 도움이었다.

세 교수가 물러난 뒤에도 훤은 오랫동안 생각에 잠겼다. 오늘 찾아왔던 급작스런 고통보다는 전 세 교수의 의문스런 죽음과 같은 시기에 종적을 감춘 장씨 도무녀에 관한 생각이었다. 이 두 가지와 연우의 죽음이 전혀 무관한 것일 수도 있다. 연관이 있다고 해도 허민규가 연우에게 독약을 먹인 건 납득할 수 없다. 아버지가 가지고 오는 약을 먹으면 죽는다는 걸 연우가 어떻게 알았는지도 편지 내용만으로는 알 수가 없다. 그렇기에 정말 독약을 먹인 것인지도 정확하지 않았다. 연우……, 단지 이름을 머리에 그려 본 것만으로도 가슴이 아려 왔다.

"그만 다들 자기 자리로 가거라."

훤의 말에도 불구하고 내관들은 걱정스런 얼굴로 자리를 뜨지 못하였다.

"설마 모두 이 방에서 나와 같이 자려는 것은 아니겠지?"

훤이 웃으며 다시 말하고 나서야 하나둘씩 물러나기 시작했다. 그렇다고 멀어진 것은 아니었다. 단지 방문들에 가려져 보이지 않았을 뿐, 왕이 있는 방 주위를 에워싸고 앉았다. 방 안에는 내관 세 명과 상궁 세 명, 그리고 운검만 남았다. 주위가 조용해지고 나서 비로소 한숨을 돌릴 수 있게 되자 훤은 다시 한 번 제운의 표정을 살폈다. 옆에 앉은 그는 변함없는 모습이었다.

소란했던 탓에 아무도 알아차리지 못한 열린 창문이 눈에 들어왔다. 더불어 하늘의 달도 눈에 들어왔다. 훤은 재빨리 달에게서 눈길을 거둬 반대편을 보다. 방금 전의 와자지껄함이 믿기지 않을 만큼 귓속이 울릴 정도로 적막했다. 그 적막함 속에 훤이 작은 진동을 일으켰다.

"운아……"

"네!"

"달을 보지 않으려 등을 돌려 앉았더니 외로운 내 그림자만이 덩그러니 보이는구나. 그동안 그림자의 옅어짐에 달빛 옅어짐을 알았고, 그림자의 짙어짐에 달빛 짙어짐도 알아 왔느니."

제운은 여전히 입을 열지 않았다. 하지만 왕의 넋두리는 그의 머리를 어지럽혔다. 그동안 월에 대해 침묵하고 있던 왕이 처음으로 입을 열었다. 이제 말할 틈이 생겼다. 이대로 오늘을 마지막으로 월을 보낼 수가 없었다. 이 이후의 사태가 어떻게 될지 몰라도 이 순간만큼은 둘을 만나게 해 주고 싶었다. 아니, 그보다는 왕이라면 그녀를 궐에 묶어 둘 수 있을 듯하기에, 자신의 눈앞에 계속 그녀가 보이도록 잡아 달라고 하고 싶었다. 스스로에게조차 치졸하여 외면하고 싶은 그런 부끄러운 마음이었다. 그렇지만 입 밖으로 말을 꺼내기엔 주위에 너무나도 많은 사람들이 있었다. 방 밖을 두르고 있는 보이지 않는 눈과 귀가 있었다. 제운이 왕의 곁에 바짝 다가가 앉으며 무거운 입을 가까스로 열었다.

"밝은 해가 서쪽 언덕 뒤로 잠기면, 하얀 달은 동쪽 봉우리 위로 떠오른다. 멀고 먼 만 리까지 비추는, 넓고 넓은 공중의 경치로구나."[23]

훤이 눈을 동그랗게 뜨고 쳐다보았다. 다른 사람들도 무슨 말인지 어리둥절해져 보았다. 제운은 밑도 끝도 없이 뜬금없는 말만 던져 놓고 무표정하기만 하였다. 하지만 마음속으로는 이 시를 통해 말하는 뜻을 왕이 알아 달라고 외쳤다. 훤이 한참 동안 동그란 눈을 하고 있다가 갑자기 큰 소리로 웃기 시작했다.

"하하하! 운아, 나를 웃기고자 함이냐? 어째 네 입에서 제법 긴 말이 나온다 했더니, 그 시의 뒷부분도 마저 읊기에는 좀 길더냐? 아니면 내 앞에서 시문 외우는 실력을 자랑하고자 했는데 갑자기 그 뒷부분이 기억나지 않는 것이냐?"

"그……."

"아! 나도 소싯적부터 시문깨나 읽어 왔지. 도연명의 시 또한 즐기는 것 중에 하나가 아니냐. 하하하, 그럼 내가 그 뒤를 이어 볼까?"

당황한 제운이 입을 열려고 하자, 훤은 얼른 손을 들어 저지시켰다.

---

23. 白日淪西阿 素月出東嶺 遙遙萬里輝 蕩蕩空中景 도연명(陶淵明)의 「잡시2(雜詩2)」 중에서.

"기억을 떠올리려 애쓰고 있으니 방해 마라. 오래전에 읽었던 시라……."

이윽고 시선을 제운에게서 하늘의 달로 바꾼 뒤 시의 뒤 구절을 이어 읊었다.

"바람이 방문 틈으로 스며드니, 한밤중 베갯머리가 싸늘하구나. 기후 변한 것에 계절 바뀐 것을 깨닫고, 이루지 못하는 잠에 밤이 깊을 느낀다. 이 긴 밤을 함께할 사람 없어, 잔 들어 외로운 그림자에나 술을 권한다. 해와 달은 사람을 버려두고 가는데, 뜻을 품고서도 이루지 못하네. 서글프고 처량한 생각이 깊어져, 밤이 새도록 잠을 이루지 못한다."[24]

훤은 따뜻한 눈길로 다시 제운을 보았다. 그리고 팔꿈치로 그의 가슴팍을 쿡쿡 찌르며 장난스럽게 말했다.

"안 틀렸다! 거봐라, 나도 시라면 일가견이 있다지 않았느냐. 운아, 요사이 나의 마음을 시로 위로해 주려 하다니 참으로 고맙구나. 도연명의 시가 지금의 내 마음이야. 여러 일들로 바빠 외로운 내 그림자 하나 돌볼 여유가 없었는데, 덕분에 위로가 되었느니."

"상감마마, 그……."

제운이 그것이 아니라는 말을 하는데, 훤이 갑자기 심하게 기침을 시작하는 바람에 뒤가 잘려 버렸다. 모두가 놀라 다가

---

24. 風來入房戶 夜中枕席冷 氣變悟時易 不眠知夕永 欲言無予和 揮杯勸孤影 日月擲人去 有志不獲騁 念此懷悲悽 終曉不能靜 도연명의 옆의 시.

오려 하자 훤이 손으로 입을 막고는 겨우 말했다.

"아니다. 운 때문에 웃다가 침을 잘못 삼켜 사레든 것뿐이다. 콜록콜록! 수건 좀, 콜록콜록!"

상궁이 왕의 입에 수건을 가져다 대려고 하자 훤은 그 수건을 낚아채 손수 입을 틀어막았다.

"콜록콜록!"

"상감마마, 어의를 다시 불러오리이까?"

"사레든 것뿐이라니까. 그것보다 어서 잠자리에 들고 싶은데 오늘은 차가 없느냐?"

"아니옵니다. 곧 대령토록 하겠사옵니다."

왕의 기침이 다행히 멈춘 것 같아 안심했다. 차를 마시고 자면서부터 하루가 거뜬했기에 언제나 차를 먼저 청하곤 하였다. 오늘도 어김없이 다음 날의 많은 공무가 걱정인 건지 빨리 차를 마시고 자고 싶은 모양이다. 국화 향이 가득한 차가 훤의 손으로 건네졌다. 제운이 급한 마음에 대뜸 말을 던졌다.

"차향이 짙사옵니다."

약효가 짙어 깊은 잠을 자게 한다는 뜻을 전한 것이지만, 이번에도 훤은 동그랗게 뜬 눈으로 말했다.

"나에겐 딱 알맞구나. 갑자기 웬 차향 타령이냐?"

제운은 왕의 손에 든 차를 빼앗아 내동댕이치고 싶었지만 그럴 수가 없었다. 왕에게 차를 마시게 하면 안 된다. 그러면 오늘을 마지막으로 월을 만날 수 있는 기회는 없을 것이다. 제운이 잠시 고민하는 사이, 훤의 입안으로 차가 순식간에 쏟아져 들어갔다. 늦었다. 제운은 왕의 입속으로 들어가는 차를 덧없이 볼 수밖에 없었다. 방 안 가득 야속한 국화 향이 차올랐다. 차를 다 마신 훤은 다시 기침이 나오는지 수건으로 입을 틀어막고 콜록거리기 시작했다. 차 내관이 걱정되어 물었다.

"정말 괜찮으신 것이옵니까?"

"콜록콜록! 어, 어. 이번엔 급히 차를 마셨더니 목이 컬컬해서 기침이 나온 것이니라. 콜록! 놀랐더니 많이 피곤하구나. 누워야겠다."

훤은 그대로 이불 속에 들어가 누웠다. 그리고 다른 날처럼 바로 잠으로 빠져들었다. 왕이 잠든 것을 확인한 내관들은 각자 문 앞의 자기 자리로 가서 앉았다. 제운도 절망을 안고 방구석에 자리를 지켰다. 이제는 더 이상 어찌해 볼 도리가 없었다.

마지막 밤을 훤과 함께하기 위해 월이 방으로 들어왔다. 그리고 다른 날과 다름없이 잠든 옆에 앉았다. 그렇게 앉아 어느새 누가 닫아 버린 창문을 보았다. 그 너머에 떠 있는 보이지 않는 마지막 달을 보았다. 제운도 월의 옆모습을 보았다. 마지막으로 그녀를 볼 수 있는 밤이었지만, 그녀는 첫날과 다름없는 그 표정 그대로였다. 제운은 소리 내지 못하는 미안함을 마음속으로 삭였다.

월이 훤의 감은 두 눈을 보았다. 저 눈이 떠져 자신을 볼 일은 없었다. 그렇게 되어서도 안 되었다. 이대로 눈동자 한 번 못 보고 가는 것을 서러워해서도 안 되었다. 오히려 다행으로 생각해야만 하였다.

잠든 훤의 몸이 뒤척이듯 움직였다. 그리고 떠져서는 안 되는 두 눈이 번쩍 떠졌다. 월의 눈동자와 훤의 눈동자가 어둠 속에서 만났다. 두 사람의 숨이 동시에 멎었다. 그리고 그대로 얼어붙은 채 꼼짝하지 않았다. 꼼짝할 수가 없었다. 믿기지 않았기에 서로의 눈동자에서 눈을 뗄 수도 없었다. 이내 훤의 두 눈꺼풀이 끔뻑 움직였다. 그제야 정신을 차린 월이 몸을 피하려고 했지만, 이미 훤의 손은 그녀의 발목을 잡아 쥐고 있었다.

第三章
매듭

1

월이 발목을 빼내려고 하면 발목을 쥔 훤의 손에 힘이 더 가해졌다. 다시 빼내려고 움직이면 그만큼 더 강한 힘으로 발목을 쥐었다. 이러고 있는 둘의 움직임은 너무나 미세해서 아직 내관들의 눈에 띄지는 않았다. 하지만 제운은 왕이 월의 발목을 잡아 쥐는 것을 보았다. 처음에는 잠결에 손이 조금 움직인 것쯤으로 여겼다. 하지만 주고받는 움직임은 그것이 아니었다. 사태를 파악한 제운은 깜짝 놀라 왕의 머리 옆에 있는 수건을 보았다. 왕은 시의 뜻을 알아차렸던 것이다. 그래서 차를 뱉어내기 위해 일부러 기침을 하면서 수건을 달라고 하였다. 그 순간 제운은 영원히 월을 보지 못할 것이라는 절망과는 전혀 다른 또 다른 절망으로 어두워졌다.

훤이 월의 발목을 있는 힘껏 잡아당겼다. 그대로 바닥에 넘어뜨려 가슴 아래에 가두었다. 이번에는 둘의 움직임이 컸기에 다른 이들도 알아차렸다. 하지만 그들이 미처 놀라기도 전에 훤은 다른 손으로 월의 어깨를 잡아 달빛이 드는 창 아래로 끌어올린 뒤, 다시 한 번 가슴 아래에 갇힌 그녀가 움직일 수 없게 단단히 붙잡았다. 월은 소리를 낼 수도, 움직일 수도 없었다.

"사, 상감마마……."

떨리는 차 내관의 목소리는 훤의 귀에 들리지 않았다. 훤의 오감은 오직 시각에만 집중되어 있었다. 월을 알아보았지만, 보다 확실히 보고자 하는 훤으로서는 성에 차지 않았던 것이다. 조금 전까지는 휘영청 밝은 달빛에 눈이 부시더니 이제는 그 달빛의 어두움에 화가 나 소리쳤다.

"어서 촛불을 가져오너라, 어서!"

방 밖에 있던 궁녀와 내관이 뛰어서 흩어졌다. 조급해져 촛불을 준비하기까지 기다리기 힘들었다. 그래서 손으로 월의 얼굴을 더듬어 확인하고자 하였다. 이마를 만져 보고, 눈을 만져 보고, 코도 만져 보고, 입술도 만져 보았다. 달처럼 차가울 것이라 여겼던 뺨도 만져 보았다. 훤이 떨리는 목소리로 주절거렸다.

"따뜻하구나. 사라지지도 않는구나. 재가 되어 날아가지도 않는구나. 사람이었구나. 귀신이 아니었구나. 그때 꿈을 꾼 것이 아니었구나. 달빛이 흰 돌을 가져다 나를 농락하였다 여겼다. 소아素娥25가 나를 희롱하였다 여겼다."

---

25. 소아(素娥) 달나라의 선녀.

훤은 믿기지 않는 듯 계속해서 월의 얼굴을 더듬었다. 내관이 촛불 두 개를 가져와 가까이에 놓았다. 하지만 그 두 개의 불빛으로는 허기진 마음을 채울 수가 없었다.

"너무나 어두워 아무것도 안 보인다. 촛불을 더 가져오너라! 궁궐에 있는 불빛을 몽땅 가져오너라!"

왕의 외침에 놀란 궁녀들과 내관들이 이곳저곳으로 초와 촛대를 가지러 뛰어다녔다. 그 가운데 관상감의 교수들을 찾아 뛰는 내관도 있었다. 월은 훤의 손아귀에서 빠져나가려고 몸을 움직였지만 그럴 때마다 훤은 더 아프게 어깨를 짓눌렀다. 훤은 월의 눈동자에 비친 자신의 모습을 뚫어지게 보았다.

"뇌봉전별雷逢電別한 인연으로만 여겼다. 그리 끝나는가 여겼다. 그런데 네 눈에서 나의 눈부처를 보게 될 줄이야."

훤의 눈에는 어둡기만 한 불빛이 제운의 눈에는 너무나 환하여, 고개를 돌려 어두운 구석을 보았다. 돌려진 고개를 따라 절망을 대신해 긴 머리카락이 어깨를 타고 가슴 아래로 떨어져 내렸다.

어느새 여기저기서 가져온 촛불들로 방 안이 채워지기 시작했다. 그렇게 밝힌 촛불 수십 개가 훤과 월의 주위를 에워싸고 방 안을 빛으로 채웠다. 월이 다시 몸을 빼기 위해 움직였다. 하지만 등이 바닥에서 조금 떨어진 틈으로 훤의 팔이 들어와 상체를 안아 올렸다. 동시에 한 손으로 볼을 감싸듯 쥐며 옆으로 돌아가려는 눈길을 막았다. 월이 그의 몸을 밀치며 다리를 뻗었다. 발끝에 촛대가 닿았다.

"움직이지 마라. 촛대를 넘어뜨려 이 나라의 왕을 화마의 제물로 바칠 생각이냐?"

월이 촛대의 위치를 확인하기 위해 눈을 돌렸다. 하지만 훤의 손바닥이 시야를 방해했다. 어디쯤에 촛대가 있는지 가늠할 수 없었기에 잘못 움직였다간 촛대를 넘어뜨려 불길에 휩싸일지도 모른다는 생각이 들었다. 그래서 손끝 하나, 발끝 하나 꼼짝 못하고 속절없이 훤의 품에 안긴 채 있었다. 하얀 비단 야장의가 떨고 있는 하얀 무명 소복을 꽉 안아 하나의 덩어리가 되었다. 월은 해의 향을 느꼈고 훤은 달의 향을 느꼈다. 서로의 향에 코끝이 아려 왔다. 훤이 그녀의 귓가에 입을 가져다 대었다. 귓불에 송송이 박힌 솜털이 입술에 먼저 와 닿았다. 귓불에도 난향이 배어 있었다. 그 귀에 살랑거리는 따뜻한 바람과 함께 속살거리는 말을 불어넣었다.

"넌 누구냐?"

월의 눈에는 그의 어깨 너머로 천장만 보였다. 천장이 흐릿하게 일렁였다. 월은 두 눈에 힘을 주고 한참을 망설이다가 입술을 깨물어 한 번의 말을 삼킨 뒤 자그마하게 말했다.

"월이옵니다. 상감마마께오서 이름을 주신 월이옵니다."

월의 목소리였다. 그때 들었던, 잊을 수 없었던 월의 목소리가 분명했다. 더 이상 힘껏 껴안을 수 없을 것 같았던 팔에 또다시 힘이 들어갔다.

"그래, 네가 맞구나. 내가 지금 다른 사람을 착각하는 것이 아니구나."

훤은 가슴에 와 닿은 월의 심장 박동을 느꼈다. 표정은 더없이 평온해 보이는 그녀건만, 가슴은 더할 나위 없이 바삐 뛰고 있었다.

"놀랐느냐? 내가 널 놀라게 하였느냐? 하지만 어쩔 수가 없었다. 내가 자는 척하지 않았다면 또 나를 속였을 것이니, 나도 어쩔 수 없이 널 속일 수밖에. 너도 날 속이지 않았느냐. 그곳에 정박령으로 있을 것이라 하여 놓고는 나를 따돌리지 않았느냐."

월은 손을 움직여 훤의 어깨를 잡았다. 밀어내기 위해 잡았는데 힘이 들어가지가 않았다. 손바닥에 느껴지는 비단의 부드러움이 마음속에선 까칠하게 느껴졌다. 훤은 그녀를 조금 떼어 내어 눈을 다시 들여다보았다. 여전히 품속의 여인이 믿기지 않았다.

"월아."

월은 대답하지 않았다. 할 수가 없었다. 훤이 다시 불렀다.

"월아."

월의 입이 겨우 움직여 대답을 내어놓았다.

"……네."

"월아, 혹여 나를 생각한 적이 있었느냐? 나를 그리워한 적은 있었느냐?"

월의 두 눈에 슬픔이 차올랐다. 단지 두 달에 불과한 세월만을 묻는 훤에게 아무 답도 해 줄 수가 없었다. 그리고 그 두 달에 불과한 세월에 대한 답조차 할 수 없는 처지에 마음으로만 답했다.

'매일을 울었다 말하리까. 소녀의 눈물로 내를 만들고, 강을 만들고, 바다를 만들었다 말하리까.'

대답을 듣지 못한 휜이 다시 물었다.

"산 그림자는 밀어도 나가지 않고 달빛은 쓸어도 다시 생긴다 하더니, 너도 그랬다. 네 달빛은 아무리 내 마음, 내 머리에서 쓸어 내려 하여도 쓸려지지 않았다. 넌 아니었느냐?"

그랬다며 고개조차 끄덕일 수가 없었다. 혹여 눈동자에 답이 담겨질까 두려워 휜의 눈에서 고개를 돌려 버리고 말았다. 또다시 마음으로만 답했다.

'세 치에 불과한 짧은 혀로 끝없이 기나긴 그리움을 어찌 다 말할 수 있으리까. 얼마나 긴지 재어 보지 못한 황하강보다 길다 어찌 말하리까. 얼마나 깊은지 재어 보지 못한 바다보다 깊다 어찌 말하리까. 소녀가 무엇을 말할 수 있으리까.'

"요망한 무녀 같으니. 아주 잠시 널 보았다. 그런데 어찌 눈을 떠도, 또 눈을 감아도 너만 보이게 되었느냐. 어찌 이다지도 날 힘들게 하였느냐. 이는 필시 네가 주술을 걸었음이야. 왕인 이 몸에 주술을 걸었다면 넌 능지처참을 당할 것이다. 말해 보아라. 주술을 건 것이냐?"

월이 놀란 눈으로 다시 휜을 돌아보았다. 그의 눈빛이 따뜻하게 웃고 있었다.

"아니면 내 마음이 왜 이런 것이냐? 설명해 다오. 목소리를……, 들려 다오."

이번에도 월의 대답은 없었다. 휜이 또다시 그녀를 가슴에 힘껏 품고 귓속에 속살거렸다.

"네 향기 때문이냐? 내가 예전부터 가슴 설레어 하는 난향 때문이냐? 그것도 아니면 네게서 받아 온 저 달이 널 잊지 못하게 언제나 비추었기 때문이냐?"

"달빛이 요망하여 그런 것이옵니다. 상감마마의 어환이 깊었기에 그런 것이옵니다."

기다렸던 월의 목소리건만 원하던 대답은 아니었다.

"나의 착각이라는 것이냐? 그리 야속하게 말하지 마라."

갑자기 훤이 월을 품에서 놓아 일으켜 앉혔다. 눈앞에 보인 그녀가 반가워 생각지 못했던 의문들이 떠올랐기 때문이다.

"여긴 구중궁궐이다. 그런데 네가 여기 왜 있는 것이냐? 어떻게 온 것이냐?"

월은 대답 없이 고개만 숙였다. 훤이 제운을 쳐다보았지만 제운도 고개를 숙이기만 하였다. 때마침 세 교수가 헐레벌떡 달려와 열린 방문 너머에 앉아 엎드렸다. 방 안을 가득 메우고 있는 촛불들을 넘어갈 수가 없었기에 내관들이 있는 자리에 앉을 수밖에 없었다. 훤이 놀란 눈으로 월과 교수들을 번갈아 보았다. 아무리 생각해도 이 상황을 이해할 수가 없었다.

"이게 어찌 된 일이냐? 설명해 보아라!"

명과학교수가 엎드려 답했다.

"그 여인은 무, 무녀이옵니다."

"나도 알고 있다! 나는 왜, 어떻게 여기 있는가를 물었다."

"그, 그러니까……, 사, 상감마마의 액받이 무녀이옵니다.

하여 한 달간 어침 곁을 지켰을 뿐이옵니다. 오늘 밤이 마지막이니 진첩震疊을 거두시옵소서."

"무슨 말이냐? 도대체 지금 무슨 말을 하고 있는 것이냐? 액받이라니!"

훤은 말이 이해가 되지 않았다. 머릿속이 텅 비어 아무 생각도 할 수가 없었다. 하지만 차차 단어의 의미가 파악되었다. 그 뜻을 알면 알수록 숨소리는 거칠어졌고, 이윽고 숨 쉬기조차 힘들어졌다. 훤은 휘청거리는 몸을 겨우 지탱하면서 손바닥으로 자신의 심장을 꾹 눌렀다. 심장이 옥죄어 왔다. 그 통증은 교태전에서 살을 받았을 때보다 훨씬 더 고통스러웠다.

"그렇다면……, 그렇다면 이 여인이 나 대신, 나 대신……."

숨을 헐떡이던 훤은 차마 뒷말을 이을 수가 없었다. 심장에서 슬픔과 분노가 끓어올라 왔다. 차 내관은 왕이 또다시 쓰러지지는 않을까 걱정되어 가까이 가고 싶었지만, 촛불에 가로막혀 마음만 동동 굴렀다. 제운은 여전히 구석에서 눈길을 거둬 오지 않았고, 월은 등을 돌리고 앉아 바닥만 보았다.

"관상감은 뭐 하는 곳이냐! 나에게 오는 살 하나 막지 못하면서 이 여인을 내 방패막이로 두었더란 말이냐! 감히 나를 속이고, 나에겐 아무런 보고도 없이……, 감히! 감히!"

훤의 분노는 관상감을 향한 것이 아니었다. 자신을 향한 분노였다. 아무것도 모르고 잠들어 있던 자신을 향한, 몸이 좋아졌다며 기뻐했던 자신을 향한 분노였다. 몰랐던 것 또한 자신의 탓임을 외면할 수가 없었다. 교수들은 왕의 분노를 정확하게 파악하지 못하였다. 그저 사전 보고 없이 이 일을 진행한 걸 질책하는 것으로 여겼다.

"어쩔 수가 없었사옵니다. 어환의 원인을 모르는 상황에서는 액받이 무녀가 최선의 방법이었사옵니다. 날이 밝으면 궐 밖으로 내칠 것이옵니다. 하오니……."

"내치다니! 어디로?"

지리학교수가 얼른 대답했다.

"풍수에 따라 휴 지역이라 하여 상감마마의 살과 액을 대신 받아 누르는 곳이 있사옵니다. 이제 새 지역을 구했사오니 그곳으로 보내 더 이상 눈에 띄지 않게 할 것이오니……."

"닥쳐라! 지금 대체 무슨 말을 하는 것이냐?"

훤은 분노로 머리까지 아파 왔다. 날이 밝으면 다시 월이 사라진다는 말과, 자신을 대신해서 액을 받는다는 말이 머릿속을 가득 메우고 어지럽혔다. 뒤돌아 앉아 있는 여린 어깨가 보였다. 사라지지 않았으면 하는 마음에 급히 월의 뒷모습을 안았다. 교수들은 영문을 몰라 서로를 쳐다보며 눈으로 답을 물었지만 모두 고개만 저을 뿐이었다. 훤이 이를 갈듯 힘겹게 말했다.

"난 아직 아프다. 조금도 건강해지지 않았다. 그러니 궐 밖으로 내보내지 마라. 계속 나의 곁에 있게 하라."

"휴 지역에 두면 곁에 있는 것보다는 덜하지만 충분히 옥체를 지킬 수 있사옵니다. 염려 놓으시옵소서."

"곁에 두라 하였다! 내 말이 말 같잖은가!"

"네? 하, 하오나 무녀 따위를 계속 곁에 두는 건……."

"이제껏 옆에 있었던 것은 그럼 무엇이냐? 내가 모르게는 되고 알게는 안 된다는 말이냐!"

가만히 엎드려 있기만 하던 천문학교수가 수상한 낌새를 알아차리고 차분히 입을 열었다.

"상감마마! 아뢰옵기 송구하오나, 전하께오서 계속 두라 명하시오면 천신들은 그 어명을 받잡을 수밖에 없사옵니다. 하오나 이 말씀은 올리겠사옵니다. 그 여인은 무녀이옵니다."

"어느 무적에 이름이 올라 있느냐? 내가 그 무적에서 이름을 빼 버릴 것이다!"

"상감마마께옵서 노비를 양인으로 올리시고, 양인을 중인으로 올리시는 것은 그 또한 상감마마의 성택일 것이옵니다. 하오나 무녀만큼은 아니 되옵니다. 무녀는 무적에서 뺀다 하여 무녀가 아닐 수 없사옵니다. 무녀는 신의 선택에 의한 것이옵기에 어명으로 거둬질 수는 없사옵니다. 그리고 그 무녀를 곁에 두시는 것도 성택일 것이니 천신들은 받잡을 수밖에 없사옵니다. 하오나 안으시면 아니 되옵니다. 무녀는 절대 상감마마의 승은을 입어선 안 되는 것이옵니다. 신기라는 것은 아래로 대물림되기도 하는 것이오니, 혹여 앞으로 있을 왕손께 더없이 큰 문제가 될 것이옵니다. 안지 않으시겠다고 천신들 앞에 약조를 해 주시옵소서. 그리하오시면 궐 밖으로 내치지는 않겠사옵니다."

훤은 교수들의 말을 받아들일 수 없었다. 월을 안아서는 안 된다는 말도, 무적에서 뺄 수 없다는 말도 용납할 수가 없었다.

"다들 문 닫고 물러나라! 지금 당장!"

왕의 어명에도 움직이는 사람이 없었다. 차 내관까지도 복종하지 않았다.

"물러나라 하였다! 내 말이 들리지 않느냐?"

명과학교수가 힘주어 말했다.

"오늘 밤은 원자를 보기 위한 밤이옵니다. 그 입태시가 아직 지나지 않았사옵니다. 절대 물러날 수 없사옵니다!"

"물러나라! 차 내관, 뭐 하느냐! 어서 문 닫고 물러나라 하였다!"

"상감마마, 송구하옵니다. 이 천신도 물러날 수 없사옵니다."

차 내관이 몸을 엎드려 왕에게 아뢴 뒤 주위를 향해 큰 소리로 외쳤다.

"여봐라! 다들 문을 열어라!"

그의 호령에 왕의 침소를 빙 둘러 있던 문들이 스르스륵 열리기 시작했다. 각 방과 복도에 삼삼오오 대기하고 있던 내관과 궁녀가 모습을 드러냈다. 오늘따라 평소보다 많은 인원이었다. 수십 명의 눈들이 왕이 무녀를 안는 것을 반대하고 있었다. 그 사이에는 새파랗게 질린 잔실의 모습도 숨어 있었다. 훤의 분노가 폭발했다.

"차 내관, 정녕 목숨이 아깝지 아니한 것이냐! 여기 있는 너희의 목을 내가 못 벨 성싶으냐! 모조리 다 벨 것이다!"

왕의 외침에도 어느 누구 하나 물러나는 이가 없었다. 빙 둘러 주위를 보았다. 오직 달만이 창문을 열지 않았다. 훤은 망연자실하여 우두커니 앉아만 있었다. 월의 작은 어깨가 가엾어 차마 쓰다듬어 줄 수도 없었다. 자신의 못난 얼굴을 보는 것도 싫었다.

"촛불을 치워라. 눈부시다."

힘을 잃은 왕의 말에 궁녀와 내관이 촛불을 하나씩 꺼서 가져 나가기 시작했다. 다 가져가고 남은 자리엔 달빛만이 남았다. 적막한 어두움 속에서도 사람들은 자리를 비우지 않았다.

"내가 널 어찌한단 말이냐. 월아, 혹여 날 못난 사내라 여기진 않느냐? 날 원망하지는 않느냐?"

"소녀, 그런 마음 전혀 없사옵니다."

"나의 고통이 너에게로 가는 것이냐? 나 대신 고통스러우냐?"

"그렇지 않사옵니다. 이렇듯 괜찮사옵니다."

"……고맙구나. 괜찮다니 고맙구나."

그토록 애타게 기다렸던 재회이건만, 훤의 가슴에는 기쁨을 느낄 새도 없이 참담함이 더 크게 자리했다. 그 마음을 기대듯 월의 목덜미에 이마를 기댔다. 미안해서 품에 안을 수가 없었기에 두 팔은 힘없이 아래로 흘렀다.

제운은 어둠의 힘을 빌려 그들에게로 고개를 돌렸다. 낯선 가슴 통증은 그저 서로를 보지 못하는 둘을 동정한 마음일 뿐이라고 생각하기로 하였다. 달을 향해 욕심을 가진 것은 한 톨도 없었다고 머릿속에 새기기로 하였다. 심장까지는 속일 수 없어도 머리는 속일 수 있으리라, 지금껏 그렇게 살아왔기에 이번에도 그럴 수 있으리라 생각했다. 그 마음을 다지듯 별운검을 보았다. 왕을 지키는 호위 무사의 검! 검은색 칼집에 촘촘히 새겨진 구름 문양을 보았다. 언제나 등에 짊어진 운검의 무게가 오늘따라 어깨를 짓눌렀다. 제운의 시선이 왕을 지나 월에게서 멈추었다.

'그대는 내 주군의 액을 받으시오. 나는 그대의 액을 받겠소.'
그리고 표정을 감추듯 어둠 속으로 스며들었다.

장씨는 부들부들 떨리는 손으로 사발에 술을 부어 단숨에 들이켰다. 좁은 대청에 놓인 작은 상 위에는 안주는 없고 술병과 사발만 덩그러니 있었다. 연거푸 술을 들이켜던 장씨가 고개를 들어 환한 달빛을 보았다.

"혜각 도사 그 늙은이가 기어이 내 목을 따고야 말리라 작정을 한 게로군. 큭큭큭!"

장씨의 음산한 웃음소리가 어두운 공기 속으로 사라졌다. 잠귀 밝은 설이 목을 벅벅 긁으며 대청으로 나왔다.

"뭔 귀신 소린가 했네. 이 야밤에 또 술이십니까?"

장씨가 한쪽 입술을 찌그러뜨리며 대꾸했다.

"노비 년이 주인한테 하는 말 꼬라지 하고는, 쯧쯧."

설이 코웃음을 치면서 장씨에게서 술병을 가로챘다. 곧바로 귀에 가까이 대고 흔들어 안에 조금밖에 안 남은 것을 확인했다.

"에이, 간에 기별도 안 가겠네."

설은 술병을 상 위에 도로 올려 두고 부엌으로 가서 술독을 통째로 가져 나왔다. 그리고 바가지로 퍼서 벌컥벌컥 들이켰다.

"크! 시원하다. 그렇잖아도 목말랐는데."

"목이 마르면 물을 찾아야지 왜 술을 축내고 지랄이야?"

"제겐 물이나 술이나 매한가지 아닙니까?"

장씨는 얼마 남지 않은 술병의 술을 사발에 탈탈 털어 마저 붓고 벌컥벌컥 마셨다. 그리고 다 마신 사발을 멀리 마당을 향해 털면서 말했다.

"네년도 술 좀 작작 마셔라."

"에구, 무녀님이 술 가지고 누굴 나무랄 처지는 아닐 텐데요. 잔실이가 있었으면 바가지 엄청 긁었을걸요. 아! 오늘 밤이 마지막이라고 했죠?"

설이 술독에서 한 바가지를 더 들이켜고는 팔뚝으로 입술을 쓱 닦았다. 장씨가 설을 물끄러미 쳐다보다가 싱긋 웃었다. 설의 인상이 일그러졌다.

"왜 그렇게 웃습니까? 징그럽게."

"그 술독에 있는 거 지금 다 마시자."

"네? 잔실이 없을 때 실컷 마시자는 겁니까? 어차피 잔소리 따위 상관도 안 하시면서."

"내일부터는 이 집에 술 마실 사람이 없거든. 아까운 술을 남길 수는 없……."

"무슨 소립니까!"

장씨는 시퍼렇게 노려보는 설의 눈은 아랑곳하지 않고 사발을 디밀어 더 떠 달라는 동작을 하였다.

"무슨 소리냐고 묻잖아요!"

"성수청으로……, 복귀하련다."

"이 땡무당이 지금 무슨 말을 하고 있는 거야! 갑자기 성수청이라니요!"

"내……, 내가 망령이 난 게야. 그때 잠시 취기로 사리 분별을 못 했어. 그 인연이 어떤 인연인데……. 이제 달이 구중궁궐 속에 잠겨 버렸어. 꼼짝없이……."

알 수 없는 말에 화가 치민 설이 술 바가지를 집어던지며 소리쳤다.

"알아듣게 말 좀 하세요! 도대체가 무당이란 것들은 왜 뭐든지 알쏭달쏭한 말만 한답니까? 그러면 뭣 좀 있어 보인답니까?"

장씨는 묻는 말에는 대답하지 않고 또다시 사발을 들이밀었다.

"술이나 더 떠 다오."

설이 장씨의 사발을 받아 사정없이 내팽개쳤다. 앞에 있던 상도 마당으로 집어던졌다. 설이 난리를 부리는 통에 들고 왔던 술독도 섬돌 아래로 떨어져 박살이 났다. 장씨는 흘러 떨어지는 술만 덧없이 바라보았다. 넋을 놓은 장씨의 멱살을 설이 움켜잡았다.

"궁궐 속에 잠겼다니요? 그게 뭔 말입니까? 우리 아가씨께 무슨 일이 벌어진 겁니까? 무사히 오실 거라 하지 않았습니까! 관상감에서 여기까지 호위해서 모시고 올 거라……."

"어이구, 저놈의 땅바닥도 타고난 주당일세. 넙죽넙죽 잘도 빨아먹는구먼."

"잡소리 치우고 어서 대답하라니까요!"

멱살을 잡고 흔들어도 장씨는 정신 나간 미소만 지으며 술을 보았다. 이윽고 힘없는 목소리로 말했다.

"네년이 아가씨 옆을 비웠잖아. 네 멋대로 떠돌다가 왔잖아. 내가 한 게 아니야. 난 아무 짓도 하지 않았어."

"똑바로 얘기하십시오!"

"운명이 다시 꼬여 버렸어. 인연이 이어져 버렸어. 더럽게 질긴 인연이……, 이어졌어. 어쩌누. 그 늙은이가 살을 날렸어. 내 목을 따려고 살을 날렸어."

설은 소름이 끼쳐 멱살을 놓았다. 눈이 풀려 헛소리를 하는 장씨가 이상했다. 취기로 인해 중얼거리는 모양새가 아니었다. 언제나 장씨가 중얼중얼 내뱉는 혼잣말 열 마디 중 한마디만 알아들어도 많이 건지는 축에 들었다. 거의 혼자서 중얼거리는데 도통 알아들을 수가 없었다. 어떤 땐 주위에 있는 사람에게 건네는 말 같기도 하고, 유심히 들으면 혼잣말하는 것 같기도 하고, 이해하려고 귀를 기울이면 기어이 중간에 화가 나 소리치기 일쑤였다. 요즘 들어 장씨의 증세는 더욱 심해졌다. 왕이 온양에 온다는 소문이 돌면서부터였다. 설은 장씨가 무서웠다. 신기 있는 무당이어서가 아니었다. 가까이 있으면서도 그 속을 알 수 없는 사람만큼 무서운 것은 없기 때문이다.

흐릿하게 풀렸던 장씨의 눈동자가 차츰 뚜렷해졌다. 설이 안색을 살피며 물었다.

"괜찮습니까?"

장씨는 메마른 자신의 눈두덩을 비비적거렸다. 그리고 설을 뚫어지게 쳐다보았다. 섬뜩한 눈동자가 마치 가슴을 뚫고 들어온 기분이었다.

"왜, 왜 또 그렇게 보십니까? 진짜 징그럽다니까요."

설이 그녀의 눈에서 도망치듯 고개를 반대편으로 돌렸다. 장씨의 기괴한 웃음소리가 또다시 칠흑 같은 어둠 속을 파고 들었다.

"크크큭!"

이윽고 웃음이 멎었다. 장씨는 손을 뻗어 설의 얼굴을 자신에게로 돌렸다.

"예끼, 이년아. 주제를 알아라. 꼴같잖게 생긴 선머슴 주제에, 흐흐흐."

설이 짜증스럽게 손을 쳐 내려고 했지만 장씨는 더욱 단단히 그녀의 턱을 다잡았다.

"네년 속을 모를 줄 알고? 한양에 가게 된다니까 앞뒤 가리지 않고 설레기부터 하느냐? 아가씨 안전은 핑계지, 암."

"이 땡무당이!"

장씨가 자신의 얼굴을 설의 얼굴에 바짝 들이밀었다. 설은 시뻘겋게 핏줄이 선 흰자위를 보았다.

"이번에 한양에 가게 되거들랑……, 의빈 댁에는 가지 마라. 절대로! 금기를 어기면 꼭 그 대가가 있는 법이다."

역한 술 냄새가 확 끼얹어졌다. 설이 장씨를 힘껏 밀어내고 새침하게 말했다.

"여기서 언제 출발합니까?"

"지금 저 달이 다 지기 전에 출발하자. 설이 네년의 환도가 있는데 길 걱정은 점쳐 보지 않아도 되겠지."

장씨는 새하얀 제 머리카락을 뼈만 앙상한 손가락을 빗으로 삼아 여러 번 쓰다듬었다. 그러고는 조금 전까지의 괴이했던 표정을 버리고 슬프게 말했다.

"너무 오래 성수청을 비워 두었다. 도무녀, 그 한스런 자리로 돌아가야지!"

2

민화는 오늘도 어김없이 해가 떨어지자마자 향 목욕을 마치고 내당에 곱게 앉았다. 염이 여행에서 돌아온 지 한 달이 지났건만 아직도 내당으로 발걸음이 없었다. 원래 먼 여행을 다녀오면 한동안은 합방하면 안 된다는 상식쯤은 알고 있지만, 한 달이 넘도록 오지 않는 건 서운한 일이다. 염이 보고 싶어서 사랑채 근처를 숨어서 서성거리다가 우연히 마주친 척하며 만나기는 하였다. 하지만 잠시 서서 한두 마디 나눴을 뿐이다. 그 정도로는 만족스럽지 않았다. 혹시 밤에 내당에 올 수 있는지 묻고 싶었지만 옆에서 도끼눈을 하고 있는 민 상궁 때문에 입도 벙긋 못 하고 말았다.

몇 번이나 거울을 보며 외양을 단장한 민화는 수틀을 꺼내 놓고 열심히 수를 놓는 시늉을 하였다. 수 자체에는 그리 큰 관심이 없었다. 단지 염이 와서 봤을 때 얼마나 우아해 보이는지가 중요했다. 수 한 땀 놓고 거울 한 번 들여다보기를 반복하였다. 그러다가 한 번씩 방문 쪽을 보고 한숨을 쉬기도 했다. 시간이 흘러갈수록 오늘도 이렇게 끝나고 마는 듯하여 초조해졌다. 한편으로 포기하기에는 아직 밤이 깊어지지 않았다며 스스로를 위로하기도 하였다.

수가 슬슬 지겨워졌는지 하품이 자꾸만 나왔다. 그래서 수틀을 밀치고 서안에 앉아 책을 읽는 시늉을 하기로 하였다. 어쩌면 수놓은 모습보다 책 읽는 모습이 염의 눈에는 더 우아해 보일 거라는 생각에서였다.

"민 상궁, 내 모습이 어떻느냐? 수놓는 모습이 낫느냐, 아니면 이 모습이 낫느냐?"

민 상궁도 지겨운지 하품을 참으며 말했다.

"어느 거나 다 어여쁘시옵니다."

"그래도 서방님 눈에는 어떤 것이 더 나아 보이겠느냐?"

"그건 저도 모르지요. 의빈 대감이시라면 책만 눈여겨보실지도……."

민화는 절로 고개가 끄덕여졌다. 그래서 깊은 한숨과 함께 중얼거렸다.

"휴! 내 몸에 붓으로 글을 새겨 넣으면 서방님께서 날 찾아주실까? 그 글들이 보고 싶어 옷고름을 풀어 주지 않으실까?"

"먹물 지우려면 고생깨나 하실 것이옵니다."

민화가 민 상궁을 쌜쭉하게 쳐다보았다. 입을 삐죽거리는데 그만 눈물도 삐죽 나올 것 같았다. 염이 보고 싶었다. 매일매일 아무것도 하지 않고 둘만 꼭 붙어 있으면 무릉도원이 따로 없을 것 같은데, 그는 책과 더불어 있는 것이 곧 무릉도원이리라. 더 이상 참을 수가 없었다. 민화가 서안 서랍에서 붉은색의 화려한 궁낭宮囊을 꺼냈다. 지겨워서 하품을 참던 민 상궁의 눈이 번쩍 뜨였다.

"공주자가, 뭐, 뭐 하시려는?"

"서방님이 독서 삼매경에 빠져 아무래도 아내가 있는 것을 잊어버리신 모양이다. 내 지금 당장 가서……."

"아니 되옵니다!"

민 상궁이 당황하여 팔을 펼치고 급히 방문을 막아섰다. 동시에 옆에서 꾸벅꾸벅 졸고 있던 여종에게 말했다.

"넌 어서 저쪽 문을 막아라. 절대 비켜 드리면 안 된다. 공주자가, 체통을 지키시옵소서! 이 시간에 안채 여인이 사랑채에 드는 것은 절대 아니 되……."

"그놈의 체통, 체통! 민 상궁이 눈떠서 지금까지 체통이란 말을 몇 번이나 했는지 아느냐? 비켜라!"

"공주자가, 제발! 조금만 더 기다려 보시오소서."

"안 비키면 소리칠 테다! 어머님 귀에 다 들리도록 사랑채 가고 싶다고 고래고래 소리쳐 버릴 테다!"

막무가내인 공주를 보고 놀란 민 상궁은 결국 옆으로 비키며 힘없이 주저앉고 말았다.

"공주자가, 그, 그럼 아랫것들한테 들키지 않게 조심, 또 조심하시어……."

"넌 여기 있어라."

민화가 궁낭을 소중히 끌어안고 냉큼 밖으로 나가자 민 상궁은 이마를 짚었다.

"이 일을 대비마마께옵서 아시게 되면 난 또 회초리감이야. 에구, 내 팔자야."

민화는 조심스럽게 방문을 나와 주위를 둘러보았다. 아무도 없었다. 까치발로 뛰어 안채와 사랑채 사이에 있는 쪽문으로 갔다. 사랑채와 안채 사이의 정문은 들킬 위험이 컸기에 뒷길로 난 쪽문을 택했다. 쪽문은 여느 사대부 집과 마찬가지로 젊은 부부만 드나들도록 고안한 비밀 문으로 대체로 잠그지 않는 것이 관례였다. 때문에 이쪽 길로는 하인도 얼씬하지 않았다. 민화에게 이 쪽문만큼 사랑스러운 건 없었다. 일반적으로 쪽문은 남편이 주로 사용하지만 이 집의 경우는 주로 민화가 사용하는 셈이다.

목을 쭉 빼서 사랑채를 살폈다. 불이 켜져 있는 것을 확인한 민화는 재빨리 사랑채로 돌진했다. 갑자기 방 안으로 뛰어든 민화로 인해 염은 책을 읽다 말고 비명을 지를 뻔했다.

"고, 공주! 무슨 일이시옵니까?"

민화는 쭈뼛거리며 방문 앞에 섰다. 염이 놀란 가슴을 가라앉히고 뒤늦게 미소를 찾았다. 그는 자리에서 일어나 정중하게 허리 굽혀 인사했다. 얼떨결에 민화도 따라서 고개를 숙였다. 염이 다시 자리에 앉아 미소를 지었다. 민화는 미소에 안심이 되자 신발을 신은 채로 방 안까지 들어온 것을 깨달았다. 얼른 신발을 벗어 방문 앞에 놓고는 자리에 털썩 앉았다. 혹시 누가 볼까 걱정되어 방문 밖으로 내어놓지 못하였다.

민화가 멀찌감치 앉아 염의 눈치만 살피며 궁낭을 만지작거렸다. 결국 염이 입을 열 때까지 기다리지 못하고 먼저 말했다.

"저기……, 저 때문에 놀라시었죠?"

"크게 놀란 건 아니옵니다. 밤늦은 시간에 무슨 용무이시옵니까?"

염의 질문에 말문이 막혔다. 무슨 말을 어떻게 꺼낼지 몰라 고개 숙인 채 애꿎은 궁낭만 열심히 매만졌다. 그러다가 용기 내어 기어들어 가는 목소리로 겨우 한마디 하였다.

"가까이 오라 아니 하시어요?"

"아! 제가 잠시 생각이 미치지 못하였사옵니다. 이리 오시옵소서."

염은 미안해하며 앉아 있던 자리에서 살짝 비켜 앉아 옆에 공간을 만들었다. 민화는 냉큼 다가가 찰싹 달라붙었다. 마음이 앞서 너무 바짝 다가가 앉았기에 그가 오른쪽 팔을 움직이기 불편해졌을 정도였다. 민화는 염에게서 나는 난향이 좋아 크게 숨을 들이켰다.

"서방님을 방해하러 온 것이 아니어요. 저, 여기 얌전히 있을 터이니 책 마저 읽으시어요. 다 읽으시면 말씀드리겠사와요."

눈을 똘망똘망 뜨고 말하면서도 부끄러워 몸을 비비 꼬는 민화에게 염은 조용히 미소만 보낸 뒤 책을 들여다보았다. 책을 읽으랬다고 진짜 읽는 그가 원망스러웠지만, 옆에 있는 것만으로도 행복해졌다. 옆얼굴에 구멍이 뚫릴 정도로 쳐다봐도 책에 집중한 염은 의식하지 못하였다. 민화 또한 염에게 정신이 집중되어 있는 것은 마찬가지였다. 책장을 넘기는 하얀 손이 너무도 우아하여 자신도 모르게 손을 뻗어 슬금슬금 만지고 있었던 것이다. 기분이 좋아 입이 헤벌어졌다. 손으로는 부족해 이번에는 볼을 가져다 대어 보았다. 염의 따뜻한 손에 행복해져 눈을 감았다.

그 순간 민화의 정신이 번쩍 들었다. 지금은 환상이 아니라 엄연한 현실이라는 것을 깨달았기 때문이다. 한쪽 눈을 슬쩍 떠 보는데 물끄러미 자신을 보고 있는 염의 눈과 딱 마주쳤다. 얼굴이 붉은 꽃보다 더 붉어졌다. 민화는 민망함을 감추지 못하고 천천히 볼을 떼어 내어 상체를 꼿꼿하게 세웠다. 그리고 또다시 궁낭을 만지작거렸다. 염이 빙그레 웃으며 책갈피를 끼운 뒤 책을 덮고는 민화를 향해 앉았다.

"하실 말씀이 무엇이옵니까? 듣겠사옵니다."

민화는 기가 죽어 말했다.

"저기, 방해가 되었어요? 이제 방해 안 할 터이니 계속 읽으시와요."

"아니옵니다. 저도 막 책을 덮으려 하였사옵니다."

민화는 얼굴을 붉힌 채 부산하게 궁낭 입구를 열었다 닫았다 하며 한참을 망설였다. 궁낭으로 입을 가리며 눈치를 보니 염은 여전히 부드러운 미소로 바라보고 있었다. 민화가 크게 숨을 들이마신 뒤, 안에 들어 있던 종이를 꺼냈다.

"이, 이거······."

염이 꼬깃꼬깃 접힌 종이를 펼쳤다. 민화는 여전히 그의 눈치를 보며 계속 궁낭만 만지작거렸다. 펼친 종이에는 날짜들이 적혀 있었다. 염이 멋쩍게 웃으며 서안 위에 펼친 종이를 올렸다. 민화가 더듬거리며 말했다.

"민 상궁이······. 전 하지 말라고 그랬는데 민 상궁이 꼭 귀한 아들을 봐야 한다며 관상감에 가서 택일을 받아 왔사와요. 그러니까 그 날짜에······. 그러니까······."

"무슨 말씀인지 알겠사옵니다."

종이에 적힌 날짜는 염과 민화의 사주로 뽑은 합방일 날짜였다. 하지만 민화의 말과는 달리 민 상궁이 스스로 이 날짜를 받아 온 건 아니었다. 민화가 숨 막히게 보챈 덕분이었다. 그런데 받아 온 날짜가 눈물이 날 정도로 적었다. 받아 온 두 달 치에서 합방일은 고작 다섯 개에 지나지 않았던 것이다. 민화는 실상 귀한 아들 따위에는 그리 큰 욕심이 없었다. 내당으로 걸음을 잘 하지 않는 염이었기에 아들 본다는 족쇄라도 채워 끌어들이려는 의도가 전부였다. 민화는 날짜 사이사이에 손수 괴발개발 더 끼워 넣었다. 누가 봐도 민화가 써 넣은 것이라 믿어 의심치 않는데, 혼자만은 들키지 않으리라 생각했다. 표가 확실히 나기에 염이라고 중간에 더 써 넣은 글자를 모를 리가 없었다.

"이 날짜들은 무엇이옵니까?"

민화는 염이 자신의 글자들을 가리키자 화들짝 놀랐다. 얼굴을 새빨갛게 하여 한참을 방바닥만 긁다가 모기만 한 소리로 겨우 핑계를 대었다.

"귀숙일자 중에 빠진 것이 있어서 어쩔 수 없이……. 민 상궁이 꼭 넣어야 한대서……. 춘갑인 춘을묘 하병오 하정사 추경신 추신유 동임자 동계축, 소첩도 이렇게 외우고 있사와요. 그리고 어떻게 좋은지는 모르겠지만 민 상궁이 좋다는 날도 넣었는데……."

"알겠사옵니다."

염은 더 이상 의심하지 않고 다른 종이에 옮겨 적었다. 그가 순순히 받아들이자 민화는 날짜를 몇 개 더 넣지 않은 걸 후회하였다.

"저기, 소첩은 잘 모르지만……, 진짜 잘 모르지만 『포박자抱朴子』에는 서방님 나이의 남자는 방중절도일이 사흘에서 나흘에 한 번씩이 좋다고 하였사와요. 소첩은 오직 서방님 건강이 걱정되와……."

부끄러워하면서도 민망한 말을 꼬박꼬박 잘도 하는 민화였다. 오히려 부끄러워 아무 말 못 하는 쪽은 염이다. 염의 볼에 민화는 붉은색을 더 보탰다.

"거기다가 『옥방비결玉房秘訣』에 따르면 하루에 두 번 하는 것이 건강에 좋다고 민상궁이……. 서방님도 건강하시니……. 매일매일……."

"매, 매일? 허허, 공주께서 저를 놀리시려는 것이옵니까?"

"아니어요! 분명 그렇게 되어 있사와요. 제가 똑똑히 확인,

아, 아니, 민 상궁이 똑똑히 말해 주었는데…….”

염은 곰곰이 계산해 보았다. 염이란 인간이 따르는 예를 갖춰 한 번의 합방 순서를 따져 본다면, 하루에 두 번이란 횟수는 하루 종일 다른 일은 아무것도 못 한다는 뜻이었다. 민화와 책이 말하는 한 번과, 그가 생각하는 한 번은 굉장한 괴리감이 있었다. 염은 「옥방비결」은 읽어 본 적 없지만 「포박자」는 읽은 적이 있었다. 민화가 이해한 것과는 달리 도교와 유교의 접점을 배울 수 있는 책이다. 그래서 그녀가 놀리는 것이라 여겼다.

"공주, 저 이래 봬도 서당에서 「보정保精」을 배운 몸이옵니다. 관례를 치르면서 '상투탈막이'도 외웠고, 혼례 전에 사랑들이도 하였사옵니다. 이 모든 배움 속에 하루에 두 번이란 숫자는 없었사옵니다. 그러니 농일랑 마옵소서."

"아니어요! 정말이어요!"

민화는 당장 가져다 보여 주고 싶었지만 그러면 그 책을 가진 걸 들킬 것이기에 입을 다물었다. 염이 종이를 접어 궁낭에 다시 넣어 주었다. 민화는 합방일을 약속한 종이를 서로 나눠 가진 것이 기뻐 궁낭을 꼭 감싸 쥐었다. 하지만 여전히 미련을 못 버리고 중얼거렸다.

"진짠데……, 하루에 두 번…….”

"밤이 깊었사옵니다. 그만 내당으로 가 보셔야지요.”

민화는 화들짝 놀랐다. 또다시 몸을 비비 꼬면서 손가락으로 아직 먹물이 덜 마른 염의 종이를 가리켰다.

"여기…….”

민화가 가리킨 건 오늘 밤의 날짜를 적은 곳이었다. 염은 한동안 가만히 있다가 속삭였다.

"미리 기별을 주시지 않고요. 오늘임을 알았더라면 몸과 마음을 미리 준비해 두었을 것이옵니다."

"아니 오시었잖아요. 아무리 기다려도 내당에 걸음 한번 하지 않으셨잖아요."

민화는 그만 목소리에 원망을 가득 담아 울먹거리고 말았다. 보고 싶어 서성거리는 것도 그녀였고, 밤마다 목을 빼고 기다린 것도 그녀였다. 그래도 사랑하기에 원망하는 마음보다 그리워하는 마음이 더 컸다. 자신과 부부의 인연을 맺고 살아 주는 것만으로도 감사해서, 이 남자를 탐내며 울었던 시간들도 있었기에 내당에 찾아 주지 않는 서운함쯤은 웃고 털어 버려야 했다. 그런데 숨겨 왔던 원망스런 마음이 목소리로 흘러나오고만 것이다. 염이 민화를 조심스럽게 감싸 안았다.

"기다렸사옵니까?"

"네, 언제나. 매일매일을 기다리어요. 서방님은 소첩을 부덕한 아내로 만들어 버렸사와요. 점잖지 못하게 사랑채나 넘나드는……."

"가야지 가야지 하였는데, 책 읽다 정신을 차리면 너무나 밤 깊은 시간이라 감히 내당에 걸음 하지 못하였사옵니다."

"소첩을 점잖지 못하다, 음탕하다 꾸짖지 마시어요. 이 또한 서방님이 만드신 것이어요. 서방님께서 보고 싶어 하는 책을 못 구해 속상한 것도, 제가 서방님을 못 뵈어 속상한 것에 비하면 아무것도 아니어요."

염은 책을 비유한 말이 다른 예시보다 가슴에 와 닿았다. 염이라고 민화의 지극한 사랑을 모를 리가 없었다. 과분하리만큼 벅차서 오히려 미안할 지경이었다. 그리고 8년 전, 죽음을 당할 처지에 놓인 염과 민규를 이 여인이 지켜 준 거나 진배없었다. 공주는 이 집안의 은인이었다. 그것을 모르지 않았다. 비록 관직에 나갈 수 없는 의빈의 처지가 되긴 했지만 고마운 건 고마운 것이다.

"죄송하옵니다. 제가 미처 다 헤아리지 못하였사옵니다."
"아니어요. 소첩의 인내가 부족한 탓이어요. 그래도 서방님은 딴 여인에게 한눈팔지는 않잖아요. 만약에 다른 사내처럼 그러시오면 소첩은 가슴 아파 죽어 버릴지도 몰라요."

민화의 괜한 엄포였다. 의빈은 첩을 둘 수가 없었다. 만에 하나 다른 여인과 하룻밤을 보낸다면 단지 그것만으로도 상대 여인이 죽음에 처해지기도 하였다. 첩도 없이 오직 공주만을 처로 삼아야 했다. 그리고 공주가 먼저 죽어도 재취를 들일 수가 없었다. 들인다 해도 그 어떤 사대부가의 여인이라도 첩으로 규정되었다. 이것이 의빈에게 법으로 가해진 또 다른 금고였다.

"서방님을 첨앙瞻仰하는 소첩의 마음을 아시어요?"

염은 대답 없이 따뜻하게 민화의 등을 어루만져 줄 뿐이었다. 언제나처럼 그녀의 사랑 고백에 대한 답은 들려주지 않았다. 사랑한다는 말은 더없이 간단하건만 이 쉬운 말도 그는 절대 입에 담지 않았다. 민화는 단지 사랑 표현에 인색할 뿐인 거라고 스스로를 위로했다. 이건 일종의 믿음이었다. 결혼하고부터 지금까지 여자 문제로 속상하게 한 적은 단 한 번도 없었기 때문이다. 속상하게 하는 상대는 그녀가 그다지 좋아하지 않는, 책이란 것이다. 민화가 염을 끌어안았다.

"소첩, 서방님이 눈길 주시는 꽃들에도 시샘할 것이어요. 서방님의 얼굴을 쓰다듬고 지나가는 바람에도 시샘할 것이어요. 서방님이 디디신 땅에도 시샘할 것이어요."

"꽃은 공주가 아니시옵니까? 하하하."

"금세 시드는 꽃은 싫어요. 아바마마께 제 봉작명의 꽃 화를 불 화로 바꿔 달라 청을 드린 적 있었사온데, 공주의 봉작명에 그런 글자는 쓸 수 없다며 안 된다 하시었어요. 칫! 불과 불꽃, 더없는 궁합인데."

"불꽃도 꽃이옵니다. 그러니 저도 공주와 같은 꽃이옵니다."

민화는 웃는 그의 입술에 냉큼 입을 가져다 대었다. 염이 피하지 않고 입술을 받아 주는 것에 더욱 용기 내어 그의 입안으로 겁먹은 혀를 조심스럽게 넣어 보았다. 염이 깜짝 놀라 주춤 물러났다. 하지만 거절당한 거라 여기고 겁먹은 큰 눈과 마주치자 이번에는 염이 먼저 입술을 대었다. 이 또한 어찌나 조심스럽게 움직이는지 민화는 그의 움직임에 속부터 먼저 타들어 갔다. 또 갑자기 염이 그녀를 떼어 냈다. 아직 황홀함에 빠져 있느라 민화는 눈이 떠지지가 않았다.

"아내를 대하는 데 있어 이리 준비 없이는 예가 아니옵니다."

"소첩이 이리 사랑채에 달려온 것도 예는 아니어요, 뭐."

그놈의 예의 타령에 민화는 삐친 모습을 하였다. 이런 상황이 되면 예의 따위는 벗어던지고 불꽃처럼 타올랐으면 하는데, 염이란 사내는 꼭 이불 속에서도 예의란 시답잖은 옷을 갖추는 것이 문제였다.

"몸을 닦고 내당에 갈 터이니 먼저 가 계시옵소서."

민화는 더 이상 참을 수가 없었다. '몸을 닦고' 이 의미는 날이 샐 때쯤에나 내당에 나타나겠다는 뜻이다. 몸을 닦는 데 어지간히 긴 시간이 걸리기 때문이다. 그래서 오늘도 어김없이 염의 옷고름을 먼저 푼 것은 민화였다. 정숙한 척 기다리다간 내일 해가 중천에 떴을 쯤에야 그의 손이 민화의 옷고름에 닿을 것이다. 민화가 당황하는 염의 윗옷을 벗겨 뒤로 감췄다.

"그렇게 하고 몸을 닦으러 나가 보시어요."

적삼 차림으로 방문 밖을 나가는 건 염의 상식으론 어림없는 일이다. 자신의 손으로 당당하게 벗겨 놓고 민화는 얼굴이 새빨개졌다. 그래서 염은 그녀를 탓하지도 못하였다. 민화는 나이가 스물한 살이건만 앳되어 보이는 얼굴 때문에 언뜻 열예닐곱 살로밖에 보이지 않았다. 그래서인지 염의 눈에는 민화가 하는 짓은 뭐든지 귀엽게 보였다. 이렇게 민망하게 만드는 것도 귀여웠다.

"그럼 손만이라도 씻고……."

민화가 재빨리 치마를 들어 안에 입은 속치마로 그의 손을 쓱쓱 닦아 주었다. 염은 합방 전에 꼭 벚꽃을 말려 갈아 둔 것을 비누로 사용하여 손을 씻었다. 아내의 몸을 소중히 하라는 가르침은 누구나 받지만 거의 지키지 않는데, 염은 다른 사내들과는 달리 그대로 실천하는 사람이었다. 그렇기에 마른 속치마로 대충 닦는 것은 절대 수용할 수 없었다. 아무래도 염이 옷을 빼앗아 입을 기세였다. 민화가 먼저 선수를 쳤다.

"소첩이 물을 떠 오겠사와요."

민화는 얼른 일어나 신발을 들고 바깥으로 나갔다. 잠시 후 대야에 따뜻한 물을 떠 왔다. 이런 일에 서툰 탓에 옷이 물에 흠뻑 젖어 있었다. 염이 물에 손을 넣고 벚꽃 가루로 손을 비볐다. 민화도 그의 손을 마주 잡고 행동을 따라 하며, 물과 가루가 간질이는 느낌에 취해 까르르 웃었다. 염의 하얀 손가락 사이에 마주 끼워진 느낌도 더할 나위 없이 좋았다.

염은 깨끗한 무명 손수건을 꺼내 물에 적셔 두었다. 자연스럽게 손수건에 벚꽃 향이 스며들었다. 요의 가운데에도 수건을 깔았다. 사랑채 요에 생긴 얼룩을 하인들이 보게 된다면 아내의 흉이 되기에 특히 조심하였다. 그것도 모르고 민화는 빨리 자기 옷고름을 풀어 주지 않는다며 조급해하였다. 그래서 염이 수건을 정성스레 깔 동안에 몰래 자신의 옷고름을 잡아당겨 느슨하게 만들었다. 모든 준비를 끝낸 염이 적삼 차림의 민망함을 만회하느라 더욱 예의를 갖춰 합방을 고하는 뜻으로 고개를 숙였다.

드디어 염의 손이 민화의 옷고름에 닿았다. 참으로 굼뜬 손길이 아닐 수 없었다. 저고리를 벗겨 내는 것도 더없이 더디기만 하였다. 더군다나 벗겨 낸 저고리를 정성껏 접어서 옆에 놔

두는 것도 그가 생각하는 예의 있는 합방의 절차였다. 민화는 자기 손으로 옷을 확 벗어던지고 싶었지만 한두 번 겪는 일이 아니었기에 숨을 들이마시며 참기로 하였다. 그나마 굼뜬 그를 도울 수 있는 건 쪽진 머리를 푸는 정도였다. 치마와 그 아래에 첩첩이 입은 속치마를 벗겨 내고 적삼 아래의 속곳까지 다 벗겨 내 단정하게도 접은 옷이 차곡차곡 옆에 쌓일 때쯤, 민화의 귀에는 닭 울음이 들릴 지경이었다.

염은 모든 것을 끝내고 민화의 뒤통수를 두 손으로 소중하게 감싸며 눕혔다. 그런 뒤 이번에는 자신의 옷을 열심히 벗어 접기 시작했다. 민화의 조급증 같은 건 조금도 헤아리지 못하는 모양이었다. 준비를 끝낸 염이 적삼 차림으로 이불 속에 들어왔다. 그 어떤 경우라도 급하게 서둘지 않는 그였다.

민화의 몸 위로 염의 손길이 지나다녔다. 조심스럽고도 격조가 있는 움직임이었다. 민화는 스스로가 깨지기 쉬운 얇은 도자기란 착각이 들었다. 염의 손길이 지나간 몸의 여기저기에서 벚꽃이 피어나는 것 같은 착각도 들었다. 민화는 그의 손길 아래에서야 비로소 완전한 꽃이 되어 만개하였다.

민화는 염의 팔을 베고 나란히 누웠다. 그의 품에 안기고 난 후면 언제나 두려워졌다.

"혹여 소첩이 얼마나 행복한지 말씀드린 적 있었사와요?"

"네, 언제나 말씀하시지 않으시옵니까."

"서방님이 아시는 것보다 더 많이 행복할 것이어요."

'서방님은요?'라고 묻지는 못하였다. '그렇다.'고 답해 줄 것임을 알기 때문이다. 하지만 온전한 진심이 아님을 민화는 알고 있었다. 자신의 신분 때문에 염이 묶인 제약을 그녀도 모르지 않았다. 아마도 그녀와 결혼하지 않았다면, 이 사내를 달라고 떼를 부리지 않았다면, 염은 귀양을 끝내고 지금의 왕에게 등용되어 뜻을 펼치며 살고 있을지도 모르기 때문이다. 이렇듯 쓸쓸한 사랑채가 아닌, 뜻을 함께하는 학자들과 어울려 시끌벅적한 사랑채가 되었을지도 몰랐다. 염의 날개를 자르고 옆에 둔 죄책감은 민화가 영원히 떨칠 수 없는 두려움이었다.

"그래, 내 말을 거역한 기분은 어떻더냐?"

사흘간의 근신을 마치고 들어온 차 내관에게 건넨 훤의 인사였다.

"마땅히 받아야 할 근신이었사옵니다. 하오나 앞으로 또 그런 일이 닥친다면 똑같이 할 것이옵니다. 천신은 상감마마를 보필하는 사명과 더불어 종묘사직 또한 보필……."

"됐다! 그따위 말은 더 듣고 싶지 않다."

훤은 쓸쓸한 표정으로 승정원일기를 펼쳤다. 저녁 식사 후에 편전에 나가는 것을 사양하고 곧장 강녕전에 앉았다. 그동안 밤늦도록 승정원일기를 검토했지만 원하는 기록은 찾지 못한 상황이었다. 그래서 사소한 일에도 짜증이 솟구쳤다. 훤의 옆에는 언제나처럼 제운이 앉았다.

"운아, 석반은 잘 먹었느냐?"

뜬금없는 질문이었기에 제운의 대답은 '예.'도 '아니요.'도 아니었다.

"무엇을 묻고자 하시옵니까?"

"네 목소리를 들은 지 하도 오래된 듯하여 물었다."

훤이 빙그레 미소를 지었지만 제운은 고개만 깊숙하게 한 번 숙인 뒤 또 입을 다물었다. 요즘 들어 제운의 눈빛이 달라 보여 한 번 더 말을 붙여 보려 했으나, 바깥에서 명과학교수가 왔다는 외침이 들렸다. 훤은 검토하던 승정원일기를 덮고 오늘 미처 결재를 끝내지 못한 문서들을 펼친 뒤에 들어오라고 하였다.

명과학교수가 서책 한 권을 들고 들어왔다. 훤이 가져오라고 명령한 성수청의 무적이었다. 차 내관이 무적을 받아 훤에게 건네주었다. 명과학교수가 말했다.

"갈피를 꽂아 둔 곳이옵니다."

그의 말대로 갈피가 꽂힌 곳을 펼쳤다. 그런데 그곳에는 기대와는 달리 기록이라 부를 만한 게 없었다. 있는 기록이라고는 7년 전 날짜와 무명자無名者란 글자가 전부였다.

"무명자, 이름이 없는 자……."

훤은 온양에서 처음 월을 만났던 기억을 떠올렸다. 그때도 월은 이름이 없다고 하였다. 정말로 거짓말을 하지 않았단 말인가? 훤은 제운도 볼 수 있게끔 틈을 내어 주었다. 제운은 왕의 의도를 알아차리고 무적을 유심히 살폈다.

"이것뿐이냐?"

"성수청 무적은 도무녀가 관리하는 것이옵니다. 하여 천신도 자세한 것까지는 잘 모르옵니다."

"나의 액……."

차마 입에 담을 수 없는 말이었다. 그래서 말을 돌렸다.

"내 곁을 지키는 무녀에 대해 자세히 모른다니, 그 무슨 얼토당토않은 말이냐?"

"성수청 무녀는 다른 관청에 소속된 무녀들과는 다르옵니다. 동서활인원과 각 고을의 관청에 무적이 올라 있는 무녀는 개개인의 기복祈福 행위와 의원의 힘으로 안 되는 병을 치유하는 일을 하기에 그 해당 관청이 관리를 하옵니다. 하나 성수청은 오직 나라와 왕실을 기복하는 일을 하는 곳이라 철저히 비밀리에 무적을 관리하옵니다. 천신의 힘이 미치지 못하는 곳이옵니다."

"그렇다면 선발하는 기준은 무엇이냐? 성수청에서 뽑는 것이냐?"

"아니옵니다. 성수청의 도무녀가 추천하는 처녀 무녀 중에 관상감에서 사주를 풀어 상감마마와 합이 맞는지 본 뒤에 결정하는 것이옵니다."

책장을 넘기며 무적을 살피던 훤의 손이 동작을 멈췄다.

"성수청의 도무녀? 그 장씨 도무녀라는 자냐?"

"그렇사옵니다."

"합을 본 건 너로구나."

"그러하옵니다."

"합을 보기 위해서는 생년월일시가 필요한 법! 액받이 무녀의 사주를 말하라."

왕의 기습 질문에 놀란 명과학교수가 말을 더듬기 시작했다.

"하, 하오나 합을 본 후에 그 무녀에 관한 것은 즉시 태워서 버렸기에 기억하고 있지 않사옵니다."

"그따위 거짓말에 속을 줄 아느냐!"

"이 천신이 어느 안전이라고 거짓을 아뢰겠사옵니까! 액받이 무녀의 사주는 아무도 기억해서는 안 되는 것이옵니다. 하여 처음부터 애써 기억하려고 하지 않았사옵니다."

"아무도 기억해서는 안 된다? 네 말은 모순 천지야. 적어도 액받이 무녀와 그 생년월일시를 네게 알려 준 장씨 도무녀, 이 두 사람은 기억하고 있을 테니까."

일반 백성 중에는 자신의 생일도 모르는 경우가 허다했기에 생년월일시가 있다는 건 출생 신분이 확실하다는 의미이기도 했다. 훤의 입가에 모처럼 미소가 스며들었다. 의도했던 대답은 들은 셈이기 때문이다.

"언제 선발하였느냐?"

"상감마마께옵서 즉위하신 다음 해에……."

"그렇다면 나이쯤은 기억나지 않느냐?"

왕의 질문은 명과학교수를 뜻하지 않은 고민에 빠뜨렸다. 그도 여러 무적들을 보아 왔다. 다른 관청의 무적뿐만이 아니라 성수청 무적도 무녀의 나이 정도는 기재가 되어 있었다. 그런데 유독 액받이 무녀는 그조차도 없는 점이 이상했다. 4년 전에 액받이 무녀로 선발되기에 앞서 7년 전에 성수청 무녀로 등재되었다. 이때도 기재된 사항이 전혀 없었다. 장씨가 액받이 무녀의 사주를 보낸 걸 보면 몰라서 기입하지 않았다고 보기는 힘들었다.

"대답하지 않고 뭐 하느냐?"

무조건 모른다고 잡아뗄 수 없다는 생각이 들었다. 나이까지 기억나지 않는다고 하면 진짜 거짓말로 보일 것 같아서 대답했다.

"올해로 스물하나가 되는 것 같사옵니다."

나이를 듣는 순간 훤은 연우를 떠올렸다. 연우는 죽은 이후로도 훤과 더불어 끊임없이 나이를 먹어 오고 있었기에 단번에 동갑임을 알 수 있었다. 훤은 자신도 모르게 힘없이 웃고 말았다. 스스로가 우스웠다. 얼굴도 모르는 여인을 지금껏 잊지 못하는 것도, 얼굴 외에는 아무것도 모르는 여인에게 연심을 품은 것도 모두 우스운 일이었다.

훤은 머릿속을 어지럽히는 연우를 털어 내고 월에게 집중하였다. 7년 전에 무적에 올랐으니 적어도 그 이전까지는 전혀 다른 삶을 살고 있었으리라. 글도 박식하고 자태도 품위 있는 것으로 보아 양반가의 여식이었을 가능성이 높았다. 처음 만났던 곳에서 여종이 '아가씨'라고 한 점과, 거친 일이라곤 해 보지 않은 듯한 고운 손이 가능성에 무게를 더했다. 일반 민가의 사정을 잘 모르는 훤이라고 해도 궁궐 안의 많은 궁녀들의 거친 손을 모르지는 않았다. 그러니 월의 고우면서도 우아한 손동작은 예사롭게 넘길 부분이 아니었다. 분명 무적에 오르기 전에는 성도 있었을 것이고, 이름도 있었을 것이다.

"성수청의 무녀는 어떻게 뽑는 것이냐?"

"신내림을 받은 무녀 중에 특히 신기가 높은 무녀를 데려온다 들었습니다."

"그렇다면 액받이 무녀도 신내림을 받은 것인가?"

"그러할 것이옵니다."

"그럼 신내림을 받기 전에는?"

"천신은 모르는 일이옵니다."

"네가 그 무녀의 사주를 보았다 하지 않았느냐!"

"사주를 본 것이 아니라 상감마마와의 합만을 보았사옵니다. 신기가 내린 사주는 들여다볼 필요가 없다고 하였기에 보지 않았사옵니다."

"합은 보아도 사주는 보지 않는다? 이제는 별 희한한 말로 나를 기망하려 드는구나."

"믿어 주시옵소서!"

훤은 잠시 말을 끊고 명과학교수를 살폈다. 거짓말을 하고 있는 것 같지는 않았다. 하지만 그 자신도 혼란스러워 대답의 갈피를 잡지 못하는 듯하였다. 훤은 무적 책장을 서너 장 넘기며 숨을 고른 뒤 화제를 돌렸다.

"액받이 무녀의 신모는 누구냐?"

"장씨 도무녀이옵니다."

훤이 소리가 날 정도로 무적을 덮었다. 또다시 장씨 도무녀였다. 이제는 그 이름이 지겨울 정도였다. 승정원일기에서 찾을 수 없는 기록으로 인해 짜증이 났던 것처럼 이번에도 짜증이 솟구쳤다.

"장씨 도무녀……, 그자에 대해 아는 대로 말해 보라."

"조선이 건국한 이래 최고의 큰무당이라 들었사옵니다. 하지만 천신도 훈도로 있을 때 한 번 보았을 뿐인지라 자세히 알진 못하옵니다."

명과학교수는 말수를 줄였다. 그도 월에 대해 아는 것이 없었지만 왕의 질문에 따라 대답하다 보면 자신도 미처 모르고 있던 답이 나올 것만 같아 입을 열기가 조심스러웠다. 훤은 생각에 빠져 혼잣말로 중얼거렸다.

"그런 큰무당의 신딸이라……. 묶이는 인연이 무섭다 하여 이름 하지 않은 신모가 장씨 도무녀란 말이지."

훤은 다시 월을 처음 만났던 때를 떠올렸다. 신모에 대해 물었을 때 그녀의 답은 그러했다. 자신이 신딸로 삼았으면서도 인연이 묶이는 것이 무서워 이름을 주지 않았다는 장씨 도무녀! 예사롭지 않은 인물임은 확실했다.

훤이 이마를 짚으며 말했다.

"머리가 아프다. 무녀를 불러오라."

차 내관은 왕이 아프다고만 하면 걱정부터 앞서는 사람이었다. 그래서 꾀병이라는 것을 뻔히 알면서도 걱정이 되었다.

"어의를 불러오는 것이……."

훤은 더욱 찌푸린 표정으로 명과학교수를 보고 말했다.

"아직 인경이 되기 전이지만 데리고 오라. 내 머리는 무녀가 있어야 괜찮아지느니. 어서!"

명과학교수는 어쩔 수 없이 성수청 무적을 들고 물러났다. 제운과 차 내관만 남게 되자 훤이 제운에게 물었다.

"운아, 다른 관령 소속의 무적과 비교해서 다른 점이 있느냐?"

"다른 무적에는 각 무녀들의 신상, 심지어 생긴 특색까지 소상하게 적혀 있었사옵니다."

"역시……. 월은 성수청 무녀들과도 달랐다. 아무것도 없어, 아무것도……. 마치 무적에는 올렸으나 사람 자체는 숨기려는 것처럼……. 그 무적에 무명자란 글을 올린 장씨 도무녀, 대체 무슨 의도로……."

훤은 턱을 괴고 깊은 생각에 빠졌다. 월과 처음 만난 날을 되풀이해서 기억해 보았다. 그녀는 그때 거짓을 아뢰지는 않는다고 했었다. 무명자, 이름이 없다는 것조차 거짓말이 아니었다. 그리고 무녀가 되기 전을 전생이라 말했었다. 전생이란 전혀 다른 신분의 전혀 다른 삶을 의미하는 것이다.

"기억하지 못하는 전생이 아니라, 기억해서는 안 되는 전생이라……."

이제는 개인적인 감정 따위가 아니었다. 훤은 왕으로서도 월이라는 여인의 전생이 궁금해졌다. 마치 한 맺혀 죽은 귀신이 억울함을 호소하기 위해 왕을 찾아온 듯한 느낌을 떨칠 수 없었다.

기다린 지 한참이 지나서야 월이 강녕전에 나타났다. 발소리도 없이 들어온 그녀는 멀찍이에서 네 번의 큰절을 올리고 앉았다. 처음 만났을 때와 같은 자태였다. 너무 아름다워서 정말로 사람이 아닐지도 모른다는 생각이 들었다. 지금 눈앞에 있는 건 귀신이 만들어 낸 허상이라고 해도 믿을 것 같았다.

훤은 서안에 이마를 괴고 가까이 오라고 명했다. 월이 가까이 다가와 앉았다. 훤이 어리광 섞인 표정으로 그녀를 보았다.

"머리가 너무 아프구나. 그래서 널 일찍 불렀다. 내 이마를 짚어 다오."

왕의 말을 들었는지 말았는지 월은 눈썹 하나 움직이지 않고 앉아만 있었다. 이에 성격 급한 훤이 답답함을 참지 못하고 먼저 손을 당겨 자신의 이마에 강제로 올렸다. 월이 손을 빼내려고 해도 강한 힘으로 꽉 잡고 놓아주지 않았다.

"역시 말끔해졌구나. 이상도 하지, 어째서 네가 있는 것만으로도 이리 머리가 맑아지는 것이냐?"

월이 다시 손을 빼내려고 하자 이번에는 허리를 안아 잡아당겼다.

"가만히 좀 있어 봐라."

왕의 말에도 불구하고 월은 정색을 하고 몸을 빼려고 하였다. 훤이 월의 손을 모아 쥐고 마치 비 맞은 강아지처럼 애처롭게 쳐다보았다.

"내가 싫은 것이냐? 응?"

"어험! 어허허허어험!"

왕에게 주의를 주는 차 내관의 헛기침 소리였다. 아무리 그래도 명색이 왕인데 위엄이 한달음에 사라지는 저런 애교는 좀 자중했으면 싶었다. 하지만 훤의 애교가 월에게는 먹혔다. 미세하게나마 표정이 부드러워졌기 때문이다. 훤이 모아 쥐었던 월의 손을 소중하게 쓰다듬었다. 한참을 집중해서 살피던 훤이 월의 손가락에 깍지를 끼고는 빙그레 웃었다.

"정말이지 참으로 고운 손이로구나. 섬섬옥수가 너의 손을 일컬었음이야."

월은 대답하지 않았다. 표정도 보이지 않았다. 훤이 그녀의 눈앞에 자신의 손을 펼쳐 보였다.

"내 손은 어떠냐? 보기 좋으냐?"

월이 손을 보는 동안 훤은 긴 손가락 사이로 월의 표정을 보았다. 처음으로 월의 목소리가 열렸다.

"섬섬옥수이시옵니다."

"그렇지? 내가 봐도 내 손은 부끄러울 정도로 고와. 사내 손답지 않게 말이다."

손가락 사이로 월의 눈과 마주쳤다. 훤의 뒷말을 짐작하지 못한 그녀의 표정은 어수선해 보였다. 그것이 오히려 사람같이 느껴졌다.

"난 태어나서부터 줄곧 손을 사용하는 일은 하지 못하였다. 기껏해야 활시위나 당기고 책장 넘긴 것이 전부거든. 너의 손도 기껏 책장 넘기는 것 말고는 사용한 적이 없었다는 뜻이다. 아니냐?"

"소녀도 부끄럽사옵니다. 이 손을 대신하여 거칠어진 다른 손을 알고 있기에……."

훤은 두 팔로 월을 끌어안았다. 그녀가 경직되어 있음을 느끼면서 귓가에 속삭였다.

"무녀가 되기 전의 네가 어떤 이름의 누구였는지는 모르겠지만 귀한 손을 가질 수밖에 없는 신분이었을 것이다. 네가 말해 주지 않는다면 손수 알아낼 수밖에. 반드시 알아내고 말 것이다."

월에게 닿아 있는 훤의 신경이 모두 움직였다. 월이 더욱 심하게 경직되는 게 느껴졌다. 훤이 놀라서 다시 속삭였다.

"너는 내가 네 발목을 잡지 않았다면 영원히 내게서 사라질 수 있을 거라 생각하였구나. 내가 널 이렇게 궐 안에 잡아 둬서 두려운 것이냐, 아니면……."

훤은 말을 중단하고 떨어져 앉았다. 이 이상 다그치다가는 월이 더욱 견고한 벽을 쌓을 것 같아서였다. 일을 그르치느니, 천천히 가는 편이 나았다. 훤이 밝게 웃었다.

"아 참! 머리 아프다는 거 꾀병이었느니라. 네가 보고파서 그랬으니 실없다 생각지 마라."

차 내관은 둘이 꼭 붙어 있는 것이 염려되어 노심초사하였다. 월의 미색이 뛰어나 왕이 잠에서 깨어나면 큰일이라 짐작했지만, 막상 일은 자신도 모르는 사이에 더 커져 버린 상황이었다. 눈치를 보니 온양행궁에서 미행을 빠져나가 만났던 사이 같았다. 그동안 왕이 달 타령을 해 대던 것도 전부 저 무녀를 지칭했음을 알아차렸다. 불안함 속에 차 내관은 걱정이 이만저만이 아니었다.

"상감마마, 조사하실 게 남아 있지 않사옵니까?"

차 내관을 힐끔 쳐다본 훤이 월에게서 떨어져 서안에 바로 앉는 듯하였다. 하지만 차 내관이 안심할 틈도 주지 않고 재빨리 월의 볼에 입을 맞춘 후 승정원일기를 펼쳤다.

"차 내관, 볼에 입 맞춘 것 정도는 괜찮을 것이다. 그러니 그리 놀란 눈으로 볼 것 없다."

차 내관은 월을 쳐다보았다. 비록 무표정을 가장하고 있으나 누구보다 놀란 사람은 월일 것이다. 훤도 월을 보았다.

"아, 미안하구나. 놀라게 하려던 것은 아닌데. 그럼 놀라게 한 죄로 나도 벌을 받으마."

말을 끝낸 훤은 또다시 재빨리 월의 입술에 입을 맞추고 떨어졌다. 얼굴에는 장난기가 가득했다. 차 내관의 안색이 새파랗게 변했다. 한편으로는 가슴이 먹먹했다. 세자 이후로 이런 모습은 처음 보는 듯하였다. 단지 나이가 들어서, 혹은 왕이 되어서 사라진 모습이겠거니 여겼다. 오랜만에 만나는 사랑스런 세자의 모습에 마음이 약해진 차 내관은 더 이상 방해하지 못하고 조용히 물러나 앉았다. 훤은 기분이 좋아져 소리 내어 웃어 가며 승정원일기를 펼쳤다.

"하하하. 내가 판단컨대 입 맞추는 것도 괜찮느니라. 볼이 되는데 어찌 입이 안 되겠느냐?"

그러고는 월이 아닌 승정원일기를 보면서 말했다.

"월아, 이렇게 다시 만났으니 이번에는 절대 놓치지 않을 것이다. 어떻게든 널 무적에서 빼낼 방법을 찾으마. 기다려 다오. 날 위한다면 무슨 일이 있어도 내 곁을 떠나지 마라. 내가 너에게 바라는 것은 그것 하나뿐이다."

어느새 훤의 얼굴에는 미소가 사라지고 없었다. 그런 왕이 제운의 눈에는 애처로웠다. 그래서 급하게 월의 입술만 훔치고 마는 모습에 질투란 것은 느낄 수도 없었다. 월은 왕이 무엇을 조사하는지 까맣게 모른 채 옆에 다소곳하게 앉아 있었다. 하지만 귓속은 딱 한 달만 궐내에 머물러야 한다는 장씨의 말이 가득 메우고 있었다. 금기를 어기지 마라! 이것은 장씨의 입버릇과도 같은 주문이었다. 그런데 한 달이라는 금기가 깨어졌다. 앞으로 어떤 대가가 기다리고 있을지 알 수는 없었지만 월은 부디 그 화가 훤에게는 미치지 않기를 기도했다.

3

교태전의 서쪽 온돌방이 왕비의 정침이다. 하지만 이 방은 언제나 비어 있었다. 보경이 주로 기거하는 곳이 교태전의 동침전인 함원전含元殿에서도 작은방이었기 때문이다. 그녀는 왕비의 정침에 있기만 하면 두려움과 불안함에 시달렸다. 궁녀들 눈치가 보여 정침에 애써 앉으려고 해 봐도 마치 남의 집에 손님으로 와 있는 것처럼 안정이 되지 않았다. 그나마 함원전의 작은방은 괜찮았는데, 요즘에 와서는 이마저도 괜찮지 않았다. 자신을 노려보는 선뜩한 기운이 곳곳에서 느껴졌다. 마치 낯익은 여아의 시선과도 같아서 돌아보면 아무도 없었다. 보경도 익히 알고 있는 그 여아는 언제나 세자빈 대례복을 입은 채로 보이지 않는 모습을 드러냈다.

상궁이 조용히 물었다.

"중전마마, 상감마마의 성후를 여쭙지 아니 하셔도 되겠사옵니까?"

보경은 자신의 등 뒤를 의식하느라 더듬더듬 말했다.

"가, 강녕하시다 하지 않았느냐."

"하오나 중전마마께옵서 친히 가 보셔야 할 줄로 아옵니다. 그날로부터 며칠이 지났사온데……."

보경의 인상이 자신도 모르게 찌푸려졌다. 걱정되는 마음이 없는 게 아니었다. 보고 싶은 마음도 없는 게 아니었다. 가례를 치르면서 처음 만났던 세자였지만 씨늘했던 첫 표정에 가슴이 설레지 않았던 것도 아니었다. 처음 만난 그날부터 지금까지 왕을 떠올릴 때면 가슴이 두근거리는 것도 모르지 않았다. 하지만 합궁일만 택해지면 그날부터 보경은 무언가에 뒤쫓기는 사람처럼 불안하고 무서워졌다. 세상의 모든 것을 다 가진 세자가 세상의 모든 것을 다 잃은 얼굴로 첫 합방일에 방을 뛰쳐나가 버렸던 것에 대한 서운함이 지금까지 남았기 때문은 아니었다. 근간을 알 수 없는 두려움이었다. 그렇기에 합궁일에 왕이 쓰러졌을 때 누구보다 안심이 되었던 것은 보경이었다. 왕이 괜찮아졌다는 소식도 상궁을 통해서만 들었을 뿐 직접 가서 보지는 않았다. 상궁과 궁녀들조차 그런 중전을 이상하게 여기는 것을 알기에 조심하려고 노력해도 은연중에 드러나 버리는 인상까지 감추지는 못하였다.

"상감마마께옵서 공무로 많이 바쁘신데 나까지 귀찮게 해 드려서야 되겠느냐."

"하오나, 마마……."

"오늘은 나도 바쁘니 다음에 가서 뵈마. 그렇게 있지 말고 갈아입을 옷을 가져오너라."

"알겠사옵니다. 아래 궁녀를 시켜 성후를 걱정하신다고 아뢰겠나이다."

내전상궁은 심부름을 시킨 뒤 중전이 갈아입을 옷을 가져왔다. 보경은 교태전뿐만 아니라 왕비의 당의 차림도 견디지 못하였다. 그래서 해가 떨어지기만 하면 바로 편한 저고리와 치마로 갈아입었다. 그리고 당의를 입을 땐 꼭 속에 적삼을 두 겹 이상 껴입었다. 겨울뿐만이 아니라 여름에도 그렇게 입지 않으면 안 될 정도였다. 혹시나 주위에서 정신이 이상하다고 수군거리면 어쩌나 하는 생각도 그녀를 뒤쫓는 불안함 중의 하나였다. 자신의 편 하나 없이, 마음을 털어놓을 사람 하나 없이, 오직 눈치를 봐야 할 사람들밖에 없는 것도 견디기 힘들었다.

승정원으로 들어가던 윤대형의 발이 부산스런 창고 쪽을 향해 멈춰 섰다. 하인들이 한꺼번에 많은 책들을 들고 오가는 모습이 눈에 띄었다.

"저긴 승정원일기를 보관하는 창고가 아니냐?"

뒤따르던 녹사가 대답했다.

"그런 것 같사옵니다."

윤대형을 발견한 도승지가 버선발로 뛰어나왔다. 그는 왕에게 하는 것보다 더 극진하게 허리를 숙여 인사했다.

"파평부원군 오셨사옵니까."

녹사는 도승지에 비하면 신분이 한참 아래지만 단지 윤대형을 모신다는 이유만으로 도승지에게까지 고개를 까딱이는 것으로 인사를 마치고 거만하게 말했다.

"파평부원군께서 지금 저 창고에서 뭘 하는지 궁금히 여기시옵니다."

"아, 별거 아니옵니다. 서책들을 햇빛에 말리느라 후원을 오가는 중이지요. 어차피 상감마마께옵서 난리를 부리신 걸 치워야 해서 겸사겸사……."

"난리라니?"

"저번에 보고 드리지 않았사옵니까. 상감마마께옵서 갑자기 승정원을 덮치셨다는……."

윤대형의 눈이 창고에서 멈춘 채 움직이지 않았다.

"그때 승정원일기를 넣어 둔 창고도 같이 엉망진창으로 만드셨사옵니다."

"혹시 없어진 거라도 있느냐?"

"없사옵니다."

자신 있게 대답한 도승지는 잠시 생각한 후에 다시 말했다.

"아니, 없을 것이옵니다."

"왜 대답이 시원찮은 것이냐!"

"그날 상감마마께옵서 승정원일기 대여섯 권가량을 가지고 가셨사옵니다. 그 후 엉망이 된 책들을 아직 다 정리하지 못했기에 정확한 답변은 어렵사옵니다."

"대여섯 권이나? 어떤 걸 가지고 가셨느냐?"

"언제나처럼 가장 최근 것으로 가지고 가셨사옵니다."

창고에서 눈을 돌려 성큼성큼 걸어 도승지 방으로 들어가려던 윤대형이 다시 걸음을 멈추고 창고를 쳐다보았다. 뒤따르던 도승지가 물었다.

"혹시 마음에 걸리시는 거라도?"

"아니다."

윤대형은 도승지 방으로 들어가 문서를 쌓아 둔 탁자 앞에 앉았다. 그의 눈에 문서 내용이 훤히 보였다. 도승지는 왕에게 보고해야 할 문서임에도 불구하고 굳이 가리거나 치우지 않고 맞은편에 앉았다.

"상감마마께옵서 장씨 도무녀를 불러들이는 데 찬성하신 건 아시옵니까?"

"들었다. 친히 허락하시다니 성은이 망극할 따름이지. 장씨 도무녀, 그자가 한양에 돌아오면 우리가 한층 편해질 거야."

도승지가 대단한 비밀이라도 알아낸 양 목에 힘을 주고 말했다.

"그럼 상감마마께 액받이 무녀라는 게 있는 건 아시는지요?"

윤대형은 그다지 놀랍지도 않은 투로 대답했다.

"다 아는 것 말고 다른 소식은 없나?"

"알고 계셨사옵니까?"

"그건……, 대왕대비마마께오서 저지른 일이다. 성가신 늙은이 같으니. 아무튼 그건 신경 쓸 거 없다. 문제는 혜각 도사 그 늙은이지. 당최 속을 알 수가 없으니……."

"아, 그렇잖아도 이런 대계臺啓가 올라와 있는데……."

도승지가 일어나 문서를 뒤적였다. 여러 가지를 펼쳐서 확인하다가 겨우 하나를 찾아내어 윤대형 앞에 내밀었다. 소격서의 관원들이 하는 일 없이 차나 마시며 나라의 돈을 축낸다는 내용이었다. 그리고 끝에 간접적으로 소격서 철폐에 관한 의견도 내놓았다. 곰곰이 생각하던 윤대형이 문서를 돌려주며 말했다.

"이걸 상감마마께 올려 봐라. 어떻게 나오실지 한번 보자고."

"소격서와 성수청은 상감마마께오서 초기부터 철폐를 하시고자 했던 곳이 아니옵니까. 이걸 빌미로 진짜로 철폐를 밀어붙이시면 어쩌시려고요?"

"어느 쪽이라도 상관없다."

윤대형은 빙그레 웃으며 흩어져 있는 문서들을 읽었다. 대계를 읽고 왕이 할 수 있는 결정은 단 두 가지밖에 없다. 철폐 아니면 존속! 먼저 철폐를 선택할 시에는 혜각 도사의 도력은 훈구파의 것이 될 확률이 컸다. 소격서를 유지하기 위해서는 혜각 도사가 부탁할 곳이 훈구파뿐이기 때문이다. 존속을 선택할 시에는 사림파가 금상으로부터 더욱 등을 돌리게 될 위험이 있었다. 장씨 도무녀를 허락한 상황이라 그 파급은 더욱 클 것이다. 결국 어느 쪽을 선택하더라도 왕은 고립될 것이고, 그에 반해 이익을 취하는 건 훈구파였다.

"아! 앞으로 성수청과 관련한 상소도 올라올 것이다. 그것도 전부 상감마마께 올리도록. 그보다 한 가지 궁금한 것이 있는데……."

"말씀하시옵소서."

귀를 쫑긋 세우는 도승지 앞에 윤대형이 손가락으로 문서를 두드리며 말했다.

"승정원일기에 이 문서들이 다 기록되느냐?"

"그렇사옵니다."

"어느 정도까지 기록으로 남겨지느냐? 상감마마께옵서 자주 찾으신다면 그 이유가 있을 법한데 말이야."

"날씨부터 시작해서 상감마마의 만기나 거동 대부분이 기록되옵니다. 하나 승정원일기도 실록과 마찬가지로 침전에서의 일까지 기록하는 데는 한계가 있사옵니다."

윤대형이 걸상에서 일어나 창 쪽으로 걸어갔다. 창 너머로 승정원일기 창고가 보였다.

"몇 년 전의 승정원일기를 지금 볼 수 있느냐?"

"지금요? 상감마마께오서 워낙 뒤섞어 놓으셔서 당장은 찾기가 힘들 듯하옵니다. 파평부원군께서 원하시는 시기가 언제인지만 알려 주시면 열 일 제쳐 놓고 이삼일 내로 찾아보도록 하겠사옵니다."

"찾으면 집으로 보내라."

"그, 그건 곤란하옵니다."

윤대형이 도승지를 노려보았다.

"감히 내 말에 토를 다는 것이냐! 지금 네가 누리는 자리가 누구 덕인지 잊은 게로구나."

그러잖아도 바짝 숙인 도승지의 허리가 더욱 굽어졌다.

"그, 그게 아니옵고 승정원일기는 밖으로의 유출을 엄격히 금지하고 있어서 혹시라도 분란의 소지가 될 가능성이……."

"내가 보내라고 하면 넌 보내면 된다."

"아, 네. 알겠사옵니다. 어느 시기가 필요하시옵니까?"

"8년 전……. 문득 그때 일이 어느 정도 선까지 기록되어 있는지 궁금해서 말이야."

연도별, 월별로 아직 정리가 되지 않은 승정원일기 사이를 숨죽인 도승지가 바삐 옮겨 다녔다. 벌써 여러 번을 훑었지만 윤대형이 지목했던 시기를 찾을 수가 없었다. 호롱불을 든 그의 손이 점점 떨리기 시작했다. 유독 그 시기만 집중적으로 보이지 않는 것은 이상한 일이었다. 그것은 두려운 일이기도 하였다. 시간이 흐를수록 왕의 얼굴이 점점 더 뚜렷하게 나타났다.

얼마 전에 왕이 창고를 덮친 일이 수상하게 여겨졌다. 그때 왕이 어디에 있었는지도 헷갈렸고, 어떤 동작을 했는지도 아득하여 기억이 나지 않았다. 도승지는 고개를 저었다. 자신이 계속 왕 옆에 붙어 있었기에 몰래 책을 가져가는 건 있을 수가 없었다. 가져갈 이유도 없었다. 이제 와서 8년 전 일을 궁금하게 여길 리가 없을 뿐더러, 궁금하게 여길 만한 계기 같은 것도 없었다. 햇볕에 말리기 위해 오가다가 어딘가 흘렸을 가능성이 오히려 더 높았다.

"안에 누구냐!"

갑작스런 서리의 목소리에 도승지는 화들짝 놀라서 일어섰다.

"어험! 나, 나다."

서리가 등불을 든 채로 창고로 들어왔다.

"도승지 영감 아니시옵니까. 이런 늦은 시간까지 여기서 뭐 하시는지요?"

"뭐 좀 찾을 게 있어서."

"그런 일은 소인들을 시키시지 않고요. 무엇을 찾아 드리면 되겠사옵니까?"

도승지가 당황하여 손을 내저었다.

"아니, 괜찮다."

어차피 뒷일이 귀찮았던 서리는 두말하지 않고 물러났다.

"그럼……."

서리가 돌아서서 창고를 나갔다. 뭔가 퍼뜩 떠오른 도승지가 급히 따라 나가며 그를 불렀다.

"잠깐만! 혹시 후원으로 가져갔던 승정원일기는 다 돌려놓은 것이냐?"

"아마도 해 떨어지기 전에 전부 들여놓았을 것이옵니다."

이때 바깥에 서 있던 다른 서리가 말했다.

"아니옵니다. 내일 하루 더 햇볕을 쪼여야 하는 것들이 남아서 후원에 있는 서고에 잠시 보관해 두었사옵니다."

도승지는 더 이상 듣지 않고 서리가 들고 있던 등불을 가로채서 후원으로 달려갔다. 그곳으로 가는 길이 오늘따라 어둡고 길게 느껴졌다. 겨우 서고 앞에 당도한 도승지는 목까지 차오른 숨을 헐떡이느라 벽을 짚고 선 채 허리를 들지 못하였다. 나이

들어 이렇게 달려 본 건 처음이었다. 땅을 향해 숨을 고르는 그의 옆으로 검은 그림자가 지나갔다. 놀란 도승지가 고개를 들었지만 아무것도 없었다. 바람이 지나간 흔적조차 없는 듯하였다.

힘겨운 다리를 끌고 서고의 벽을 꺾어 돌았다. 그 면에 있는 문을 열고 안으로 들어갔다. 어두웠던 내부가 조금 밝아졌지만 후미진 곳의 어두움까지 걷어 내지는 못하였다. 도승지의 눈이 승정원일기를 찾았다. 책장에 빼곡하게 정리되어 있는 책이 아니라 구석에 쌓아 둔 무더기가 찾는 것일 터이다. 그의 손이 책들을 뒤적였다.

"아! 있다."

도승지의 입에서 큰 한숨이 튀어나왔다. 몇 권 뒤적이지 않아 찾던 여섯 달 치를 한꺼번에 발견했던 것이다.

구석의 어두움이 잠시 일렁거렸다. 그곳에서 검은 그림자가 갈라져 나왔다. 사람의 형상이었다. 그 검은 그림자는 바람에 날아가는 종이처럼 가볍게 문밖으로 사라졌다. 도승지는 기척조차 느끼지 못하고 자신이 찾은 책들을 들여다보고 있었다.

"응? 도승지가?"

훤이 깜짝 놀라 귓속말을 하는 제운을 쳐다보았다. 몰래 가져왔던 승정원일기를 되돌려 놓고 온 제운이 후원 서고에서 보았던 광경을 들려줬기 때문이다.

"그 파평부원군 앞잡이가 뜬금없이 왜 그 시기를 찾는 거지?"

왕의 물음에 제운의 눈은 그 부분까지는 잘 모르겠다는 대답을 하였다. 훤이 머리를 괴고 고민에 빠졌다. 잠을 설쳐 가며 애쓴 보람도 없이 주요 기록은 남아 있지 않았다. 남아 있는 것이라고는 훤도 익히 알고 있던 내용뿐이었다. 병의 증상으로는 별궁에서 알 수 없는 고열과 번갈을 겪다가 때때로 숨이 막힌다는 호소를 했다는 기록이 남아 있었다. 죽음에 관한 것으로는 그저 원인 모를 병사라는 기록이 전부였다. 덤으로 사대부가의 여인이라는 이유도 있었지만, 부친인 허민규가 조용히 일을 마무리하기를 원했기에 시신을 세밀히 관찰하지는 않았다는 기록도 있었다. 이렇게 마무리된 데에는 어의가 병사라고 밝힌 소견서도 큰 역할을 하였다.

훤이 몰랐던 기록도 하나 있었다. 진행되었던 연우와의 가례가 끝난 시점이었다. 이것은 따로 쓰여 있었던 것이 아니라, 차후에 죽은 허씨 처녀의 신분을 어떻게 규정해야 하는가에 대한 논의가 있었기 때문에 알게 된 사실이었다. 세자의 가례는 간택, 납채, 납징, 고기, 책빈, 친영, 동뢰의 순서로 진행되었다. 이중에서 연우는 납채까지만 치르고 죽는 바람에 문제가 발생했다. 보통 간택을 받는 즉시 세자빈의 예우를 받는 건 사실이나, 세자빈으로 책봉되는 정식 단계는 책빈이었다. 그래서 간택부터라는 쪽과, 책빈부터라는 쪽이 각각의 의견을 내놓았다.

이것은 처음부터 결론이 정해져 있던 논쟁이었다. 간택부터 세자빈이 된다는 규정이 정해져 버리면 죄인이 되어야 하는 허염과 허민규의 신분에 변화가 생길 뿐만 아니라, 윤보경이 두 번째 세자빈이 되는 사태가 벌어지고 만다. 윤보경을 반드시 첫 번째 세자빈으로 만들어야 하는 상황이었기에, 연우는 책빈 의식을 치르지 않았다는 이유로 자연스럽게 댕기 머리를 올리지 않은 처녀귀로 규정되었다. 그렇게 세자와의 아주 작은 인연의 끈조차 끊어져 있었다. 만약에 그 당시 이러한 논의가 진행되는 줄 알았더라면 훤은 어떻게 해서든 세자빈으로 두어 달라고 졸라 보았을 것이다. 그랬다면 받아들여지지 않았을지라도 지금 이렇게 괴롭지는 않았을 것이다. 훤은 연우를 지켜 주지 못하였다는 죄책감에 사로잡혀 아무 생각도 할 수 없었다.

"어제 파평부원군이 승정원을 다녀갔다던데 그것과 관련 있지 않겠사옵니까?"

슬픔으로 가득 차 있던 훤의 눈이 서서히 차 내관 쪽으로 돌아와 안정을 되찾았다.

"파평부원군이 갑자기 왜 그 시기의 승정원일기를?"

훤이 급히 고개를 저었다. 그리고 다시 정정해서 말했다.

"파평부원군이 8년 전의 승정원일기를 찾았단 말이지?"

"승정원일기에는 그자와 관련된 작은 기록이라도 없었사옵니까?"

제운의 물음에도 훤은 고개만 저을 뿐이었다. 곧바로 낮은 중얼거림이 이어졌다.

"없었다. ……그런데 기록이 없어도 너무 없단 말이야. 아바마마는 그 일을 그리 허술하게 넘기실 분이 아니다. 기록이 없다는 거, 그게 더 이상해."

한양 일대가 소리 없이 시끌벅적했다. 벌써부터 성균관에서 올라오는 유소와 유림의 상소가 훤의 서안 위에 넘쳐흘렀다. 장씨 도무녀의 성수청 복귀! 이것은 수많은 사람들의 관심사였다. 어떤 이들에게는 이권이 걸려 있었고, 어떤 이들에게는 사활이 걸려 있었기에 아직 한양에 도착하지도 않은 장씨를 두고 많은 이들이 발 빠르게 움직였다. 따로 보고 받지 않았지만 훤조차 자신의 서안 위에 오른 문서들을 통해 장씨가 한양 가까이에 오고 있음을 간파할 수 있을 정도였다. 짐작했던 것보다 훨씬 대단한 반향이었다.

관상감의 세 교수들은 두 팔을 들고 반겼다. 이쪽에서 어명이 내려졌다는 연락을 취하기도 전에 그동안의 고집을 꺾고 스스로 와 주는 것도 감사했고, 그동안 관상감에서 지고 있던 짐을 성수청과 나눠 질 수 있다는 안도감도 장씨를 반기는 이유였다. 무엇보다 장씨에 대한 기대감이 컸다. 그녀라면 지금껏 풀지 못한 문제를 해결해 줄지도 모른다는 기대감이었다.

이렇듯 많은 사람의 반감과 환영을 동시에 받는 장씨가 한양에 도착한 날이었다. 훤은 따뜻한 온돌이 있는 천추전에서 벗어나 일부러 사정전으로 편전을 옮겼다. 그곳으로 여러 관원들이 들어왔다. 그중에는 윤대형도 있었고, 관상감의 세 교수와 혜각 도사도 있었다. 마지막으로 낡고 초라한 노파가 들어왔다. 모두가 숨죽여 지켜보는 가운데 장씨는 바닥에 엎드려 고개를 숙였다. 용상에 앉은 훤의 목소리가 멀리의 장씨에게로 날아갔다.

"네가 그 유명한 장씨 도무녀냐?"

"도무녀 자리에 있는 장씨인 것은 맞사옵니다."

낮은 목소리였지만 훤의 귀를 지나고 난 뒤에도 사정전 안을 오랫동안 맴돌다가 사라졌다.

"도무녀 자리에 있는 자가 왜 여태 성수청에 모습을 보이지 않았느냐? 나는 지금의 권지도무녀가 진짜 도무녀인 줄로만 알았다."

"그간 한양 밖을 나가 있었사옵니다."

"언제부터 나갔단 말이냐?"

질문에 놀란 윤대형이 미세하게 잡힌 표정의 변화를 조심하며 왕의 눈치를 슬쩍 살폈다. 다행히 태평스럽게 질문을 던진 훤은 다른 곳은 보지 않고 오직 장씨만 쳐다보았다. 윤대형의 존재는 전혀 의식하지 않는 모습이었다. 대신 그의 표정을 포착한 건 사람들의 시야에서 벗어나 있던 제운이었다.

"8년 전이었사옵니다."

장씨의 대답에 윤대형의 표정은 다시 작은 경련을 보였다.

"이유가 무엇이냐?"

몹시도 궁금했던 것이다. 그리고 원하던 대답이 나오길 바랐다.

"천신의 신기에 따라 비웠사옵니다. 자리에서 물러나지 않으면 불운한 일이 있을 거란 하늘의 계시였사옵니다."

"하늘이라……."

교묘하고도 적절한 대답이었다. 덕분에 훤의 말문이 막히고 말았다. 원했던 대답은 관상감 교수에게서 들은 '성균관의 유소에 밀려서'였다. 그러면 물을 말이 많았을 것이다. 하지만 지금처럼 하늘을 들먹인다면 더 이상의 것은 물을 수 없었다. 윤대형이 뻔히 보고 있는 앞에서 의심을 살 만한 행동을 할 수가 없기에 차후를 예약하고 오늘은 물러나기로 하였다.

"내가 즉위할 당시 너에게서 들은 말이 없으니 지금 이 자리에서나마 듣고 싶구나."

"참으로 미남이시옵니다."

고요했던 사정전 안이 순식간에 술렁거렸다. 누군가가 외치는 소리도 들렸다.

"저자가 미쳤나, 감히 어느 안전이라고 그런 망발을!"

훤이 손을 들어 술렁거림을 잘랐다. 그리고 자랑스럽게 제 얼굴을 한번 쓰다듬은 후 말했다.

"그 말은 눈이 달린 이라면 누구나 알 수 있는 사실이다. 그것보다 성수청의 도무녀로서 내 미래에 대해 한마디라도 해라."

장씨가 고개를 들었다. 유심히 왕을 쳐다보던 그녀의 오른손이 앞으로 올라왔다. 그중 뼈만 앙상하게 남은 집게손가락만 위로 세웠다.

"단 하나!"

훤의 눈이 빛을 내었다.

"무슨 뜻이냐?"

"상감마마께는 단 한 명의 여인만 있사옵니다."

"그건 또 무슨 뜻이냐?"

"다른 뜻은 없사옵니다."

윤대형의 입가에 미소가 떠올랐다. 단 한 명의 여인, 이것은 자신의 딸이 유일무이한 왕비라는 뜻이 아닌가. 반면에 훤의 머리에는 '사기꾼'이 떠올랐다. 얼마 전까지였다면 장씨의 말이 맞았을 것이다. 하지만 월을 알게 된 지금은 훤에게 있어 여자는 두 명이었다. 만약에 장씨가 말한 여인이 지금의 중전을 뜻한다면 스스로 윤씨 일파의 사주를 받아 여론을 조작하는 사기꾼임을 드러내는 발언일 것이다.

"윤씨 성을 가진 이들이 앞으로도 외척이란 뜻이냐?"

장씨가 고개를 저었다. 이 작은 동작에 윤대형은 깜짝 놀라지 않을 수 없었다.

"정치라는 것도 세속 일! 이 몸은 신을 위해 있을 뿐이옵니다. 하찮은 세속 일과는 상관없는 늙은이이옵지요."

훤은 장씨가 사정전에 들어선 이후로 가장 흥미로운 얼굴을 하였다.

"외척이 정치라는 세속 일에 든다면, 단 한 명의 여인은 세속 일이 아니냐?"

"신의 입이 무거운 것과 마찬가지로 신을 위해 존재하는 자들의 입도 무거워야 하는 법! 망령되게 혀를 놀리면 결국은 이 몸이 받드는 신을 더럽히게 되옵니다. 더 이상은 어떤 말도 아뢸 수 없음을 통촉하여 주시옵소서."

훤은 고개를 갸우뚱했다. 숨은 속뜻이 있는 말인지, 훤이 지적한 대로 단 한 명의 여인이 윤씨 일파 쪽과는 상관없다는 말을 에둘러 긍정한 것인지, 아니면 모순되는 자신의 말에서 도망가려는 궤변인지 감을 잡을 수가 없었다. 하지만 어느 쪽이든 상관없다. 어차피 장씨에게서 원하는 것은 예언 따위가 아니다. 지금 얻은 수확은 장씨가 여타 무당들과는 다르다는 것과, 천천히 조심스럽게 접근해 가야 할 만큼 만만치 않은 인간이라는 정보였다. 첫 만남에서는 이 정도로 충분했다. 문제는 앞으로다.

 경복궁 북쪽, 성수청의 궐내 별청 앞을 잔실이 초조한 걸음으로 서성거렸다. 눈은 줄곧 건너편의 건물 모퉁이를 보았지만 간간이 하늘을 보며 두려움에 밀려 나온 눈물방울을 훔치기도 하였다. 사람의 기척이 들리는 듯하더니 이내 모퉁이 뒤로 설이 모습을 드러냈다. 그녀의 등과 두 팔에 짐이 잔뜩 있었다. 잔실이 촐랑거리며 뛰어가 설의 품에 안겼다. 설이 한쪽 팔에 있는 짐을 내려놓으며 물었다.
 "잘 있었어? 아가씨는?"
 말씨는 퉁명스럽지만 머리를 쓰다듬는 설의 손이 정겨워 잔실은 또 눈물을 닦아 냈다. 그러고는 장씨를 찾느라 주위를 두리번거리면서 팔을 뻗어 월이 있는 방의 위치를 가리켰다.
 "저쪽? 알았어. 이따가 보자. 아차! 너도 별 탈은 없는 거지?"
 설은 잔실이 고개를 끄덕이기도 전에 이미 달리고 있었다. 하지만 단정한 짚신이 보이자 금세 발소리를 죽였다. 밤 동안 잠을 자지 못했을 월을 생각해서였다. 조심스럽게 문을 열어 안을 살폈다. 그런데 작은방 한쪽에 앉은 채로 있는 월을 발견했다.

"아가씨, 안 주무셨습니까?"

설을 알아본 월이 환하게 웃었다. 큰 키를 꾸벅이며 방 안에 들어와 앉는 설에게 월이 물었다.

"신모님은?"

"지금쯤 상감마마를 알현하고 계실 겁니다. 아가씨가 이렇게 궁궐에 갇히게 돼서 걱정이 이만저만이 아니었어요. 실성한 늙은이 같았다니까요. 하긴 어차피 예전부터 실성한 상태였긴 했죠."

설은 대답하며 주섬주섬 짐을 풀었다. 숙장문을 지나올 때 깐깐하게 짐 검사를 받은 탓에 물건이 엉망진창이 되어 있었다. 그중에 월의 물건들과 환도부터 챙겼다. 도무녀의 제도구라는 핑계 덕에 설의 환도도 무사히 통과가 되었다. 월이 다소곳하게 앉은 채로 잠시 생각에 빠졌다. 그녀의 미소 아래에 심상치 않은 기운이 있음을 알아차린 설이 놀란 눈으로 가까이 다가갔다. 월이 나지막하게 속삭였다.

"어쩌면 이렇게 되어 다행일지도 모르겠구나."

월을 따라 설의 목소리도 한껏 낮아졌다.

"네? 이건 도무녀님이 가장 우려하던 사태가 아닙니까?"

"그동안 나는 감옥보다 더 지독한 죽음과 삶의 경계선에 갇혀 있었다. 하지만 언제나 이곳 한양으로 돌아오고 싶었어. 너도 그렇지 않았니?"

눈가가 촉촉해진 설이 고개를 끄덕였다.

"그래도 궁궐 안은 위험합니다. 도무녀님이 계신다고 해도요."

"위험해도 이곳에 있어야 할 이유가 생겼어."

너무도 작은 소리였다. 그래서 설의 귀가 그녀의 입술 가까이에 바짝 다가가지 않을 수 없었다.

"설아, 난 여기서 꼼짝할 수가 없으니 네가 대신 몇 가지를 조사해 다오."

"말씀만 하세요."

"신내림에 대해 알아봐 줘."

"네? 그거야 도무녀님이나 잔실이에게 물어보면 되잖아요. 아니면 여기 굴러다니는 것들이 죄다 무당인데요."

"그 부분을 명확하게 알기 전까지는 신모님도 조심하는 게 좋을 것 같아서."

"갑자기 왜……."

비록 월은 아무런 대답을 하지 않았지만 설은 수긍하는 눈빛으로 고개를 푹 숙였다. 그녀의 손이 불안한 듯 짐 속에 있던 물건을 연신 만지작거렸다. 월의 손때가 묻어 있는 책이었다. 글을 모르는 설이건만 책이라는 물체를 통해 많은 기억들을 떠올렸다. 설이 고개를 들어 월을 보았다. 그리고 대답할 수 없으리라는 것을 알면서도 덧없이 물었다.

"우리가 원하는 답을 얻게 되면……, 그때는 집으로 돌아갈 수 있나요?"

몸을 잔뜩 웅크린 훤은 이불 더미를 부여잡고 입을 틀어막았다. 새어 나오는 울분을 토해 낼 곳이 없었다.

"왜 기록이 없는 걸까······."

신음 소리와도 같은 말이었다. 왕이라는 신분이 족쇄와도 같았다. 왕이 아니었다면 자유롭게 밖을 돌아다니며 연우의 죽음을 조사할 수 있었을 것이다. 기록도 없는 상황에서 이곳에 갇힌 채로 할 수 있는 일에는 한계가 있었다. 잠시라도 좋았다. 아주 잠깐이라도 사방이 적으로 둘러싸인 이곳에서 탈출하고 싶었다. 그러면 머리가 맑아져 생각이란 것도 할 수 있을 것 같았다. 지금은 머릿속에 안개만 자욱할 뿐이다. 훤이 일어나 앉아 소리쳤다.

"월은 어디 있느냐? 언제나 침전에 있으라 하지 않았느냐!"

또다시 생떼가 나오자 차 내관은 안절부절못하고 얼버무렸다.

"하오나 상감마마, 무녀를 가까이하는 것은……."
"어서 데려오너라! 숨 막혀 죽을 것 같다."

가슴을 움켜쥐고 괴로운 숨을 헐떡이는 것이 꾀병임을 모르지는 않지만 차 내관은 걱정이 앞섰다. 그가 걱정하는 건 노기였다. 노기도 심해지면 병이 된다. 그러니 왕의 노기를 달래 줄 수 있는 무녀가 존재하는 건 그나마 고마운 일이었다.

월이 불려 오는 시간은 제법 걸렸다. 그동안 훤은 이불을 끌어안은 채 꼼짝하지 않았다. 월이 절을 올릴 때도 고개를 들어 보지 않았다. 제운 또한 왕의 옆에서 고개를 숙이고 앉아 월에게 눈을 주지 않았다. 왕이 있는 자리에선 특히 더 심하게 월을 외면했다. 훤은 월이 멀찌감치 자리를 잡고 앉으려 하자 화난 목소리로 입만 열었다.

"어디에 앉는 것이냐! 내가 너의 자리가 그곳이라 하더냐?"

모두가 깜짝 놀란 왕의 호통에도 월은 눈 한번 깜짝 않고 원래 잡았던 자리에 다소곳하게 앉았다. 갑갑해진 차 내관이 왕의 옆으로 가라는 눈짓을 보냈지만, 월은 그림의 형상에서 벗어나지 않았다.

"이상한 일이지. 윤씨 일파 쪽에서 일언반구도 없어. 그들의 귀가 막혀 있지는 않을 터인데."

차 내관과 제운이 동시에 왕을 쳐다보았다. 무슨 의미인지 의아했다. 훤은 월에게 눈을 고정시킨 채 차갑게 말했다.

"내 곁에 여인이 생겼어. 파평부원군이 이 일을 모르고 있지는 않을 거란 말이지. 왜 그들이 잠자코 있을까? 제아무리 천하절색이어도 무녀쯤은 대수롭지 않아서? 아니면 나조차 몰랐던 액받이 무녀의 존재를 그들은 일찍부터 알고 있어서?"

월이 왕을 쳐다보았지만 그녀의 표정은 변화가 없었다.

"그들이 내 곁에 너를 심어 두었느냐고 묻고 있다!"

"소녀도 모르는 답을 소녀에게서 구하려 하지 마옵소서. 한 번 생각할 일을 두 번 돌이켜 생각하고, 두 번 생각할 일을 세 번 돌이켜 생각하다 보면 스스로 답을 얻을 수……."

겨우 월의 목소리를 들은 훤은 비로소 반갑게 웃었다.

"그만! 거기까지. 마치 옛날의 내 스승과도 같은 말투로군. 말하는 본새가 닮았어. 네 말이 옳다. 너를 곁에 둔 건 그들이 아니라 나다. 그러니 그들의 생각 따윈 내가 알 바 아니다."

훤의 얼굴에 미소가 머문 건 아주 잠시였다. 금세 다시 우울한 표정으로 돌아갔다. 훤은 끌어안은 이불 더미에 머리를 기대고 오랫동안 월을 바라보았다. 조금씩 눈가가 물기에 젖어 갔다. 월은 자신을 향해 있는 왕의 눈동자가 자신의 형체에 맞춰져 있지 않음을 깨달았다.

"무엇을 보시옵니까?"

"그리움……."

홀로 중얼거리는 말이었기에 월에게는 들리지 않는 대답이었다. 훤이 다시 중얼거렸다.

"그 가엾은 댕기를 풀어 주지 못했어. 그런 채로 보내고 말았어. 그런데 살아 있는 너조차 이대로……. 나란 놈은 과거에도, 지금도 아무것도 못 한다. 그런데도 임금이란다."

이번에도 월에게는 들리지 않는 목소리였다. 하지만 검은 눈동자에 모여든 슬픔은 보였다. 훤이 갑자기 이불을 집어던지고 자리에서 벌떡 일어났다.

"달빛도 좋은데 산책이나 하자!"

이제 막 그믐달을 벗어난 흐린 달빛이 좋다는 건 순전히 핑계임을 알지만 우울하게 방 안에 있는 것보다는 더 나을 거라는 판단에 모두 순순히 일어섰다. 월도 따라 일어섰지만 같이 산책에 나갈 것 같지는 않았다. 훤이 빙그레 웃으며 말했다.

"월아, 너도 가야지. 산책하는 도중에 또 살을 맞으면 어쩌란 말이냐?"

차 내관은 왕의 꿍꿍이가 불안했지만 선택의 여지가 없었기에 월에게 따라 나서라는 눈짓을 하였다. 대청에서 내려서는 훤의 발에 내관이 무릎 꿇고 앉아 신을 신겼다. 하지만 월은 버선발로 월대 아래까지 내려가 그곳에 놓여 있던 초라한 짚신을 신었다. 훤은 눈썹 사이에 슬픔을 담은 채로 그 모습을 묵묵히 지켜보았다.

왕의 뒤를 따라 산책이 시작되었다. 앞서서 걷던 훤은 월이 궁녀들보다 뒤처져 걷는 것에 신경을 쓰지 않는 듯하였다. 그러다가 어느 정도 시간이 흐르자 월을 바로 옆으로 불러들였다. 그렇게 또 한동안 아무 말 없이 산책만 하였다. 얇은 소복 차림의 월이 매서운 초겨울 밤 추위에 오들오들 떠는 것도 개의치 않는 것 같았다. 뒤를 따라 걷던 제운만 월의 몸이 걱정되어 뒤통수를 힐끔거렸다. 갑자기 훤이 발걸음을 멈추고 하늘의 별을 올려다보았다. 그러고는 태연하게 월의 손을 잡고 뒤돌아 말했다.

"너무도 가까이 나를 따른다. 조금 물러나 따르도록 해라."

하지만 다들 주춤거리며 서 있기만 하고 물러나지는 않았다. 훤이 소리를 높였다.

"어허! 물러나 따르라고 했다!"

차 내관은 불안함을 떨칠 수가 없었다. 하지만 왕이 무엇을 하려는지 전혀 모르는 상황에서 무턱대고 거역할 수는 없었다. 제운을 제외한 모두가 두어 발 뒤로 물러났다. 훤이 제운을 보고도 말했다.

"운아, 너도 물러나거라."

하는 수 없이 제운도 조용히 두어 발 뒤로 물러났다. 훤이 손을 들어 더 물러나라는 손짓을 하였다. 계속되는 손짓에 따라 모든 사람들이 상당히 멀리까지 물러나게 되었다. 어느 정도 만족스런 거리가 되자 훤은 한쪽 팔로 월의 허리를 감아 당겨 꼭 끌어안았다. 그리고 그녀의 턱을 손으로 들어 얼굴을 가까이하고는 빙그레 웃었다. 월은 이러한 상황에서도 표정 없이 말했다.

"지금 무엇을 하시려는 것이옵니까?"

"내가 무엇을 하려는 것 같으냐? 무녀라면 알아맞혀 보아라."

월이 아무 대답도 못 하자 훤은 미소로 속삭였다.

"못 맞히는 것을 보니 아무래도 무녀는 아닌가 보다. 앞으로 나에게 무녀라 속이면 죄를 물을 것이다."

훤이 월의 입술에 자신의 입술을 가져다 대려고 하였다. 당황한 월이 얼른 고개를 돌리려 하자 훤은 턱을 잡은 손에 힘을 주어 고정시켰다. 그런데 무슨 생각인지 서로의 입술이 닿을 듯 말 듯한 거리에서 멈췄다. 그 상태에서 눈동자만 돌려 내관들이 있는 곳을 보았다. 그들은 왕이 여자를 가까이했을 경우에 취해야 되는 법도대로 일제히 등을 돌린 채 고개를 숙이고 있었다. 훤의 한쪽 입꼬리가 짓궂게 올라갔다. 그와 동시에 월을 한쪽 어깨에 둘러업고 달리기 시작했다.

"상감……."

"어명이다! 아무 말 마라. 널 보쌈하는 중이다."

제운은 왕이 멀어지고 있음을 알면서도 일부러 고개를 들지 않았다. 내관들은 두 사람이 멀리 도망가고 나서야 이상한 낌새를 알아채고 고개를 들었다. 모두가 우왕좌왕하며 왕을 뒤쫓아 뛰기 시작했다. 하지만 제운은 슬픈 눈을 감추고 우두커니 서 있다가 사람들이 사라지고 난 뒤에야 담 위로 훌쩍 뛰어올라 담을 길로 삼아 홀로 쫓기 시작했다.

훤은 월을 어깨에 메고 뛰는 것이 즐거운 나머지 소리 내어 웃었다. 도망이라고 해 봤자 궁궐 안을 벗어나지 못하리라는 것은 알고 있었다. 하지만 이렇게 시늉이라도 내지 않으면 미쳐 버릴 것만 같았다. 뒤쫓아 오는 발걸음이 느껴지자 조급한 다리는 더욱 바빠졌다. 복잡한 건물과 건물 사이를 정신없이 뛰어 다녔지만 금세 잡힐 것처럼 무리의 발걸음이 가깝게 느껴졌다. 하는 수 없이 급한 대로 비어 있는 건물의 대청 아래에 숨어들었다. 훤은 목을 막은 숨으로 인해 헉헉거리면서도 환하게 웃었다.

"어릴 때부터 그리도 해 보고 싶었던 숨바꼭질을 지금 이렇게 해 보는구나."

"어디로 가시려는 것이옵니까?"

"걱정되느냐?"

캄캄한 대청 아래라 월의 표정이 보이지 않았다. 하지만 즐거운 것 같았다. 마치 그 표정은 무녀가 아닌 여인의 것인 듯해서 자세히 보고 싶었지만, 어둠에 파묻혀 보이지 않았다. 훤이 눈 대신 손으로 표정을 더듬었다. 행복이 더듬어졌다.

"어디로 가려는 건지는 나도 모른다. 아주 잠깐만이라도 좋다. 어디든 너와 나 단둘만 있을 곳으로……."

"하오나 상감마……."

월의 뒷말은 훤의 입술에 가로막혔다. 뛰고 난 뒤라 숨이 가빠져서 바로 떨어졌다. 하지만 차가운 땅바닥에서 올라오는 냉기에 떨고 있는 월을 다시금 입술로 위로했다. 그녀를 따뜻하게 해 주기 위해서였는데 훤이 먼저 따뜻해졌다. 뒤이어 월도 서서히 땅의 냉기를 잊어 갔다. 그리고 훤의 숨 가쁜 호흡도 옮겨 와 심장마저 가쁘게 뛰기 시작했다.

둘이 서로의 입술을 나누고 있는 건물 앞으로 왕을 찾는 발걸음들이 주르르 뛰어 지나갔다. 다시 근처로 와서 이리저리 한참을 맴돌았지만, 대청 아래에 숨어들었을 거라는 상상은 못 했는지 들여다보는 이는 없었다. 그 와중에도 훤은 월의 입술을 놓지 않았다. 월도 그랬다. 오히려 입술을 거둬 갈까 두려워한 쪽은 월이었다. 앞에서 맴돌던 발걸음들이 다른 곳으로 뛰어가는 소리가 들렸다. 멀어져 가는 발소리와 함께 두 사람의 입술도 멀어졌다. 주위가 조용해지고 나서 훤이 속삭였다.

"월아, 너 뜀박질 잘하느냐?"

"네?"

"또 도망가자. 너는 보쌈을 당하는 것이 좋으냐, 같이 손잡고 도망하는 것이 좋으냐?"

월이 그의 손을 꽉 잡았다. 그리고 어둠에 의지해서 말했다.

"같이 도망하는 쪽을 택하겠사옵니다."

"아, 널 어깨에 짊어지고 달릴 힘이 없어서 물어본 것은 아니다. 나도 사내인지라 너 정도쯤은 충분히……."

허세와는 달리 훤의 숨은 아직까지 헐떡이고 있었다.

"아무렴 여부가 있겠사옵니까. 단지 소녀의 몸이 조금 무거울 뿐이지요."

어둠 사이로 월의 미소가 보이는 기분이었지만 눈으로 확인은 불가능했다.

"우리가 뛰어 봤자 대궐 안을 벗어나진 못하겠지만, 이 넓디넓은 궁궐 안에 우리 둘의 몸 숨길 곳이 없겠느냐? 그런데 어쩌나……."

월은 고민하는 척하며 뜸을 들이는 훤을 물끄러미 바라보았다.

"음……, 오늘 밤 경호를 무엇으로 정해 주었는지 기억이 나질 않는구나. 급하게 써 준 건 기억나는데 그것이 어제의 암호였는지 그제의 암호였는지 아리송한 것이……. 큰일이군. 월아, 열심히 뛰어라. 만약에 내관들이 아닌, 내 얼굴을 모르는 군사들의 손에 잡힌다면 우리는 그 자리에서 사살될 것이다."

농담이라는 걸 알아차리지 못한 월은 깜짝 놀라 왕의 팔을 덥석 잡았다.

"그것은 아니 되옵니다. 그만 돌아가……."

"돌아가진 않을 것이다. 그러니 날 살리는 길은 하나뿐이다. 뛰어라!"

훤은 월의 손을 잡아당겨 발걸음들이 사라진 반대쪽으로 뛰기 시작했다. 월은 훤의 등을 바라보며 꽉 잡은 손에만 의지하여 달렸다. 이 넓은 등이 이끄는 곳이라면 어디든 상관없었다. 이렇게 뛰어 도망하는 것도 잠시의 장난일 뿐이겠지만, 사람들의 손에 잡히면 그것으로 툭툭 털고는 왕과 무녀로 돌아가야 하겠지만, 지금 순간만큼은 이 찰나의 도망이 행복했다.

숨다가 뛰다가 하면서 달려간 두 사람 앞에 아름다운 건물이 나타났다. 호수처럼 큰 연못과, 그 한가운데에 배처럼 떠 있는 작은 섬과, 그 섬 위에 올라앉은 우아한 정자였다. 하지만 정자까지 가려면 도중에 오고가는 군사들을 뚫어야 했다. 훤은 군사들이 멀어져 가길 기다리는 사이에 숨을 골랐다. 이윽고 군사들의 뒷모습이 멀어졌다. 그 틈을 타고 정자를 향해 뛰었다. 연못 위에 걸쳐져 있는 긴 취향교를 건넌 두 사람은 가까스로 정자 안으로 몸을 숨겼다.

훤이 줄곧 잡고 있던 월의 손을 놓았다. 그리고 차오른 숨을 헐떡이는 월의 어깨에 자신의 붉은 용포를 벗어 둘러 주었다. 월은 왕의 옷에 놀라 벗어 내리려고 하였다. 하지만 훤의 단단한 손이 동작을 가로막았다.

"벗지 마라. 너의 하얀 소복이 보기 싫어서 덮은 것뿐이다."

"찬 기운이 상감마마의 옥체를 해할까 저어되옵니다. 소녀의 옷이나마 벗어 덮어 드리지 못할망정 이렇듯 불충을 행하게 하시다니······."

"오호! 대담한 여인일세. 감히 내 앞에서 옷을 벗겠단 말이냐? 뭐, 굳이 벗겠다면 말리지는 않으마."

장난기 가득한 놀림 탓에 월은 눈앞의 사람이 왕이란 것도 잊고 저절로 눈이 흘겨졌다. 훤의 두 손이 월의 양어깨를 따뜻하게 감싸 쥐었다.

"여긴 너와 나 단둘뿐이다. 내관도 없고 궁녀도 없으니 왕도 없고 무녀도 없다. 그러니 이곳에 있는 건 한 사내와 한 여인일 뿐이다. 즉, 지금 네게 걸쳐 준 건 홍룡포가 아니라 한 여인을 따뜻하게 해 주고자 하는 사내의 마음이니라. 그 마음을 거절하겠단 것이냐?"

단둘! 이것은 월에게는 주술과도 같은 말이었다. 그 주술이 월의 얼굴에 미소를 만들어 냈다.

"어? 너 방금 웃었느냐?"

월이 표정을 가다듬었다.

"그리 감춰 봤자 네가 웃었던 사실까지 감출 수는 없느니. 하하하."

단둘이라는 말은 훤에게 더 큰 주술이었다. 자신이 왕이란 사실도 잊게 할 만큼의 주술이었다. 훤은 어린아이처럼 웃으며 취향교가 있는 쪽의 창을 조금 열어 바깥 동정을 살폈다. 그리고 가장자리를 두르고 있는 마루에 걸터앉았다.

"이곳이 어딘지 아느냐?"

월은 여전히 문 앞에 선 채로 대답했다.

"모르옵니다."

"이곳은 취로정翠露亭이다. 세조께서 정희왕후께 선물한 정자, 비취이슬이라고 하지. 왕이 왕비에게 했던 선물. 왜인지는 모르겠으나 너와 함께 이곳에 와 보고 싶었느니. 비록 밝은 날 이처럼 같이하진 못하지만. ……오늘은 어찌 달빛마저도 어둡구나."

취로정 안으로 들어온 달빛이 창살의 무늬를 찍어다 훤의 얼굴과 옷에 그려 놓았다. 그는 멀리 서 있는 월에게 미소로 말했다.

"이곳의 아름다움은 호랑이도 흠모한다 하였느니라. 호랑이가 널 물어 가면 어쩌려고 그리 서 있느냐? 이리 가까이 오너라."

"소녀는 호랑이에 속아 넘어가는 일곱 살 아이가 아니옵니다."

"이런! 밤이 되면 이 취로정에 호랑이가 출몰한다는 소문 못 들었느냐?"

월은 믿지 않는다는 표정으로 싱긋이 미소 지었다. 그녀의 미소가 훤을 더욱 기분 좋게 하였다.

"허허, 너는 내가 맨날 농담만 하는 줄 아느냐? 그런데 어찌 하면 좋으냐. 내 말은 진실인 것을. 지금도 밤사이에 호랑이가 남긴 발자국이 종종 발견되곤 하느니라."

"어찌 궐내에까지 호랑이가 들어올 수 있다 하시옵니까? 그러니 못 믿을밖에요."

무녀의 어투가 사라져 가고 있었다. 대신 그 자리에는 사랑스런 여인의 어투가 나타났다.

"이 취로정 뒤로 산줄기가 뻗어 있으니 그렇지. 네가 나에게 거짓을 아뢰진 않는다 한 것처럼 나도 네게 거짓을 말하진 않는다."

월은 많이 부드러워진 분위기임에도 불구하고 가까이 다가서지 않았다. 훤이 애가 타서 말했다.

"어서 이리 오라니까. 지나가는 시간이 아깝지 않느냐? 조만간 우리가 있는 곳을 들킬지도 모르는데, 아니, 곧 들킬 터인데 그 전에 네가 나를 만져 볼 수 있는 시간은 아주 잠깐이다."

애원에도 불구하고 월은 움직이지 않았다.

"너도 알다시피 난 이 나라의 임금이다. 한데 한 나라의 임금이 나처럼 잘생기기가 쉬운 줄 아느냐? 임금이란 신분을 제외해도 나보다 잘생긴 사내는 드물지, 암."

드디어 월에게서 웃음소리가 새어 나오기 시작했다. 잔잔한 물결과도 같은 소리였다.

"어허! 참말이다. 사람들은 왕이라면 다 잘생겼을 거라 여기는데, 그거야말로 어불성설이다. 일례로 이전의 임금이셨던 아바마마만 하더라도 나만큼 생기지는 못하셨느니."

"그건 옳으신 말씀이오나 닮은 것도 사실이 아니옵니까."

"응? 돌아가신 아바마마를 뵈온 적이 있느냐?"

"네? 부, 부자지간이면 닮는 것은 당연지사라, 상감마마께 장단을 맞춰 드린 것뿐이옵니다."

훤은 월의 얼굴에 비친 당황한 기색을 자세히 보지 못하고 지나갔다. 훤에게 자세하게 보인 건 그녀와 자신과의 거리였다.

"자! 임금에다가 잘생기기까지 하였다. 이런 나를 만져 본다는 건 하늘의 은혜가 아니고선 불가능한 일이야. 오너라. 그리 멀리 서서 바라보는 것은 내관들의 감시를 받으면서도 가능하지 않느냐."

훤의 입에서 뿜어 나오는 하얀 입김이 진해져 가고 있었다. 그리고 월을 향해 내뻗은 손이 눈에 보일 만큼 떨리고 있었다.

"춥구나. 좀 안아 다오."

월의 발걸음이 주술에 이끌린 듯 서서히 다가갔다. 고개를 숙이지도, 눈길을 아래로 내리지도 않고 오직 훤의 눈만 보고 걸어가 차갑게 식어 가고 있는 손을 잡았다. 가까이 다가가 선 월의 눈에는 슬픔을 담은 훤의 눈동자가 보였다. 월의 고운 손끝이 훤의 눈 위로 내려앉았다. 허상이 아닌 따뜻한 체온을 가진 형체가 더듬어졌다. 월의 눈에서 흘러나온 눈물이 훤의 얼굴 위로 떨어져 내렸다.

"월아……."

월이 자신의 눈물을 볼 수 없게끔 훤의 얼굴을 품에 안았다. 훤의 귀에 심장이 우는 소리가 들렸다. 울음소리조차 삼켜 심장 안에서만 흐느끼는 소리였다. 비록 왕이지만 그 울음을 덜어 줄 수가 없었다. 훤은 두 팔로 허리를 힘껏 끌어안았다. 가냘픈 허리였다.

"월아, 말해 보아라. 이름이 무엇이냐? 네 아비는 누구이며, 네 어미는 또 누구이냐? 형제자매는 있었느냐? 말해 다오. 내가 널 도울 수 있게 해 다오."

"월이옵니다. 그저 무녀일 뿐이옵니다."

월의 허리를 끌어안은 훤의 귓가에는 그녀가 속으로 삼킨 울음소리만 생생하게 들렸다. 알 수 없는 그 사연들이 안타까워 좀 더 캐묻고 싶었지만 그럴 수가 없었다. 이런 상황에서도 말할 수 없는 사연이라면 더 이상의 대답은 기대할 수가 없었다. 그래서 잠자코 월의 몸에서 흘러나오는 난향을 느꼈다. 취로정 밖의 나뭇가지 사이를 비집고 바람이 흘러가는 소리가 들렸다.

"바람은 너의 사연을 알고 같이 울어 주는데 나만 너의 사연을 모르는구나."

"바람의 울음도 들을 줄 아시옵니까?"

"이리 너의 품에 얼굴을 묻고 있으니 네 신기가 나에게로 옮겨 왔나 보구나."

훤은 월을 당겨 무릎 위에 앉혔다. 그리고 그녀의 얼굴에 흘러내린 눈물을 손으로 닦아 주었다.

"지금은 네 얼굴에 흘러내린 눈물만 닦아 주지만 나중엔 너의 마음에 흘러내린 눈물도 닦을 수 있게 해 다오."

월은 희미한 미소만 보였다. 조금 전, 훤의 농담에 보이던 그 미소는 아니었다. 훤은 조금 열린 창밖으로 수상한 낌새를 알아차린 군사 두 명이 취향교를 건너오려 하는 것을 보았다. 하지만 이내 어디에서 나타났는지 제운이 그들 앞을 막아섰다. 운검의 출현에 군사들은 취로정에 있는 사람이 왕이란 것을 알아차리고 곧바로 물러났다. 한숨 돌린 훤은 희미한 달빛이 만들어 내는 창살 무늬에 마음을 실어 시를 읊었다. 월에게서 나는 난향이 불현듯 예전에 연우에게서 처음으로 받았던 서찰에 적혀 있던 시를 떠올리게 했기 때문이다.

"서로 그리는 심정은 꿈 아니면 만날 수가 없건만, 꿈속에서 내가 임을 찾아 떠나니 임은 나를 찾아왔던가. 바라거니 길고 긴 다른 날의 꿈에는, 오가는 꿈길에 우리 함께 만나지기를."

훤은 서글픈 미소와 함께 말을 이었다.

"세자 시절 가슴 설레며 읽고 또 읽었던 시다. 그때 이 시는 설렘이었는데, 오늘 이 시는 서글픔이로구나. 내가 잠든 시간에 넌 깨어 있고, 네가 잠든 시간에 난 깨어 있으니 꿈에서조차 만나 미소를 나눌 수 없을 것 아니냐. 그나마 꿈속일망정 만날 수 있으리란 기대가 있었던 그때는 행복하였느니."

월이 눈빛을 감추듯 눈을 감았다. 그리고 훤을 끌어안았다. 떨고 있었다. 훤이 아니었다. 이번에는 월이 훤의 몸까지 흔들 정도로 심하게 떨고 있었다. 월이 조그만 소리로 시를 속삭였다.

"바다 위에 밝은 달이 떠올라, 하늘 끝까지 두루 비추는구나. 사랑하는 연인들 멀리 있는 이 밤을 원망하며, 밤새도록 서로의 생각에 젖노라. 촛불 꺼진 방 안에 달빛만이 가여워, 옷을 걷어붙이고 나가니 촉촉한 이슬에 젖노라. 환한 저 달빛을 손으로 가득 떠서 보내 드릴 수가 없기에, 다시 꿈속에서나마 임 만나기를 기약하노라."

훤이 연우에게 제일 처음 보낸 서찰에 적혀 있던 시였다. 순간 훤의 몸에 경직이 일어났다.

"소녀가 좋아하는 시이옵니다. 멀리 있어 만나지 못하는 것보다, 가까이 있으면서도 멀리 있는 것만 못한 사이도 있다는 것을 예전엔 몰랐사옵니다."

놀란 훤이 월을 밀쳐 냈다. 예상치 못한 상황에서 떠밀려진 바람에 월이 몸의 균형을 잡지 못하고 휘청거렸다.

"이 시를 네가, 네가 어떻게 알고 있느냐?"

월이 몸을 가다듬고 서서 자세만큼이나 단정하게 대답했다.

"글을 안다면 장구령의 시는 모르기가 어렵지 않겠사옵니까. 그중에서도 달을 이야기할 때는 「망월회원」이 그 첫 번째이지요."

훤이 고개를 두어 번 가로저었다. 매섭게 변한 눈에는 눈물이 가득 고였다.

"넌 무엇이냐? 어찌하여 너는 매번 나를 자극하느냐? 나를 미치게 만들려는 수작이냐?"

고였던 눈물이 흘러내렸다. 훤은 두 팔로 제 머리를 감싸 안으며 몸을 웅크렸다.

"너와 단둘만 있고 싶어 도망 왔더니 너는 왜, 왜……, 나의 가엾은 연우 낭자를 데리고 오느냐. 그 사람을 왜 자꾸만……."

월이 떨리는 두 손을 겹쳐 제 입을 막았다. 큰 눈에서 훤처럼 눈물이 쏟아져 나왔다. 지나치리만큼 많은 양이었다. 그녀의 발이 훤을 향해 한 발짝 내딛었다. 훤이 웅크린 채로 소리쳤다.

"가까이 오지 마라! 내게서 떨어져라. 향기……, 네게서 나는 그 향이 나를 더 미치게 만들고 있어."

월이 뒷걸음으로 한 발짝 멀어졌다. 이번에도 훤이 소리쳤다.

"멀어지지 마라! ……내게서 멀어지지도 마라."

월은 오도 가도 못하고 서서 훤이 흐느껴 우는 소리를 들었다. 이 넓은 궁궐의 주인이, 이보다 더 넓은 팔도의 주인이, 이렇듯 작은 정자 안에, 자신의 팔 아래에 몸을 숨기고 울고 있었다. 그리고 이조차 가지지 못한 월은 자신의 슬픈 울음소리를 바람 소리 아래에 숨겼.

취향교가 삐걱거리는 소리를 연거푸 내었다. 월이 자신의 어깨에 걸쳐져 있던 홍룡포를 벗어 훤의 어깨로 돌려주었다. 그와 함께 주술의 시간도 끝이 났다. 그 순간 취로정의 문이 열리고 내관들과 궁녀들이 사색이 되어 들어왔다. 그들은 어두운 구석에서 웅크린 왕을 찾아내고 한숨을 내쉬었다. 차 내관이 다급하게 왕의 어깨 위에 담비 털가죽을 덮어씌웠다. 그는 자신의 손에 닿은 왕의 감정이 정상이 아님을 알아차렸다.

"사, 상감마마, 무슨……."

말을 채 끝맺지 못한 차 내관이 월을 노려보았다. 훤이 고개를 들었다. 이미 모든 감정을 억누른 후였지만 털가죽을 머리 위까지 끌어올려 푹 뒤집어썼다.

"아무 일도 아니다. 운아, 팔!"

제운이 언제 들어왔는지도 모르게 왕의 옆에 서 있었다. 줄곧 옆을 지키고 있었던 것 같은 모습으로 팔을 내밀었다. 훤은 그 팔을 잡고 휘청거리는 몸을 의지하여 일어섰다. 어두운 달빛과 땅에 끌릴 정도로 긴 검은색 털가죽이 만신창이가 된 훤의 얼굴과 몸을 완전히 가려 주었다.

"차 내관, 잔소리는 조금만 하도록. 나는 숨바꼭질이 즐거웠느니."

얼굴은 가렸지만 목소리에는 아직까지 눈물 자국이 남아 있었다.

"상감마마, 밤이면 호랑이가 내려오는 이곳 취로정은 조심해야 한다고 누누이 아뢰지 않았사옵니까!"

차 내관의 한숨 섞인 말을 훤이 냉큼 받았다.

"또, 또 잔소리! 월아, 들었느냐? 나도 너에게 거짓을 말하지 않았다."

훤이 월에게는 의기양양하게 말해 놓고는 차 내관을 향해서는 부드럽게 말했다.

"차 내관, 운검을 믿고 이리 있었느니라. 내 뒤를 계속 따라온 것을 알기에. 자네는 걱정이 너무 많아."

"운검이 추위까지 막을 수 있사옵니까!"

"……춥지는 않았다."

하지만 말과는 달리 검은 털가죽 아래로 하얀 입김이 새어 나왔다. 훤의 머리가 조금 움직였다. 어둠에 파묻혀 시선이 간 곳은 보이지 않았지만 추위와 감정에 떨고 있는 월의 손을 본 듯하였다. 윤기가 흐르는 검은 덩어리가 움직여 월의 앞에 섰다.
"단둘만의 시간을 내가 망치고 말았구나."
새하얀 입김이 한꺼번에 무리 지어 터져 나왔다.
"월아, 다음에는 경회루로 도망하자꾸나. 그곳에는 더 큰 연못이 있고, 그 안에는 수십 마리의 용이 떼 지어 살고 있느니라."
훤의 말을 농담으로 알아들은 월이 그에 알맞은 미소로 답했다. 아직 눈가의 눈물은 덜 마른 채였다.
"취로정에 호랑이가 출몰한다는 내 말이 거짓이 아닌 것처럼, 경회루 연못에 용이 산다는 내 말도 거짓이 아니다."
취로정의 문이 열렸다. 마치 여인의 한 맺힌 울음과도 같은 기괴한 바람 소리가 세상의 모든 소리를 덮었다. 훤이 앞장서서 바람 속으로 들어갔다.

강녕전의 동쪽 온돌방이 뜨겁게 데워져 있었다. 왕이 따뜻한 이불 위로 엉덩이를 내리기도 전에 궁녀가 김이 모락모락 올라오는 차 사발을 들고 들어왔다. 방 안에 인삼과 꿀의 향기가 퍼져 나갔다. 쟁반에 얹어진 사발은 왕 앞으로 이동되었다. 훤이 사발을 받아 들었다. 하지만 입에 가져다 대려다가 멈추고 멀리 앉은 월을 쳐다보았다. 월은 도망을 치기 전에 앉았던 그림 그대로의 모습이었다. 바깥을 떠돌다가 돌아온 건 훤 혼자만의 착각인 것 같았다. 함께 다녀온 걸 느낄 수 있는 거라고는 여전히 그녀의 주위로는 가셔 있지 않은 추위였다.

훤이 어깨까지 털가죽을 두른 채로 사발을 들고 일어섰다. 왕의 행동을 예측한 차 내관의 입에서 불만 어린 한숨이 나왔다. 훤은 주위 반응에 아랑곳하지 않고 다소곳하게 앉은 월 앞에 가서 앉았다. 따뜻한 사발이 월의 눈앞으로 디밀어졌다.

"마셔라."

화석처럼 꼼짝하지 않는 월과 사발을 들이밀며 재촉하는 훤의 뒤로, 사발을 가져왔던 궁녀가 재빨리 바깥으로 빠져나갔다. 차 내관이 왕의 등 뒤에서 외쳤다.

"상감마마, 무녀를 지나치게 가까이하시옵니다. 이는 마땅히 경계해야 할 일인 줄로 아옵니다."

훤은 돌아보지 않은 채로 대꾸했다.

"차 내관은 이 아이가 가엾지 않으냐? 왕에게 끌려 다니느라 바깥 추위에 떤 것으로도 모자라 여기 이렇게 앉아 또 떨고 있다. 월은 왕의 어명을 따른 죄밖에 없느니."

"상감마마, 소신은 그런 뜻이 아니옵니다."

훤이 손을 들어 차 내관의 말을 자르고 월에게 미소로 말했다. 그런데 이 미소 속에는 이전과는 달리 다정함만 있는 건 아니었다.

"내가 마시라고 하였다. 거역하는 것이냐?"

이곳은 단둘이라는 주술이 범접할 수 없는 공간이었다. 그렇기에 월은 왕의 엄포에도 불구하고 액받이 무녀의 모습에서 벗어나지 않았다.

"그렇다면 별수 없구나."

훤이 체념한 듯 차를 들이켰다. 그리고 입안에 머금은 채로 월의 입술에 겹쳤다. 따뜻한 차는 훤의 입에서 더욱 따뜻해져서 월의 입으로 흘러들어 갔다. 차를 삼킨 걸 확인한 훤이 입술을 떼어 냈다. 월의 얼굴에 표정이 나타나 있었다. 그것은 끝을 알 수 없을 만큼 깊은 슬픔이었다. 훤이 다시금 눈앞에 사발을 들이밀었다.

"네 손으로 사발을 들어 마시겠느냐, 아니면 또다시 내 입술을 사발로 삼겠느냐?"

월이 손을 뻗어 사발을 받았다. 사발이 기울어질수록 월의 얼굴은 점점 사라졌다. 잠시 후 다시 얼굴이 드러났을 때 슬픈 표정은 지워지고 없었다. 훤이 빈 사발을 확인하고 난 뒤 말했다.

"옳지, 처음으로 내 맘에 꼭 드는 짓을 하였구나."

자리에서 일어선 훤이 어깨에 둘러져 있던 털가죽을 월의 위에 던지듯 놓았다. 검은 물체가 툭 떨어져 내려 월을 온전히 덮어 가렸다. 검은색 털가죽이 사라진 어깨 위로 월이 걸쳐 놓았던 붉은색 용포가 드러났다. 훤이 월의 몸을 가린 털가죽을 천천히 들어 올렸다. 월이 보였다. 그녀의 왼쪽 눈에서 흘러내리는 한줄기 눈물도 보였다.

"네 몸이 따뜻해질 때까지 이걸 쓰고 있어라. 네 몸이 따뜻해졌다는 건 네가 아니라 내가 판단한다."

털가죽이 내려갔다. 검은색 너머로 훤이 사라져 갔다. 월의 시야에서 완전히 벗어난 그의 얼굴에는 미소가 사라지고 차가움만 남아 있었다.

제자리로 돌아간 훤은 다시 들어온 차를 단숨에 마셨다. 그리고 어깨에 있던 홍룡포를 벗어 집어던지고 차 내관이 들어주는 이불 속으로 들어가 베개를 가슴에 괴고 엎드렸다. 훤이 손가락을 까딱여 차 내관의 귀를 제 입술 앞까지 불러들였다.

"차 내관, 옛날에 말이야……."

귀를 바짝 댔음에도 불구하고 겨우 들리는 크기였다.

"하문하시옵소서, 마마."

"연우 낭자에게서 받았던 봉서 뭉치가 없어졌던 적이 한 번 있지 않았었노냐?"

"그건 잘 기억나지 않사옵니다."

"아니야, 있었어. 잠시 동안 사라졌던 적이 있었어. 내가 처음에 놔둔 곳이 아닌 엉뚱한 장소에서 나타났던……."

"아뢰옵기 송구하오나, 워낙 오래된 일이라 소신의 머리로는 그런 세세한 부분까지 기억하는 것은 무리이옵니다."

"만약에 사라졌던 것이 내 착각이 아니라면? 그 당시 봉서 더미를 훔쳐 내어 읽었던 자가 있다면?"

차 내관이 깜짝 놀라서 왕을 쳐다보았다. 훤이 고개를 절레절레 저었다.

"자네만큼이나 내 기억도 정확하지 않아."

훤이 베개에 턱을 얹고 털가죽에 파묻힌 월을 바라보았다. 목소리가 입안에서 맴돌았다.

"달을 이야기하는데 이태백이 아닌 장구령을 먼저 떠올린다……."

오랫동안 생각에 잠겼던 훤이 다시 손가락으로 차 내관의 귀를 불러들였다. 그리고 조금 전보다는 조금 커진 소리로 속삭였다.

"아바마마 생전에 가장 가까이에서 보필했던 내관이 누구냐?"

"전 상선내관이었던 서 내관이옵니다."

"그래, 아바마마 옆에는 언제나 그자가 있었지. 기억나는군. 죽었느냐?"

"아니옵니다. 지금은 노환으로 사가에 나가 있다고 알고 있사옵니다."

"내일 날이 밝거든 그자를 불러오너라. 만약에 승정원일기에 남아 있지 않은 그 무언가가 있었다면 그자 또한 기억하고 있을 것이다."

차 내관이 허리를 푹 숙였다. 훤이 팔을 뻗어 옆에 앉은 제운의 손을 꽉 잡았다. 그렇게 여전히 차가운 그의 손에 따뜻함을 옮겨 주었다.

5

서 내관이 궁궐로 들어왔다. 난데없는 왕의 입궐 명령에 어리둥절하기만 할 뿐 이유는 짐작조차 하지 못하였다. 갑자기 집으로 들이닥친 선전관 때문에 하인에게조차 어디 간다는 말도 못 하고 따라나섰다. 그런데 다른 곳도 아니고 침전인 강녕전으로 끌려오자 혼이 먼저 내뺐는지 정신이 하나도 없었다. 훤은 조반을 먹고 난 뒤에도 잔뜩 긴장하고 있을 서 내관을 더욱 긴장하게 만드느라 그가 기다리는 방으로 가지 않았다. 곧 올 것이라던 왕이 오지 않자 서 내관의 긴장은 더욱 심해졌다.

한참 만에 운검을 대동하고 나타난 왕은 가만히 앉아 침묵으로 일관했다. 아무리 나이가 어려도 손끝 하나로 사람의 목숨을 꺾을 수도 있는 것이 왕이라는 존재였다. 그런 왕이 바로 눈앞에서 아무 말 없이 앉아만 있는 것은 보통의 공포가 아니었다.

서 내관의 긴장은 휜이 침묵하는 시간과 비례하여 높아졌다. 인간은 긴장하면 할수록 평소라면 절대로 하지 않을 실수도 하는 법이다. 그렇게 피를 말리던 침묵의 시간이 지나갔다.

"오랜만이다."

침묵은 깨어졌으나 긴장은 더 심해졌다.

"그, 그, 그렇사옵니다."

"너는 선대왕의 친신이 분명하렷다!"

"네? 네. 무슨 연유인지는 모르겠사오나, 하문하시옵소서."

"곧 편전에 나가 봐야 하기에 짧게 묻겠다. 8년 전, 세자빈 간택 때……."

휜은 말하다 말고 입을 다물었다. 앞에 앉은 서 내관의 몸이 경기를 일으키듯 움찔했기 때문이다. 휜은 그 찰나의 움직임을 놓치지 않았다.

"세자빈 간택이라는 말만으로도 너는 내가 무엇을 묻고자 하는지 알고 있군."

"무, 무엇을 이르심인지 이 천신 도저히 헤아리지 못하겠사옵니다."

휜은 또다시 입을 다물었다. 뒷말 없는 왕도 무섭지만, 고개를 들지 못하고 바닥만 내려다보고 있어야 하기에, 왕의 표정을 감조차 잡을 수 없는 것이 더 무서웠다. 오금이 저리고 손이 바들바들 떨렸다. 서 내관의 숨이 넘어갈 때쯤 왕의 입이 열렸다.

"그 당시 세자빈으로 간택된 전 홍문관 대제학의 여식, 허연우! 그 허씨 처녀가 죽은 원인이 무엇이냐?"

"모, 모르오옵니다. 이 천신이 무엇을 알겠사옵니까?"

훤의 한쪽 입꼬리가 비틀어졌다.

"오호, 이상한 일일세. 허씨 처녀의 사인이 병사인 것은 누구나 다 아는 일인데 네가 모르다니. 그렇다면 병사가 아니라는 말이렷다?"

서 내관이 화들짝 놀라 더듬거렸다.

"기, 기억이 나옵니다. 천신이 노쇠하여 깜박하였사온데, 병사였던 것이 이제야 기억이 나옵니다."

"탄망한 자로다! 누구 앞이라고 감히 그따위 수작을 부리는 것이냐!"

왕이 갑자기 소리를 높여 호통 치자 그는 더욱더 당황하여 어쩔 줄을 몰랐다. 훤이 목소리를 가라앉혔다.

"병사가 아니라면……, 타살인가?"

속삭이는 목소리가 크게 소리치는 목소리보다 훨씬 더 공포스러웠다.

"아니옵니다! 그 어찌 천부당만부당한 말씀이시옵니까? 그 당시 어의가 직접 병을 살폈는데, 다른 것 없이 오직 알 수 없는 병이라 하였사옵니다."

"조금 전까진 잘 모르겠다고 하여 놓고 갑자기 기억이 회춘을 하는 것이냐?"

"아니옵니다. 제발 믿어 주시옵소서."

"그래, 알았다. 너의 기억력을 믿어 주마. 어의가 병을 살핀

것까지 기억하는 너라면, 세자빈 허씨의 죽음에 대해 선대왕께옵서 따로 조사시켜 보고 받은 기무장계機務狀啓26도 기억하고 있겠구나."

세자빈 허씨! 그 말을 들은 순간 서 내관은 이 일이 단순한 하문이 아니라 심문임을 깨달았다. 이미 처녀귀로 규정하고 묻어 버린 과거의 사건이었다. 이것을 굳이 세자빈이라고까지 칭하며 말을 꺼낸다는 것은 이미 타살이란 정황을 어느 정도 확보했을 가능성이 높았다. 그렇다면 그 당시의 사건을 다시 뒤집겠다는 왕의 의지를 보여 주는 말이었다. 그렇게 생각할 수밖에 없을 정도로 왕의 목소리는 확신에 차 있었다. 서 내관의 손과 발은 떨림조차 잊었다. 더 이상 오금도 저리지 않았다. 머릿속이 하얗게 변해서 아무 생각도 할 수 없었기에 아무 것도 느끼지 못하였다. 세자빈 허씨란 말은 그만큼 무서운 말이었다.

"말하라! 기무장계를 기억하느냐?"

"천신 아무것도 모르옵니다. 진정 아는 것이 없사옵니다. 비록 가까이서 뫼옵는 상선내관이란 자리에 있었사오나, 선대왕마마께옵서 지시하신 기무장계를 이 몸이 어찌 볼 수 있겠사옵니까. 선대왕마마 이외에는 아무도 읽은 자가 없사옵니다."

훤의 입가에 차가운 미소가 스쳐 지나갔다. 동시에 옆에 앉아 있던 제운의 손에도 힘이 들어갔다. 짐작으로 시작했던 일

---

26. 기무장계(機務狀啓) 비밀리에 조사하여 왕에게 보고하는 중요 문서.

이 기정사실로 밝혀지는 순간이었다. 서 내관은 연우의 죽음이 병사가 아니었음을 실토함과 동시에, 기무장계가 존재했던 사실도 입증했다. 서 내관에게서 듣고자 했던 정보는 바로 이것이었다. 훤이 대수롭지 않은 투로 말했다.

"알았느니, 집으로 돌아가도록 하라. 곧 다시 부를 일이 있을 것이다."

두려운 마음을 거머쥐고 강녕전을 나오던 서 내관은 미처 월대를 다 내려오기도 전에 계단 중간에서 털썩 주저앉았다. 뒤늦게 자신이 저지른 말실수를 깨달았기 때문이다. 기무장계가 있었다는 것, 그것이야말로 밝혀져서는 안 되는 비밀이었다.

서 내관이 나간 후 훤은 서안에 앉아 이마를 짚었다. 그런 자세로 한참 동안 생각에 잠겼다. 짐작이 맞았다는 건 입증되었다. 하지만 앞으로 이 사건을 어떻게 조사해 나갈지가 막막했다. 그보다 더 막막한 건 공개적으로 조사할 수 없는 어려움이었다. 서 내관에게 더 캐물을 수도 있었다. 하지만 욕심을 부려서 그렇게 몰아갔다면 그자는 그 자리에서 혀를 깨물고 자결할지언정 선대왕이 묻어 버린 일을 발설하지는 않았을 것이다. 더 이상의 실수도 기대하기 힘들었다. 훤이 긴 한숨을 쉬며 말했다.

"차 내관, 성수청 별청이 궐내에 들어와 있느냐?"

"요즘 상황이 상황인지라, 그런 것으로 아옵니다."

"지금 월도 거기에 있겠지? 차 내관, 성수청으로 가자."

왕과 제운이 자리에서 일어서자 차 내관도 따라 일어서면서 물었다.

"지금 가자는 말씀이시옵니까?"

훤은 옷을 입혀 달라는 의미로 팔을 펼쳤다. 내관이 방 밖에 있던 궁녀를 불러들였다. 종종걸음으로 다가온 궁녀가 솜으로 누빈 두루마기를 왕의 팔에 끼웠다. 이어서 그 위에 홍룡포를 덧입혔다.

"상감마마, 그곳은 상감마마께옵서 행차하실 만한 곳이 못 되옵니다. 차라리 월을 불러들이겠사옵니다."

"어제 밤을 새웠던 여인이다. 지금은 자고 있을지도 모르는데 왜 데리고 오려고 하느냐?"

"하오나 상감마마……."

"차 내관, 내가 지금 월을 보자고 그곳까지 가려는 줄 아느냐?"

차 내관이 의미를 알아차리고 허리를 숙였다. 왕이 방을 나섰다. 조급함이 담긴 빠른 걸음이었다. 그래서 뒤따르는 이들 모두 보조를 맞추느라 뛰다시피 걸었다.

성수청 뜰에 홀연히 행차한 왕으로 인해 무녀들은 일제히 당황했다. 이 상황에서 유일하게 침착한 건 장씨였다. 그녀는 홀로 뜰에 나가 큰절 네 번을 올리고 차가운 땅바닥에 엎드렸다.

"기다리고 있었사옵니다."

"내가 올 것을 알고 있었다는 뜻이냐?"

"그렇사옵니다. 하문하시옵소서."

장씨의 침착함은 훤의 신경을 자극했다.

"내가 올 것을 알고 있었다면 내가 무엇을 묻고자 하는지도 알겠구나."

"묻지 않는다면 답도 있을 수 없사옵니다. 선택은 상감마마께옵서 하시옵소서."

장씨를 뚫어지게 보고 있던 훤은 스스로를 다스리기 위해 그 앞을 왔다 갔다 하면서 뜸을 들였다.

"그동안 어디에 있었느냐?"

"소신이 어디에 있었는지를 묻고자 하심이 아닌 줄로 아옵니다."

훤이 왔다 갔다 하던 발걸음을 멈추었다. 땅에서 올라오는 차가운 냉기에 몸이 시릴 터인데도 장씨의 몸은 인간의 것이 아닌 듯 조금의 떨림도 없었다. 역시 만만한 늙은이가 아니었다. 첫인상이 옳았다. 이런 상대에게 8년 전 사건을 물을 수는 없다. 건지는 답 하나 없이 세자빈 사건을 캐고 있다는 이쪽의 정보만 넘겨주고 끝날 공산이 컸다. 훤은 또다시 말없이 서성거릴 수밖에 없었다. 긴 시간을 고민했지만 별수 없었다. 훤은 결국 월에 관한 것만 묻기로 하였다.

"나의 액받이 무녀의 신모가 너냐?"

몸을 일으켜 고개를 든 장씨의 얼굴에 미소가 번졌다. 귀신보다 더 무서운 미소였다.

"그러하옵니다."

훤은 갑자기 엄습한 추위에 목덜미가 차가워졌다. 알고 있다. 이 여자는 애초에 왕이 왜 여기까지 왔는지, 무엇을 물으려

다가 접었는지 알고 있다. 이것은 확인 불가능한 직감이었다. 훤은 아무도 모르게 침을 삼켰다. 장씨에게 끌려가지 않으려면 진짜로 월에게 집중해야 했다.

"어디서 어떻게 만났느냐?"

"길 가다 주웠사옵니다."

입이 떡 벌어졌다. 이런 인간과 두 번 대화했다가는 미치는 것도 시간문제일 것 같았다. 이번에는 침이 아니라 화를 삼키고 다시 물었다.

"길에서 줍기에는 너무나 어여쁜 아이가 아니냐?"

"어여뻐도 길에서 주운 것은 사실이옵니다."

"말씨가 한양 말이던데, 한양에서 주운 것이냐?"

"한양에 살았던 아이인지는 모르겠사오나 흘러흘러 온양까지 내려간 것인지 그곳에서 신기가 있는 그 아이를 신딸로 들였사옵니다."

"신딸로 들였으면 월의 과거도 알아보았을 것 아니냐?"

"신산스런 무녀들의 팔자이옵니다. 신기가 들기 전의 삶이란 것이 어찌 있겠사옵니까? 게다가 그 아인 같은 무녀들조차 꺼리는 액받이 무녀의 팔자. 하여 이름도 주지 않았사온데, 하물며 그 아이의 과거를 무엇하러 알아보았겠사옵니까?"

훤은 목구멍까지 올라온 화를 누르느라 하염없이 서성거렸다. 눈앞을 왔다 갔다 하는 왕의 붉은색 용포가 이번에는 장씨의 신경을 자극했다.

"성수청의 무적은 도무녀가 관리한다고 들었다. 이곳 무녀는 다른 관청의 무녀들에 비해 누리는 혜택이 많아 그 경쟁이 치열하다고 알고 있다. 그래서 그만큼 신력이 높은 무녀가 선출된다던데, 그다지 신력이 높아 뵈지도 않는 그 아이가 어떻게 성수청의 무적에 오를 수 있었느냐?"

"신력이란 것이 눈에 보이는 것이옵니까? 그 아인 그 아이 나름대로의 신력이 있사옵니다. 그 아이만이 할 수 있는, 그 아이에게만 접신하는 혼령⋯⋯."

"그 아이에게만 접신하는 혼령?"

"하여 소신이 무적에 올렸사옵니다."

"성수청 무적에 올린 건 너의 일방적인 권한이었단 뜻이로 군. 그러면 8년 전에 너는 자리를 비우고 나갔는데, 7년 전 그 아이를 어떻게 올렸단 말이냐?"

"신력을 서찰로 전해 무적에 올리라 하였을 뿐이옵니다."

"누구에게?"

숨 가쁘게 오가는 문답 사이에서 장씨의 대답이 멈췄다. 그녀의 침묵으로 인해 왔다 갔다 하던 훤의 발걸음도 멈췄다.

"대답하라."

"⋯⋯대왕대비전에⋯⋯."

장씨와 대면한 이후에 처음으로 훤의 얼굴에 미소가 찾아왔다. 성수청을 나간 후에도 대왕대비전과는 끊임없이 내통하고 있었는지 묻고 싶었지만, 너무 깊게 들어가는 질문이 될 가능성이 높았다. 그래서 그녀의 대답에 대한 사족을 피하기로 하였다. 지금은 오직 월에게만 집중할 때였다.

"그 아이를 왜 이곳에 보내지는 않았느냐? 아무리 네 신딸이라고 해도 성수청 소속의 무녀가 아니냐."

"그건……, 액받이 무녀이기에……."

"액받이 무녀로 선발된 건 4년 전, 즉 무적에 오르고 3년이 지난 뒤로 알고 있다. 내가 묻는 건 그 3년 동안의 일이다."

질문의 농도가 짙어지자 장씨는 올라오는 욕을 참느라 입술을 깨물었다. 왕이 이렇게까지 세세하게 알고 있으리라고는 생각하지 못했던 그녀로서는 당황하지 않을 수 없었다. 훤이 입을 다문 장씨 앞에 몸을 낮춰 앉았다. 왕과 도무녀의 얼굴이 가까워졌다.

"필시 너는 월의 이전 이름도, 또 사연도 알고 있다! 내가 지금 궁금한 것은 그 아이의 이름이나 사연이 아니다. 알면서도 말하지 않는 이유, 나에게 이러한 것을 숨기는 이유, 그것이 궁금하다."

훤의 눈이 휘둥그레졌다. 장씨가 미소를 지었기 때문이다. 그런데 그 미소가 조금 전에 보았던 귀신의 것 같은 종류가 아니었다. 속을 감춘 불분명한 종류도 아니었다. 세상의 모든 짐을 내려놓은 듯 평화로운 미소였다.

"숨기는 것이 없으니, 이유랄 것도 없사옵니다."

변해 버린 미소와는 달리 목소리에는 조금의 변화도 없었다. 왕의 호통에 조금도 밀리지 않고 똑같은 목소리 상태를 유지한다는 것만으로도 도무녀의 대단함을 느낄 수 있었다. 이런 태도 때문에 마치 왕이 생떼를 부리고 있는 것처럼 보일 지경이었다. 훤은 더욱더 혼란스러운 머리가 되어 일어섰다.

"월은 어디에 있느냐?"

"저 뒤의 행랑에 잠들어 있사옵니다."

"안내하라."

지금까지 숨죽이고 있던 차 내관이 조용히 끼어들었다.

"상감마마, 편전에 드셔야 하옵니다. 지금쯤 대신들이 다 모여 있을 것이옵니다."

"알고 있다. 잠깐이면 된다."

훤은 기어이 장씨의 안내를 받아 월이 잠들어 있는 행랑 앞에 섰다. 초라한 행랑의 섬돌 위에 월의 짚신이 놓여 있었다. 강녕전 월대 아래 던져져 있던 짚신이 가엾어 아무 말 못 하고 쳐다보기만 했던 것을 떠올렸다. 그나마 이곳은 섬돌 위에 신이 올라가 있으니 다행이라 위안 삼았다. 왕 옆에 서 있는 제운의 마음도 무겁기는 못지않았다. 성수청 뒤의 이리 어두운 곳에 작은 몸을 숨기고 있었다고 생각하니, 심장 한구석이 칼날에 베인 듯 시큰거렸다. 한참을 방문만 애달프게 바라보던 훤이 주위 사람들에게 작은 목소리로 말했다.

"조심해서 걸어라. 많은 사람들의 발소리에 깰라."

훤은 옆에서 서두르는 사람들에 밀려 무거운 발걸음을 돌렸다. 월이 잠든 자신의 머리맡을 지키는 것처럼 그도 월의 머리맡을 지켜 주고 싶었지만, 머릿속 귀퉁이에 도사리고 있는 의심이 그러한 마음을 막았다. 성수청을 막 벗어날 즈음, 훤은 걸음을 멈춰 섰다. 월에게만 접신하는 혼령? 접신하는 것이 신이 아니라 혼령이라던 말이 뒤늦게 걸음을 멈춰 세웠다.

 나무판으로 만든 벽이 울타리처럼 정렬되어 있었다. 나무판에 그려진 구름 문양이 이곳으로 접근하는 사람을 막았다. 그 앞을 지나가던 내금위 기사騎士 두 명이 말을 멈추고 장난스럽게 울타리 너머의 기척에 귀를 기울였다. 발짝 소리도 없고, 칼날이 지나가는 소리도 없는데 짚더미가 땅에 떨어지는 둔탁한 소리는 들렸다. 운검이 검술 훈련 중임을 알 수 있는 소리였다. 다른 이들은 이러한 기척을 흉내조차 낼 수 없었다.

 운검은 이제까지 의관 자제들로 구성된 내금위에서 선출되는 것이 관례처럼 되어 있었다. 그런데 금상이 즉위하면서 내삼청內三廳27 전체로 범위를 넓혔고, 그 결과 양반가의 서얼들로 구성된 우림위羽林衛에서 처음으로 운검이 나오게 되었다. 그가 바로 김제운이었다. 첫 반발은 당연히 출신성분을 더 중시했던 내금위에서 있었다. 하지만 이러한 반발이 힘없이 사라진 건 선대왕의 운검 5인을 혼자서 제압한 제운의 검술 실력 덕분이었다. 그렇다고 해서 작은 불만까지 완전히 누그러뜨리지는 못하였다.

 기사 두 명이 검술용으로 만들어 놓은 짚더미가 있는 곳으로 말을 몰아갔다. 한 명이 짚더미 하나를 들어 올리자 다른 한 명은 그러지 말라고 눈짓으로 만류했다. 짚더미 한 개가 울타

---

27. 내삼청(內三廳) 내금위, 겸사복, 우림위를 통칭한 국왕의 경호 부대.

리 안으로 날아갔다. 이윽고 네 개가 연달아 더 날아갔다. 마지막으로 짚더미 한 개를 더 던지려는데 갑자기 말들이 겁에 질려 날뛰기 시작했다. 손에 든 짚더미를 내려놓을 새도 없이 놀라서 말고삐를 다잡는 순간, 눈앞에 앞다리를 치켜세운 시커먼 말이 나타났다. 상체를 완전히 하늘로 향한 탓에 말이 아니라 거대한 먹구름이 덮치는 듯한 착각이 들었다.

이때였다. 거대한 구름 형상의 말 등에 두 개의 환도를 은빛 날개처럼 펼친 검은색 인간이 마치 하늘에서 내려오듯 올라앉았다. 그제야 검은 말이 조심스럽게 앞다리를 내리고 돌처럼 차분하게 굳었다. 머리 위부터 다리 끝, 갈기 한 올까지 다른 색 하나 없이 온통 검은색으로 뒤덮인 흑운마였다. 그리고 그 위에 올라앉을 수 있는 유일한 인간은 제운이었다. 울타리 안에 있던 이가 언제 이곳까지 날아왔는지 알 수 없었지만, 날개처럼 펼쳤던 두 개의 은색 환도도 눈 한 번 깜짝하고 나니 칼집으로 돌아가 있었다.

"그, 그게 오, 오해가 있었던 모양인데……."

핑계는 필요 없었다. 이야기를 미처 시작하기도 전에 제운은 이미 그들을 무심히 지나쳐 흑운마와 함께 사라지고 있었기 때문이다. 워낙 순식간에 일어난 일이라 제운이 지나가고 난 후에야 발견한 것이 있었다. 언제나 이마를 묶고 있던 붉은색 두건, 그것이 분명 그의 두 눈을 가리고 있었다.

"저 자식, 우릴 못 본 건가?"

"보지는 못했겠지만 알긴 했을걸."

다른 한 명이 대답과 함께 손가락으로 동료가 들고 있는 것을 가리켰다. 마지막으로 던지려고 했던 짚더미가 짤막하게 변해 있었다.

"응? 이게 어떻게 된 거야?"

놀라서 두리번거리니, 짧게 변한 짚더미 두 덩어리가 제각각 땅에 굴러다니고 있는 것이 보였다. 나머지 덩어리도 힘을 잃은 손에서 벗어나 땅으로 툭 떨어져 내렸다. 기사의 얼굴 근육이 경련으로 인해 파르르 떨렸다. 오고간 칼날이 조금만 덜 날렵했다면 오줌을 지렸을 것이다.

"정확하게 삼등분으로 벴어. 캬! 모름지기 사내로 태어났으면 저 정도는 되어야지. 단 하루라도 좋으니 저 자태로 살아 봤으면 소원이 없겠구먼. 그럼 조선의 계집이 전부 내 차지가 될 터인데."

"자네 지금 내 염장지르는 건가? 저 자식이 우릴 더러운 똥 취급했다고!"

"차라리 똥 취급이라도 받는 게 낫지. 우리를 더럽게 여기지도 않는 것 같았거든."

말문이 막힌 기사가 인상을 쓰고 제 동료를 노려보았다. 달리 응수할 말이 없었던 그는 화풀이를 괜한 화제로 돌렸다.

"쳇! 기사 중심인 우리 내금위에도 훈련에 사용할 말이 턱없이 부족한데, 조선에서 제일 좋은 저 흑운마를 서자 따위가 타다니!"

"그러게. 말이 턱없이 부족하긴 해. 내금위가 기사 부대라는 말이 무색할 지경이니까. 요즘 들어 말 생산이 더 어려워졌나, 아니면 생산된 말들이 어디로 새어 나가는 건가? 이런 군사력으로 여차하는 순간에 금상을 지켜 낼 수나 있으려는지, 원."

"왜 자꾸 자네는 딴 말만 하는 건가? 내 말은 그게 아니잖아! 서자 따위가 감히……."

기사는 동료가 뒤에서 퍼붓는 불만을 듣는 둥 마는 둥 하며 말을 울타리 쪽에 붙여 세웠다. 그리고 그 너머를 훔쳐보았다. 자신들이 던진 짚더미들이 모조리 삼등분으로 잘려져 땅에 뒹굴고 있었다.

"흐흠, 역시. 운검 김제운을 넘지 못하면 금상에게 다가갈 수 없다는 말이 괜한 소문은 아니었군. 운검이 버티고 있는 한에는 허술한 내삼청도 그만큼 상쇄가 된다는 건가? 하지만 제아무리 김제운이라고 해도 단 한 명의 운검으로 어떻게 하겠다는 건지……. 금상께옵선 지나치게 안일하단 말이야."

헝클어진 마음을 잘라 버리고 싶었다. 그래서 검술 훈련장에 나가 무작정 검을 휘둘렀다. 하지만 휘두르면 휘두를수록 별운검 아래에 잘려져 떨어지는 것은 월에 대한 마음이 아니라 그녀를 외면하려는 자신의 의지였다. 제운은 요 근래 깊은 잠을 자 본 적이 없었다. 왕의 옆에 있으면 안 보려 해도 보이는 것이 월이었고, 애써 외면한 눈길만큼 가슴에 들어오는 것도 월이었다. 월은 왕의 무녀였고, 왕의 가슴속에 있는 여인이었다. 결코 눈길을 주어서는 안 되는 주군의 여자였다. 사내로서 월의 앞에 설 수 없기에 가슴에 담아서도 안 되는 것이다. 검술 연습이 끝나 가건만 마음은 정리가 되지 않았다. 하지만 갑자기 끼어든 방해꾼들로 인해 정신이 번쩍 들기는 하였다. 그런 면에서는 그들의 심술이 고마웠다.

마부에게 흑운마를 맡기고 왕의 곁으로 복귀하기 위해 걸었다. 그런데 정리되지 못한 마음이 발걸음을 유혹하여 월이 잠들어 있는 행랑 앞으로 이끌고 말았다. 자기도 모르게 이곳까지 온 것을 깨달았을 때는 이미 월의 짚신을 보아 버린 뒤였다. 제운은 왕의 옆에 선 운검이 아니라 사사로운 감정을 지닌 한 사내의 눈이 되어 짚신을 보았다. 그 감정은 짚신 앞에 무릎 꿇게 하였고, 손끝으로 짚신을 만지게도 하였다. 차가웠다. 안타깝게도 월의 짚신은 얼어 있었다.

등 뒤에서 검을 든 자의 기척이 느껴졌다. 제운은 본능적으로 순식간에 별운검을 빼 들고 몸을 돌려 검날을 상대의 목에 겨누었다. 제운의 검에 목이 겨누어진 사람은 설이었다. 제운의 동작이 얼마나 재빨랐는지, 설의 검은 칼집에서 반도 채 빠지지 못한 상태였다. 제운은 설을 알아보고도 검을 내려놓지 않았다. 오히려 손에 더욱 힘을 줘 칼날을 세웠다. 당황한 설이 어설프게 웃으며 말했다.

"검을 내려놓으시지요. 전 아무 잘못 없으니."

"궐 안에서 수상한 검을 지닌 이가 아무 잘못이 없다?"

"이 검은 굿에 사용하는 제도구일 뿐이옵니다."

"언젠가 북촌 의빈의 저택 앞에서 마주친 적 있었지?"

잠시 눈동자가 흔들리던 설은 빙그레 웃으며 대꾸했다.

"사람 잘못 보셨사옵니다. 전 의빈의 저택이 어디에 있는지도 모르옵니다."

제운은 칼날을 그녀의 목에 더욱 바짝 붙여 넣었다. 그의 동작에는 조금의 빈틈도 없었다. 그래서 진짜 목을 벨지도 모른다는 두려움이 설을 엄습해 왔다. 제운은 같은 말을 두 번 입에 담지 않았다. 말 대신 검으로 다시 묻고 있었다. 설이 목에 겨누어진 칼날에서 벗어나려고 몸을 돌리며 검을 뽑았다. 그녀의 짧은 몸동작에서 무언가를 느낀 듯 제운의 눈빛이 날카롭게 빛났다.

"사람 잘못 보았다 하지 않았……."

설은 더 이상 핑계를 댈 수가 없었다. 갑자기 별운검이 그녀의 몸 여기저기를 파고 들어왔기 때문이다. 설은 자신의 검으로 그의 검을 막아 내느라 정신을 차릴 수가 없었다. 장난으로 겨누는 검이 아니었다. 자칫 실수라도 한다면 이 세상을 하직해야 할 만큼 진심으로 겨누는 검이었다. 그래서 왜 운검이 이렇게 밀어붙이는지 생각할 겨를이 없었다. 정신없이 방어만 하던 설에게 공격의 틈이 나타났다. 아니, 정확하게는 제운이 공격할 기회를 준 것이다. 설은 자신도 모르게 그 틈으로 검을 찔러 넣었다. 하지만 제운의 몸은 그 검을 피하며 검날을 따라 돌아 환도를 잡은 설의 손목을 정확하게 잡아챘다. 결국 또다시 그의 검은 설의 목에 겨누어졌다. 제운의 목소리는 더없이 차가웠다.

"어디서 검술을 익혔느냐?"

"젠장! 날 시험했군. 어쩐지 철옹성 같은 틈이 쉽게도 보인다 했더니만."

설은 그제야 제운이 검을 겨눈 이유를 알게 되었다. 하지만 돌이키기엔 이미 늦었다.

"너의 검은 나의 스승의 것과 똑같지는 않으나 어딘가 비슷한 구석이 있다."

"홀로 익혔사옵니다. 검술이 똑같은 것도 아니고 비슷한 정도라면 우연이 아니겠사옵니까. 그보다 검 좀 치워 주십시오. 이러다 제 목을 베겠사옵니다."

설의 엄살에도 제운의 검은 조금도 거둬지지 않았다. 설이 웃으며 말을 이었다.

"저는 이러고 있는 게 아무 상관없지만 우리 아가씨께서는 무척이나 놀라신 것 같은데요."

제운은 차분히 검을 거둬 칼집에 꽂고는 월에게로 몸을 돌려세웠다. 월이 놀란 눈으로 신을 신으며 다가왔다.

"여긴 어인 일이시옵니까? 혹여 상감마마께 무슨 일이라도……."

"아니오."

말을 끝내려던 제운은 뭔가 아쉬워서 한마디 더 보탰다.

"잠시 지나던 길이었소."

"그런데 왜 저 아이에게 검을 겨누고 있었사옵니까?"

"……나와 비슷한 검술을 쓰는 것이 이상하여 물어보았소."

설이 발끈하여 소리쳤다.

"그게 물어본 거라고요? 죽이려던 게 아니라?"

"이 아이는 혼자 장난삼아 검술을 닦았사옵니다. 그런데 어찌 같은 검술을 쓴다 생각하셨사옵니까?"

제운은 가타부타 말없이 입을 꾹 다문 채였다. 설이 먼저 퉁명스럽게 고개를 숙였다.

"실력이 천지 차이인데 비슷하다고 봐 주시니 영광이옵니다. 왜 검을 쥔 자들이 운검의 검술을 침이 마르도록 칭찬하는지 비로소 알 것 같사옵니다. 잠시나마 검을 겨루어 볼 수 있게 해 주셔서 감사하옵니다."

제운은 홀로 검술을 익혔다는 말을 믿진 않았지만 더 이상 추궁하지도 않았다. 밝은 햇빛 아래에서는 처음 보는 월의 모습이 다른 생각을 하도록 내버려두지 않았기 때문이다. 제운은 얼른 인사하고 물러났다. 용건도 없이 이곳에 얼쩡거린 마음을 들킬세라 평소보다 더 빨리 걸었기에 순식간에 월과 설의 시야에서 사라졌다.

왕의 곁에 가까워져 갈수록 다급하게 뛰어오는 의금부 관원의 모습이 뚜렷해졌다. 정신이 번쩍 든 제운은 그들의 방향을 눈으로 좇았다. 그들이 향하고 있는 곳은 왕이 있는 편전이었다. 불안한 예감이 제운을 덮쳤다. 그 즉시 달리기 시작했다. 발짝 소리도 없이 들이닥친 제운은 다급히 왕부터 확인했다. 다행히 훤은 아무 일 없이 지방 관원들의 윤대를 받고 있었다. 하지만 안심한 것은 아주 잠시뿐이었다. 곧이어 조금 전의 의금부 관원이 급하게 내관을 통해 말을 전달해 왔다. 차 내관이 새파랗게 질린 표정으로 왕에게 다가와 속삭였다.

"상감마마, 의금부에서 방금······."

"무슨 일인데 말을 못 하느냐?"

"아뢰옵기 송구하오나, 서 내관이 조금 전 사가에서 목을 매고 자결하였다 하옵니다."

"뭣이!"

훤은 어이가 없어서 표정을 놓았다. 주위 사람을 의식해서 만들어 낼 표정조차 없었다. 놀랍거나 화가 나지도 않았다. 서 내관이 흘린 정보가 자결까지 해야 할 만큼 심각한 정도라고는 생각되지 않았다. 처음에는 어이없던 감정들이 시간이 지날수록 차차 더 큰 의문 덩어리가 되어 부풀어 올랐다. 기무장계가 있었다는 그의 실토는 자결의 원인이 아닐 것이다. 그 안에 담긴 내용, 그것이 밝혀져서는 안 되기 때문이다. 그리고 서 내관은 그 내용을 알고 있었다. 안타깝게도 죽은 자에게서는 더 이상 어떤 대답도 들을 수가 없었다.

훤의 의문이 더욱 많은 갈래로 나눠졌다. 기무장계는 있었고, 그 내용을 선대왕은 보았다. 연우의 죽음이 병 때문이 아니라면 다른 요인을 알아냈을 것이다. 그런데 그 모든 사실이 은폐된 이유를 도무지 알 수가 없었다. 현재로서는 선대왕이 의도적으로 덮었으리라고 추측할 수 있을 뿐이다. 그런데 덮음으로 해서 선대왕이 얻게 된 이익이 과연 있었을까를 생각한다면 의도적으로 덮었다는 게 더 이상했다. 다시 원점으로 돌아가서, 허민규가 막강한 권력을 가져다줄 여식을 제 손으로 죽인 이유도 의문 그대로 남아 있었다. 이것이 선대왕이 기무장계를 은폐시킨 이유와 연관이 있을지도 모른다.

여기까지 생각이 미치자 훤의 머릿속은 또다시 '왜?'라는 단어만으로 빼곡하게 들어찼다. 그 '왜?'라는 단어를 머릿속에서 몰아내고 들어오는 다른 단어는 하나도 없었다.

석강을 위해 경연청에 모인 대신들과 학자들은 서로 간에 눈치만 살피느라 정작 토론은 건성이었다. 모두의 신경이 오늘 있었던 서 내관의 자결에 쏠려 있었다. 왕의 눈치를 살폈지만 왕은 평소와 다름없는 표정이었기에 먼저 이 사건에 대해 말을 꺼내기가 곤란했다. 석강이 끝나 가고 있었다. 이 순간이 지나면 묻기가 더 힘들어질 것이다. 결국 사헌부 측에서 책임지고 나설 수밖에 없었다.

"상감마마, 신, 사헌부 대사헌이 아뢸 것이 있사옵니다. 윤허하여 주시옵소서."

힘들게 입을 연 대사헌의 말을 왕이 가로챘다.

"전 상선내관의 자결 때문에 그러는 것인가?"

왕의 태연한 말에 경연청 안이 삽시간에 조용해졌다. 모두 숨죽여 뒤의 말을 기다렸다.

"경들도 들었다시피 전 상선내관이 이유도 모르는 자결을 하였다."

"상감마마, 천신들이 들은 바로는 그는 오늘 오전 강녕전에 들었다가 퇴궐하였다 들었사옵니다. 한데 자결한 이유를 상감마마께옵서 모르신다 하오시면 신들은 어떻게 이 사태를 받아들여야 하옵니까?"

훤은 조용히 신하들을 둘러보았다. 의금부 관원과 형조 관원, 그리고 각각의 대신들을 훑어보았다. 이 일은 순리대로 한다면 형조에서 조사해야 한다. 하지만 형조는 친외척 세력이 점령하다시피 한 곳이다. 자칫 일이 잘못되면 연우의 죽음을 캐 보기도 전에 외척들의 귀로 흘러들어 갈 위험이 컸다. 그렇다고 서 내관의 죽음을 덮는 것도 이상하게 보일 것이다. 훤은 한참을 고심하다가 입을 열었다.

"나는 진정 이유를 모르겠느니. 자결의 여부도 아직 명확하게 밝혀진 바가 없다."

"그렇다면 타살일 가능성도 있다는 말씀이시옵니까?"

"갑작스런 죽음이다. 자살이 명확하다고 해도 타살 여부를 조사함이 마땅하다. 하여 의금부에 일러 조사하라 명하겠노라."

형조판서가 다급하게 끼어들었다.

"신, 형조판서 아뢰옵니다. 어이하여 의금부에 조사를 명하시옵니까? 이 사건은 응당 형조 관할이 아니옵니까. 형조에서 조사하겠사옵니다."

그렇잖아도 평안한 모습으로 가장하고 있기가 힘들었던 훤이기에, 형조판서의 개입은 이성을 마비시킬 지경이었다. 훤은 눈을 감았다. 지금 화를 드러내어 말실수를 하게 되면 모든 것이 끝난다. 훤은 살아남은 이성을 자아내어 화를 가라앉히는 데 몰두했다. 이것은 긴 시간을 필요로 하였다. 마침내 가까스로 감정을 억누른 훤이 조심스럽게 말을 시작했다.

"오늘 오전 전 상선내관을 부른 이유는 내수사(內需司)[28]에서 선대왕 대의 내탕금(內帑金)[29]에 대해 물을 것이 있어서였다. 그런데 아무 대답 없이 퇴궐하여서는 자결을 하였기에 이는 형조가 아닌 응당 의금부 관할이라 여기는 바, 굳이 형조에서 조사해야 하는 이유를 말하라."

형조판서 이하 대신들이 왕의 말에 수긍하며 깊숙하게 고개를 숙였다. 국고라면 몰라도, 자고로 내수사에 관련한 일에 대해서는 대신들은 그 어떤 개입도 할 수 없었다. 특히 내탕금은 더욱 그러했다. 훤은 대략 거짓말이 먹혀든 것을 확인하고 자리에서 일어나 강녕전으로 돌아갔다.

강녕전의 방 안으로 들어서자마자, 훤은 머리에 쓰고 있던 익선관을 벗어 방바닥에 사정없이 패대기쳤다. 하루 종일 참고 있던 분노를 침전에 들어서서야 분출할 수 있었던 것이다. 차 내관이 당황하여 익선관을 받들었다.

"상감마마, 고정하시옵소서."

훤의 귀에는 아무 말도 들리지 않았다. 화를 참기 위해 무작정 방 안을 서성거렸다. 그를 지켜보는 이들은 버선이 방바닥

---

28. 내수사(內需司) 왕실의 사유재산을 관리하던 곳으로 주로 내시부의 내관들이 겸직했음.

29. 내탕금(內帑金) 왕의 개인 자금. 백성의 세금을 거둬들인 국고(國庫)와는 구분된 별개의 것으로, 사용했던 용도는 왕의 성격에 따라 달랐음.

에 미끄러지지는 않을까 마음을 졸였다.

"내가 실수한 거야. 내가 경솔하였어. 나의 조급함이 아바마마의 신하를 죽이고 말았어."

훤은 걸음을 멈추고 서서 두 손으로 제 얼굴을 가렸다. 그렇게라도 감정을 가렸다.

"상감마마, 아뢰옵기 송구하오나, 어쩌면 절호의 기회일지도 모르옵니다."

제운의 낮은 목소리였다. 이에 훤은 가렸던 손에서 눈을 들어 제운을 보았다.

"기회? 그렇군."

훤은 그제야 차분하게 바닥에 앉았다. 다시금 머릿속을 정리했다. 제운이 말한 것처럼 서 내관의 자결은 기회였다. 의금부에서 비밀리에 연우의 죽음을 조사한다고 해도 그 움직임이 눈에 띄지 않을 리가 없었다. 지금껏 섣불리 조사에 착수하지 못한 것도 이러한 이유 때문이 아닌가. 잘하면 이번 사건은 좋은 방패가 되어 줄 것이다. 외견상으로는 서 내관의 자결을 조사하고, 실제로는 연우의 죽음을 조사하는 것, 이것이 훤이 정리한 기회였다.

문제는 조사를 믿고 맡길 수 있는 자를 의금부에서 골라내는 일이었다. 의금부라면 형조보다는 승산이 있었다. 믿을 만한 자를 골라내는 일이 가장 큰 위험일지도 모른다. 훤이 제운을 힐끔 쳐다보았다가 이내 고개를 세차게 저었다. 제운을 이 일에 투입시키는 건 무리한 욕심이었다. 운검은 아주 조금만 움직여도 그 움직임의 크기가 다른 이들보다 몇 배는 커 보이기 때문이다. 그래도 막막하기만 하던 일에 돌파구가 보이는 듯해서 어렴풋하게 생기가 돌았다. 훤이 상전내관을 불러들였다.

"상전은 들으라. 지금 당장 의금부로 가서 모든 의금부 관원의 신상이 적혀 있는 문부文簿를 가져오너라. 일개 나장羅將 하나라도 빠뜨려선 안 된다."

상전내관이 왕의 명을 듣자마자 재빨리 빠져나갔다. 훤이 조급한 마음을 가라앉히기 위해 심호흡을 하였다. 또다시 실수하지 않으려는 노력이었다.

"기무장계는 존재했다. 이것은 이제 기정사실이 되었다. 기무장계가 있었다면 그것을 작성했던 자도 있었다는 뜻이다. 그 어떤 누구보다도 은밀하게 움직일 수 있고, 그 어떤 눈도 피할 수 있고, 무엇보다 입이 무거운 자! 그자를 찾아내야 한다."

박씨 부인이 안방에서 뜰 쪽으로 난 창문을 활짝 열었다. 여인답지 않은 장대한 기골을 지닌 부인이었다. 박씨는 바깥에서 들려오는 기척에 귀를 기울였다. 그녀의 입가에 미소가 나타날 즈음 여종이 뛰어 들어왔다.

"마님, 도련님이 돌아오셨사옵니다."

박씨는 대꾸 없이 몸을 옆으로 길게 빼서 안채문을 바라보았다. 그 문으로 제운이 성큼 걸어 들어왔다. 그의 뒤로 하인들이 헐레벌떡 들어와 마당에 멍석을 까느라 분주하였다. 제운이 멍석 위에서 박씨를 향해 큰절을 올렸다.

"마님, 오랜만에 찾아뵈옵니다."

하지만 제운이 고개를 들기도 전에 싸늘한 표정으로 변한 박씨가 창문을 닫았다. 제운은 고개를 숙인 채 닫히는 창문 소리를 듣다가 천천히 자리에서 일어섰다. 그리고 박씨가 있는 안방으로 들어갔다. 방문을 닫고 박씨와 단둘이 되자 제운은 다시 한 번 큰절을 올렸다. 그제야 박씨의 미소가 밝아졌다. 그녀가 받아들이는 것은 제운이 서자로서가 아닌 자식으로서 올리는 절이었다.

"추운데 이리 화로 가까이 오너라."

제운이 큰 키를 일으켜 맞은편에 다가가 앉았다. 늠름한 모습이 자랑스러운 듯 박씨의 미소가 한층 깊어졌다. 제운이 품속에 있던 봉서를 꺼내어 박씨 앞에 내밀었다.

"상감마마의 밀서이옵니다."

박씨는 그것에 눈길도 보내지 않고 받아서 옆의 서안 서랍에 넣었다.

"젊은 임금께서 다 늙은 나에게 연서를 보낸 것은 아니지 않겠느냐. 하하하!"

웃음소리의 호탕함이 여느 사내 못지않았다. 박씨의 얼굴에 어느새 미소가 사라지고 걱정이 나타났다.

"몸조심해야 한다."

박씨의 걱정 어린 눈길이 상념 깃든 제운의 진한 눈썹에 머물렀다.

"우리 운, 속상한 일이라도 있는 것이냐?"

"아니옵니다."

제운의 부정에도 의심의 눈초리를 놓지 않았다.

"널 힘들게 하는 자가 있다면 내가 가만있지 않을 것이다. 그자가 설사 왕이라 하여도!"

제운은 상처받은 마음까지 꿰뚫어 보는 것만 같은 눈빛을 피해 고개를 떨어뜨렸다. 박씨는 유서 깊은 무인 집안에서 그 피를 받아 태어나서인지, 사내로 태어났으면 장군감이라는 평을 들을 만큼 대장부다웠다. 그녀는 집안과 자신의 힘으로 남편을 오위도총관까지 끌어올렸다. 그렇기에 도총관이라는 자리는 그녀의 것이나 다름없었다. 하지만 남편은 무관으로서보다는 장안 제일의 난봉꾼으로서 이름이 더 높았다. 그가 거느린 여인은 그 수를 헤아리기 힘들 정도였다.

하지만 박씨에게 한이 되어 있는 건 남편의 바람기 따위가 아니었다. 그녀에게 있어서 유일한 아들이건만 그 아들에게서 결코 들을 수 없는 '어머니'란 말이 가장 큰 한이었다. 제운의 입에서 나오는 '마님'이라는 말은 남편의 계집질보다 더 큰 상처가 되어 가슴 한구석에서 쌓여 갔다. 박씨는 눈길로도 쓰다듬기가 아까운 아들을 향해 조용히 중얼거렸다.

"우리 운……, 아깝구나."

제운이 숙였던 고개를 들어 박씨를 보았다. 이따금씩 버릇처럼 내뱉는 말이었다. 박씨가 눈가 주름 속에 안타까운 눈물을 숨기며 말했다.

"사내란 것들은 참으로 어리석지. 여인이 개가하면 자식이 금고를 당하는 것과 똑같이 첩에게서 보는 서자도 금고를 당하는 것은 마찬가지일진대, 자신들의 손으로 그 법을 만들어 놓았으면서 오히려 여인들보다 그 법을 따르질 않으니. 참으로 어이없는 족속들이야. ……미안하구나, 운아. 내가 널 낳아 주지 못해서."

 제운은 미동 없이 어머니라 부를 수 없는 여인을 보았다. 이 여인에게서 태어났다면 서자가 아니었을 것이다. 그랬다면 박씨를 향해 속으로만 삭이며 불러 보지 못한 어머니란 말도 할 수 있었을 것이다.

 제운의 나이 여덟 살 때의 일이다. 처음으로 본가에 온 그를 박씨는 차갑게 맞았다. 남편의 애첩에게서 난 자식이 반가울 리가 없었다. 어미가 덧없이 죽어 오갈 곳 없어졌기에, 여인에게 가해진 강제적인 덕행으로 인해 마지못해 데리고 온 아이였을 뿐이다. 어미가 살아 있을 때도 버려진 듯 살아온 아이란 얘기를 들었지만 연민이란 감정은 느끼지 않았다. 단지 꾹 다문 입술이 단 한마디의 말도 흘리지 않는 것을 보고 벙어리라고 생각했고, 그래서 또렷한 눈빛이 아깝다고 느꼈을 뿐이다.

 제운은 어미의 사랑이 무엇인지 알지 못하는 아이였다. 장안에 이름 높은 명기가 어미였지만 그녀의 냉대 속에 자랐기에 가슴에 들어 있는 것은 아무것도 없었다. 단지 어미의 인생을 망친, 태어나서는 안 되는 아이가 자신이라는 것은 잘 알고 있었다. 그래서 처음 만난 박씨의 차가운 눈빛조차 제운에게는 어미의 눈빛보다는 따뜻하게 느껴졌다. 얼굴도 잘 모르는 아비란 사람의 집에 오게 된 제운은 자신이 해야 할 일을 스스로 찾지 않으면 안 되었다. 그리고 기껏 할 수 있었던 것은 하인들과 같이 일을 하는 거였다.

어느 날, 제운이 자신의 키보다 더 긴 빗자루를 들고 마당을 쓸고 있을 때였다. 지나가던 박씨가 그 모습을 보고는 곧장 다가와 뺨을 때렸다. 순간적으로 벌어진 일이었지만 제운은 놀라거나 하지 않았다. 친어미에게서 자주 당했던 탓도 있지만, 박씨의 손은 자신을 낳아 준 여자보다 매섭지 않았기 때문이다. 더 크고 두꺼운 손이었음에도 그랬다.

"누가 너에게 이런 일을 하라더냐!"

"죄송하옵니다."

박씨는 깜짝 놀랐다. 제운의 목소리를 처음으로 들었기 때문이다.

"벙어리가 아니었구나."

박씨는 뺨을 맞고도 표정 변화가 없는 아이가 가엾어 보였다. 우는 것이 무엇인지도 모르는 아이 같았다.

"뺨을 맞았으면 눈물을 흘려야 한다. 네 나이의 아이는 그래야 정상이다."

제운은 말뜻을 이해하지 못해서 눈망울을 굴리며 쳐다보았다. 박씨는 왠지 정이 들 것만 같은 눈빛을 피해 고개를 돌리며 말했다.

"일할 하인이 부족해서 널 데려온 것이 아니다. 비록 반쪽이긴 하나 도총관의 핏줄이 아니냐. 하인들과는 몸가짐을 달리하거라."

"……네."

대답은 했지만 제운은 그 자리에 선 채로 움직일 수가 없었다. 하인이 하는 일이 아니라면 무엇을 해야 하는지 몰라서였다. 걸어가던 박씨가 그런 모습을 뒤돌아보았다. 그리고 자기도 모르게 발을 멈춰 제운을 향해 말했다.

"네가 하고 싶은 것이 있느냐?"

제운은 대답하지 못하였다. 하고 싶은 일이 무엇인지도 몰랐고, 하고 싶은 일이 있어야 하는지도 몰랐기 때문이다. 그에게는 지금껏 해야 하는 일만 있었다. 답하지 않는 제운을 대신해서 박씨가 답을 주었다.

"혹여 글은 아느냐?"

"모르옵니다."

"배우고 싶으냐?"

제운은 가슴이 시큰했다. 자신도 미처 몰랐던 하고 싶은 일을 박씨가 정확하게 찾아냈던 것이다. 박씨는 답을 기다리지 않고 되물었다.

"천자문 정도라면 내가 가르칠 수 있을 것이다. 나라도 괜찮겠느냐?"

제운이 박씨를 쳐다보았다. 눈동자에 대답이 들어 있었다. 박씨는 입가에 미소를 띠었다. 하지만 자신이 제운을 향해 웃고 있음을 깨닫지는 못하였다.

제운에게 천자문을 가르치기로 한 것이 실수였다는 것은 오래 지나지 않아 깨닫게 되었다. 너무나도 영리했다. 그래서 언젠가 세상과 만나게 될 서자로 태어난 아이가 가련했다. 가련한 마음이 깊어질수록 제운을 탐내는 마음도 깊어졌다.

"아깝구나……."

 글을 배울 때마다 이따금씩 박씨가 중얼거리는 말이었다. 하지만 제운은 그 뜻을 전부 알지는 못하였다. 익힌 글을 써먹을 수 없는 서자라는 신분을 아까워하는 정도로 이해했을 뿐이다.

 제운이 천자문을 다 배워 갈 때쯤에 본가에 검은 옷을 휘감은 사나이가 방문했다. 키가 크고 강인한 눈매를 가진 남자였는데, 당시 운검대장 직책에 있었던 박효웅이었다. 제운은 그가 등 뒤에 메고 있는 붉은색 긴 환도에서 눈을 떼지 못하였다. 그리고 알 수 없는 이끌림으로 다가가 환도의 끝을 잡았다. 갑자기 다가온 손으로 인해 화들짝 놀란 것은 그 사나이였다. 눈 깜짝할 사이에 몸을 돌린 효웅은 커다란 손으로 제운의 갸름한 턱을 잡아챘다. 그의 손에 잡힌 제운의 얼굴은 절반 이상이 가려진 채 눈동자만 보였다. 놀라지도 굴하지도 않는, 아이답지 않은 심지 깊은 눈동자였다. 그 눈동자에 매료된 효웅은 이곳에 온 이유도 망각한 채 허리를 숙이고 제운의 눈동자만 오래도록 들여다보았다.

 "뭐 하는 짓이냐! 운에게서 그 손 떼지 못하겠느냐?"

 박씨의 목소리에 정신이 든 효웅이 제운의 턱을 놓아주었다.

 "누님!"

 박씨는 제운을 빼앗아 자신의 치마 뒤로 숨기며 말했다.

 "운에게 손을 대려면 그 전에 내 허락이 먼저다."

 키 작은 제운이 올려다본 박씨의 등은 관우신장조차 물리칠 수 있을 만큼 크고 강했다. 또한 박씨의 치맛자락 너머로 본 세상은 이제까지 보아 왔던 세상과는 달랐다. 황량한 회색뿐이던 곳이 짙푸른 녹음으로 바뀌어 있었다. 제운은 조심스럽게 손을 뻗어 치맛자락을 잡았다. 박씨의 손이 뒤로 넘어왔다. 옷을 건드렸다며 뿌리칠 거라 생각했지만, 박씨의 큰 손은 아직은 작기만 한 제운의 손을 감싸듯 잡아 주었다.

제운의 눈에서 눈물이 흘러내렸다. 한번 터진 눈물은 멈추지 않고 계속되었다.

"운아, 왜 그러느냐? 무서웠느냐?"

제운이 고개를 저었다. 그러는 사이에도 눈물은 계속 흘렀다.

"이 시커먼 놈이 험상궂게 생기긴 하였지?"

제운은 여전히 고개를 저었다. '갑자기 안심이 되어서'라고 말하고 싶었지만 왜 그런 감정이 생겼는지 스스로도 몰랐기에 말을 할 수 없었다.

효웅은 놀란 눈으로 박씨를 보았다. 어려서부터 함께 자란 친누이이기에 그녀의 성격을 잘 알고 있었다. 그녀 자신이 웬만한 일에도 눈물 한 방울 흘리지 않는 것처럼 아우에게도 그런 모습을 용인하지 않았다. 그런 박씨가 울고 있는 사내아이를 내려다보며 자애롭게 웃고 있었다. 누이가 변해 있었다. 어머니로의 변화였다.

"누님이 저를 부르신 연유가 이 아이 때문이었군요."

그는 박씨의 치마 너머로 제운을 다시 한 번 쳐다보고는 거친 발걸음으로 흑목화를 벗고 안방으로 먼저 들어갔다. 박씨가 제운의 눈물을 닦아 주면서 물었다.

"운아, 저 검이 마음에 드느냐?"

"죄송하옵니다. 저도 모르게 그만······."

"나는 마음에 드느냐고 물었다."

"······네."

박씨는 처음으로 무언가에 흥미를 가진 제운이 그렇게 고마울 수가 없었다.

"저 검은 운검이란 것이다. 언젠가 꼭 네 손에 쥐어 주마."

제운은 운검이 무엇인지는 잘 몰랐지만 박씨에게 고개를 끄덕여 보였다.

방 안에 들어서는 박씨를 향해 이미 자리에 앉아 있던 효웅이 감정을 누른 목소리로 말했다.

"사내 녀석이 계집애처럼 울다니!"

"사나이는 태어나 세 번을 운다고 하였다. 우리 운은 오늘이 첫울음이다."

"그 아인 자형 애첩의 배에서 나온 놈입니다!"

박씨가 서글픈 눈매로 병풍 앞에 앉으며 한숨처럼 말했다.

"저놈이 나올 배를 지가 골라 나왔겠느냐? 나에게 오고파도 내 배에 터를 잡을 수 없어 다른 배를 빌려 나온 게지."

"누님, 그러면 왜 저에게 그리 슬픈 눈을 보이십니까?"

박씨는 쓸쓸한 미소를 더 이상 감추지 않고 드러냈다.

"내가 슬퍼 보이느냐? 그러면 그것은 네 자형 때문이 아니라, 저 아이를 내 배로 낳지 못한 슬픔으로 인한 것이다."

효웅의 짙은 눈썹 사이가 심하게 일그러졌다. 누이를 저버린 자형을 용서할 수가 없었다. 그의 마음을 훤히 읽고 있던 박씨가 미소로 말했다.

"운검대장 자리에 있는 사내의 속이 그리 옹졸해서야, 원. 어차피 네 녀석도 그놈에게 반하지 않았느냐."

"기척이 느껴지지 않았습니다. 그 어린아이가……."

"맞았거든."

"네?"

"어미의 눈에 띄면 맞았거든. 그래서 태어나면서부터 기척 숨기는 법을 익혔을 게야. 자연스럽게……."

효웅은 그제야 제운의 눈물과 그것을 지켜보던 누이의 표정이 이해가 되었다.

"……훌륭한 눈빛입니다."

"훌륭한 것은 비단 눈빛만이 아니다. 골격 또한 더없이 훌륭하지. 자라면 다른 놈들보다 머리통 하나 정도는 더 클 것이야."

"큰 키에 날렵한 몸매로 성장할 골격까지 갖추고 있습니다. 검에는 더없는 체격을……. 설마? 누님!"

효웅은 박씨가 자신을 여기까지 부른 이유를 명확하게 알아차렸다. 제운에게 검술을 익히게 하려는 의도였다. 조선에서 검술이 뛰어난 자가 오를 수 있는 가장 높은 곳은 운검이란 자리였다. 그런데 운검은 서자 따위가 꿈꿀 수 있는 직책이 아니었다.

"욕심이 과하십니다."

"넌 그 아이에게 검술만 가르치면 된다. 다른 것을 부탁하는 것이 아니지 않느냐."

"서자입니다! 그 아이에게 욕심을 내시면 누님의 마음만 아플 것입니다."

"늦었다. 이미 그 아이로 인해 울고 웃게 되었으니. 뱃속에 열 달을 품어야만 제 새끼가 된다더냐? 난 그 아이가 세상에 나가기 전의 수십 개월과 수년을 내 품에 품어 그 아이를 낳아 갈 것이다."

"조선은 서자를 받아들이지 않습니다. 영리하면 영리할수록 더욱 그 아이를 할퀴려고 달려들 것입니다."

"내 몸도 같이 할퀴어지면 될 것이다. 그러면 상처도 그 아이 반, 나 반 나눌 수 있으니 그만큼 빨리 아물지 않겠느냐. 난 그 아이에게 날개를 달아 주고 싶다. 내 날개를 뜯어 붙여 주더라도. 도와 다오."

박씨의 애원에 굴복한 것인지, 아니면 제운의 눈동자에 마음을 빼앗겨 버린 탓인지 효웅은 한참 동안 고민하다가 체념한 듯 말했다.

"제가 허민규께 보낼 서찰을 써 드리겠습니다. 먼저 그분께 학문을 익히게 하는 것이 순서입니다. 검술은 그다음입니다. 누님은 친히 속수束脩를 준비하여 주십시오."

"가만있자. 허민규라 하면……. 그의 고매한 인품은 내방에도 들려올 정도니 운을 맡기기엔 더없이 좋지만 사림파의 핵심과도 같은 인물이라……."

"그분은 관직에 나갈 수 없는 서자도 차별하지 않습니다. 무엇보다 중요한 건 그분의 자제인 허염입니다."

"나도 익히 들어 알고 있다. 아직 어린아이인데 벌써부터 훈구파의 입에 오르내리는 게 걱정이야. 눈에 띄는 싹은 제일 먼저 밟히기 마련인데……."

박씨가 깊은 고민으로 들어갔다. 이들은 공신 가문이지만 훈구파에도 속하지 않고 파벌에서 한 걸음 물러나 있었다. 이것은 오래도록 운검을 잡으면서 굳어진 철칙과도 같았다.

"그럼 다른 스승을……."

박씨는 동생을 보고 빙그레 웃었다. 퉁명스럽게 말하고는 있지만 제운을 배려하는 마음이 느껴졌기 때문이다.

"아니다! 우리는 대대로 금상을 최우선으로 하는 가문! 하여 금상을 위협하는 것이 훈구파라면 훈구파를 베어야 하고, 사림파라면 사림파를 베어야 하고, 그것이 설령 같은 핏줄이라면 그 핏줄마저 베어야 한다. 이 원칙만 지킨다면 스승이 훈구파건 사림파건 상관없다."

"알겠습니다. 그나저나 누님, 그다음은 어쩌실 겁니까? 검술을 가르치는 건 얼마든지 할 수 있습니다. 하지만 그다음은요? 익힌 검술을 어디다 쓸 수 있겠습니까?"

"우림위가 있질 않느냐."

우림위! 비록 내금위나 겸사복에 비해 대우는 낮았지만 이 또한 왕의 측근 부대였다. 이곳에만 들어가게 되면 왕의 눈에 들게 될 가능성도 높았다. 박씨의 노림수가 보였다.

"이제껏 운검은 내금위에서만 뽑았습니다. 불가능합니다."

"그것은 차후에 논할 일이다. 다행히 운이 내가 생각하는 대로 자라 준다면 고민은 내가 아니라 금상, 아니, 훗날 주상이 되실 세자저하의 몫일 테니."

효웅은 실제로 얼마 가지 않아 박씨의 말이 일체의 가감 없는 사실이었음을 깨달았다. 제운은 눈빛과 골격보다도 자질이 더 훌륭했기 때문이다. 며칠에 한 번꼴로밖에 가르치지 않았지만 전생에도 검을 쥐었던 자가 확실하리라 여겨질 만큼 검술을 흡수하는 속도가 빨랐다. 한 가지 마음에 들지 않는 점은 지나치게 말이 없는 것뿐이었다.

효웅은 제운을 가르치면 가르칠수록 박씨보다도 더 운검으로 만들고 싶었다. 이것은 사사로운 감정이 아니었다. 제운이 운검을 잡지 않는다면 왕에게 그만큼 위협이 될 것이란 예감 때문이었다. 그리고 자신의 손으로 제운을 제거해야 하는 위험 앞에서도 자유롭지 못하였다. 이것은 제운에 대한 정과 함께 점점 커져 가는 두려움이었다.

평소에 별다른 질문이나 말이 없던 제운이 검술을 배우고 난 어느 날, 문득 효웅에게 물었다.

"스승님, 운검이 무엇이옵니까?"

"어떤 운검을 물어보는 것이냐?"

"……모르겠사옵니다. 여러 의미가 있사옵니까?"

"나의 등에 있는 것도 운검이고, 나를 일컬어서도 운검이라 한다. 어느 쪽이 궁금한 것이냐?"

"둘 다 궁금하옵니다."

효웅이 큰 소리로 웃으며 제운을 힘껏 끌어안았다. 사람에게 안겨 본 적이 없었던 제운은 그의 갑작스런 포옹이 당황스러웠지만 가만히 있었다. 그리고 아버지의 가슴이란 것이 어쩌면 이런 느낌이 아닐까 막연히 생각해 보았다. 제운의 외로움을 알아챈 효웅은 더욱 힘을 줘서 끌어안았다.

"넌 내가 뭐하는 놈인지도 모르면서 검술을 배우고 있었느냐?"

"상관없사옵니다. 마님의 동생이신 것만으로 충분하옵니다."

"성질 사나운 누님이 좋으냐?"

제운은 대답하지 않았다. 박씨가 좋지만, 그런 말은 하면 안 될 것만 같았다. 마찬가지로 스승 역시 좋다는 말 또한 할 수가 없었다. 효웅은 제운을 품에서 놓으며 또렷한 눈동자에 자신의 눈동자를 바짝 붙이고 말했다.

"운아, 내 등에 있는 붉은색 환도는 운검이란다."

"환도가 운검?"

효웅은 제운이 사랑스러워 싱긋이 웃었다. 이렇게 의아해하는 눈빛도, 무뚝뚝한 표정도, 심지어 말없이 꾹 다문 입술도 사랑스러웠다. 그도 그럴 것이 박씨 가문은 사내가 압도적으로 많이 태어났다. 어쩌다 가뭄에 콩 나듯 여자가 태어나도 박씨처럼 웬만한 집안의 사내들보다 더 기골이 장대했다. 그러니 집안사람들이 모두 모이면 험상궂게 생긴 시커먼 사내들만 득실거리는 모양새일 수밖에 없었다. 그 틈에서 제운의 호리낭창한 미모는 가히 독보적이었다. 효웅이 웃으며 말했다.

"그래, 잘 기억하고 있구나. 검과 환도는 다르지. 아주 옛날에는 운검도 검의 형태였다. 하나 세월이 흐르면서 검의 형태는 환도로 바뀌었지만, 왕을 지키는 운검이란 이름은 그대로 남았단다. 운아, 내 부탁 하나 들어주련?"

제운이 그의 뒷말을 기다렸지만 한참이 흐르도록 이어지지 않았다.

"물을 떠 올까요?"

제운의 짐작에 효웅은 고개를 저으며 겨우 뒷말을 이었다.

"운아, 지금은 검술만 가르치지만, 언젠가는 꼭 네게 운검술을 가르치게 해 다오."

"운검술?"

"일반 검술은 자신을 지키는 것임에 반해, 운검술은 왕을 지키기 위한 검술이다. 왕은 궁술은 익히지만 검술은 익힐 수 없기에, 운검은 붉은색 운검을 잡은 오른팔은 왕의 팔이고, 검은색 별운검을 잡은 왼팔은 자신의 팔이란다. 운검과 별운검은 길이도 다르고 무게도 다르기에 두 검을 이용한 쌍검법은 더욱이 어려운 것이다."

"지금 가르쳐 주십시오. 배우겠사옵니다."

"네가 운검이 되지 못하면 가르치고 싶어도 그럴 수가 없단다. 운아, 만약에 나를 좋아한다면, 나의 누님을 좋아한다면 너에게 운검술을 가르칠 수 있는 기회를 다오. 이것이 나의 부탁이다."

제운이 잠시 생각하다가 물었다.

"소인이 운검이 되면 마님께서 기뻐하실까요?"

"운검이 되는 것을 기뻐하지는 않으실 거다. 네가 되고 싶은 것이 운검이라면, 그래서 그것을 이룬다면 기뻐하실 것이다. 가장 중요한 것은 네가 검술을 좋아하느냐 아니냐인 것이다."

제운이 어린아이처럼 방긋 웃으며 대답했다.

"네, 재미있사옵니다. 그러니 꼭 운검술을 배울 수 있도록 노력하겠사옵니다."

효웅은 다시 한 번 제운을 힘껏 끌어안았다.

"넌 나의 누님을 많이 닮았구나. 필시 누님에게 오기 위해 다른 배를 빌려 태어난 게다."

하지만 이런 생각들은 그들만의 것이었다. 제운은 세상이 묶어 둔 서자라는 신분에서 자유로워질 수가 없었다. 비록 뼈와 살은 다른 이에게 받았으나 정신과 영혼은 박씨가 만들어 준 것임에도 불구하고, 세상은 그녀에게 어머니라 부르는 것을 허락하지 않았다.

허염과 벗이 되어 갔다. 아울러 양명군과도 벗이 되어 갔다. 검술을 천시하는 사대부들이건만 염과 양명군은 제운과 어울려 함께해 주었다. 이들 사이에서 각별한 이야기가 주제로 나오기 시작한 건 머리가 굵어 갈 무렵이었다. 양명군의 호기심으로 촉발된 염의 누이, 허연우가 그 주제였다. 하지만 제운은 이름을 기억하는 것조차 꺼렸다. 이성에 관심이 없어서가 아니었다. 자신이 서자였기 때문이었다. 비록 벗이라는 범주 안에 있긴 했지만, 염과 양명군은 자신과는 달랐다. 그렇기에 연우와도 달랐다. 이러한 신분의 차이는 연우에게 관심조차 가질 수 없었던 자신의 처지에서 극명하게 드러났다.

그날이 왔다. 염의 누이가 급작스런 죽음을 맞이했던 바로 그날이었다. 훈구파도 아니고 사림파도 아닌 가문이었지만 본가는 근래 본 적 없는 살벌한 분위기였다. 조선과 가문을 떠받고 있는 무관들이 줄줄이 박씨를 찾아와서 비밀리에 대화를 나누고 물러났다. 그런데 심각하게 굳은 얼굴로 효웅까지 본가에 나타나자 박씨의 표정도 달라졌다. 제운이 앞에서 인사를 했지만 효웅은 이조차 발견하지 못하고 지나칠 정도였다. 이러한 분위기에 휩쓸려 제운의 속도 타들어 갔다. 염이 걱정되어 달려가고 싶었지만, 박씨에게 미칠지도 모르는 피해를 염려하여 그럴 수가 없었기 때문이다.

안방에서 효웅이 나왔다. 박씨와 어떤 이야기가 오고갔는지는 알 수 없지만 그의 얼굴은 들어올 때보다 한층 더 어두워져 있었다. 하지만 걱정 어린 눈으로 쳐다보고 있는 제운은 알아봐 주었다. 효웅이 아무 말 없이 한 손으로 제운의 어깨를 꽉 움켜쥐었다. 그 손을 통해 상황의 급박함과 무거움이 전달되었다. 글 스승인 허민규에게 닥친 위험과 그 집안에 아무 힘이 되어 주지 못하는 데서 오는 복잡한 감정도 느껴졌다.

효웅이 사라져 가는 뒤편으로 본가를 책임지고 있는 집사가 안채로 부리나케 뛰어 들어갔다. 집사는 잠시 후 다시 나와 창고 쪽으로 가면서 하인들에게 지시했다.

"너는 창고에서 선물이 될 만한 물건을 찾아라. 그리고 너는 마님 출타하시게 가마 준비하고. 어서 서둘러!"

어수선한 사이를 뚫고 박씨가 안채에서 나왔다. 다른 부인들만큼 화려하지는 않지만 깔끔하게 치장하고 팔에는 장옷까지 걸치고 있었다. 그녀가 대문 밖을 힐끔거리는 제운에게 물었다.

"운아, 너는 왜 여태 이곳에 있느냐?"

어두웠던 박씨의 얼굴이 환한 표정으로 바뀌며 다가와 섰다. 그녀는 이미 자신의 어깨 위까지 훌쩍 자란 제운의 머리를 쓰다듬으며 말했다.

"지금 글 스승과 벗에게 우환이 닥쳤는데도 나와 이 가문을 위해 가지 못하였느냐?"

제운이 죄스러운 마음에 고개를 숙였다.

"벗이란 것은 내 몸을 사려서 만드는 것이 아니다. 천하다 하여 선비라면 잡지 않는 검, 그 천한 검을 너와 어깨를 맞추기 위해 기꺼이 함께 잡아 준 벗이 아니더냐. 가거라! 그리고 힘겨운 벗의 곁에 있어 줘라."

제운은 박씨 앞에 허리를 푹 숙인 뒤, 바로 몸을 돌려 염의 집을 향해 달리기 시작했다. 늦은 만큼 더 힘껏 달렸다.

"이상한 죽음이야……."

텅 빈 마당에서 내쉬는 박씨의 한숨이 깊었다. 집사가 달려와 허리를 숙이고 섰다.

"가마 대령했사옵니다, 마님!"

"선물은?"

"보자기에 잘 싸서 가마 안에 넣어 두었사옵니다."

"그럼 우리도 빨리 출발하자. 뒤바뀐 세자빈, 윤씨 처녀 집으로……."

박씨는 마치 사내대장부와도 같은 기세로 집사보다 앞서서 가마 쪽으로 걸어 나갔다. 그리고 제운이 사라져 간 쪽으로 고개를 빼서 잠시 쳐다보다가 가마에 올라탔다. 박씨가 올라탄 가마는 제운이 달려간 곳과 반대 방향을 향해 움직였다.

"아깝구나……."

이제는 흰머리가 제법 많아지고 눈가와 입가의 주름은 깊어진 박씨였다. 하지만 그녀의 몸에 밴 무인다운 기백은 세월의 흐름과는 상관없이 여전했다. 또한 입버릇과도 같은 아깝다는 중얼거림은 한층 잦아졌다. 제운은 운검의 자리에 올랐으면서도 여전히 제대로 된 품계를 받지 못한 데서 오는 아쉬움 정도로 이해하였다.

"운아, 한숨 자고 가도록 해라. 언제나처럼 내가 깨워 주마."

제운은 고개 숙여 인사한 뒤 안방에서 물러 나왔다. 그리고 마루 건너에 있는 방으로 들어갔다. 데워져 있는 방에 잠자리와 함께 새 옷이 베개 옆에 마련되어 있었다. 제운은 등과 허리에 있던 운검을 풀어 옆에 내려 두고 따뜻한 이불 속으로 들어갔다. 긴 다리를 쭉 펴고 운검 두 자루를 품에 안은 그는 곧바로 깊은 잠에 빠져들었다. 박씨가 지켜 주는 이곳 본가가 제운이 깊은 잠을 잘 수 있는 유일한 곳이었다.

방 안에 홀로 남은 박씨는 왕이 보낸 서찰을 뜯어 읽었다.

입가에 남아 있던 미소가 점점 사라졌다. 그녀의 시선이 오래도록 제운이 잠든 방 쪽을 향해 있다가 서찰로 다시 돌아왔다.

"부르셨사옵니까, 마님?"

바깥에서 조심스럽게 들려온 집사의 목소리였다.

"들어오너라."

박씨는 방 안으로 들어선 집사에게 가까이 귀를 달라는 뜻으로 손가락을 까닥였다.

"서 내관 사인에 관한 조사는 어떻게 되어 간다더냐?"

박씨의 목소리는 낮고 조심스러웠다. 대답하는 집사의 목소리도 마찬가지였다.

"자결로 귀결되는 분위기라는 전갈이 들어왔사옵니다."

박씨의 눈썹 사이에 깊은 주름이 잡혔다.

"집사, 궐 내부에 우리 귀를 더 심어 둬야겠다."

"네, 그리하겠사옵니다."

손을 휘저어 집사를 물리친 박씨는 다시 서찰을 꺼내어 읽었다. 그녀의 고개가 갸우뚱하였다.

"궐을 다녀온 다음 자결한 서 내관이라……."

박씨가 조용히 눈을 감았다. 자결 이유가 선대왕 대의 내탕금 문제라고 하였다. 거기에 대해서는 박씨보다 잘 아는 이도 드물었다. 그러니 내탕금이 문제가 아니라는 건 어렵지 않게 파악할 수 있었다. 임금이 서 내관에게 다른 뭔가를 캐물었다. 선대왕의 충직한 신하였던 서 내관이 자결을 선택할 수밖에 없을 만큼 두려운 뭔가를……. 박씨의 눈이 감기 전보다 두 배의 크기가 되어 떠졌다.

"설마? 선대왕께오서 그리도 힘겹게 닫아 놓았던 문을……, 금상께오서 여시려는 건가?"

자신도 모르게 벌떡 일어선 그녀의 발아래로 왕의 밀서가 떨어져 내렸다. 박씨는 떨어진 밀서를 챙길 여유도 없이 병풍 뒤를 돌아 들어갔다. 그리고 숨어 있는 벽장을 열어 내부를 뒤졌다. 그곳에서 작은 궤 하나를 찾아냈다. 벽장에 걸터앉은 박씨는 먼지를 털어 내면서 한숨을 내쉬었다.

"금상께오서 문을 여시는 거라면 조만간 이것이 필요한 날이 오겠지. 이것이 있는 한, 금상께오서도 그 문을 다시 닫을 수밖에 없을 것이야."

7

 의금부의 문부를 살피던 훤은 낯익은 이름을 발견하고 환하게 밝아졌다. 세자빈 간택 당시 자선당으로 불려 왔던 성균관 동장의가 의금부 도사로 재직 중이었다. 이것도 훤이 이곳으로 옮겨 놓은 지 얼마 되지 않았다. 사람들의 의심을 받을 만한 인사이동을 하지 않아도 된다는 건 천만다행이었다. 훤은 그 어떤 자보다 반가웠다. 그때 일을 인연으로 왕이 된 이후로도 사사로운 일이기는 하나 이따금씩 비밀 업무를 맡겨 본 적이 있었기에 그의 능력은 크게 걱정하지 않았다. 무엇보다 사림파인데다가 입이 무거운 점이 이번 일에 적임이라는 생각이 들었다. 훤이 상기된 표정으로 차 내관에게 일렀다.

 "차 내관, 상전내관에게 일러 승정원으로 가서 내일 있을 윤대에 의금부 도사 조기호를 필히 대령토록 전하라."

 "네!"

말을 마친 훤은 목욕을 위해 자리를 옮겼다.

뜨거운 목욕물에 몸을 푹 담그고 보니 조급했던 마음이 제법 안정되었다. 아직 해결된 건 아무것도 없지만 연우에 대한 죄의식이 조금씩 덜어져 가는 듯하였다. 그렇다고 그리움까지 덜어져 가는 건 아니었다. 이상한 일이지만 월을 보면 볼수록 연우가 더 그리웠다. 하루에도 수십 번씩 연우와 월 사이를 오고갈 정도로 혼란스러웠다. 이 혼란스러움은 취로정에 다녀온 이후로 월에 대한 의심이 생기면서 더 심해졌다. 훤은 손바닥에 물을 떠서 올렸다. 그 속에서 인삼과 국화가 뒤엉킨 듯한 향이 수증기와 함께 피어올랐다. 월에게서 느껴지는 난향……. 모든 혼란의 근원이었다.

"월에게서는 왜 하필 연우 낭자의 향이 나는 것이냐?"

제운은 목간통 옆에 서서 왕의 한숨 같은 말을 들었다. 난향, 익숙한 향이었다. 염을 통해 알게 된 향이었기에 제운에게는 염의 향과도 같은 것이었다. 훤이 물속에서 나왔다. 내관이 몸이 식기 전에 이불보와도 같은 큰 수건을 둘러 닦았지만, 훤은 그들의 손을 뿌리치고 덜 마른 알몸 위에 검은색 털가죽을 둘렀다.

"월을 데리고 오너라."

지금의 지시가 월이 보고 싶어서인지, 아니면 연우가 그리워서인지 이제는 자신의 마음도 믿을 수가 없었다. 훤은 괜한 짜증이 올라와 여전히 물기가 가시지 않은 머리카락을 마구 헝클어뜨렸다.

"지조도 없는 놈!"

하얀 옷을 입고 다소곳하게 손을 겹쳐 앉은 월은 언제나처럼 변함이 없었다. 어제도 이 모습이었고, 그제도 이 모습이었고, 처음 만났을 때도 이 모습이었다.
"그러고 보면 왠지 낯익은 듯도 싶구나."
검은색 털가죽 아래로 훤의 새하얀 어깨가 보였다. 여전히 알몸인 상태였다. 월은 이에 아랑곳하지 않고 표정을 숨겼다. 훤은 취로정에서 본 여인의 표정이 한 번 더 보고파서 괜히 필요도 없이 털가죽을 가슴팍까지 끌어내렸다. 하지만 월이 표정을 바꾸기도 전에 차 내관이 냉큼 목덜미까지 다시 끌어올려 주었다.
"하여간 차 내관 오지랖은, 쯧쯧."
왕의 타박에도 차 내관은 눈도 까딱하지 않고 새치름하게 고개를 돌렸다. 훤이 월의 얼굴을 찬찬히 뜯어보면서 말했다.
"정말 낯이 익어. 어디서 너같이 어여쁜 것을 보았겠는가마는 처음 보았을 때부터 기이하게도 낯설지가 않으니. 혹여 너의 전생은 나와 인연이 있었던 것이냐?"
월이 자세를 바꾸지 않고 왕을 쳐다보았다. 표정은 없었다. 하지만 눈동자는 그렇지 않았다. 눈물을 흘리지 않는다고 해서 슬프지 않은 건 아니었다. 마른 눈물을 흘릴 수밖에 없는 지금의 눈동자가 더 슬펐다. 훤의 심장이 이유도 없이 철렁 내려앉았다. 무언가를 건드렸다. 그것이 무엇인지는 알 수 없었지만 대수롭지 않게 던진 자신의 말이 월의 전생을 건드린 것은 확실하였다. 훤은 다시금 혼란스러워졌다.

왕이 대수롭지 않게 내뱉은 말을 제운은 날카롭게 주워서 되새겼다. 그러고 보니 제운도 그랬다. 어쩐지 낯설지가 않은 건 그도 마찬가지였기에 그 낯익은 근원을 찾고자 했고, 그것은 제운에게 그리 힘든 일이 아니었다. 허염! 그와 이목구비뿐만이 아니라 분위기, 심지어 말하는 어투까지 닮아 있었다. 제운이 표정 변화 없이 속으로 자신의 망상을 비웃었다. 동일한 향에 홀린 것뿐이라고 생각을 접으려던 순간, 설이 염의 집을 쳐다보던 장면이 눈앞에 선명하게 나타났다.

"운아, 무슨 생각을 그리 골똘히 하느냐?"

"아, 아니옵니다."

대답은 이렇게 했지만 제운의 시선은 자신도 모르게 월을 향하고 말았다. 닮았다. 그냥 봤을 때는 전혀 깨닫지 못했는데 염을 직접 대입해서 보니 정말 닮은 모습이었다. 다시 월의 여종을 상기했다. 비슷한 검술! 옛 기억 중에 어렴풋하게 잡히는 것이 있었다.

허민규에게서 글을 배우고 나면 염의 집 마당은 검술 놀이터가 되곤 하였다. 주로 제운이 스승에게서 배운 것을 양명군과 염에게 나눠 주었는데, 어느 틈엔가 도둑 수업을 듣는 또 한 명의 염탐꾼이 생겨났다. 얼굴을 마주친 적은 없었지만 기척은 느껴졌기에 염에게 물었던 기억이 남아 있었다. 그 염탐꾼이 바로 연우의 몸종이었다. 심지어 눈으로 도둑 수업을 듣는 데에 그쳤던 게 아니라, 염의 목검을 훔쳐내어 혼자서 연습까지

했다는 이야기를 들은 적이 있었다. 염이 한숨을 쉬며 자기보다 더 실력이 낮다는 푸념을 했던 것도 기억났다. 학문과는 달리 검술은 워낙에 진전이 없는 염이었기에 양명군이 충분히 그럴 거라고 놀렸던 기억까지 새록새록 떠올랐다.

그러던 어느 순간부터 훔쳐보던 기척이 없어졌다. 그리고 지금까지 잊고 있었다. 제운은 왕이 의심스러운 눈으로 쳐다보고 있는 것도 모를 정도로 과거로 깊숙하게 들어가, 몸종이 더 이상 훔쳐보지 않게 된 시점을 더듬어 보았다. 염의 누이가 죽은 그 시점과 일치했다. 그 순간 제운의 머릿속에서 월과 연우가 겹쳐졌다.

제운은 충격으로 긴장했지만 이내 머릿속을 비우고 안정을 되찾았다. 월이 자신은 설의 주인이 아니라고 말했기 때문이다. 만약에 그때의 연우 몸종이 설이 맞는다면 오히려 그 즈음에 다른 곳으로 팔려 갔다고 생각하는 게 훨씬 현실성이 있었다. 몸종이 필요 없어졌던 시점이기에 더욱 그럴듯하였다. 이렇게 생각하니 염의 집 앞을 얼쩡거렸던 것도 이해가 되었다. 오랜만에 한양으로 돌아왔으니 옛집을 찾아보았다고 하면 이상할 게 전혀 없었다. 한 가지 마음에 걸리는 건 설이 의빈의 저택이 어디 있는지 모른다고 딱 잡아뗀 점이다.

창문 너머로 기척이 느껴졌다. 그와 동시에 제운의 본능은 정신보다 먼저 별운검을 잡았다. 바깥의 기척은 지나가던 내관이었을 뿐이지만 검을 잡은 순간 머릿속의 복잡함은 완전히 사라졌다.

유달리 추운 아침이었다. 올 들어 처음으로 닥친 추위였기에

강도도 심하게 느껴졌다. 훤은 온돌로 따뜻하게 데워져 있는 천추전의 온기를 느끼며, 월이 잠든 방의 온돌을 걱정했다. 볕이라고는 발걸음조차 없음이 확실한 북쪽 차가운 행랑의 그 방이 못내 마음에 걸렸다. 온돌을 데울 장작은 제대로 있는지도 걱정스러웠다. 당장 달려가 월이 잠든 이불 아래에 손을 넣어 확인해 보고픈 마음이었지만, 상참의를 위해 새벽부터 등청해 있는 눈앞의 대신들로 인해 엉덩이 한번 들썩이지 못하였다.

훤은 조강을 간략하게 끝낸 뒤, 대신들을 향해 어느 때보다 더 위엄을 갖춰 말했다.

"소격서의 제조提調도 들어 있느냐?"

갑작스런 왕의 호명에 소격서 제조뿐만이 아니라 모든 대신들이 놀라서 서로를 쳐다보았다. 소격서 제조는 화관무직華官無職이 아니기 때문에 왕으로부터 멀리 앉아 있다가 더듬거리며 대답했다.

"신, 소격서 제조 들어 있사옵니다. 하명하시옵소서."

"원래 소격서가 새해 정월달 첫 신일辛日에 원구단圓丘壇에서 제천의례를 주관한 것으로 알고 있다. 이번 새해에는 반드시 행하길 명하노라."

"네에?"

소격서 제조뿐만이 아니라 모든 대신들, 심지어 옆의 내관들까지 일시에 쥐 죽은 듯 고요해졌다. 그들은 방금 자신들의 귀가 무엇을 들었는지 의심이라도 하는 듯 서로의 눈치를 봤다. 사헌부의 대사헌이 큰 소리로 간청했다.

"주상전하, 어명을 거두어 주시오소서! 이는 천부당만부당한 분부이시옵니다. 원구단이라니요! 그렇잖아도 소격서를 혁파하지 않고 그냥 둔 것만으로도 현성지군의 뇌명에 누가 되고 있사온데, 어찌 원구단에서의 제천의례를 명하시옵니까? 이는 있을 수 없는 일이옵니다!"

"왜 아니 되느냐?"

감정이 실리지 않은 왕의 목소리에 신료들은 소름이 돋았다. 차라리 화를 내며 물어보았다면 거기에 상응해 답을 올릴 수 있겠지만, 감정 벗은 목소리는 그 속내를 가늠할 수 없었기 때문이다. 그렇다고 이대로 수긍하고 물러날 수도 없는 문제였다. 왕이 물은 만큼만 답하는 것, 이것이 지금 현재의 최선이라 생각한 대사헌이 용기를 내어 답했다.

"조선은 명나라에 제후의 예를 취하고 있습니다. 제후의 나라에서 감히 원구단 제천의례를 행할 수 없음이옵니다."

"나는 하라고 하였다! 이의가 있다면 차후에 다시 이야기하도록!"

훤은 왕의 의도를 파악하지 못해 어안이 벙벙한 신하들의 표정을 하나하나 훑어본 뒤에 자리에서 일어나 밖으로 나갔다. 차 내관은 산책이라도 하려는 듯 나서는 왕을 뒤따르며 내내 불안한 마음을 감출 수가 없었다. 왕은 무엇을 생각하고 있는지 추위도 느끼지 못하는 듯하였다.

"상감마마, 산책하시기에 좋지 않은 날씨이옵니다. 게다가 운검도 없어 위험하옵니다."

"그건 그렇군. 하하하."

훤은 웃으며 차 내관을 보았다. 새파랗게 질린 그를 보고는 더 환하게 웃으며 말했다.

"차 내관은 너무 생각이 많아. 생각이 많으니 걱정도 많지. 상선내관의 자리는 생각이 많으면 아니 되는 것이야."

"하오나……, 조정이 많이 시끄러울 것이옵니다."

"그래야지. 시끄러워지라고 던진 말이니까."

훤은 입에서 나오자마자 사라지는 입김을 보았다. 시끄러워져야 한다. 그래야 연우의 죽음을 조사하러 다닐 의금부 도사의 움직임이 원활해질 테고, 그만큼 빠른 조사가 가능해질 것이다. 장씨를 불러들인 상황에서 소격서까지 두둔하고 나서면 사림파 쪽에서 가만히 있지 않을 것이다. 화를 내며 조정을 향해 목소리를 내어 주는 게 훤의 바람이었다. 목소리만 내밀어 주면 그것을 잡을 수 있다. 소격서는 미끼에 불과했다. 훈구파는 이러한 의도도 모른 채 여전히 왕이 자신들과 한배를 타고 있다고 생각할 것이다. 그렇게 되면 사림파의 저항을 막느라 의금부 도사의 움직임에 경계가 느슨해질 테고, 그저 서 내관의 죽음을 캐고 다니는 것쯤으로 생각하고 말 것이다.

이와 함께 훤이 노리는 또 하나가 있었다. 혜각 도사, 그의 속내도 건드려 보고 싶었다. 소격서는 즉위 초기에 어설프게 건드렸다가 실패했던 경험이 있었다. 그 사건 탓인지 혜각 도사와는 썩 좋은 관계가 아니었다. 그렇다고 그가 왕과 완전히 척진 것도 아니었다. 알쏭달쏭한 사람이기에 이 떡밥으로 혜각 도사의 반응을 살펴본 뒤에 그를 통해 장씨도 캐내 볼 심산이었다.

산책은 아주 잠깐 동안이었다. 훤은 다시 발길을 돌려 천추전으로 들어갔다. 승지들은 아직까지 각자 자신들이 속한 당파의 의견을 조율하지 못했기 때문에 왕에게 어떠한 발언도 하지 않았다. 훤도 조금 전 조강에서의 선포는 머리에 없는 듯 행동했다. 윤대가 시작되었다. 왕의 앞에서 서로를 마주 보고 앉은 관원들 중에 관상감의 지리학교수와 의금부 도사 조기호도 보였다. 먼저 지리학교수에게 왕이 말했다.

"지리학교수, 간만이구나. 관상감은 어떠한가?"

"연말이라 다른 교수들은 바빠서 며칠 동안 퇴궐도 못 하고 있기에 천신만이 송구하옵게도 상감마마를 뵈옵니다."

"그렇겠군. 관상감은 달력 때문에 요즈음이 가장 바쁠 때지. 노고가 많구나."

명과학교수가 바쁘다는 것만큼 훤의 어깨가 가벼운 것도 없었다. 그가 바쁘기에 중전과의 합방에 대한 압박을 덜 받고 있기 때문이다. 그래서 이왕이면 관상감만큼은 앞으로도 쭉 바빴으면 하는 것이 훤의 진심이었다.

"성은이 망극하옵니다."

다른 관원들 서너 명을 거쳐 드디어 조기호의 차례가 되었다. 훤은 말로 하지 않고 종이에 글을 써서 그에게 전하도록 하였다. 종이에는 전 상선내관의 자결을 조사하라는 어명이 적혀 있었고, 수결手決로 마무리하였다. 이를 읽은 조기호는 이상하여 종이를 물끄러미 들여다보았다. 자신이 이곳까지 불려 온 이유는 이미 알고 있었기에 간단한 말로 끝내도 되는 상황이었다. 그렇게 따지면 여기까지 굳이 불려 올 필요도 없기는 하였지만, 눈앞에 사람을 두고 글로 써서 전하는 어명은 번거롭다고 느꼈다. 조기호가 고개를 숙여 말했다.

"분부 받잡아 성심껏 조사하겠사옵니다."

그러면서 문서를 품 안에 고이 넣었다.

윤대가 끝나고 천추전을 나서는 조기호를 왕의 사령이 눈으로 잡았다. 조기호는 의아했지만 눈치껏 주위 사람 시선을 따돌리며 조심조심 따라갔다. 아무도 없는 외진 곳에 도달한 사령은 그제야 주위를 한번 살핀 뒤, 품속에서 밀지를 꺼내 주고는 등을 돌리고 섰다. 조기호는 밀지를 읽다 말고 깜짝 놀란 눈으로 사령의 뒷모습을 쳐다보았다. 하지만 이내 눈은 다시 밀지 쪽으로 돌아갔다.

겉으로는 서 내관의 죽음을 조사하는 것으로 하되, 실제는 비밀리에 세자빈으로 간택되었다가 죽은 허씨 처녀의 죽음을 조사하여 왕에게 직접 보고하라는 내용이었다. 큰 갈래는 기무장계 책임자를 찾을 것, 세자빈 간택 후 별궁에서 있었던 일들과 드나들었던 인물들을 소상하게 조사할 것, 사가로 돌아간 후 죽음에 이르기까지의 수상한 점을 알아볼 것 등이었다. 조기호는 갑작스런 어명에 어안이 벙벙하여 뭘 하라는 것인지 감을 잡을 수가 없었다. 그 와중에도 조금 전 천추전 안에서 받았던 문서 끝에 있던 왕의 수결과 똑같은 것이 밀서에도 있는 것을 볼 수 있었다. 다른 것은 믿지 말고 오직 이 수결이 있는 밀서만 믿으라는 왕의 목소리가 들리는 듯하였다.

아직 내용도 파악하지 못했는데 사령은 조기호의 손에서 종이를 빼앗듯 받아 가서 옆의 아궁이 불 속으로 던져 넣었다. 얇은 종이였던 어명이 순식간에 재가 되어 사라졌다. 사령이 왕의 곁으로 돌아갔다. 홀로 남은 조기호는 오랫동안 멍하니 서서 그 자리를 뜨지 못하였다. 그의 나가 버린 정신은 추위조차 데리고 올 수 없었다.

설은 세숫대야를 들고 주위를 두리번거렸다. 조심스레 월이 있는 방으로 들어가면서 마지막까지 방문 밖을 살피다가 문을 닫았다. 자고 일어난 월이 손바닥으로 머리카락을 정돈하고 있었다.

"설아, 신모님은?"

"그게 이상합니다. 좀 전에 상궁 같은 여자가 와서 대왕대비라고 했던가, 하여간 그런 분께오서 기다리신다고 하면서 모시고 갔습니다."

잠시 손동작을 멈춘 월은 표정 변화 없이 세숫대야에 담긴 물속으로 손을 넣었다.

"이상한 게 아니다. 성수청은 오래전부터 내명부의 수족이었으니까."

허리를 숙이고 얼굴에 물을 올리는 월에게 설이 머리를 긁적이며 말했다.

"아! 그래서 아가씨가 예전부터 도무녀님을 조심하라고 그렇게나 말했었군요. 난 또 무당이라서 그러는 줄 알았죠."

"신내림에 대해 알아보라고 한 건 어떻게 되었니?"

설이 머리 긁적이던 걸 멈추고 뒤로 벌렁 넘어갔다. 하지만 곧 다시 벌떡 일어나 다리를 털털 털면서 웅얼거렸다.

"도무녀 모르게 알아보는 게 힘듭니다. 이 나라 무당들은 죄다 성수청 도무녀와 이어져 있더라니까요. 무당은 사대문 안에서 모조리 추방당했는데 그나마 남아 있는 건 성수청 소속의 무녀가 고작이고요. 도무녀가 그렇게나 대단한 권력이란 걸 처음 알았지 뭡니까. 내 눈에는 술독에 빠진 땡무당인데, 쳇!"

세수를 마친 월에게 설이 수건을 챙겨 건네며 계속 말했다.

"무당은 아닌데 오랫동안 굿판에서 허드렛일을 했다는 한 노파가, 내림굿 없이 어떻게 무당이 되냐고 비웃듯이 말했습니다. 사기꾼이라 할지라도 가짜 내림굿은 받는다고요. 그리고 아가씨가 꼭 알아 오라고 하셨던 거……."

수건으로 가려졌던 얼굴이 물기가 말끔하게 걷힌 상태로 나타났다.

"한 신모 아래에는 단 한 명의 신딸만 있는 게 옳았니?"

"네. 만약에 그 신딸이 죽으면 다시 받을 수 있다고 하였습니다."

월이 고개를 끄덕이며 환하게 웃었다. 설조차 낯설게 느껴질 만큼 오랜만에 보는 미소였다. 설의 눈가에 눈물이 맺혔다.

"그럼 이제 집으로 돌아갈 수 있는 건가요?"

월이 등을 꼿꼿하게 펴고 앉았다. 그리고 수건을 단정하게 접어 무릎 위에 놓고 손을 겹쳐 올렸다. 변화가 없는 표정이건만 수많은 고민이 지나가는 것이 느껴졌다. 설만 느낄 수 있는 감정들이었다. 월은 자신의 처지에 신중했고, 또한 지나치게 엄격했다. 이것은 인간의 목숨 값이 귀중한 줄 알기 때문에 나올 수 있는 태도였다.

"아직은 아니다. 나는 분명 무병巫病을 앓았다. 이것을 명확하게 하기 전에는 돌아갈 수가 없어. 설아, 한 번만 더 수고해 줘야겠구나."

발을 사이에 두고 대왕대비 윤씨와 마주 보고 앉은 장씨의 표정에는 무서우리만큼 아무것도 없었다. 언제나 희미하게 웃던 비웃음마저 사라지고 오직 혼이 없는 몸뚱어리만 있는 듯한 모습이었다. 팔걸이에 겨우 몸을 의지해서 앉은 윤씨가 말했다.

"네가 돌아왔단 소식은 진즉에 들었다. 이곳 골방에 앉았어도 아직 귀는 뚫려 있거든. 콜록콜록!"

목소리에서 기력이 쇠해 가는 게 느껴지는 윤씨였다. 한때는 왕인 아들을 호령하여 조선을 좌지우지하던 여인이었다. 그런데 아들을 앞세워 보낸 지금은 흰머리가 무성한 머리 위로 젊은 여인들의 머리카락을 모아 만든 가체를 거대하게 올리지 않으면 쇠해 가는 기력을 가릴 수가 없었다.

"늙을수록 약해지는 건 몸보다 마음이 먼저야. 남는 건 후회뿐이고……. 여태 기별하지 않은 연유라도 있느냐?"

장씨가 허리를 숙여 바닥을 향해 얼굴을 감추듯이 하여 대답했다.

"돌아온 지 얼마 되지 않았사옵고, 또한 먼 곳을 돌아왔기에 더러운 혼이 여기저기 붙은 몸으로 대왕대비마마 앞에 설 수가 없었사옵니다."

"찾아오지는 못하더라도 돌아왔단 기별은 하였어야지."

"쇤네의 소견이 짧았사옵니다."

장씨의 차분한 목소리였다. 윤씨는 마뜩찮은 표정으로 쳐다보았지만 어투는 다정스럽게 말했다.

"너와 나 사이는 이리 소원해질 수 없느니. 이는 네가 더 잘 알 것이야."

"쇤네는 하늘의 명을 따라 성수청을 비웠사옵니다. 하여 소원해진 것은 아니옵니다."

"그래, 그때도 그리 말하고 내 곁을 떠났었지. 그리 큰일을 가뿐히 처리해 놓고선 내 감사도 받지 않고 말이야. 아무튼 옛날 일은 접어 두도록 하자고. 내가 자네를 이리 급히 부른 건……."

"쇤네도 이렇듯 늙었사옵니다. 하여 신기도 예전 같지 않사옵니다. 권지도무녀를 부르심이 어떠하옵니까?"

"그자는 이미 궐 밖으로 내쳤다. 자네가 돌아온 이상 필요가 없으니까. 네가 주상과 중전 사이 좀 어떻게 해 줘야겠구나. 원진살元嗔煞[30]이 든 모양인지……."

고개를 숙인 장씨의 입가에 비웃음이 떠올랐다. 발이 윤씨

---

30. 원진살(元嗔煞) 부부 사이에 까닭 없이 서로 미워하는 액.

와의 사이에 놓여 있었기에 마음껏 비웃는 표정을 방바닥에 지어 보일 수 있었다.

'원진살이란 것도 부부 인연이 있어야 드는 법. 애초에 들 원진살이 어디 있다고, 흐흐!'

"왜 답이 없느냐? 자네라면 원진살 푸는 건 일도 아니지 않느냐."

"쇤네가 어찌 감히 상감마마와 중전마마의 부부 궁합에 관여할 수 있겠사옵니까."

"또, 또 그따위 말을! 속히 원자를 봐야 해. 그러기 전에는 마음을 놓을 수가 없어. 원자는 현재 우리 일가의 숙원이다."

어차피 풀 원진살은 없었다. 그렇기에 그 어떤 짓도 무의미했다. 지금의 중전은 교태전에 있는 것만으로도 도를 넘어선 것이고 죄를 넘어선 것이다. 중전의 신경은 그 자리를 견디기에는 너무나 가늘어져 있었다. 장씨는 중전이 안간힘을 써서 숨기고 있어도 교태전의 정침에 오래 앉아 있지 못한다는 것을 알고 있었다. 장씨는 한참을 망설이다가 핑계를 대었다.

"굳이 원진살을 없애는 치성을 드리고자 하오시면 기다리셔야 하옵니다. 쇤네의 씻김이 아직 끝나지 않았사옵니다."

"그럼 언제쯤이면 가능하냐?"

"굿이란 것이 하고 싶을 때 하는 것이 아니지 않사옵니까. 쇤네의 씻김이 모두 끝나고 난 연후에 살펴봐야 하옵니다."

"그래, 내 너만 믿고 있으마."

"그럼 쇤네는 이만 물……."

장씨가 엉덩이를 빼고 고개를 들던 참이었다. 갑자기 윤씨가 손을 들어 저지했다. 손가락마다 끼고 있는 굵고 값비싼 가락지들 탓인지 무척이나 무겁게 올라간 손이었다.

"아 참! 내가 성수청 무적에 올려 준 자네 신딸 말이야."

장씨가 얼른 엉덩이를 내려놓았다. 깜짝 놀랐기에 미처 고개를 다시 숙일 생각은 하지 못하였다. 윤씨가 마치 은혜를 베풀듯이 말했다.

"그 아이를 내가 봐주마. 내일이라도 데리고 오너라. 여의치 않으면 그 아이만 보내도 되고."

"대왕대비마마께옵서 친히 하명하신 액받이 무녀이옵니다. 그 아이도 한동안 움직일 수 없사옵니다."

장씨는 달라지지 않은 표정과 말투였지만 윤씨는 지레 발이 저려서 말했다.

"나는 액받이 무녀를 원했던 것뿐이다. 네 신딸이 될 줄은 몰랐어. 만약에 그 일로 서운한 게 있다면……."

"쇤네 서운한 건 없사옵니다. 오히려 다행이라면 다행일 수도……."

사라져 가는 말꼬리와 함께 장씨의 표정도 미세하게 변했다. 말은 다행이라고 하면서도 죽음을 눈앞에 둔 듯 허무하기만 한 표정이었다.

"네가 나에게 바친 충성을 기억하고 있다. 그러니 네가 있는 한 성수청은 주상조차 건드리지 않도록 해 주마."

장씨는 병색이 완연하다는 소문에도 불구하고 패기가 가득

하던 젊은 임금을 떠올리면서, 기울어져 팔베개에 겨우 몸을 의지하여 앉은 윤씨를 보았다. 목이 가체도 주체하지 못하여 손으로 떠받친 모양새였다. 장씨의 입가에 윤씨는 이해할 수 없는 웃음이 흘러나왔다.

"그것은 8년 전 일에 대한 대왕대비마마의 약조였사옵니다. 쇤네의 신딸을 액받이 무녀로 바치는 데에 대한 약조는 지금껏 없었사옵니다."

"네가 원하는 걸 말하지 않았다. 지금이라도 말하라. 뭐든!"

"뭐든……. 크크크."

장씨가 스산하게 웃기 시작했다. 소름이 돋을 것만 같은 웃음소리였다.

"삼베를 주시옵소서."

윤씨의 몸이 움찔하여 뒤로 젖혀졌다.

"뭐에 쓰게?"

젖혀진 거리만큼 장씨의 목이 앞으로 쭉 다가왔다. 발에 가로막혀 있었지만 장씨의 눈빛은 이조차 뚫고 들어온 듯하였다.

"수의를 짓게……. 흐흐흐, 쇤네가 죽으면 입을……."

조기호로부터 첫 기무장계가 들어왔다. 훤은 다급하게 열어 내용을 확인했다. 밀서가 내려지고 며칠 지나지 않았기에 큰 기대는 하지 않았음에도 불구하고, 펼치자마자 눈에 확 들어온 글자가 많지 않자 실망부터 앞섰다. 게다가 선대왕의 기무장계 책임자를 알아내는 작업은 아예 시작조차 못 하고 있다는 내용이 제일 앞서 언급되었다.

　다음으로 세자빈 간택 후 별궁에서 있었던 일이 적혀 있었다. 그런데 한자들 가운데 언문으로 표기된 글자가 유독 눈에 들어왔다. '여탐굿'이었다. 훤은 다시 한자까지 찬찬히 읽었다. 연우가 별궁으로 들어간 지 사흘째 날, 성수청 도무녀 외 다섯 명의 수종무녀와 제조상궁이 별궁에서 여탐굿을 하였다는 내용이었다. 그리고 여탐굿이 무엇인지 아는 자가 없어 조사를 계속할 수 없었다는 글과, 내명부 여인 중에서도 극소수만이 여탐굿에 대해 알 가능성이 높다는 글이 있었다. 훤이 마지막 첨언에서 눈을 멈췄다. 조기호가 여탐굿에 대해 알아보는 동안 자신보다 한발 앞서 8년 전의 여탐굿에 대해 조사하고 다니는 발자취를 느꼈다는 것이다.

　당황한 훤은 즉각 붓을 들었다. 하지만 먹을 찍다 말고 고민에 빠졌다. 한발 앞선 발자취가 누구의 것인지도 중요하고, 왜 지금에 와서 조사하는 자가 나타났는지도 중요하고, 그자의 목적이 무엇인지도 중요하지만 더 급한 문제가 있었다. 8년 전의 일을 좇는 발이 한 개라면 모를까, 두 개씩이나 된다면 그만큼 사람들의 눈에 띄기 쉽다. 그러니 우리 쪽의 안전을 위해서 앞서 자취를 남긴 발부터 잡아야 한다. 그자가 어느 쪽 편인지는 차후의 문제였다. 훤은 붓을 내려 다른 일은 모두 차치하고 우선 그자부터 잡으라는 밀서를 작성했다. 훤이 봉서를 사령에게 넘기며 말했다.

　"이제 문을 열어라."

사령이 물러나는 옆으로 방문이 열렸다. 그 너머로 다소곳하게 앉은 월이 나타났다.

"기다리게 하였느냐?"

"아니옵니다."

훤이 눈을 크게 뜨고 월을 살폈다. 월의 기분이 무척 좋게 느껴졌다. 표정과 자세도 다르지 않고 마음에 들지 않는 대답을 하는 것도 다르지 않건만 막연히 그런 것 같았다.

"뭐지, 이 느낌은? 너에게 익숙해져 가는 것인가?"

월은 말이 없었다. 질문이 뜬금없어서 굳이 답할 필요가 없어서였지만 훤을 보는 눈동자는 호기심을 띠고 있었다. 무녀의 눈이 아니었다.

"도무녀 장씨가 그러더군. 너에게만 접신하는 혼령이 있다고 말이다. 그 혼령이 무엇이냐?"

월이 싱긋이 웃었다. 하지만 대답은 하지 않았다.

"네가 정말 무당이라면 조선 땅에서 거행되고 있는 굿 중에 아는 거 다 말해 보아라. 별의별 굿이 다 있다고 하던데, 나는 임금임에도 불구하고 아는 게 아무것도 없느니."

월의 얼굴이 심각하게 굳었다. 이번에는 훤만이 아니라 제운과 차 내관까지 그녀의 당황함을 알아차렸다.

"소녀는 굿을 하는 무녀가 아닌지라 아는 굿이 없사옵니다."

"그래도 성수청 도무녀의 신딸이니 들은 거라도 있지 않느냐. 도무녀가 주관하는 기은제나 여탐굿 같은 건 나도 알고 있는 종류거든."

이번에도 월은 입을 다물었다. 대답을 안 하는 것이 아니었다. 하지 못하는 것이 분명하였다. 휜이 틈을 놓치지 않고 파고들어 갔다.

 "기은제가 무엇이냐? 네가 무당이라면 응당 알아야 하는 굿이다."

 월의 대답은 나오지 않았다. 휜은 오래 기다리지 않고 바로 물었다.

 "이상하군. 어떻게 무당이 그것도 모를 수 있지? 언제나 문밖에서 졸고 있는 어린 무녀도 너처럼 모르는지 물어봐도 되느냐?"

 "그 아이는 말을 하지 않사옵니다."

 "흐음! 그렇다면 여탐굿은? 그것도 모르느냐?"

 "세자빈 또는 왕비로 간택된 분을 위해 별궁에서 치르는 굿으로 알고 있사옵니다."

 궁지에 몰렸던 월이 다행이라는 듯 내놓은 대답이었다. 그나마 알고 있는 것을 물어봐 줘서 한숨 돌렸다는 표정이었다. 휜이 앉은 자세를 바꿔 턱을 괴면서 물었다.

 "간택된 분을 위해서라……. '위해서'라는 건 무엇을 위한 것이냐? 만수무강? 다산?"

 월의 입은 다시 움직이지 않았다. 이번의 질문도 그녀는 모르는 것 같았다. 아울러 휜의 질문에 대해 월이 더 깊게 고심하는 듯하였다.

 "너는 불리할 때는 꼭 말을 하지 않는구나."

 "상감마마께오서는 소녀가 아는 굿이 있는지가 궁금하신 것이옵니까, 아니면 여탐굿을 묻기 위해 앞의 질문들을 끌어오신 것이옵니까?"

허를 찔린 기분이었다. 영리한 여인인 걸 알면서도 눈앞의 답에 몰두한 나머지 깜빡한 게 실수였다.

"어느 쪽인 것 같으냐?"

"의심할 여지없이 후자 쪽이라 사료되옵니다."

훤은 궁지에 몰리자 월을 흉내 내어 입을 다물었다. 배후에 장씨가 있는 이상 가장 조심했어야 하는 인물은 월이었다. 이번에는 월이 기세를 몰아 밀어붙였다.

"왜 갑자기 여탐굿이 궁금하시옵니까?"

'제기랄! 질문 상대를 잘못 골랐다.'

훤은 빠져나갈 구멍을 찾지 못한 나머지 될 대로 되란 식으로 바보처럼 배시시 웃어 버렸다. 월이 성수청으로 돌아가 장씨에게 여탐굿에 관해 한마디라도 질문하는 날에는 모든 것이 수포로 돌아갈 것이다. 두 사람은 마치 눈싸움이라도 하듯 서로를 관찰했다.

이 와중에 떨리는 숨을 남모르게 삼킨 이가 있었다. 제운이었다. 언제나 그의 심리 변화를 꿰뚫어 보던 훤이었지만 월의 기세에 밀리다 보니 미처 제운의 변화까지는 감지하지 못하였다. 제운은 월이 누구나 아는 기은제도 모르면서, 아는 자가 드문 여탐굿을 아는 데에 주목했다. 굿을 하는 무녀가 아니기에 아는 굿도 없다던 그녀였다. 그렇다는 건 다른 굿은 본 적 없어도 여탐굿은 본 적 있다는 뜻으로 해석할 수도 있었다. 자신이 무녀가 되기 전에 있었던, 그리고 아무나 들어갈 수 없는 별궁에서 있었던 여탐굿을 보았다면?

제운은 별궁에 들어갈 수 있는 인물들을 꼽아 보기도 전에 연우의 몸종이었던 설을 다시금 떠올렸다. 연우와 월! 두 사람은 나이부터 시작해서 우연이라고 하기에는 부자연스러우리만큼 공통점이 많았다. 그 순간 연우와 월이 며칠 전보다 훨씬 뚜렷하게 겹쳐졌다. 동시에 수많은 기억들이 머릿속을 파고들었다. 그러다가 한 장면 앞에서 기억이 멈춰 섰다.

지금보다는 어린 제운이었다. 전속력으로 달려오느라 숨이 몹시도 가빴다. 그가 대문을 들어섬과 거의 동시에 작은 관을 짊어진 지게가 나갔다. 뒤를 이어 사람들도 울면서 나갔다. 그 당시는 행렬에 눈을 빼앗기지 않았다. 늦은 만큼 어서 옆에 있어 주고 싶었기에 염을 찾느라 분주했다. 하지만 나이가 든 지금의 제운은 그 관이 나가는 장면에 눈을 빼앗겼다. 그때의 장면을 다시 살펴보아도 연우의 관이 확실했다. 연우는 분명히 죽었다! 그러니 월이 연우일 리가 없다.

제운의 의지와는 상관없이 또다시 장면이 흘렀다. 사랑채에서 염을 찾았다. 언제나 단정했던 그가 넋을 잃은 채 웅얼거리는 장면에서 기억이 멈추었다.

"우리 연우를 땅에 묻으러 갔어. 죽은 지 하루도 지나지 않았는데, 아직 살아 있을지도 모르는데, 뭐가 그리 바빠서······. 염습도 하지 않은 아이를······."

죽은 자는 보통 살아날 가능성을 위해 최소한 사흘이라는 기간을 두고 염습을 한 뒤에 땅에 묻는 것이 일반적인 절차다. 어렸던 제운도 이상하다는 걸 모르지는 않았지만 혼인을 하지 않고 죽은 데다가, 원인 모를 병이었기에 그럴 수도 있겠거니 막연히 생각했다. 나이가 든 지금의 제운이 과거에서 돌아와 월에게 눈을 빼앗겼다. 연우가 살아 있을지도 모른다면 월은 연우일 가능성이 있다. 그리고 월이 연우라면, 연우는 그때 죽지 않았다!

성수청으로 들어서는 월과 잔실 앞에 설이 마중 나왔다. 설은 월을 보는 즉시 얼굴에서 긴장을 느꼈다. 달빛이 만들어 내는 안색이 아니었다.

"잔실아, 나머지 시중은 내가 들 테니까 넌 방에 들어가 쉬어라. 아가씨, 목욕물 데워 두었습니다."

잔실은 입을 쩍 벌려서 하품을 한 뒤 얼른 제 방으로 뛰어 들어갔다. 단둘만 남게 되자 지금껏 평온하던 월이 설의 팔을 기대듯 잡았다. 설이 주위를 살피며 목소리를 낮추었다.

"아가씨, 무슨 일이 있었습니까?"

월이 다시 자세를 가다듬고 섰다가 목욕간으로 향했다. 설이 궁금함을 참아 가며 잠자코 뒤를 따랐다. 목욕간 안으로 들어서 문을 닫으며 월이 눈짓으로 목간통 옆으로 설을 불러들였다. 그러고는 목간통에 담겨진 물을 바가지로 떴다가 다시 쭈르르 부으며 말했다.

"설아, 우리만 여탐굿을 조사하는 게 아닌 것 같구나."

물이 떨어지는 소리가 월의 목소리를 가렸다. 눈이 둥그레진 설이 월의 귀에 입술을 갖다 대다시피 하여 대답했다.

"설마 도무녀님이 벌써 알아차린 겁니까? 전 정말 조심했는데……."

"신모님이 아니다."

월이 더욱 많은 물을 떴다가 쏟아 부으면서 말을 이었다.

"상감마마이시다."

설이 떨리는 손으로 더 떨리는 제 입술을 가렸다. 월은 여전히 물을 떴다가 붓는 동작을 멈추지 않았다.

"한동안 여탐굿에서 멀어져야겠다. 상감마마께오서 쫓다가 보면 자연히 네 흔적을 잡게 될 거야."

"싫습니다. 이제 조금만 더 알아보면 증거도 잡을 수 있는데……. 그러면 집으로 돌아갈 수 있다고요."

"네가 잡히면……."

월은 물 붓는 동작을 멈추고 바가지를 내려놓았다.

"……나의 전생인 허연우도 잡힌다."

물소리가 끊기자 세상이 어둠처럼 조용해졌다. 월이 자신을 감추듯 두 손을 가지런히 모으고 어둠 속에 섰다. 하지만 하얀 빛은 어둠 속에서는 더욱 도드라져 보일 뿐이었다.

『해를 품은 달』 2권에서 계속